U0546603

本书受教育部人文社会科学研究明代文言小说选本（15YJC751063）项目资助；河北经贸大学学术著作出版基金资助

赵素忍 著

《艳异编》及其续书研究

中国社会科学出版社

图书在版编目（CIP）数据

《艳异编》及其续书研究 / 赵素忍著 . —北京：中国社会科学出版社，2020.1

ISBN 978-7-5203-4995-6

Ⅰ.①艳…　Ⅱ.①赵…　Ⅲ.①笔记小说—小说研究—中国—明代　Ⅳ.①I207.419

中国版本图书馆 CIP 数据核字（2019）第 190889 号

出 版 人	赵剑英
责任编辑	张　潜
责任校对	王丽媛
责任印制	王　超

出　　版	中国社会科学出版社
社　　址	北京鼓楼西大街甲 158 号
邮　　编	100720
网　　址	http://www.csspw.cn
发 行 部	010-84083685
门 市 部	010-84029450
经　　销	新华书店及其他书店

印　　刷	北京明恒达印务有限公司
装　　订	廊坊市广阳区广增装订厂
版　　次	2020 年 1 月第 1 版
印　　次	2020 年 1 月第 1 次印刷

开　　本	710×1000　1/16
印　　张	21.25
字　　数	306 千字
定　　价	96.00 元

凡购买中国社会科学出版社图书，如有质量问题请与本社营销中心联系调换
电话：010-84083683

版权所有　侵权必究

序

赵素忍博士的《〈艳异编〉及其续书研究》即将由中国社会科学出版社出版，作为她的导师，我由衷地感到高兴。

我们知道，就明代的小说研究看，白话小说尤其是"四大奇书"的研究，占据了相当大的比例，相对而言，文言小说的研究则要薄弱一些，多集中于"剪灯系列"或具有一定影响的中篇传奇小说。而对明代大量的文言小说选本的探讨，虽说近年来学界已有所涉猎，但研究的还远远不够，其价值还没有得到充分的挖掘。故本书的问世，一定程度上是对文言小说选本研究的推进。

学术研究是需要相当时间积累的，对相关文献材料的熟悉尤为重要，没有深厚的学术积累，别说发现新问题，即使是阐明、解决学界已有的老问题，恐怕也是痴人说梦。一方面，需要阅读、熟悉文本，一些经典的作品，还需要不断的反复阅读，才能体会其中的意味。另一方面，对作者的生平家世、所处时代的政治及文化背景、学界的研究动态等相关背景知识也得相当的熟悉，也就是说，做学术研究需要一个长时间的积累过程，所谓"厚积薄发"是也。赵素忍 2001 年入学河北师大攻读古代文学硕士学位，研习元明清文学，对明代的文言小说尤感兴趣，毕业论文即以《剪灯新话》为题进行了初步的研究，论文得到了较好评价。其间硕士毕业后到河北经贸大学任教，讲授古代文学，并给学生开设明清小说研究专题课程。2009 年又回河北师大攻读博士学位，将研究的重点放在小说选本上。可以说，她对明代的文言小说摸爬滚打了将近 20 年的时间，有了相当的积累，具备一定的发言权。我很赞赏赵素忍的这种没有材料不乱说话的学术态度。而学界存在的某些不正常的现象，如对文本不熟悉，对他人研究领域、研究动态根本不熟悉就随意发表观点，胡乱妄加评说狂妄自封为"专家"的人，两者相较，其学术态度何啻天壤？某博导教授就常犯这样的毛病。这样的学术态度是万万要不得的。

学术研究需要创新，需要提出自己新的看法，从而形成自己的研究个性。随着新材料的不断发现和研究的不断深入，一些老问题得以妥善解决；而一些老问题依然还是问题，一些新问题又被提了出来。在遵从学术规范、在以材料说话的前提下，对一些新、老问题，学界难免会有不同的解读，会有不同的意见，看法相左也是很自然的事。如果定于一尊，也就不存在学术争论了。当然，有些问题大家达成了共识除外。譬如我们以张燕瑾、吕薇芬先生主编《20世纪中国文学研究》中《水浒传》主题为例，该书说：

> 在《水浒传》主题的研究中，众说纷纭，至今没有统一的见解，没有统一见解未始不是好事，至少说明学术讨论中定于一尊的时代已经结束，何况《水浒传》本身的思想内容丰富多采（彩），复杂，三言两语的概括确实难以涵盖全书，那么主题的多元就是必然出现的现象。

具体说，关于《水浒传》的主题有以下多种说法："农民起义说""市民说""忠奸斗争说"。这是影响较大的三种说法。除此外，还有"人民起义说""双重主题说""谏书说""伦理反省说"等多种说法。所以作者总结说："《水浒传》的多元主题，各有其相对的合理性，反映了《水浒传》的部分（或大部分）实际。"[①]

其他小说，如《三国演义》《西游记》《金瓶梅》《儒林外史》《红楼梦》等主题的研究都存在这种现象，有的甚至多达几十种。而

[①] 参见《20世纪中国文学研究》"明代卷"，北京出版社2001年版，第246—256页。

对这种种纷纭的问题，我们需要的是能够提出自己独特的看法，而绝不是人云亦云。当然，我们反对毫无根据的耸人听闻的标新立异。正如上文所说，在遵从学术规范的前提下，《水浒传》不同主题的提出，自然是"各人讲各人"的，至于结论是否被他人接受，自然也得"听凭众人"——也即是读者自己的判断，或接受赞成，或不接受反驳，这是再正常不过的学术常态。如果认为这样的学术常态是"不正常"的话，那只能说持此观点的本身就不正常。

我很赞成北京大学潘建国教授在参加《文学评论》六十周年纪念大会上所做的《中国学术目前最紧缺的仍是专精之学》的发言。他说，他很赞同左东岭先生有关"博与专"关系的见解，但同时认为，在目前的学术界，总体上不是"专"的太多太多，而是"专"的不够。"做学问本来就是为了自己，不是为了别人，做学问既不能发财，也无法拥有权力，所以假如你是为了别的目的而来，那它绝不是最好的选择"，"做学问的意义，是让自己感到人生有趣味……就是自己喜欢，自己高兴"。如果我没有理解错的话，潘教授的意思是，读书需要广博，而研究则需要专精，且浓厚的兴趣则是支撑自己研究的动力，在研究中获得自己人生的趣味。

赵素忍君就是这样以浓厚的兴趣，二十年如一日，默默耕耘于明代的文言小说研究，一步一个脚印地在努力探讨、解决一些学术疑难问题，并有不少新的发现，从而发出了她自己的声音。她对《艳异编》及其续书的研究，既有对学界已有观点补充丰富，也有辨析修正，亦有颇多新的发现，择其大要，兹举数例如下：

第一，该书是从选本的角度探讨《艳异编》及其续书的，小说选本具有其独特性。整体上看，选本体现了选编者的小说观念、眼光、美学追求，选什么，如何选？与时代风尚、读者需求等都有一定的关系。选本中的篇目是选编来的，虽然有些篇目可能经过选编者加工、改写，甚至是大幅度改编，但总体上并不能代表选编者的创作水平和创作情况，如果将两者等同起来，往往会发生很大的偏差，如引用《艳异编》中的作品对王世贞进行评价就是如此。

第二，该书在文献整理的基础上，系统梳理归类了相关问题，从中得出一些不同于前人的结论，提请学界改变自小说学构建之初就存在的某些定论，或研究者们对相关问题普遍存在的误解。她在认真仔细翻阅从汉魏至明代的大大小小的小说集和相关研究后，解决了若干小说研究大家存在的某些问题，如孙楷第先生说《艳异编》"其文录《太平广记》者甚多，占全书十分之七"。① 这一观点一直被学界相袭沿用，王重民先生《中国善本书提要》子部小说家类、陈大康先生《明代小说史》等皆持此说。该书以具体翔实的文献资料，通过查找《艳异编》相关篇目的来源，一一比勘后发现两者相重篇目共112篇，仅仅是"十之三"的份额，证明孙楷第先生的说法是不准确的。《广艳异编》也是如此，该书579篇作品中，共有315篇与《太平广记》相关，倒是占有"十之五"的份额。不过即使多数篇目与《广记》相关，但也未达到学界泛泛而言的"十分之七"的程度。这也恰好印证了在谈恺重新刊刻《太平广记》之前，该书只是以抄本的形式流传于部分文人间，而《广艳异编》成书于谈刻本之后，编选者可以方便的阅读到《太平广记》，该书在社会上也产生了更大影响。

第三，赵素忍君一篇一篇地翻检故事来源，看似"很笨"的功夫，其实这正是我们所需要的。有了证据，许多问题也就很清晰了。对《琅嬛记》成书问题的判断，最能体现出赵君素忍的研究价值。

《琅嬛记》是学界公认的伪书，但其成书来源如何，又是如何作伪的，使用了什么样的手段？却从未有人提及，通过对《广艳异编》故事源流的整理，彻底解决了《琅嬛记》的成书之谜：

序号	《广艳异编》卷八《紫竹小传》	《琅嬛记》相应故事
1	大观中，有紫竹者工词，善于调谑，恒谓天下无其偶。一日手李后主集，其父玄伯问曰："后主词中何处最佳？"答曰："问君能有几多愁，恰似一江春水向东流。"耳玄伯默然。	紫竹爱缀词，一日手李后主集，其父玄伯问曰："后主词中何处最佳？"答曰："问君能有几多愁，恰似一江春水向东流。"玄伯默然。（注出《本传》）

---

① 孙楷第：《戏曲小说书录解题》，人民文学出版社1990年版，第14页。

续表

序号	《广艳异编》卷八《紫竹小传》	《琅嬛记》相应故事
2	尝游于野，有秀才方乔，乐至人也一与紫竹遇，欲睹其状，更不可见，昼夜思之，面貌恍惚，中心拂郁。每入阛阓，见卖美女图者，辄取视，冀其有相肖者。或狭邪妓馆，无不留意，用计万端，竟无其人。终日悲叹，几成痼疾，有寄情诗曰"眉如远岫首如螓，但得相思不得亲。若使画工图软障，何妨百日唤真真。"一日遇一道士出一锦囊，内有古镜，谓乔曰："子之用心诚通神明。吾有此纯阳古镜，藏之久矣，今以奉赠。此镜一触至阴之气，留影不散。子之所遇少女至阴独钟，试使人照之，即得其貌矣。然后令画工图之，何有也？所留之影，伺此女一得阳精，影即散去，他物尽然。"又戒乔不可照日，一照即飞入日宫，散为阳气矣。乔试之果然。紫竹以白玉盘螭匣宝而藏之，镜背有篆书云"火府百炼纯阳宝镜"。	方乔既与紫竹遇，一睹其状，更不可见，昼夜思之，面貌恍惚，中心拂郁。每入阛阓，见卖美女图者，辄取视，冀其有相肖者。或狭邪妓馆，无不留意，用计万端，竟无其人。终日悲叹，几成痼疾，有寄情诗曰"眉如远岫首如螓，但得相思不得亲。若使画工图软障，何妨百日唤真真。"一日遇一道士出一锦囊，内有古镜，谓乔曰："子之用心诚通神明。吾有此纯阳古镜，藏之久矣，今以奉赠。此镜一触至阴之气，留影不散。子之所遇少女至阴独钟，试使人照之，即得其貌矣。然后令画工图之，何有也？所留之影，伺此女一得阳精，影即散去，他物尽然。"又戒乔不可照日，一照即飞入日宫，散为阳气矣。乔试之果然。紫竹以白玉盘螭匣宝而藏之，镜背有篆书云"火府百炼纯阳宝镜"。（《本传》）

《广艳异编》中《紫竹小传》是一篇篇幅较长的传奇，《琅嬛记》却将其割裂打散，分散于上中下三卷中为九个故事（为节省篇幅，这里只选择前两个故事。又，为论述方便，将《紫竹小传》拆分成9个小故事），不仅主干情节相同，就是连接语也基本相同。通过比对，可以确信这两者同出一源，或者《琅嬛记》把《广艳异编》的故事割碎；或者《广艳异编》把《琅嬛记》中的故事连缀成篇；或者两者同出一源，《广艳异编》是直接抄录，而《琅嬛记》为掩人耳目则将长篇故事割裂打散，改为饾饤，并且加以解释将其典故化，分拆于不同的卷中。其中既有长篇传奇，也有短小的志人、志怪。

第四，该书的一些论述或可修复断裂的小说发展史链条，有利于勾勒出更为完整的小说流变史，对中国文学史、中国小说史叙述上的一些不够严谨处亦将有所纠正。如在相关的文学史著作中多认为《剪灯新话》是"唐传奇和《聊斋志异》之间的桥梁和纽带"。而通过研究后则发现，小说发展的真实情况可能不是如此。在《艳异编》所编选的 361 篇作品、《广艳异编》所编选的 598 篇作品中，都是汉魏唐宋的优秀传奇志怪之作。而《艳异编》及其类似之作在当时颇为盛行，我们今天所看到的文言小说经典多是在这一基础上形成的。《太平广记》《艳异编》等书反复刊刻，后人又仿照体例从中编选，直至民国时期仍有《旧小说》等文言小说选本出现。唐传奇编选的现代经典之作——鲁迅《唐宋传奇集》、汪辟疆《唐人小说》等就是在此基础上编选的。虽然说小说编选者并非这些小说创作者，但他们是这些小说成为经典的推动者；他们并没有创作小说作品影响后人，但他们的编选内容决定了后世读者读到的是什么，进而影响后世的小说创作和文学风尚。因此，相对于《剪灯新话》等明代文言小说作品，这些选本才是真正的桥梁和过渡，唐传奇的传统在明代以《艳异编》等小说选本的形式存在，并未间断，干宝的搜神雅好也以此种形式在明人中承接，并传递给后人。这样的结论或可更符合小说发展的实际。

《〈艳异编〉及其续书研究》的写作虽说很辛苦，但是这样的辛苦没有白费，其所得所见，形成了一篇篇理路明晰的文字，这些成绩的取得，都是赵君自己努力的结果。忝为导师，也为她感到欣慰。

由于工作、家庭等诸多因素的限制，该研究也留有一些缺憾，一些问题未能给以充分全面的探讨。如《艳异编》与《说郛》《古今说海》等小说丛书、类书的关系，与《国色天香》《万锦情林》《燕居笔记》等中篇小说合集的关系，以及对晚明小说选本整体风貌的关照。如果能做这样的综合考查，其意义、价值则会更大。

学术探讨是永无止境的。赵君素忍以她的坚韧、毅力，善于思考的特性，会不断的开拓新的领域，取得更好的成绩。这是我的希望与期盼。

是为《序》。

霍现俊
2019 年 3 月 16 日于河北师范大学半陶斋

目　录

绪　论 ……………………………………………………… (1)
　一　选题界定 ………………………………………………… (2)
　二　研究现状及研究价值 …………………………………… (9)
　三　研究思路及研究方法 ………………………………… (21)

第一章　《艳异编》的编者、成书及版本 ……………… (24)
　第一节　《艳异编》编者考 ……………………………… (24)
　　一　辨"编者非王世贞" ………………………………… (24)
　　二　辨"编者为王世贞" ………………………………… (28)
　　三　王世贞否认是编者 …………………………………… (32)
　第二节　《艳异编》成书考 ……………………………… (33)
　　一　成书时间 ……………………………………………… (34)
　　二　成书来源 ……………………………………………… (38)
　第三节　《艳异编》版本考 ……………………………… (40)

第二章　《艳异编》明前故事考论 ……………………… (50)
　第一节　《艳异编》与《太平广记》 …………………… (51)
　　一　《艳异编》与《太平广记》相关篇目 …………… (51)
　　二　王敬伯故事 …………………………………………… (56)

  第二节　《艳异编》中的宋元故事 …………………………（60）
   一　宋代作品 ………………………………………………（60）
   二　元代作品 ………………………………………………（65）
  第三节　《艳异编》中其他明前小说 ………………………（68）

第三章　《艳异编》明代故事考论 ………………………………（72）
  第一节　《艳异编》与明代传奇小说 ………………………（72）
   一　《艳异编》与《剪灯新话》…………………………（72）
   二　《艳异编》与《剪灯余话》…………………………（75）
  第二节　《艳异编》与明代笔记小说 ………………………（77）
  第三节　《艳异编》中王世贞编创的痕迹 …………………（81）

第四章　《广艳异编》研究（上） ………………………………（86）
  第一节　《广艳异编》成书时间新考 ………………………（87）
   一　《广艳异编》的编者 …………………………………（87）
   二　《广艳异编》成书时间的推进 ………………………（88）
  第二节　《广艳异编》与《太平广记》……………………（93）
  第三节　《广艳异编》与《夷坚志》………………………（98）
   一　《广艳异编》与《夷坚志》相关篇目 ………………（98）
   二　《广艳异编》与《夷坚志》相关篇目分类 …………（106）
   三　结论 ……………………………………………………（114）

第五章　《广艳异编》研究（下） ………………………………（119）
  第一节　《广艳异编》与《琅嬛记》………………………（119）
   一　《琅嬛记》概述 ………………………………………（119）
   二　《广艳异编》与《琅嬛记》文本对照 ………………（122）
   三　《琅嬛记》成书解谜 …………………………………（132）
  第二节　《广艳异编》与"两拍" …………………………（138）
   一　《广艳异编》与"两拍"相关篇目 …………………（138）

二　《广艳异编》与"两拍"相关篇目故事源流探讨 … (141)
　　三　"两拍"蓝本再讨论 ………………………………… (148)

第六章　《艳异编》及其续书产生的背景、影响及价值 …… (157)
　第一节　《艳异编》及其续书产生的背景 ………………… (158)
　　一　《艳异编》及其续书产生的时代背景 ………………… (158)
　　二　《艳异编》及其续书产生的文学背景 ………………… (166)
　第二节　《艳异编》的影响——从《古艳异编》说起 …… (168)
　　一　《古艳异编》的文本内容 ……………………………… (169)
　　二　《古艳异编》非《艳异编》续书 ……………………… (170)
　　三　由《古艳异编》看《艳异编》的影响 ………………… (172)
　　四　书坊编刊的其他"艳异"类文言小说选本 …………… (173)
　第三节　《艳异编》及其续书的编选价值 ………………… (175)

结　语 ………………………………………………………… (180)

参考文献 ……………………………………………………… (183)

附录一　《艳异编》故事源流 ……………………………… (197)

附录二　《广艳异编》故事源流 …………………………… (254)

后　记 ………………………………………………………… (328)

绪　　论

胡应麟言："魏晋好去生，故多灵变之说；齐梁弘释典，故多因果之谈。"① 从西汉魏晋起，人们就开始想象和描绘另一个世界，因为当时认知的局限，这种想象类似于童话，当历史向前发展，人类的认识逐渐完善之后，人们依然偏爱这些，并乐于讲授传播他们，作为现实世界的延伸。这些故事光怪陆离，却有着极大的魅力，引惹历代文人不停地编选、传诵、改编，以至于同一则故事在不同的小说选本中反复出现，并被白话小说、戏曲所改编。

《艳异编》就是这类作品中一颗耀眼的明星。它出现于明代中晚期，具有鲜明的时代特色，也是中国小说史上极具代表性的小说选本。《艳异编》产生之后，出现了《广艳异编》《古艳异编》等从书名上与之相关的小说选本，也有《宫艳》《青泥莲花记》等从中选取一个部类进行选编的小说选本。此外，还有大量的与之相类似的小说选本出现，如《一见赏心编》《稗家粹编》等编选短篇文言志怪传奇作品的小说选本；《国色天香》《万锦情林》《燕居笔记》《风流十传》等编选中篇文言传奇作品为主的通俗类书型小说选本。

以《艳异编》为代表的这类小说选本，就编选形式和所收作品来说，是大体相同的。基本上都是收集了汉唐迄明的优秀小说作品，篇目相重者夥矣。但是这些内容相差不多的书籍，数量却十分庞大。这

---

① （明）胡应麟：《少室山房笔丛·九流绪论下》，上海书店出版社2009年版，第283页。

是十分有趣也十分值得研究的文学现象，重复率很高的文学作品在一段时期内以各种名目反复出现而备受欢迎，除了文学话语，我们还可以从中探究出时代、社会文化、出版传播等多方面的背景内涵。《艳异编》可以说在这一文学风潮中处于核心的地位，成为时代风潮的风向标。因此本书以《艳异编》为中心来探究这一系列作品。

一　选题界定

本书引入"续书"这一概念来连接两个主要研究对象。"续书的主要特征在于它对原作的承续。白话小说与文言小说的续书存在很大的差异：在白话章回小说中，续书的重点是对原作中人物与情节的续写；而在文言小说中，续书的重点表现为在叙事的题材、文体类型、风格等的对典范的延续，而非如白话章回小说那样是对原作人物情节的续写。"① 而《艳异编》作为一部小说选本，它的续书从属于文言小说续书的大类，又与一般而言的文言小说续书有着很大的不同。小说选本的续书指那些编选风格、主旨与之相类似，而所选篇目又不能与之相同的作品。这样《一见赏心编》《稗家粹编》《情史》等书就被排除在外。

具体而言，《艳异编》及其续书包括《艳异编》《广艳异编》《续艳异编》，其中《续艳异编》是从《广艳异编》中选取若干篇独立成书，是选本的选本，内容完全出于《广艳异编》，因此本书不再对其进行具体研究。《古艳异编》《艳异新编》虽然在篇名上与《艳异编》相关，但实际上并不能算作《艳异编》的续书，本书第六章将对此问题做详细的讨论，此不赘述。因此本书以《艳异编》《广艳异编》为主要研究对象，拟对其进行深入细致的梳理剖析，在扎实的文献整理基础上得出自己的结论。至于《宫艳》《情史》《一见赏心编》《国色天香》等数量庞大的同类作品群，本书将其纳入背景与源流的讨论之中，对于中国古代的这些文言小说选本的整体性做深入研究，是一个

---

① 王旭川：《中国小说续书研究》，学林出版社2004年版，第4页。

十分有价值的选题,这将是笔者下一步的研究计划。

要对《艳异编》及其续书进行研究,我们还需要明确以下概念。

(一) 艳异

从语源学来说,"艳"的解释很简单,段玉裁《说文解字注》"好而长也",《小雅·毛传》曰:"美色曰艳。"从音乐学的角度来看,"艳"本为楚国一种歌曲的名称,本来与歌词的性质和内容无关,但随着儒家政治教化的推行,"艳"逐渐成为与"雅正"相对的贬义词,"一切淫靡的乐曲和歌诗都可以泛称为艳曲或艳歌"[①]。在政教音乐学中处于被批判的地位。

而在文学传统中,"艳"却有着丰厚的内涵,常常令人浮想联翩。追问这一文化现象的起源,我们不得不回溯到中国文学的源头,从诗三百中的关关雎鸠、桑中陌上到《楚辞·山鬼》中的"披薜荔兮带女萝,结芳馨兮慰所思",歌舞以娱神,香草美人的臣妾自比,这些中国文学的"风骚"传统都将女性、尤其是恋情中的女性带入我们的阅读视野。从汉乐府到唐诗,之后又传入宋词、元曲,历代文人骚客传诵千古的诗文名篇都在不断延续这一集体无意识。其中齐梁时的宫体诗、五代花间词派尤以关注女性与艳情著称。细读之下,我们会发现:凡是优秀的作品都不脱这一规律:有歌咏就有恋情,更确切地说就有艳情。艳,作为诗教文化的对立面,不符合儒家"乐而不淫、哀而不伤"的道德规范,不能登堂入室,却更符合饮食男女的食色天性,有着吸引人、打动人的文学天性。从诗歌之词赋之小说,随着文学表现手法的多样及表现力的增强,"艳"的文学感染力也在不断强化。

"异"则是中国小说特有的文学本质,有种让人惊怖却紧追不放的魔力。清闲情老人《谐史》序云:"夫天下之人,凡遇其事之奇者,莫不耸听而乐闻;遇其物之怪者,莫不心悸而发悸。"汉魏小说家多秉

[①] 康正果:《风骚与艳情——中国古典诗词的女性研究》,河南人民出版社1988年版,第134页。

承"补正史之缺"的信条,记载了无数个让后人可惊可愕的奇异之事,"异"成为优秀的小说作品在文学原点上的胎记。天河浮槎、悬壶济世、干宝父婢、丁令威、马化盗妇、紫玉韩重,这些奇事异闻吸引着我们,常常令读者惊讶地屏住呼吸。据明胡应麟《少室山房笔丛》卷三十六统计,六朝、唐宋时期仅以"异"为名的小说书就有《述异记》《甄异录》《广异记》《旌异记》《古异传》等,"大概近六十家"。[①]

发展到唐传奇,小说真正成为成熟的文体,不再极力标榜附庸史传,开始"叙事婉转、文辞华艳",昂扬的盛唐气象造就了诗国高潮,风流士子们也将诗歌的意象融入传奇的写作之中,在有关神仙狐鬼的奇情艳想中"可以见史才、诗笔、议论",[②]艳与异得到了交融与升华。综览唐代传奇志怪之作,小小情事,凄婉欲绝,我们不由不惊叹那些优秀的传世之作都可以"艳异"名之。"艳异"是对中国小说精神的深层体悟,是中国小说优秀作品的标签。到了明初瞿佑的《剪灯新话》"粉饰闺情,拈掇艳语,故特为时流所喜,仿效者纷起"[③]。可见"艳异"二字有着强烈的市场感召力,"艳异"类小说迅速大面积流播并为书商带来了丰厚的出版利润,在晚明的时代氛围中"艳异"类小说和小说选本层出不穷。

从美学倾向上来说,《艳异编》出版之初,就提出艳不伤雅,艳情并非敌对于名教。托名汤显祖的序里说"是集也,奇而法,正而葩,秾纤合度,修短中程","得其说而并得其所以说,则乐而不淫,哀而不伤,纵横流漫而不纳于邪,诡谲浮夸而不离于正"。连专门编选宫闱之作的《宫艳》也以诗教来粉饰:

> 昔《周南》,宫人之咏西伯也,以洲女起化而用为《风》首,安见肃雍之不在琴瑟间耶。太白赋《行乐词》有曰:"只愁

---

① (明)胡应麟:《少室山房笔丛·二酉缀遗中》,上海书店出版社2009年版,第364页。
② (宋)赵彦卫:《云麓漫钞》卷八,古典文学出版社1957年版,第111页。
③ 鲁迅:《中国小说史略》第二十二篇《清之拟晋唐小说及其支流》,人民文学出版社1973年版,第178页。

歌舞散，化作彩云飞。"疑人世间征鱼选肉，偎红绕翠，终作巫山一梦耳。虽事以艳传，谁谓以艳伤雅也。①

这段话告诉我们，无论是文人学士自娱自乐，编选作品消遣闲情，还是书坊主为牟利而出版发行；无论所编选作品书写内容如何，在编选主旨上都是以"讽"为主，并非宣淫之作。《礼记·曲礼上》言"敖不可长，欲不可纵，乐不可极，志不可满"②，虽然明代的士人在实际上已经极大地背离了这一原则，但在他们灵魂深处根植的还是儒家先贤的思想。

(二) 选本

本书将《艳异编》及其同类作品定义为小说选本。在此前的相关研究中，或将其定义为总集，或定义为专题，本书认为均不能很好地概括这类小说作品的文学特点及成书方式，因此特引入诗文研究中常用的选本概念，并依托此概念对其成书来源做细致的梳理论证，以从中发现问题、解决问题。

我们先来梳理一下"选本"这一概念：

自从出现文学作品，相应就会有作品的结集出现。因此"选本"概念的考察可以上溯至中国文学的源头。从《尚书》《诗经》《离骚》等作品开始，就已经是经过选择的作品，我们今天所读到的这些文学经典，多是经过某个人的选择集结而成。鲁迅先生说："评选的本子，影响于后来文章的力量是不小的，恐怕还远在名家的专集之上。"③ 由是观之，此说不谬。但是伴随着选本的出现，其与总集、丛书等概念就开始出现牵扯不清的关系。

1. 选本与总集

虽然评选的诗文集早已出现，但并非一开始就以选本名之。《隋

---

① (明) 陆树声：《宫艳》，适园主人题《宫艳》序，南京图书馆藏明刻本。
② 《礼记译解》，《曲礼上第一》，王文锦译解，中华书局2005年版，第1页。
③ 鲁迅：《集外集·选本》，载《鲁迅全集》第7卷，人民文学出版社1981年版，第137页。

书·经籍志》确立经、史、子、集四部名目,其集部析分为楚辞类、总集类、别集类。"总集"类小序云:

> 总集者,以建安之后,辞赋转繁;众家之集,日以滋广。晋代挚虞,苦览者之劳倦,于是采摘孔翠,芟剪繁芜,自诗赋下,各为条贯。合而编之,谓为《流别》。是后又集总钞,作者继轨。属辞之士,以为覃奥,而取则焉。

从这段话我们可以看出,总集一词首次出现就可以选本替代。主要是编纂者有感于当时"众家之集,日以滋广",为了免除读者阅览之"劳倦",而加以采择类编而成。在编纂的过程中"采摘孔翠,芟剪繁芜",有所取舍。我们今天可见的最早文学选本是南朝梁昭明太子的《文选》,也是因为作品繁多,"卷盈缃帙",萧统才"略其芜秽,集其清英",编为《文选》。

考察历代史志典籍与公私书目,终未见"选本"一词,凡选编的作品集始终归入四部中之集部,名之为"总集"。此处总集与"选本"有同有异,我们以《四库全书总目提要》集部"总集类"的小序为例来看:

> 文籍日兴,散无统纪,于是总集作焉。一则网罗放佚,使零章残什,并有所归。一则删汰繁芜,使莠稗咸除,菁华毕出。

这段话为我们解答了"选本"与总集的异同。首先两者的编选原因是相同的"文籍日兴,散无统纪";其次两者又同中有异,总集(此处用全集来代替更确切)"网罗放佚,使零章残什,并有所归",选本"删汰繁芜,使莠稗咸除,菁华毕出"。由此可见,总集包括全集与选本(选集),两者有交叉之处,此外别集中也有选本,如《剑南诗稿》就是陆游《剑南诗钞》的一个选本。可见选本是传统目录学总集或别集中非全集的那一类。考察中国文学史上的选本我们不难发现：由晋至唐宋，总集以选本为主，而明代以来，全集日夥，选本、全集并驾齐驱。

这里我们需要提及的是：明代选本数量居历代之首，而质量却常为人所诟病。从数量上来看，《四库全书总目提要》"总集类"共著录书目 164 种，其中明代 45 种，约占 30%，"总集类"存目共著录401 种，其中明代 270 种，约占 70%；就小说选本而言，明代也大大超越了前代，任明华《中国小说选本研究》列出宋代小说选本 63 种，元代小说选本 11 种，明代小说选本 246 种，清代小说选本 106 种，有明一代的小说选本超过了历代之和，从中我们也能感知明代小说繁荣发展的盛况。然而对其质量历代评论却颇多微词，甚至一笔抹杀：

> 至明万历以后，伧魁渔利，坊刻弥增，剿窃陈因，动成巨恢，并无门径之可言，姑存其目，为冗滥之戒而已。①

这是清人对于明代文学选本的整体评价，小说选本当然也在其列。书坊主是小说选本编选的强大后盾，在牟利思想的驱使下，其编选往往就粗制滥造、鱼龙混杂，《古艳异编》就是一个典型案例：其中既有单篇作品，又有小说总集，还有小说选本；书前序言也和《玉茗堂摘评王弇州先生艳异编》序言相同；书中插图也是借来的："此本卷首冠图八页，十六单面图，绘刻精工，页六'宿驿'图与《绿窗女史》插图全同，唯人物均反向绘刻，似出苏州刊本。"② 从各种情况来看《古艳异编》根本就是一部拼凑之作。

2. 选本与丛书

我们再来看"选本"与"丛书"的区别。《说文解字》曰："丛，聚也。"《中国丛书综录·前言》中说："丛书是汇集许多种重要著作，依一定的原则、体例编辑的书。"可见"丛书"就是把多种书汇

---

① （清）纪昀总纂：《四库全书总目提要》卷一百八十六集部三十九《总集类一》，河北人民出版社 2000 年版，第 5080 页。

② 周芜、周路：《日本藏中国古版画珍品》，江苏美术出版社 1999 年版，第 480 页。

聚起来，别立新名。而"选本"是把多篇作品汇聚起来，"丛书"收录的是相对完整之专书，如《说郛》《古今说海》《唐人说荟》等，"选本"收录的都是单篇作品。在本书的研究对象中，《艳异编》《广艳异编》编选的是前代或明代的单篇作品，是小说选本；《古艳异编》既编选了单篇作品《汉杂事秘辛》，又编选了《北里志》《青楼集》《侍儿小名录》等小说集或小说选本，是一部五味杂陈的具有丛书因素的拼凑之书。

厘清了选本的概念，我们还需要了解一下选本的文学批评价值。

3. 选本价值探讨

从文学批评的角度来看，"选"即是"评"，文学批评乃是文学选本的本质功能。选本作为文学批评的理论价值主要体现在三个方面。首先，选本是文学观念的外化和载体。选本可以见出选者才能的高下，钱良择在《唐音审体·例言》中曾说，选者有才方能"尊其创格"，有学方能"存其面目"，有识方能"汰其熟调"。李东阳《麓堂诗话》亦云："选诗诚难，必识足以兼诸家者，乃能选诸家；识足以兼一代者，乃能选一代。"选者的文学观念决定了编选方向，王世贞作为后七子的领军人物，其复古的文学观念决定了《艳异编》中主要编选前代的小说作品。冯梦龙作为启祯间的通俗文学大家，作为王学发展潮流影响下的一员，其"天地有情"的以情为纲思想贯穿《情史》编选的始终。

其次，选本是文学发展的总结和见证。小说选本编选了前代优秀的志怪传奇之作，既是文言小说作品的一次汇总，又是其发展阶段的一次见证。《太平广记》作为中国小说史上最早、最大型的一次小说汇总，囊括了前代几乎所有优秀的文言小说，是文言小说发展史上的一次总结，也是中国古代优秀小说的见证。《艳异编》又从其中筛选出艳异类的小说作品，并加以分部类安排，是小说选本发展不断细化的一个见证。《广艳异编》在《艳异编》所收作品之外，广采博收，是艳异类小说选本发展的又一个见证。

再次，选本还是文学流播的媒介和途径，选家的令名美誉亦会随着选本的不断传播而流布。如明代高棅编《唐诗品汇》，因力主唐音，所选甚精，品评亦当，受到世人推崇，"终明之世，馆阁宗之"①，高棅亦随之名声大噪。梅鼎祚虽布衣终生，却因《青泥莲花记》《才鬼记》等的编选为后世所称誉。

总之，选本即是编选者以自己的旨趣为依归，按照自己的编选原则，将前代或当代作品选择归纳成书。相对于总集而言，它不必搜罗殆尽；相对于丛书而言，它不必摘选全书；相对于类书而言，它不必分类精准。随便一个编选者，抄撮五七篇他人作品，略加归类，就可以称为选本。然而选择即是批评，选本亦能见出高下，"选本所显示的，往往并非作者的特色，倒是选者的眼光，眼光愈锐利，见识愈深广，选本固然愈准确"②。

在中国文学发展的历程中，很多优秀之作逐渐湮灭于历史的洪流中，只有在选本中不断出现的作品才成为经典为后人所熟知。伴随着文学作品总量的增加，文学选本也不断增加，加上印刷技术不断进步的推助，选本的规模不断扩大，堪称全集的选本越来越多，优秀之作也越来越多，在文学作品的保存传播史上功不可没。

二　研究现状及研究价值

述往事而知来者，以往的研究为本书的研究工作打下了坚实基础，因此在条列以往相关研究的基础上，我们可以更明确本书研究的空间及学术价值之所在。

（一）研究现状

整体而言，相对于数量庞大的文本存在，中国小说选本的研究相对很少。《艳异编》作为小说选本中的代表之作，虽然已经有专门的学位论文对其展开研究，但总体而言针对其展开研究的论文也相对较少；《广艳异编》则只是偶尔提及，只有几篇研究论文出现；至于与

---

① （清）张廷玉：《明史·文苑传》卷一八九，中华书局1974年版，第7336页。
② 鲁迅：《且介亭杂文二集·题未定草》，人民文学出版社1973年版，第205页。

本论题相关的《古艳异编》，则鲜有提及书名者，研究也止于对其伪书性质的判定。

与其他论文就论题说论题的写法不同，本书在研究现状中从多个角度论述了相关研究成果，这是由本书的正文内容所决定的。本书的研究主要从传播学的角度整理具体篇目的源流，因此小说选本、传播学等的相关研究，也与传统的《艳异编》及其续书研究一样在本文的关注范围之内。其具体情况分述如下。

1. 20 世纪 80 年代以前的相关研究

几乎所有的小说研究都要从鲁迅先生写起，本书也不例外。《中国小说史略》《集外集·选本》虽未专文系统论述文言小说选本及《艳异编》，但对相关问题提出了不少真知灼见，如《海山记》已见于《青琐高议》中，自是北宋人作。《破唐人说荟》一文更是高屋建瓴，对后来的明代小说选本研究者启发良多。

孙楷第先生是中国古代小说研究的另一位开创者和奠基人。其开创性的学术成就体现在《中国通俗小说书目》《日本东京所见小说书目》《大连图书馆所见小说书目》，以及身后才得以出版的《戏曲小说书录解题》《小说旁证》等，这些著作都与本论题有所关联。其中《戏曲小说书录解题》与本论题关涉最多，该书涉及了《艳异编》《续艳异编》《广艳异编》《古艳异编》等小说选本，书中的一些观点被后来研究者反复引用，几乎奉为圭臬，如"其文（按《艳异编》）录《太平广记》者甚多，占全书十分之七"[①]。此外，在有关《艳异编》等书的研究中，孙先生提出了许多创建性观点，具体分列如下：（1）篇目来源；（2）作者不是王世贞；（3）序作伪托汤显祖；（4）（按《续艳异编》）此书或即依傍大震《广艳异编》，稍稍变通为之，亦未可知也；（5）凌濛初撰《拍案惊奇》多采其事（按《广艳异编》），唯皆没其出处，不脱当时著书气习；（6）唯刘仲达《鸿书》中曾引斯书；（7）将《古艳异编》介绍给学界。

---

① 孙楷第：《戏曲小说书录解题》，人民文学出版社 1990 年版，第 14 页。

此后至今八十来年，世事变迁，学者更替，在有关上述问题的研究中更多的是将孙先生的观点细化深入，却很少更具创建性的超越。

在小说文本方面，出版了鲁迅《唐宋传奇集》、汪辟疆《唐人小说》、王世贞《艳异编》等。这些都为《艳异编》及其续书的深入研究提供了极大的方便。

2. 新时期的相关研究

自20世纪80年代以来，中国社会发生了翻天覆地的变化，中国古典小说和小说理论的批评、研究进入多元化的时期，不仅有资料考据性质的整理分析，而且注意到复杂的社会环境对作家及小说编选的深刻影响。关于文言小说选本的研究思路和研究方法都有较大进步，与本书相关的研究也取得了相应进步，分别论述如下：

第一，文本整理。

进入20世纪80年代，明清小说逐渐成为整理出版的热点，如上海古籍出版社影印了《古本小说集成》，中华书局出版了《古小说丛刊》（2000年后又以"古体小说丛刊"之名出版）、《古本小说丛刊》，江苏古籍出版社出版了《中国话本大系》、台湾天一出版社出版了《明清善本小说丛刊初编》，春风文艺出版社出版了《明人编刊小说总集》《中国古代珍稀本小说》等。这些大型古籍丛书的整理出版，包括了《艳异编》、《续艳异编》、《广艳异编》、《情史》、《绣谷春容》、《万锦情林》、《燕居笔记》三种、《国色天香》、《花阵绮言》、《稗家粹编》等文言小说选本。《笔记小说大观》《历代笔记小说集成》《明清文言小说选刊》《古体小说钞》等也收录不少相关文本。此外，李剑国《唐前志怪小说辑释》、李时人《全唐五代小说》、李剑国《宋代传奇集》等作品集陆续出版，这些都对《艳异编》及其续书的研究起到推动作用。

第二，相关研究。

（1）文献研究的进展

文献研究是小说研究的起点。关于《艳异编》及其续书，虽没有专题论文的出现，但在这一领域前辈学人早已为我们做了筚路蓝缕的文献开创工作。首功当属李剑国先生的《唐五代志怪传奇叙录》《宋代志怪传奇叙录》。李先生学养深厚，博览勤收，所收材料丰富详赡，考证严谨，不仅是唐宋小说研究的资料宝库，也为明代的文言小说选本研究提供了丰富的材料，并在研究方法、研究内容等方面给笔者诸多启示。

此外，还有很多学者的研究工作为这一论题做了资料性的准备。如：谭正璧先生的《古本稀见小说汇考》上编"传奇小说之部"，对《广艳异编》等书进行了考证。因同为日本所藏书的概略介绍，所论多不出孙楷第先生《日本东京所见小说书目》。

此外，侯忠义《中国文言小说参考资料》，丁锡根《中国历代小说序跋集》，黄清泉主编、曾祖荫等辑录《中国历代小说序跋辑录》（文言笔记小说序跋部分），古亦冬《禁书详解·中国古代小说卷》，李梦生《中国禁毁小说百话》《禁毁小说夜谭》等著作，或收录相关序跋，或对相关作品作概要的介绍，都为我们进一步的研究做了前期准备。

（2）文本研究的进展

《古本小说集成》本《艳异编》前言，[①] 是《艳异编》研究史上的重要一笔。该前言是徐朔方先生为上海古籍出版社《古本小说集成·艳异编》写的序，其创见如下：（1）提出常见伪本有十二卷、十九卷两种。（2）引用了《广艳异编·凡例》中吴大震提到的"胜国名儒"的说法，认为《艳异编》不是王世贞创作，但也不会是对前人辑本简单翻印。（3）提供了两条重要材料，这两条材料被学界反复引用：一条是《弇州山人四部稿》卷一一八致徐中行的信，"仆所为《三洞记》，足下试观之……《艳异编》附览"，这条材料后来文章被反复引用于推断成书时间；另一条是骆问礼《藏弆集》卷五《与叶春元》说："会闻王凤洲（世贞）先达，以《艳异编》馈人，

[①] 徐朔方：《小说考信编》，上海古籍出版社1997年版，第586页。

而复分投（头）赎归，亦必有不得已者。（4）分析《艳异编》为什么不署名。不过徐先生把《艳异编》看成是"明代笔记小说集"（按，台湾《明清善本小说丛刊》也把《艳异编》《情史》收入笔记小说集），笔者觉得应当再加甄别，该书收有历代诸多传奇名篇，以笔记小说集名之，似不当。

陈国军先生《明代志怪传奇小说研究》是近年明代文言小说史研究的翘楚之作，既有深厚的文献功力，又纵横捭阖，见出开阔的理论视野。其中第四章第三节《嘉靖时期小说的汇编》和第六章第一节《〈雪窗谈异〉与明代小说汇编的终结》重点论述了明代的小说汇编现象，对《艳异编》《广艳异编》《才鬼记》《青泥莲花记》等文言小说选本进行了深入研究，既有扎实的文献考据爬梳，又带有思想光辉的思辨之语，对笔者启示良多。

针对《艳异编》作全面研究的是两篇硕士学位论文。一是王重阳的《〈艳异编〉研究》（硕士学位论文，南开大学，2007年）。该文首先进行版本梳理，之后针对较通行的四十卷本展开文本细读，从编选主旨、评点、篇目设置等角度分析其中所蕴含的小说思想，产生原因及对后来的影响。该文行文清晰平实，有破有立，既梳理了以往研究成果，又提出了自己的相关见解，并引入接受美学、社会学的一些理论展开研究。

另一篇是王爱华《〈艳异编〉研究》（台湾"中央大学"中国文学研究所硕士学位论文，2004年）。在有关《艳异编》的研究中，该文堪称目前最为系统和深入的专文。全文共分六章，分名士论、艳异论、禁毁论、系谱论四个方面深入辨别论述了《艳异编》的编者、"艳异"的主题、所收作品溯源、篇目编排得失检讨、禁毁原因探讨、及明清两代"艳异"系列小说选本。

此外有关《艳异编》的论文仅有两篇，分别是代智敏《从〈艳异编〉、〈广艳异编〉看明代中晚期小说审美观念的发展》、施晔《男王后：从历史叙事到文学叙事》；有关《广艳异编》的论文还有任明华《〈广艳异编〉的成书时间及其与〈续艳异编〉的关系》、韩结根

《〈广艳异编〉与"两拍"——"两拍"蓝本考之二》、蒋宸《"真假小姐"关目本事探源》、蔚然《"吴衙内邻舟负约"地名更改探析及其他》合计四篇。其他在文学史或小说书目、文学词典的记载多是简略介绍、泛泛而谈,甚至存在错误之处,如《中国文言小说史稿》中说:"《艳异编》是他(王世贞)所编辑的唯一一本文言小说集。"① 此说当误,即使不算《剑侠传》,还有《世说新语补》也是王世贞编辑成书,并多次刻印。"印月轩主人吴大震,又将此书整理补充,分二十五部,三十五卷,称《广艳异编》。"② 此说大误,《广艳异编》可以说是在《艳异编》影响下的仿作,但两者具体内容仅有一篇相同,不是在其基础上的整理。从以上研究现状来看,针对这一论题展开全面深入研究已成为我们不可回避的课题。

(3) 小说选本概念的提出

虽然文学史著作、文学史资料汇编、文学词典在论及明清小说时都会简略提及小说选本,提及《艳异编》《情史》,但前人鲜有从"小说选本"这一角度出发去研究这些作品的。首先明确提出这一概念的是任明华《中国小说选本研究》,③ 该文分上下两编,上编首先对"小说选本"的概念进行了明确的界定,之后针对整个中国古典小说选本展开全面分析评价,包括中国小说选本的流变、编纂体例、类型、价值等方面。下编叙录部分针对历代选本进行了资料梳理,为研究者们提供了不少宝贵的材料。该文对小说选本的研究具有系统性和全面性特点,在这一点上有首创之功。从小说发展史中理出选本发展的脉络,对小说选本进行分类讨论,为同好提供全面的中国小说选本研究资料,具有较高的学术价值。但是,在此文中也存在一些不足之处:如对小说选本概念的界定较为宽泛,一些有明显加工创作痕迹的作品集如"三言二拍"也收入;一些丛书、类书如《古今说海》《五朝小说》《说郛》等也一并收入;一些明显不是小说集的书如《茶

---

① 侯忠义、刘世林:《中国文言小说史稿》,北京大学出版社1993年版,第122页。
② 同上。
③ 任明华:《中国小说选本研究》,博士学位论文,华东师范大学,2003年。

书全集》也收入其中，显然不够严谨。此外资料占有还不尽完善，一些重要的小说选本不曾收入，如《一见赏心编》《稗家粹编》等。由于此文论及整个小说史上的小说选本，因此存在不足之处也在所难免。

除了任明华博士的学位论文，目前所见明确以"小说选本"为题展开研究的还有代智敏《明清小说选本研究》①。该文对"小说选本"的概念进行了细化的界定，论述了明清小说选本的发展阶段及兴衰原因，并分章论述了明清小说选本类型论、艺术论、评点论、价值论、明清文化思潮、小说观念与小说选本之间的关联。该文在选题上具有开创性，在对明清小说选本的研究中为我们提供了新的思路和方法。但是还有很多问题有待深入展开，有些地方尚需斟酌，如叙录中把《删补文苑楂橘》列为明代第一部小说选本，根据其收纂作品，当在万历以后，属于明代中后期的作品。②

任文和代文的研究中，都纳入白话小说选本。最早对中国古代文言小说选本进行专题研究的是秦川博士的学位论文（上海师范大学博士学位论文，2001年）。虽然其文中使用"总集"这一概念，但是与本书的"选本"概念主体一致。此后秦川在该文基础上出版了专著《中国古代文言小说总集研究》③，书中整理研究了近三百种古代文言小说总集，并对一些问题展开论述，如专章论述明代艳情专题文言小说总集，这一专题以《艳异编》为核心，可惜只是概略言之。

---

① 代智敏：《明清小说选本研究》，博士学位论文，暨南大学，2009年。
② 该文在第196页言"孙楷第《日本东京所见小说书目》考证为明初文言小说选本"。此处显然误解。查《日本东京所见小说书目》，孙先生认为"其刊书年代，至早应在万历以后尔"（卷六，《删补文苑楂橘》）不知何故，这一误解在学者中存在较多：如：刘世德先生主编的《中国古代小说百科全书》第567页有"文言小说而出选本者，明代则始于《文苑楂橘》"；程国赋先生的《论明代坊刊小说选本的兴盛及其原因》一文亦有"从现存文献记载来看，以《文苑楂橘》为明代文言小说选本之始"（《文艺理论研究》2008年第3期）。
③ 秦川：《中国古代文言小说总集研究》，上海古籍出版社2006年版。

近年来硕士学位论文选题开始关注单部选本，如《〈艳异编〉研究》《〈狐媚丛谈〉研究》《〈琅嬛记〉研究》等，不过因研究资料等各方面限制，创新较少，尤其《〈琅嬛记〉研究》基本上就是综合了学界现有成说。

此外，近年也出现了一些针对"小说选本"进行研究的单篇论文：如任明华《近百年古代小说选本研究简述》《中国小说选本形态论》《古代"小说选本"命名的理论批评价值》《明代的小说选本论略》《〈古今清谈万选〉的编者、来源、改动及价值》（此篇与任明菊合作）；代智敏《明代小说选本研究》《论明代社会思潮对小说选本的影响》《"虞初"系列小说选本研究》《明末清初小说选本评述》《选本〈西湖拾遗〉与原作比较研究》等。秦川《中国古代文言小说总集的类型特征》《明代文言小说总集述略》《明清"虞初体"小说总集的历史变迁》《明清文言小说总集对唐传奇的贡献》《中国古代文言小说总集述略》等，这些单篇论文多与其博士学位论文一致，此不多述。值得一提的是程国赋教授《明代坊刊小说选本的类型及兴盛原因》《三言二拍选本与原作比较研究》，前者从书坊出版角度关注选本，后者将小说选本与原作加以比较，为我们打开了新的研究视角。程毅中先生《明代的诗文小说》一文，胪列论述了小说选本《艳异编》《广艳异编》《古今清谈万选》《幽怪诗谭》等，并有"艳异"系列一语出现，将《艳异编》及其续书作为一个整体进行评述。

（4）相关的传播学研究

传播学源于西方，进入 21 世纪，学界常有人借其理论架构来研究中国古代小说的传播，认为小说传播是由创作、刊刻、发行、销售、购买及阅读这些彼此有着内在关联的环节所构成的动态过程和结果，同时它还受制于文化政策与社会思潮的合力作用。[①] 这一新视角一经引入即效仿纷起，甚至一度成为时尚，研究成果主要集中在中国

[①] 宋莉华：《明清时期的小说传播》，中国社会科学出版社 2004 年版，第 12 页。

古代白话小说的领域，相关专著、学位论文、期刊论文、甚夥。① 宋莉华《明清时期的小说传播》是相关研究中将小说研究与传播学理论结合较好的代表性著作。该书分为上、下两编，上编部分论述明清时期的白话小说传播研究，对文言小说的传播学研究也有借鉴意义；下编专门论述明清时期的文言小说传播，与本论题关系更密切。

从传播学的角度来看，关于选本研究，我们首先应该关注的是从成书至今的史志目录之书，如《赵定宇书目》《宝文堂书目》《红雨楼书目》《日本东京所见小说书目》《中国文言小说书目》等书中对《艳异编》及其续书的有关记载，从相关记载可以看出这些小说选本在历代刊刻流播的大概情况。

其实，选本本身就是一个带有传播学意义的概念。但以传播学为切入点的小说选本专门研究，并不多见。与本论题关涉较多的这类研究著作有张兰《唐传奇在明代的文本流传》（上海师范大学硕士学位论文，2006年）、范可新《唐传奇宋代传播研究》（曲阜师范大学硕士学位论文，2011年4月）、岳鸳鸯《晚明小说出版的时空变迁与传播特征》（《河南教育学院学报》2012年第4期）等。程国赋先生也是近年在小说传播学领域关注较多的学者，相关著作有《唐代小说嬗变研究》《明代书坊与小说研究》《三言二拍传播研究》，其《明代书坊与小说研究》一书中的第七章"明代书坊与小说选本"，与本书关涉较多。

总体来看，文言小说的传播相较白话小说要简单些。其传播方式和途径不外乎以下几种：（1）史志目录学著作的著录；（2）读者的传抄；（3）丛书、类书、总集、选本等的收录；（4）被改编为白话小说；（5）被改编为戏曲。

此外还有谭帆《中国小说评点研究》、彭佳佳《明代唐传奇评点研究》从评点入手、黄大宏《唐代小说重写研究》从重写等角度入

---

① 专著有王平《明清小说传播研究》，山东大学出版社2006年版；博士论文如蔡连卫《"杨家将"小说传播研究》，山东大学，2006年；硕士论文如张兰《唐传奇在明代的文本传播》，上海师范大学，2006年等。

手的文言小说研究，周心慧《中国古代版刻版画史论集》①等版画研究，学界这些研究成果都为本书提供了宝贵的文献及理论基础。

综观《艳异编》及其续书的研究，我们可以发现：20世纪初，鲁迅、孙楷第等前辈在相关著述中都已提及，为我们提供了宝贵的资料和研究线索。之后直到20世纪八九十年代学界才又重新关注这些小说选本，但多是零星论文，不成气候。进入21世纪，相关论文渐多，且以学位论文展开全面深入论述某一部选本为特色。其中尤以暨南大学程国赋教授门下为最，概程先生近年在这一领域关注较多之故。然而《艳异编》及其续书的相关研究仍未受到学界充分的重视，存在许多问题，如文献整理研究有待进一步加强，系统综合的研究缺失，一些论题学界尚未涉及。不少问题的研究有待深入，同时也存在一些研究盲点。程国赋教授亦言："关于小说选本的研究，一直没有受到学术界足够的重视……与古典诗歌选本的研究相比，对小说选本研究的广度和深度还远远不够。"②

（二）研究价值及预期创新

本书的研究工作是从细处着眼，具体整理相关篇目的故事源流，属于小说文献整理的范畴。但从宏观的角度看，可以改变相关的文学史叙写，拼接断裂的小说史链条。具体言之：

第一，本书为《艳异编》《广艳异编》相关篇目提供故事发展源流的文献资料。故事源流的梳理是本书第一步要做的工作。选本不是作者的创作，但选择即是批评，代表了一时的文学风尚，从中也能解读出当时的社会历史背景。编选者的编选原则、编选主旨、审美情趣都能从中解读出来。《艳异编》所选的361篇作品集合了历代优秀之作，但其来源如何，作者是如何编选成书的，这是本书首先要探讨的问题。

笔者以前人的相关研究为基础，主要参考了李剑国先生的《唐五

---

① 周心慧：《中国古代版刻版画史论集》，学苑出版社1998年版。
② 程国赋：《明代书坊与小说研究》，中华书局2008年版，第233页。

代志怪传奇叙录》《宋代志怪传奇叙录》等书，翻阅了大量的小说文献资料，并参考了现有的研究成果，整理出了相关选本所收的几乎所有篇目的故事源流。这些细化的工作会为进一步的研究提供坚实有力的支撑，相信对学界相关研究也具有一定的参考价值。

第二，本书在文献整理的基础上，梳理归类了相关问题，从中得出一些不同于前人的结论，提请学界改变自小说学构建之初就存在的某些定论，或研究者们对相关问题普遍存在的误解。比如孙楷第先生认为《艳异编》"十分之七"来自《太平广记》，之后此观点被学界反复引用。但通过查找《艳异编》相关篇目的来源，笔者发现两者相重篇目共112篇，仅仅是"十分之三"的份额。而本书的另一研究对象《广艳异编》579篇作品中，共有315篇与《太平广记》相关，倒是占有"十分之五"的份额。不过即使多数篇目与《太平广记》相关，但也未达到学界泛泛而言的"十分之七"的程度。其实这也恰好印证了在谈恺重新刊刻《太平广记》之前，该书只是以抄本的形式流传于部分文人间，而《广艳异编》成书于谈刻本之后，编选者可以方便地阅读到《太平广记》，该书在社会上也产生了更大影响。

窥一斑而见全豹。很多问题的解决需要依靠细化的文献整理，在占有资料的基础上我们可以更清楚地看到问题，得出结论。本书的主体部分就是在故事源流整理的基础上展开讨论。文献材料告诉我们，《艳异编》的成书来源不是《说郛》《古今说海》等丛书，而更多的是来自于单篇传奇。《琅嬛记》是学界公认的伪书，但其成书来源如何，作伪手段怎样？通过对《广艳异编》的故事源流整理可以很好地回答了这一问题，通过《广艳异编》与《琅嬛记》相重的部分，我们可以挖掘出这一问题的答案，等等，许多类似的问题需要对文本篇目的具体分析才能找到答案，笔者将在正文中详细论述。

简而言之，前人对于《艳异编》《广艳异编》等书的评价多是从小说流变的角度来以面、线带点，而本书关于《艳异编》及其续书的研究是在篇目源流整理的基础上进行的，是站在点上去看面和线，因为观察视角不同，本书能得出一些不同前人的结论。

第三，本书的研究力图提请学界从选本的角度去看待《艳异编》及其续书。从选本的角度来观照《艳异编》等作品，我们就会意识到这些作品总体上能代表选编者的编选观念、时代背景。但是反过来看这个问题，我们需要认识到其中的篇目是选编来的，并不代表作者的创作水平和创作情况，因此研究者们常常引用《艳异编》里的作品来评价王世贞，或者直言"王世贞的《艳异编》里说"这类的现象应该得到澄清了，学者们不应再犯类似的错误。

《艳异编》《广艳异编》等书中的篇目都有其编选来源，这一点看似简单明了，但学界甚至一些专家都在犯类似错误。笔者在查考《张红桥传》出处时，读到邓红梅教授《红桥考证与四库馆臣的疏误》[①]一文，文中提到"对此事叙述最详的《情史类略》文字，又出自晚明小说家冯梦龙之手"，这一论述既有把《情史类略》当成冯梦龙的创作之嫌，也没有注意到早于冯梦龙的吴大震已经将此篇收入《广艳异编》中。深究下去，不仅此篇中的诗词见于陈鸣鹤《鸣盛集》，陈鸣鹤《东越文苑》卷六也有"林鸿"条，这篇故事的创作者当是陈鸣鹤。笔者所能查阅到的资料证明：本篇故事最早来源是陈鸣鹤的《晋安逸志》，之后被徐𤊹收入了《榕阴新检》卷十五，《广艳异编》收入之后，又被精选本《续艳异编》收入卷五《张红桥传》。此篇还与杨仪《高坡异纂》中的《娟娟传》有错杂交织之处，而《娟娟传》在《广艳异编》《情史》等书中都被收入。相信这些从编选的角度来查考的故事源流会对解决"红桥"问题提供更有力的资料支持。

另外，文学史叙写上的一些不严谨处也会随着本论题的展开而暴露出来。如《全唐诗》卷八百中收晁采的诗，这些诗歌见于《广艳异编》卷八中《晁采外传》，亦见于《续艳异编》卷四《晁采外传》、《情史》卷三情私类《晁采》。探究这篇小说的更早来源是伪书《琅

---

① 邓红梅：《红桥考证与四库馆臣的疏误》，《北京大学学报》（哲学社会科学版）2005年第1期。

嬛记》，书中注出《本传》。本书将在相关部分具体论述其伪书问题。这里需要注意的是：《琅嬛记》成书于明代，其中的诗歌创作前代未见，也出自明代人之手，将其收入《全唐诗》是欠妥当的。

第四，本书的研究能够修复断裂的小说发展史链条，有利于勾勒出更为完整的文学流变史。

《剪灯新话》出现于明代初期，在明代反复刊刻，影响深远。在相关的文学史著作中多认为其是"唐传奇和《聊斋志异》之间的桥梁和纽带"。通过本书的研究，我们发现在《艳异编》所编选的361篇作品、《广艳异编》所编选的598篇作品中，都是汉魏唐宋的优秀传奇志怪之作。而《艳异编》及其类似之作在当时颇为盛行，我们今天所看到的文言小说经典多是在这一基础上形成的。《太平广记》《艳异编》等书反复刊刻，后人又仿照体例从中编选，直至民国时期仍有《旧小说》等文言小说选本出现。唐传奇编选的现代经典之作——鲁迅《唐宋传奇集》、汪辟疆《唐人小说》等就是在此基础上编选的。可以说小说编选者并非这些小说创作者，但他们是这些小说成为经典的推动者；他们并没有创作文学作品影响后来人，但他们的编选内容决定了后世读者读到的是什么，进而影响后世的小说创作。因此，相对于《剪灯新话》等明代文言小说作品，这些选本才是真正的桥梁和过渡，唐传奇的传统在明代以《艳异编》等小说选本的形式存在，并未间断，干宝的搜神雅好也以此种形式在明人中承传，如此如此，才不会突然天上掉下个蒲松龄。

三 研究思路及研究方法

（一）研究思路

本书致力于作《艳异编》《广艳异编》故事源流的考述，在对具体文本篇目分析的基础上，从小说选本的角度作传播学意义上的分析，从中发现问题并得出结论，这是本书与其他学者的《艳异编》《广艳异编》等研究不同的地方。

本书认为对于选本来说，传播过程的研究重于其文本自身的研究。《艳异编》及其续书都是编选前代和明代的小说作品而成的，那么其编选来源如何，其影响流向如何？这应该是我们在研究这两部书时首先要考虑的问题，而不是像个人创作的作品集那样分析其思想意义、文本价值。因此在具体操作上，尽力查找《艳异编》《广艳异编》中每篇故事的源流，翻阅每篇故事在其他小说选本和文体中的存在情况，确定其编选直接来源，并力图分析其对相关文体的影响。

这种从传播学角度进行的小说文本分析，能够以一种新的理论视角俯瞰相关问题；同时，文献资料的查证分析，又能给这种分析方式提供扎实的实证基础，因此本书认为这种研究思路是有意义和值得肯定的。但同时笔者又认识到，《艳异编》及其续书不注出处的弊端让很多推测无法得到最有力的支撑，相关的小说选本资料匮乏和不受重视，也使这条故事源流收集的实证之路时时陷入窘境。

（二）研究方法

本书使用的主要研究方法和理论有：

1. 文献学

故事源流的整理是本文提供给学界的一个重要内容，对相关研究有非常重要的资料价值，也是本文展开论述的基础，因此文献学的研究方法是本文采用的基本方法。

本书整理了《艳异编》《广艳异编》两书的故事源流，查找其出处以及在其他选本、文体中的存佚情况。在此基础上"辨彰学术，考镜源流"，运用目录学、版本学、校勘学等研究方法，在阅读原典的基础上聚沙成塔，从大量的文献整理实践中提炼出自己的观点。

2. 传播学

传播学的研究方法也是本文借鉴的重要研究方法。《艳异编》及其续书中的小说文本都是编者收集而来，与其广泛传播分不开。传播学的视角让我们动态的去看待故事文本，本书在考察这些故事的源流时借助了传播学的某些理论、方法和概念，通过对传播者、传播媒介与传播途径、接受者等的分析来研究这些小说文本是如何受《太平广记》《夷坚志》等书的影响并反过来影响其他选本和文体的。

3. 统计法

在具体讨论《艳异编》《广艳异编》与《太平广记》《夷坚志》《琅嬛记》等书的关系时，讨论的问题需要文献资料的支持，而文献资料较多时，本书采用了统计学的方法，用列表的方式穷尽列出两者之间的相关篇目，在此基础上分析归纳出论点。

第一章

《艳异编》的编者、成书及版本

明代小说几乎没有哪一部的作者问题不存在争议，《艳异编》也在其列。关于其编撰者究竟是否为王世贞，成书于何时，其出版传播状况如何，本章拟作一番梳理考订。

第一节 《艳异编》编者考

关于《艳异编》的编选者历来有元朝名儒说、王世贞说、书坊伪托说、张大复说几种异议。在学界现有的研究中，多认同王世贞说。本节详细考辨了各种异说，并以文献资料为基点认同王世贞说。在此基础上，进一步梳理探讨王世贞为什么否认选编了《艳异编》。

一 辨"编者非王世贞"

先来看元朝名儒说，此说出现在吴大震的《广艳异编·凡例》中，这里最早对王世贞"著作权"提出异议：

> 说者谓胜国名儒，夙存副墨，弇山第以枕中之秘为架上之书尔。

吴大震认为编选者是前代名儒，王世贞只是将它公之于世。这种说法细览原作就可不攻自破，因为《艳异编》中收有不少明代人作品，尤以《剪灯新话》中为多，不可能是元代人的作品。现代学者中将王世贞的"著作权"模糊化始自孙楷第：

> 综其所摭，亦属繁富，唯辗转稗贩，出处不明。其书仅十七门，而宫掖一门已占十卷，可谓毫无持抉。世贞在有明一代号为博学，何至为此等书，此必书肆所托，即汤显祖序评之语亦属伪造，无是事也。①

孙先生指责《艳异编》分部"毫无持抉"，仔细推究，笔者倒认为这并不算缺陷，宫掖本来就是艳异类故事集中发生地，历来为人们津津乐道。《艳异编》从中多选几篇，实在是有眼光、有鉴赏力的表现。如果非要分部均匀，各部篇数相等，反而有死板、教条之失。但后来研究者常不加分辨遵循之：

> 此书不像是博学能文的王世贞或张大复等人所辑。②
> 明代中后期的传奇总集，首推《艳异编》……这是一本在《太平广记》影响下编就的说部总集……此书之长，在于其宏富；之短，又在于其繁杂。所以，称为王世贞、汤显祖所编所评，可能是书肆伪托；但它的影响却是很大的。③

也有提出疑问，述而不论者：

> 《艳异编》三十五卷，题王世贞撰，首息庵居士序……或云息庵居士即王世贞，但早已有人疑此书非王世贞所辑；也有人据

---

① 孙楷第：《戏曲小说书录解题》，人民文学出版社1990年版，第14页。亦见于桥川时雄、王云五主编《续修四库全书总目提要》子部，台湾商务印书馆1972年版，第1759页。
② 刘世德主编：《中国古代小说百科全书》，中国大百科全书出版社1993年版，第659页。
③ 韩秋白、顾青：《中国小说史》，文津出版社1995年版，第89—91页。

《梅花草堂笔谈》中"予所居息庵"一语，疑息庵居士为张大复，但亦无确证。①

分析这些指摘，多是因为这部书的繁复、芜杂与王世贞这位学博才赡的文坛领袖不相称。其实因为这一点而质疑王世贞编纂权的早自四库馆臣：

> 《世说新语补》四卷（江西巡抚采进本）旧本题明何良俊撰补，王世贞删定。良俊有《四友斋丛说》，世贞有《弇山堂别集》，皆已著录。前有康熙丙辰富阳章绶序，称云间何元朗仿《世说新语》为《语林》，甚为当时所称，但其词错出，王弇州、麟州又取而删定之，改名《世说新语补》。几百年来，梨枣不啻数十易。惟吴兴凌初成原刻，悉遵古本，分为六卷，附以王世贞所订，名曰鼓吹云云。良俊《语林》三十卷，于汉、晋之事全采《世说新语》，而撷他书以附益之，本非补《世说新语》，亦无《世说补》之名。凌濛初刊刘义庆书，始取《语林》所载，削去与义庆书重见者，别立此名，托之世贞。盖明世作伪之习，绶从而信之，殊为不考。然绶序字句鄙倍，词意不相贯属，疑亦出书贾依托。观其所刊目录，列补编於前，列原书於后，而三十六门之名，一页中重见叠出，不差一字，岂识黑白者所为哉！②

四库馆臣详考源流，认为《世说新语补》是书贾伪托，并措辞激烈地认为"岂识黑白者所为哉！"那么这位"与李攀龙狎主文盟，攀龙殁，操柄二十年，才最高，地望最显，声华意气，笼盖海内。一时士大夫及山人词客，衲子羽流，莫不奔走门下"③的文坛盟主，为什么招致后人如此诟病呢？王作是否真的如此不堪？我们再来看《四库

---

① 陈大康：《明代小说史》，上海文艺出版社2000年版，第720页。
② 朱一玄编、朱天吉校：《明清小说资料选编》，南开大学出版社2012年版，第977页。
③ 张廷玉：《明史·列传第一百七十五》，《明史》，中华书局1974年版，第7381页。

提要》对王世贞其他著作的评价：

《弇州山人四部稿》："负其渊博，或不暇检点，贻议者口实……譬诸五都列肆，百货具陈，真伪骈罗，良楛淆杂，而名材瑰宝，亦未尝不错出其中。知末流之失可矣。以末流之失而尽废世贞之集，则非通论也。"①

《弇州稿选》："故其正、续四部稿，颇伤芜杂。"②

《尺牍清裁》："然真赝错杂，简择未为尽善也。"

《异物汇苑》："是书分二十七门，大抵捃摭类书，冗碎无绪，且删改原文，多失本意。世贞著述，牴牾失实或有之，亦何至陋劣如此乎？其伪不待问矣。"

《汇苑详注》："凡二十七部，首列引用书目，似乎浩博。其实就唐宋诸类书采缀而成。观官职门中所列，皆用宋制，知为剽窃《事文类聚》、《合璧事类》而成矣。疑亦托名世贞者也。"

连王世贞最有代表性的《弇州山人四部稿》都"真伪骈罗"，其他著作更是"芜杂""失实"之论常见，可见著书草率正是王世贞的写作风格，细翻王世贞的《弇州山人四部稿》《艺苑卮言》等著作，确实难辞其咎。《皇明盛事述》《皇明奇事述》《皇明异典述》等确实芜杂难读，无所不包，任何事情都可拿来罗列总结，难怪除了明标"弇州"之作外，其他的书四库馆臣总是一句"托名王世贞者也"作结。孙楷第先生和后来学者也多是被王世贞的威名所哄。

张大复说见于《梅花草堂笔谈》卷五，有所谓"予所居息庵"③，故有认为息庵居士为张大复者。作为一种异说，这种说法在学界多有

---

① （清）纪昀总纂：《四库全书总目提要》，河北人民出版社2000年版，第4491页。
② 同上，第4768页。
③ （明）张大复：《梅花草堂笔谈》，载《瓜蒂庵藏明清掌故丛刊》，上海古籍出版社1986年版，第337页。

提到。① 考《梅花草堂笔谈》，内容多谈茶说酒、吟咏风月之作，《四库全书总目》入子部杂家类。且张大复（1553？—1630）生于1553年②，《艳异编》在嘉靖年间就已在社会上流传，十几岁的孩童不可能编出这样的作品。

二 辨"编者为王世贞"

关于《艳异编》，王世贞在自己的文集中仅提到过一次：

> 仆所为《三洞记》，足下试观之，八选体，自谓不减康乐，亦一印证否？……《艳异编》附览，勿多作业也。③

这则材料中王世贞本是要遮掩自己编选《艳异编》这件事，没想到却成为我们研究、确定《艳异编》编者的最直接和最有力的证据。除此之外，笔者还收集到一些证据使我们可以确认《艳异编》的编选者是王世贞。

第一，吴大震《广艳异编·凡例》中虽认为《艳异编》来自"胜国名儒"，但"弇山特以枕中之秘为架上之私"已经提出了《艳异编》与弇州山人有关。

第二，其他见于明清两代的相关记载如下：

> 编以艳名，盖仍弇州先生《艳异》之旧，而特采之惇史以彰信。④

---

① 刘世德主编：《中国古代小说百科全书》，中国大百科全书出版社1993年版，第658页；宁稼雨：《中国文言小说总目提要》，齐鲁书社1997年版，第234页。
② 温延宽、王鲁豫：《古代艺术词典》认为张大复"清初人"，中国国际广播出版社1989年版，第700页。
③ 王世贞：《弇州四部稿》卷一百十八书牍《徐子兴》，《文渊阁四库全书》集部281册，第17—18页。
④ （明）适园主人题《宫艳》序，转引自萧相恺《珍本禁毁小说大观·稗海访书录》，中州古籍出版社1992年版，第713页。

第一章　《艳异编》的编者、成书及版本　　29

　　会闻王凤洲先达，以《艳异编》馈人，而复分投赎归，亦必有不得已者。①

　　其细针密线，每令观者望洋而叹。今经张子竹坡一批，不特照出作者金针之细，兼使其粉腻香浓，皆如狐穷秦镜，怪窘温犀，无不洞鉴原形，的是挥《艳异》旧手而出之者，信乎为凤洲作无疑也。然后知《艳异》亦淫，以其异而不显其艳；《金瓶》亦艳，以其不异则止觉其淫。②

　　王凤洲赠人《艳异编》，晚年令人于各处索还，亦是善于改过处。③

　　以上几条材料中第一条是西吴适园主人陆树声（1509—1605）为《宫艳》写的序。陆树声年龄稍长于王世贞，嘉靖辛丑（1541）进士第一，历官太常卿，掌南京祭酒事。④ 作为同时代人，他的序文当最有说服力。此外，刊于万历戊午年（1618）的《新镌玉茗堂批选王弇州先生艳异编》已经明确署名为王世贞，而骆问礼（1527—1608）在明史中以刚方著称，也与王世贞年龄不相上下，他的话也应可信。

　　以上四则材料，两则采自明代，两则出于清代；两则来源于小说序言，两则来源于文人文集，小说家言常为人所不取，但是文人文集还是比较有说服力地证明编者为王世贞。

　　第三，还有一则材料可为我们提供更有力的证据：

　　长从汴洛诸先生游，得闻足下骏声，以为李何之后一人，窃心向往之。然以僻远？故未能购一章什以豁蒿目。……去岁仙舲

―――――――――――
① （明）周亮工：《尺牍新钞　藏弆集》卷五，骆问礼《与叶春元》，贝叶山房1936年版，第76页。
② 《皋鹤堂批评第一奇书金瓶梅》，熙刊本谢颐序，载朱一玄《明清小说资料选编》，齐鲁书社1990年版，第621页。
③ （清）周召：《双桥随笔》，载王利器《元明清三代禁毁小说戏曲史料》，上海古籍出版社1981年版，第256—257页。
④ 石昌渝主编：《中国古代小说总目·文言卷》，山西教育出版社2004年版，第102页。

游云间，不佞得随舆隶后窃观龙光，不胜忻慰。继而得猎《艳异》、《清裁》等帙，以为惠子五车殆不足多，继又购得《四部稿》，然蔾嚖诵……①

此则材料出于范守己《御龙子集》之《吹剑草》卷四十六《与王元美先生》，范守己，字介儒，别号岫云，万历甲戌（1574）进士，据《弇州山人年谱》②，"游云间"是万历十六年（1588）之事，可见这封信写于万历十七年。在这封写给王世贞的信中，范守己将《尺牍清裁》和《艳异编》并列提起，可见写信者和读信者都认可两者和《四部稿》一样，都是王弇州的大作。

第四，詹景凤《詹氏性理小辨》卷三十八谓：

国朝著作之富，人皆曰用修、元美。用修著纂合百三十余种，而小书为多。元美自四部前后稿百卷外，又有《别稿》、《艳异编》各数十卷，而经子义注未遑及焉……③

同书卷五十八中，作者还提到，"顷王元美著《艳异编》成……"

以上两则材料出自詹景凤《明辨类函》，又称《詹氏性理小辨》。詹景凤（1528—1602）④，兼善书画，为嘉靖、万历间著名鉴赏家。与王世贞的交往多收录于《詹氏性理小辨》，在该书中詹景凤记录了自己与王世贞初见、相交⑤的过程。

---

① 范守己：《御龙子集》卷四十六，《与王元美先生》，《四库全书存目丛书》集部别集类第163册，齐鲁书社1997年版，第310页。
② （清）钱大昕：《弇州山人年谱》，《北京图书馆珍藏本年谱丛刊》1999年版。
③ 詹景凤：《詹氏性理小辨》卷三十八《品古今诗文词曲》，载《四库全书存目丛书》子部第112册，齐鲁书社1995年版，第511页。
④ 凌利中：《詹景凤生平系年》，《上海博物馆集刊》2002年第12期。
⑤ "后五六年戊辰，乃始遇伯玉于西湖，又后四年，遇元于虎丘。"詹景凤《詹氏性理小辨》卷三十九《同时诸藻氏》；詹东图先生留都集》不分卷，《东元美先生》也记载了这件事："夫先生为今日天下至人，下走两奉良睱，始见于虎丘，则若泰山俊秀，虽嶔崟孤耸，似未离乎言功之迹。"参见詹景凤《詹东图先生留都集》，陈文烛《詹东图先生留都集序》，中国科学院图书馆藏明抄本。

第一章　《艳异编》的编者、成书及版本　　　31

王世贞的言行往往成为靶子，詹常常以其言论为话题进行批驳。①王世贞《书苑》《画苑》重刊时，将詹景凤所收集的书论、画论合并为《书苑补益》《画苑补益》，②可见王世贞还是看重詹景凤之才学的。经詹景凤接引，休宁县请王世贞撰写了《重修文庙儒学记》。③两人常有书信来往，这些在《弇州续稿》《詹东图先生留都集》中都有收录。

第五，王世贞本人而言，有编选《艳异编》的可能性。我们从他的诗文创作出发来分析这一问题。王弇州的拟古诗里有这样几句：

虞帝小鳏夫，虚名攘唐祚。
西伯老秃翁，脱身美人赂。
百兽岂自来，凤皇人谁睹？
垂死窜苍梧，荐禹如有负。
戎马践幽王，实以妖女故。
大运等循环，智巧安能度。
十读九费书，千秋荣朝露。
寄声谢时达，毋为圣贤误。④

---

①　姑举一例，（明）詹景凤《詹氏性理小辨》卷三十八《摘藻下》有针对王世贞的一段议论："王司寇谓文人矜夸，自古而然，若谓矜夸不足为文人累者，此即司寇习气耳。其友李于鳞按察关中，过许中丞宗鲁，许问今天下名能诗何人，于鳞云：'惟王某与余也，其次为宗臣子相。'许请子相诗观之，于鳞忽勃然曰：'夜来火烧却。'许面赤而已。此习气至可嗤鄙，王乃艳之，载入《艺苑卮言》。王前集四十馀册，予通阅一过，大要高视阔步，无人乎四海之内，其《艺苑卮言》则以淮阴少年之心，定十六国诸侯之霸，有乌噆叱咤鞭箠四海之气，第好引重其友人，夸诩其乡人，讥弹吾新安人。"王世贞的这段话见于其《艺苑卮言》卷七。其他类似例子还很多。

②　参见（明）詹景凤《刻画苑补遗引》，载詹景凤《詹东图先生留都集》，不分卷，中国科学院图书馆藏明抄本。

③　（明）王世贞：《重修儒庙文学记》："胡君（胡居恒）乃与诸君具其事，介币于余友乡进士詹君（詹景凤），而以记请余。"《道光休宁县志》，《中国地方志集成》，江苏古籍出版社1998年版，第579页。

④　（明）王世贞：《弇州四部稿》卷九《孔北海融述志》，《文渊阁四库全书》集部别集类第1283册。

舜和周文王本是后代帝王的楷模，儒家传统思想中的先贤。王世贞却在诗中戏谑地称舜（虞帝）为"小鳏夫"，又称西伯（周文王）为"老秃翁"，认为他当年被纣王囚禁，是姜子牙用了美人计才使他得以脱身。最后他还警告世人不要被所谓的圣贤所误。这样的言论在《弇州四部稿》中亦不少见，如《轻薄篇》中"一言无骚雅，只字夺典谟。李耳老秃翁，仲尼亦竖儒"。从上可见王世贞虽为复古派的领袖，却侮毁圣人过甚，思想颇不复古，有着"不以孔子是非为是非"的心学思想。从另一个方面来看，王世贞号为文坛领袖，诗书传家，且以藏书丰富而著称，所以他手边的艳异题材作品当不会少，且其提倡诗歌复古，思想一点也不古板，所以编著《艳异编》的可能性非常大。

相较而言，张大复一生编有戏曲30种，为昆山派著名作家，《梅花草堂笔谈》也是小品文作品，编选《艳异编》的可能性较小，倒是王世贞不仅在自己的文集中提到《艳异编》，而且也有创作《觚不觚录》，编选《世说新语补》《剑侠传》①《异物汇苑》等小说作品，且《艳异编》卷二四所收篇目全部见于《剑侠传》中，更让人有理由怀疑他既编选了《剑侠传》，又编选了《艳异编》。

三 王世贞否认是编者

王世贞本不是低调的人，他自己的文集常自己刊行，并且热心编辑刊行了《世说新语补》，为其作序，他的言行还影响了弟弟王世懋——《世说新语补》明刊本多为王氏兄弟所刊行，并热心作序。那么为什么偏偏对《艳异编》这部书讳莫如深呢？

不仅如此，《臧奔集》《双桥随笔》中还提到"赎归""索还"这样的行为，如果王世贞是编者可信，那么他这种行为又说明什么呢？

针对此问题学界主要有两种观点：一是徐朔方先生的"居丧期间

---

① 余嘉锡：《四库提要辨证》认为《剑侠传》为王世贞所辑，学界一直存有异议，如李剑国《唐五代志怪传奇叙录》认为并非如此，笔者认同余氏。李程《剑侠传成书及选辑者续考》，《明清小说研究》2012年第4期，为近期比较有代表性的论文，可参见。

不宜有此类闲情之作（包括编印）"①；二是陈国军先生认为"《艳异编》的编选形式和性质，有碍于自己的声誉"②。

笔者认为这两种说法都有其合理处，封建社会的传统士大夫居丧期间确实不能有此闲情之作。不过除此之外，笔者认为还有更深层次的社会历史原因。我们以明代最受欢迎的两部传奇小说为例来审视这一问题：《剪灯新话》写成之初，作者也不欲传世，"自以为涉于语怪，近于诲淫，藏之书笥，不欲传出"③。后流传于世间，又有热心者的梓行，《剪灯新话》遂风靡一时，"致使经生儒士多舍正学不讲"，但作品的广受欢迎给才华俊逸的作者带来的却是仕途蹭蹬、命运多舛。李昌祺的《剪灯余话》同样也是一部广受欢迎的作品，但是因为它，李昌祺生时"同时诸老，多面交之恶之"，死后独以此不得入乡贤祠。难怪陆容有论："李公素著耿介廉慎之称，特以此书见黜，清议之严，亦可畏矣。"④

站在晚明文学思潮的风口浪尖上，王世贞以巨眼攫取"艳异"与"选本"的交汇点，完成了这部引领时代风潮的优秀之作，却因为小说的地位以及自己社会地位、文学地位的原因多有隐讳。以致后人对其编选者多所猜测，但在王世贞自己的文集、友人的文集、同时代人及后人的评论中，我们还是可以找出片言只语对其还原的。通过以上分析，我们认为《艳异编》的编选者正是王世贞。

第二节 《艳异编》成书考

梳理完编选者，本节拟探讨《艳异编》成书的相关问题。之前学界对此问题的研究多集中在成书时间的讨论上，并且多认可徐朔方先生的成书下限是嘉靖四十五年（1566）的说法。笔者以陈国军先生提

---

① 徐朔方：《小说考信编》，上海古籍出版社1997年版，第587页。
② 陈国军：《明代志怪传奇小说研究》，天津古籍出版社2006年版，第276页。
③ （明）瞿佑：《剪灯新话》，《剪灯新话》序，周楞伽校注，上海古籍出版社1981年版。
④ （明）陆容：《菽园杂记》卷十三"剪灯新话"条，中华书局1985年版，第159页。

出的异议为切入点，以《艳异编》具体的篇目源流为基础进行分析，认为成书上限不能以《古今说海》的成书时间来界定，并由此引出本节要探讨的第二个问题——《艳异编》成书的主要来源是当时社会上广为流行的志怪传奇单篇作品或作品集。

一　成书时间

《艳异编》编成之后，就目前所见资料，王世贞自己只有一次提及此书：

> 仆所为《三洞记》，足下试观之，八选体，自谓不减康乐，亦一印证否？……《艳异编》附览，勿多作业也。①

王世贞游览宜兴三洞是在嘉靖四十五年九月，"四十五年丙寅，四十一岁，……九月游灵岩山，又游宜兴张公善权二洞，冬以创伤卧床褥累月"②。当时徐中行因亲丧回到浙江长兴原籍。徐朔方先生在《古本小说集成·艳异编》序言里最早指出此一则材料，并认为《艳异编》当成于此前不久，并且认为："《艳异编》是小说家言，除了他给后七子中最相知的徐中行的这一封信外，绝口不再提及。按照当时礼制，居丧期间不宜有此类闲情之作（包括编印）。以后，他飞黄腾达，官做到侍郎、尚书，声望日隆，公认为文坛的领袖人物，更不会说到这部少作了。"此后学界多承袭此观点，由此认为《艳异编》的成书下限当为嘉靖四十五年，是王世贞居丧期间编选。

针对此提出异议的主要有陈国军《明代志怪传奇小说研究》，在《嘉靖时期的小说汇编》一节里，作者亦对"成书时间"及"守制成书"两个问题进行了考辨。关于成书上限，陈先生提出了新的观点：

---

① 王世贞：《弇州四部稿》卷一百十八书牍《徐子兴》，载《文渊阁四库全书》第1281 册，第 17—18 页。
② （清）钱大昕编：《弇州山人年谱》，载《北京图书馆珍本年谱丛刊》第五十册，清嘉庆十二年刻本影印，第 206 页。

第一章 《艳异编》的编者、成书及版本

《艳异编》卷二六《妓女部一》、二八《妓女部三》所收作品出于《古今说海》，而《古今说海》成书于"嘉靖甲辰四月己巳"（嘉靖二十三，1544）。因此，《艳异编》成书于嘉靖二十三年至嘉靖四十五年（1544—1566）间。又《艳异编》卷二十九《李娃传》后有一段"叛臣辱妇"的议论，本来不是《李娃传》的原文，而是见于署名"汤显祖点评"的《虞初志》，《艳异编》照抄不误。现存流行的四十卷本《艳异编》，前有玉茗居士汤显祖作于戊午岁的序。戊午岁，学者多认定为万历四十六年（1618）。其实《艳异编》在朝鲜光海朝时的许筠（1569—1618）《闲情录》中已经有了记载；天都外臣万历十七年己丑岁（1589）所作《水浒传序》已经提及《艳异编》；胡应麟万历十八年的挽诗，也提到了《艳异编》；成书于万历二十四年前的赵用贤《赵定宇书目》，也著录了"《艳异编》七本"。因此"戊午岁"绝不是指"万历四十六年"。因《艳异编》作者为王世贞，王生于嘉靖五年（1526），死于"万历十八年庚寅冬，卒年六十有五"。因此，"戊午"当为嘉靖三十七年（1558）。《艳异编》可能就成书于嘉靖三十七年。①

上文的主要观点，笔者认为有三点需进一步商榷：一是由《古今说海》成书时间推断《艳异编》成书时间；二是《艳异编》卷二九所收《李娃传》后附议论部分来自《虞初志》；三是对于"戊午"究竟为何年的判定。

其一，笔者认为由《古今说海》成书时间推断《艳异编》成书时间，不当。经过详细查对，笔者认为《艳异编》卷二六《妓女部一》确实全部出自《北里志》，卷二八《妓女部三》确实全部出自《青楼集》②，且字句无甚差异，可见作者在编选时是将两部之中"长

---

① 陈国军：《明代志怪传奇小说研究》，天津古籍出版社2006年版，第275—276页。
② 笔者参校的是（唐）崔令钦《北里志》，《丛书集成初编》，中华书局1985年版；（元）夏庭芝：《青楼集》，《丛书集成初编》，中华书局1985年版。

而佳者"悉数选入，《北里志》《青楼集》是《艳异编》编选的来源。而且丛书《古今说海》说纂部杂纂家确实也将两书收入，但是这并不等于王世贞在编选时看到的是陆氏《古今说海》本。《艳异编》中的其他篇目出自《古今说海》的很少可作一证，那么其来源不是《古今说海》，又是什么呢？

翻阅当时书目，尤其是私家藏书，我们可以发现，当时志怪传奇之作单篇流行很广，志怪传奇集的独自传播也很普遍。嘉靖万历年间的私家书目如《红雨楼书目》《赵定宇书目》《宝文堂书目》等都记载了《北里志》《青楼集》，从这些书目记载的情况来看，两书当时普遍以单行本的形式流传，而《古今说海》在士大夫家收藏的反而不算多。

王世贞家是否藏有这两种书的单行本我们没有可靠证据，另一种书——《清异录》在他家有单行本却是可以肯定的。① 可是藏有单行本就一定是从单行本中选编吗？答案是否定的。以《清异录》为例来看，《艳异编》卷十三中《后主》、《大体双》两篇与《清异录》相关，其中《后主》篇两则故事的第二则和《大体双》篇与《清异录》中相关篇目内容完全相同，《后主》篇中的第一则故事却不见于《清异录》；《古今说海》卷一百二十五中有《后主》篇的两则故事，却未收《大体双》。从这两篇来看，《艳异编》的编选来源既不是单行本，也不是《古今说海》。就笔者所能查阅到的资料，我们认为此篇编选于《说郛》。根据是涵芬楼本《说郛》卷三十三收《嚌吒集》，其中有《后主》篇的第一则故事，卷六十一《清异录》有《后主》篇第二则故事，名《偎红倚翠大师》，即《艳异编》卷十三的《后主》篇中两则故事均见于《说郛》（涵芬楼本），且笔者仔细比对了文字，两者完全相同。王世贞所做的加工仅是把两则分散的李后主故事放在了一起。

---

① 王凤洲来翰云："仆向有《清异录》，意欲梓行，得足下先之，是艺苑中髡孟不落寞矣。"陶谷《清异录》，序言，《丛书集成初编》，中华书局1991年版。

第一章 《艳异编》的编者、成书及版本　　37

在上述讨论中，我们看到王世贞并不是很热衷于从《古今说海》中编选作品。《艳异编》所选篇目与《古今说海》相关的共有三十余篇，这三十余篇除了《辽阳海神记》一篇，其他均与《太平广记》或涵芬楼本《说郛》相关联。

综上，笔者认为王世贞或是从《太平广记》《说郛》，或是从单篇、单部流传的作品中摘选，《艳异编》很少从《古今说海》中编选作品。因此，我们不能以《古今说海》的成书时间来推断《艳异编》的成书时间。

其二，卷二九《李娃传》正文后加了一段议论，《虞初志》卷四《李娃传》中作为"汤显祖评曰"与其他人评论附于一起。无独有偶，《情史》卷十六《荥阳郑生》结尾也有这段议论：

> 弇州山人曰：叛臣辱妇，每出于名门世族。而伶工贱女，乃有洁白坚贞之行。岂非秉彝之良，有不间邪！观夫项王悲歌，虞姬刎；石崇赤族，绿珠坠；建封卒官，盼盼死；禄山作逆，雷清忉；昭宗被贼，宫姬蔽；少游谪死，楚伎经。若是者，诚出天性之所安，固非激以干名也。至于娃之守志不乱，卒相其夫以抵于荣美，则尤人所难。呜呼，娼也犹然，士乎可以知所勉矣。

詹詹外史当时看到的《艳异编》编选者是"弇州山人"王世贞，可见《情史》这篇来自《艳异编》。《青泥莲花记》卷四"记节"也收有《李娃传》，结尾也有这段议论，注出《虞初志》。翻检其他选本，《删补文苑楂橘》没有"嗟乎"一段原文中的议论，直接加于文后，未做任何说明，《一见赏心编》有"嗟乎"一段议论而无其他。《类说》、《绿窗新话》节本没任何议论，不知哪个是真。《太平广记》卷四百八十四《李娃传》有"嗟乎"一段议论。《艳异编》只引了这段议论中的第一句。

《虞初志》应成书于嘉靖四年（1525）之前，比《艳异编》早，但不能说明其刊本与评点绝对就早，梅鼎祚与汤显祖交好，汤评应该不会差。冯梦龙可能只看到了《艳异编》，所以直接署上弇州山人的名字。但是考察这段议论，王世贞在先更为合理。因为其论述内容几乎紧扣《艳异编》的编选顺序，与《虞初志》从《续齐谐记》《集异记》到唐传奇名篇的随意编选风格关系不大。《百川书志》著录《李娃传》一卷，《红雨楼书目》《宝文堂书目》《赵定宇书目》亦都见《李娃传》单篇，而《太平广记》仅在赵定宇家有见①，可见《李娃传》单篇当时广为流传，王世贞从单篇收集的可能性比较大，而并非来自《虞初志》。

其三，关于"戊午"的时间指向，学界多认同万历四十六（1618）年的说法，并认为序作伪托汤显祖。陈先生此处遍举例证：许筠《闲情录》、天都外臣《水浒传序》、胡应麟挽诗、《赵定宇书目》，似乎证据确凿，但并不能支持其"'戊午岁'绝不是指'万历四十六年'"的观点。王世贞是编选者，但不一定是序作者，关于此序的作者历来认为是书坊伪托，早期四十五卷本中只有息庵居士的引而并无此序。所以从王世贞是序作者为出发点就已经错误，再去推断《艳异编》的成书时间，显然更不可能给出正确的答案。

二 成书来源

在上述讨论中，笔者提及了明代嘉万间私家书目都广为著录传奇志怪单篇。由此又向我们提出了《艳异编》的编选来源的问题。孙楷第先生说"其文录《太平广记》者甚多，占全书十分之七"②。学界多认同这一观点③，陈国军先生亦提出了不同意见：

---

① 赵用贤：《赵定宇书目》，上海古籍出版社2006年版，第191页。
② 孙楷第：《戏曲小说书录解题》，人民文学出版社1990年版，第14页。
③ 王重民：《中国善本书提要》子部《小说类》，上海古籍出版社1983年版；《中国古代小说百科全书》"艳异编"条，中国大百科全书出版社1993年版；陈大康《明代小说史》，上海文艺出版社2000年版；李梦生：《中国禁毁小说百话》，上海古籍出版社1994年版；侯忠义：《中国文言小说史稿》（下），北京大学出版社1993年版。转引自陈国军《明代志怪传奇叙录》第278页。

第一章　《艳异编》的编者、成书及版本

　　王世贞汇编《艳异编》的主要来源，是《虞初志》、《古今说海》等，《艳异编》编选的唐人传奇大多数出于这两种书。《艳异编》所参考的小说书还有顾元庆的《顾氏文房小说》、瞿佑《剪灯新话》、李昌祺《剪灯余话》、侯甸《西樵野记》、陆粲《庚巳编》、蔡羽《辽阳海神传》等。（其注云：《艳异编》中的《开元天宝遗事》、《赵飞燕外传》、《梅妃传》等出于顾元庆《顾氏文房小说》。）

　　关于这个问题，笔者既不认同学界"十分之七"的传统观点，也不同意陈先生的看法。笔者认为《艳异编》的编选来源于当时社会上广为流行的志怪传奇单篇作品或作品集。

　　成书于嘉靖十九年（1540）的《百川书志》向我们透露了这样的信息：高儒家藏有《赵飞燕外传》《开元天宝遗事》《杨太真外传》《杨妃传》《绿珠内传》等宋人作品，也有《周秦行记》《莺莺传》《任氏传》《红线传》《李娃传》《杨娼传》《无双传》《韦安道传》等诸多唐人单篇传奇。① 并有传奇集《幽怪录》《三水小牍》《北里志》《教坊记》《丽情集》《传奇》《异闻集》等志怪传奇集。② 同是成书于嘉靖间的《宝文堂书目》也显示晁瑮收藏有这其中的大部分书。③ 翻阅《红雨楼书目》《赵定宇书目》亦如此。嘉万间的这些藏书家都有这些唐宋传奇单篇或集子，可见这些书在当时社会上非常常见，倒是《太平广记》的谈恺刻本尚未出现，只是以抄本形式零星见于一些藏书大家。王世贞家学渊源甚深，又是藏书大家，这些社会上广为流行的作品在他手边肯定有，可以想见，艳异的社会风气在当时已经很浓厚，这些广受欢迎的作品单篇流传不便观览，需要将其精华汇成一册，王世贞是编应时而出，不久即广为刊印，引起轰动。

---

① （明）高儒：《百川书志》卷五，上海古籍出版社2005年版。
② 同上。
③ （明）晁瑮：《宝文堂书目》卷中"类书"，上海古籍出版社2005年版。

综上所述，笔者认为《艳异编》应成书于嘉靖四十五年（1566）前，在没有新材料出现前，笔者同意学界的"守制成书"说。至于其成书来源，笔者不认为"十分之七"取自《太平广记》，虽然这些作品在《太平广记》《古今说海》《顾氏文房小说》等大型丛书、类书中都有著录，但从当时藏书家收藏情况看，这些书并不多见，倒是单篇作品、单部作品集流传更广泛，这些才是《艳异编》成书的重要来源。

第三节 《艳异编》版本考

治小说史者，不得不明版本。然《艳异编》版本纷繁复杂，本节拟就笔者所查阅图书，并结合学界现有研究成果，试理析之。

目前所亲见及相关著述记载的《艳异编》版本有五十七卷、五十三卷、四十五卷、四十卷、三十五卷、十二卷、十卷等共七种三十余个版本（为清晰见，特附表于本节后）；综而言之，明代书目著录的是：《徐氏家藏书目》《澹生堂藏书目》《千顷堂书目》《赵定宇书目》《奕庆藏书楼书目》；明清两代出版《艳异编》的书坊有玉茗堂、读书坊、玉溪书坊、明末吴兴凌氏、焕文堂、弦歌精舍如隐草堂、二酉堂、文友堂、安雅堂等；现分藏于中国国家图书馆、中国社会科学院文学研究所图书馆、上海图书馆、大连图书馆、台湾图书馆等和日本内阁文库、京都大学图书馆、美国哈佛大学图书馆等。由版本及存殁情况，我们可以反观《艳异编》自成书之后，广受欢迎，不断翻印的盛况，即使经过了清代的两次严厉禁毁，依然禁而不毁，有诸多版本留存后世。我们试分类归纳之。

在诸多版本中，常见的有四十五卷本、四十卷本和十二卷本三种。

四十五卷本，共十余种。

首先提到《艳异编》四十五卷本的是明代徐𤊹成书于万历壬寅年

（万历三十年1602）的（1）①《徐氏家藏书目》，又称《红雨楼书目》。②（2）《澹生堂藏书目》，也著录了《艳异编》四十五卷。孙殿起《贩书偶记续编》共著录三种四十五卷本，分别是：

（3、4）《艳异编》四十五卷，不著撰人姓名，约明嘉靖间刊，卷首有息庵居士序，又明汤若士评选，约天启间玉茗堂刊本，题王世贞所撰，多续十九卷。

（5）《艳异编》四十五卷，明息庵居士撰，无刻书年月，约隆庆间刊。③

孙氏在这里提到自己所见三种四十五卷本《艳异编》，皆为明刊本，两种不著撰人姓名，一种署明息庵居士撰；三种分别推测是明嘉靖、隆庆、万历间刊本，可见《艳异编》自编成之后即不断刊刻。需要指出的是，孙氏所见有一种带有评点的"汤若士评选"本，题王世贞撰，续十九卷，这种版本多见于四十卷本，此处所见不知是孙氏有误，还是四十五卷本确实存有带评点的本子。

王重民《中国善本书提要》也提到了国图藏的（6）一种四十五卷本：

原书不著撰人姓氏，卷端有息庵居士的序，知即息庵居士所辑者，惜亦不详其姓氏年代，然书本当为嘉、万间所刻，专辑唐人传奇体文字，盖自《太平广记》以及明代成、弘间人作，辙多入选，集其大成矣。凡分星神、水神、龙神、仙、宫掖、戚里、幽期、冥感、梦游、义侠、徂异、幻术、妓女、男宠、妖怪、鬼部等十六部，为书四十五卷。

---

① 此处以带括号数字表明版本的顺序。
② 此前虽有万历二十四年（1596）《赵定宇书目》收录《艳异编》七本，然不知是否是四十五卷本。
③ 孙殿起：《贩书偶记续编》，上海古籍出版社1980年版，第181页。

王先生此处所见亦有息庵居士的序,只不过分部从常见的十七部变成了十六部,少了卷一神部。

四十卷本最为常见。国内图书馆藏明刻本的有:首都图书馆、北京大学图书馆、中国科学院图书馆、辽宁省图书馆、吉林省图书馆、南京图书馆、南通市图书馆、安徽省图书馆、郑州大学图书馆和中山大学图书馆。[①] 春风文艺出版社也以此为底本排印出版了现代版[②],谭正璧、谭寻《古本稀见小说汇考》里记载了其大致情况:

> 我曾藏有"玉茗堂批选本艳异编",四十卷,题"王弇州原辑","襟霞阁主校",民国二十五年(一九三六年)上海中央书店排印本。卷首有汤若士的序,题"戊午天孙渡河后三日"书。按戊午为万历四十六年(公元一六一八年)。卷首有图八幅,全书分为星神部、神部、水神部、龙神部、仙部、宫掖部、戚里部、幽期部、冥感部、梦游部、义侠部、徂异部、幻术部、妓女部、男宠部、妖怪部、鬼部,共十七部三百五十二篇,所收亦都出自唐人传奇及宋元明人小说。此书曾见日本《画引小说子汇》引用书名。

由谭先生所述可知,此本代表了四十卷本的共同特点,多题为《玉茗堂批选王弇州先生艳异编》,标明作者为王弇州或王世贞,前有汤若士的序,无息庵居士的引,序作于万历戊午(万历四十六年,1618)。共分十七部,分部名称情况基本与上文相同,书中一般有托名汤显祖的评点。上海古籍出版社《古本小说集成·艳异编》、台湾天一出版社《明清善本小说丛刊·艳异编》都收有此四

---

① 任明华:《中国小说选本研究》,博士学位论文,华东师范大学,2003年;春风文艺出版社《艳异编出版说明》,"本书的校点工作,以辽宁省图书馆明版本为工作底本,并参校了该馆另一明刊本《艳异编》以及大连图书馆存藏的两部明刊本《艳异编》",可知两馆各藏有两部明刊本。

② 《艳异编》,春风文艺出版社1988年版。

十卷本。

十二卷本存有明刻本、明刻套印本、明刻朱墨套印本等。值得一提的是《中国古籍善本总目》子部小说家类著录的十二卷本：

> 清初文友堂刻本，全名为《安雅堂重校古艳异编》，12卷12册，有序，左右双边，白口、白鱼，9行20字，有图画，藏上海图书馆。

此外以《古艳异编》命名的还有大连图书馆所藏五十三卷本。①

经过上述整理，我们可以发现四十五卷本多有息庵居士的小引，四十卷本多标明作者为王世贞，题《玉茗堂批选王弇州先生艳异编》（批选或为批点或为批评），有汤显祖的序，无小引，有评点，十二卷本往往兼而有之，题王世贞撰，汤显祖评，有托名汤显祖的序，息庵居士小引，并附图（多为十二幅），书后有迊东无暇道人的跋。

考察篇目内容发现，四十五卷本分部同于四十卷本，只是在篇目上略有差异，少了四十卷本卷一星部《张遵言传》，多出了《姚生》《赵文韶》《华岳神女》《黄原》等篇。四十卷本比四十五卷本多了汤显祖的序及评点，序作提到"戊午天孙渡河后三日"，当为万历四十六年。四十五卷本出现的息庵居士序，在天都外臣《水浒传序》中曾经提及：

> 或曰：子叙此书，近于诲道矣。余曰：息安居士叙《艳异编》，岂为诲淫乎？②

此序出现于万历十七年（1589），由此也可旁证四十五卷本早于

---

① 《艳异编》，春风文艺出版社1988年版，出版说明。
② （明）天都外臣：《水浒传序》，朱一玄、刘毓忱编《水浒传资料汇编》，南开大学出版社2002年版，第169页。

四十卷本，四十卷本选篇又在四十五卷本范围内，因此我们认为四十卷本是在四十五卷本的基础上删改而成，并加上作者、评点、序跋。十二卷本不仅有作者、序跋、评点，而且加有版画，当更晚出，考虑是书坊增加以吸引读者，节约版面，故从它处抽图版，此处选故事，拼凑而成。接下来的问题是十二卷本是在四十卷本还是四十五卷本基础上精简而成？

翻看具体篇目，十二卷本分部全同前两者，所收故事也不出于彼，能为我们解开疑惑的是《丽娟》一文，此篇不见于四十卷本，故知四十五卷本为十二卷本的来源。

表1-1　　　　　　　　《艳异编》现知版本一览

卷数	版本	现藏地	备注	出处
五十七卷1	明末刻本	中国科学院图书馆、中国社会科学院文学研究所	题明王世贞撰	
五十三卷1	明代读书坊刻本	大连市图书馆		
五十三卷2	明刻本	上海图书馆	题明王世贞撰	
四十五卷1	万历三十年（1602）以前	无	从书目的自序中可知徐𤊹作于万历壬寅年（万历三十年，1602）	徐𤊹《红雨楼书目》
四十五卷2			《澹生堂藏书目》小说类	《澹生堂藏书目》
四十五卷3	约明嘉靖间刊	无	不著撰人姓名，约明嘉靖间刊，卷首有息庵居士序	孙殿起《贩书偶记续编》[①]

---

① 孙殿起：《贩书偶记续编》，上海古籍出版社1980年版，第181页。

第一章 《艳异编》的编者、成书及版本　　45

续表

卷数	版本	现藏地	备注	出处
四十五卷4	约天启间玉茗堂刊	无	明汤若士评选，题王世贞所撰，多续十九卷	孙殿起《贩书偶记续编》
四十五卷5	约隆庆间刊	无	明息庵居士撰，无刻书年月	孙殿起《贩书偶记续编》
四十五卷6	嘉、万间刻本	国家图书馆	12册，（北图）明刻本，九行二十字。原书不著撰人姓氏，卷端有息庵居士的序，知即息庵居士所辑者，惜亦不详其姓氏年代，凡分星神、水神、龙神、仙、宫掖、戚里、幽期、冥感、梦游、义侠、徂异、幻术、妓女、男宠、妖怪、鬼部等十六部，为书四十五卷	王重民《中国善本书提要》①
四十五卷7	明刻本	国家图书馆	书名《艳异编》，明刻本。左右双边，每半页九行，行二十字；原四十五卷，今存四十二卷，阙十至十二卷。卷端有息庵居士的小引，无评语。全书共分十七部，分别为：星神、神部、水神、龙神、仙、宫掖、戚里、幽期、冥感、梦游、义侠、徂异、幻术、妓女、男宠、妖怪、鬼部	
四十五卷8	明刻本	台湾图书馆	每半页9行，每行20字，分17部，与台湾故宫图书馆藏为不同刻板。卷首有息庵居士小引，旧题王世贞撰	
四十五卷9	明刻本	台湾"故宫"图书馆	每半页9行，每行20字，分17部，与台湾图书馆藏为不同刻板。卷首有息庵居士小引，旧题王世贞撰	
四十五卷本10	明刻本	西安市文物保护考古所	卷数缺，就现存情况看当为四十五卷本残本。佚名辑，明刻本。6册。页9行，行20字。白口，左右双边。存12卷：卷14、15、22、23、30—35、44、45	《西安市志》②

---

① 王重民：《中国善本书提要》子部小说家类，上海古籍出版社1983年版，第400页。
② 西安市地方志编纂委员会编：《西安市志》第六卷《科教文卫》，西安出版社2002年版。

续表

卷数	版本	现藏地	备注	出处
四十卷本1	明末刻本	藏首都、北京大学、中国科学院、辽宁省、吉林省、南京市、南通市、安徽省、郑州大学和中山大学等图书馆	《新镌玉茗堂批选王弇州先生艳异编》题明王世贞撰、明汤显祖评，续编十九卷，题明汤显祖撰	孙楷第《戏曲小说书录解题》①
四十卷本2	影印明末刻本	上海古籍出版社《古本小说集成》影印；台湾天一出版社《明清善本小说丛刊》影印	题为《新镌玉茗堂批选王弇州先生艳异编》，四十卷，续集十九卷，题《新镌玉茗堂批选续艳异编》。书前有评点，书前有"玉茗居士汤显祖题"序。共分十七部：星神、神部、水神、龙神、仙、宫掖、戚里、幽期、冥感、梦游、义侠、徂异、幻术、妓女、男宠、妖怪、鬼共十七部	
四十卷本3	民国二十五年（1936）上海中央书店排印本	谭正璧藏	题"王弇州原辑"，"襟霞阁主校"，民国二十五年上海中央书店排印本。卷首有汤若士的序，题"戊午天孙渡河后三日"书。按戊午为万历四十六年（1618）。卷首有图八幅，全书分为星神部、神部、水神部、龙神部、仙部、宫掖部、戚里部、幽期部、冥感部、梦游部、义侠部、徂异部、幻术部、妓女部、男宠部、妖怪部、鬼部，共十七部三百五十二篇，所收亦都出自唐人传奇及宋元明人小说。此书曾见日本《画引小说子汇》引用书名	谭正璧、谭寻《古本稀见小说汇考》②
四十卷本4	万历	台湾图书馆	序文版心作《艳异编》，目录及正文作《正艳异编》，与《续艳异编》十九卷合并刊行，分17部。有玉茗居士汤显祖序，题《新镌玉茗堂批点王弇州先生艳异编》	

---

① 孙楷第：《戏曲小说书录解题》，人民文学出版社1990年版，第14页。
② 谭正璧、谭寻：《古本稀见小说汇考》，浙江文艺出版社1984年版，第34页。

第一章 《艳异编》的编者、成书及版本　　47

续表

卷数	版本	现藏地	备注	出处
四十卷 5	明末玉溪书坊	台湾图书馆	序文版心作《艳异编》，目录及正文作《正艳异编》，与《续艳异编》十九卷合并刊行，分17部有玉茗居士汤显祖序，题《新镌玉茗堂批点王弇州先生艳异编》	
四十卷 6	明	台湾图书馆	无续编	
四十卷 7	明末	台湾图书馆	序文版心作《艳异编》，目录及正文作《正艳异编》，与《续艳异编》十九卷合并刊行，分17部，有玉茗居士汤显祖序，题《新镌玉茗堂批点王弇州先生艳异编》	
四十卷 8	焕文堂藏版	日本京都大学图书馆	与《续艳异编》十九卷合并刊行，分17部，有玉茗居士汤显祖序，题《新镌玉茗堂批点王弇州先生艳异编》	
四十卷 9	万历	日本内阁文库	正续艳异编，四册，题《新镌玉茗堂批选王弇州先生艳异编》，有汤显祖序	
四十卷 10	二西堂藏明刻本	现代排印出版	玉茗堂选本，18册。有汤若士识，襟霞阁主人识	耒阳主编《中国私家藏书》第一辑，①
三十五卷	明	《千顷堂书目》	《千顷堂书目》卷十二小说家类著录王世贞《艳异编》三十五卷	《千顷堂书目》②
十九卷	明刻本	辽宁省图书馆		春风文艺出版社《艳异编》出版说明

---

① 耒阳主编：《中国私家藏书》第一辑卷四，北方妇女儿童出版社2001年版。
② （清）黄虞稷：《千顷堂书目》，上海古籍出版社2001年版，第338页。

续表

卷数	版本	现藏地	备注	出处
十二卷本1	明	奕庆藏书楼	祁理孙《奕庆藏书楼书目》子之九《稗乘家一·说汇》记录《艳异编》十二卷，息安居士编；《古艳异编》五本，琅琊王世贞编	《书目类编》①
十二卷本2	清初文友堂刻本	上海图书馆	全名为《安雅堂重校古艳异编》，12卷12册，有序，左右双边，白口、白鱼，9行20字，有图画	翁连溪编校《中国古籍善本总目》子部小说家类②
十二卷本3	弦歌精舍如隐堂刻本影印本	国家图书馆	书名《玉茗堂摘评王弇州先生艳异编》，王世贞撰，汤显祖评。书前有序，息庵居士小引，附图十二幅，"艳异十二图说"，称是"仇十洲家藏稿"，跋题"苕东无瑕道人书于天香馆"全书共分十七部，有评点，但多模糊不清。卷七《幽期部》《娇红记》篇有阙页。台湾天一出版社《明清善本小说丛刊》，《续修四库全书》子部小说家类（第1267册）均收入该版本	
十二卷本4	明刻朱墨套印本	国家图书馆	残本，书名《玉茗堂摘评王弇州先生艳异编》，存八卷，每半页九行，行二十字。书前附"绿珠传""杨贵妃""莺莺传""娇红记""无双传""虬髯客传""莲塘二姬""白猿传"，为"艳异图"八幅，书内有评点，且评语的数量远远多于弦歌精舍如隐堂刻本十二卷本	
十二卷本5	明刻本6册套	国家图书馆		
十二卷本6	清初刻本安雅堂	藏美国哈佛大学图书馆和上海图书馆	扉页题"安雅堂重校古艳异编"	

---

① （清）刘喜海：《书目类编》第31册，据民国十七年（1928）排印本影印，第58页。
② 翁连溪编校：《中国古籍善本总目》子部小说家类，线装书局2005年版，第1047页。

第一章 《艳异编》的编者、成书及版本

续表

卷数	版本	现藏地	备注	出处
十二卷本 7	明崇祯年间安雅堂	宫内厅书陵部藏书	此本卷首冠图八页，十六单面图，绘刻精工，页六"宿驿"图与《绿窗女史》插图全同，唯人物均反向绘刻，似出苏州刊本。	《日本藏中国古版画珍品》①
十二卷本 8	不知	不知	子之九《稗乘家一·说汇》著录"《艳异编》十二卷"	《奕庆藏书楼书目》②
十卷	明吴兴凌氏朱墨本	不知	吴兴凌氏有朱墨本《艳异编》十卷，题王世贞选。	王重民《中国善本书提要》③

---

① 周芜、周路：《日本藏中国古版画珍品》，江苏美术出版社 1999 年版，第 480 页。
② （清）刘喜海：《书目类编》第 31 册，据民国十七年（1928）排印本影印，第 58 页。
③ 王重民：《中国善本书提要》子部小说家类，上海古籍出版社 1983 年版，第 400 页。

第二章

《艳异编》明前故事考论

《艳异编》以艳异为主题，汇集了自汉代至明代的艳异故事，有的是直接转录古籍，有的则略作修改。几乎囊括尽中国小说史上明嘉靖前优秀的"艳异"之作，共分17部，40卷，361篇。① 不过《艳异编》以援引旧集为多，照抄原文，且不注明出处，学界对其渊源多有论及："其文多半录自《太平广记》，亦有从宋洪迈《夷坚志》、元夏庭芝《青楼集》、明瞿佑《剪灯新话》中采录者。采撷繁富，然辗转剪裁，亦有不明其出处者。"② 考察这些说法多是语焉不详，此类研

---

① 本章所依据底本为《古本小说集成》《玉茗堂批点王弇州先生艳异编》。

② 丁锡根：《艳异编》，载《中国历代小说序跋集》，人民文学出版社1996年版，第1811页。此类论述还有其文录《太平广记》者甚多，占全书十分之七。宋人小说如廉布《清尊录》、洪迈《夷坚志》，元人如夏伯和《青楼集》，明人如瞿佑《剪灯新话》等，亦往往采录。其卷四"金废帝海陵诸嬖"条，则自《金史·嬖倖传》录入，在冯梦龙《情史》之前，知冯梦龙辑书时曾参考此本。孙楷第：《戏曲小说书录解题》，人民文学出版社1990年版，第14页；《艳异编》共收361篇，出自《太平广记》者113篇，（以下去除《太平广记》已收录者）《北里志》15篇、《青楼集》15篇，唐传奇3篇，宋传奇24篇，元传奇5篇，明传奇12篇；出自史书者（包括《史记·殷本纪》《史记·周本纪》《左传》《汉书》《三国志》《晋书》《北齐书》《陈书》《隋书》《新唐书》《南唐书》《宋史》《金史》等）46篇；其余出自魏晋以下志怪、笔记、杂俎小说，如《拾遗记》7篇、《西京杂记》4篇、与《莺莺传》相关内容14篇，《开元天宝遗事》33篇，尚有《汉武故事》《汉武内传》《赵飞燕外传》《钗小志》（张建封妾燕子楼）、《琵琶记》《玄怪录》《古今说海》《青琐高议》《绿窗纪事》《绿窗新说》《夷坚志》《摭青杂说》《侍儿小名录》《补侍儿小名录》《挥麈录余话》《齐东野语》《武林旧事》《说郛》《祝子志怪录》《庚巳编》，等等。参见王爱华《〈艳异编〉研究》，硕士学位论文，台湾"中央大学"，2004年，第65页。

究尚缺少深入细致的考察分析。因此本书在前辈学者开创性工作的基础上，对《艳异编》及其续书进行深入细致的文献梳理，本章拟考察《艳异编》中明代以前故事的源和流。

第一节　《艳异编》与《太平广记》

《太平广记》成书于宋太平兴国二年（977），收录上自秦汉，下至宋代的小说约3000则，全书500卷，引书有400余种，全书按类编纂，分92大类，又分150多个细目，为中国古代最大的小说集。

《太平广记》"荟萃说部菁英"，被称为"小说家之渊薮"。关于《太平广记》与《艳异编》之间的关系，前辈学者早有论及。孙楷第先生认为"其文录《太平广记》者甚多，占全书十分之七"。[①] 后来学者多相袭沿用，如王重民《中国善本书提要》子部小说家类，陈大康《明代小说史》[②]。对此，偶有持反对意见者，如余嘉锡先生认为"世贞著书时，《太平广记》尚未刻行，《夷坚志》更无人见"[③]，因此王世贞汇编《艳异编》的主要来源是《虞初志》《古今说海》等，《艳异编》编选的唐人传奇大多数出于这两种书。[④] 这种说法截然否定了《艳异编》与《太平广记》之间的关系。那么《艳异编》与《太平广记》究竟是一种什么样的关系呢？

一　《艳异编》与《太平广记》相关篇目

比对两书，笔者发现两书相重者共112篇，不到《艳异编》篇目的三分之一，其具体篇目见表2-1。

---

① 孙楷第：《戏曲小说书录解题》，人民文学出版社1990年版，第14页。
② 陈大康：《明代小说史》，上海文艺出版社2000年版。
③ 侯忠义：《中国文言小说参考资料》，北京大学出版社1985年版，第536页。
④ 陈国军：《明代志怪传奇小说研究》，天津古籍出版社2005年版，第279页。

表 2-1　　《艳异编》与《太平广记》相重篇目

序号	《艳异编》	《太平广记》	原出处
1	卷一星部《郭翰》	卷六十八《郭翰》	《灵怪录》
2	《张遵言传》	卷三零九《张遵言》	《博异记》
3	《汝阴人》	卷三百一《汝阴人》	《广异记》
4	《沈警》	卷三百二十六《沈警》	《异闻录》
5	《刘子卿》	卷二九十五《刘子卿》	《历朝穷怪录》
6	《韦安道》	卷二百九十九《韦安道》	《异闻录》
7	《周秦行记》	卷四百八十九《周秦行记》	不注出处
8	卷二水神部《张无颇传》	卷三百一十《张无颇》	《传奇》
9	《郑德璘传》	《太平广记》卷一百五十二《郑德璘》	《德璘传》
10	《洛神传》	卷三百一十一《萧旷》	《传记》
11	《太学郑生》	卷二百九十八《太学郑生》	《异闻集》
12	《邢凤》	卷二百八十二《邢凤》	《异闻录》
13	卷三龙神部《柳毅传》	卷四百十九《柳毅》	《异闻集》
14	《灵应传》	四百九十二杂传记九《灵应传》	不注出处
15	卷四仙部《裴航》	卷五十《裴航》	《传奇》
16	《少室仙姝传》	卷六十八《封陟》	《传奇》
17	《嵩岳嫁女记》	卷第五十神仙五十《嵩岳嫁女》	《纂异记》
18	《裴谌》	卷十七神仙十七《裴谌》	《续玄怪录》
19	《张老》	卷十六《张老》	《续玄怪录》
20	《薛昭传》	卷六十九《张云容》	《传纪》
21	卷五宫掖部一《燕昭王》	卷五十六《玄天二女》	《王子年拾遗记》
22	卷六宫掖部二《孝武帝》	卷三《汉武帝》	《汉武内传》
23	卷七宫掖部三《宵游宫》	卷二百三十六《宵游宫》	《王子年拾遗记》
24	卷八宫掖部四《汉灵帝》	卷二百三十六《后汉灵帝》	《王子年拾遗记》
25	《薛灵芸》	卷二百七十二《薛灵芸》	《王子年拾遗记》
26	《孙亮》	卷二百七十二《孙亮姬朝姝》	《王子年拾遗记》
27	《蜀甘后》	卷二百七十二《蜀甘后》	《王子年拾遗记》
28	《长恨歌传》	卷四八六《长恨传》	不注出处
29	《浙东舞女》	卷二七二《浙东舞女》	《杜阳杂编》
30	《文宗》	卷二百零四收第二则《沈阿翘》	《杜阳杂编》
31	卷十五戚里部一《董偃》	卷四零三《清延堂》	《酉阳杂俎》
32	《王维》	《太平广记》卷一七九《王维》	《集异记》
33	《同昌公主外传》	卷二百三十七《同昌公主》	《杜阳杂编》
34	卷十六戚里部二《翾风》	二百七十二《石崇婢翾风》	《王子年拾遗记》

续表

序号	《艳异编》	《太平广记》	原出处
35	《高阳王》	卷二三六《魏高阳王雍》	《洛阳伽蓝记》
36	《河间王》	卷二三六《元琛》	《洛阳伽蓝记》
37	卷十六戚里部二《元载》	卷二三七《芸辉堂》	《杜阳杂编》
38	卷十七幽期部一《莺莺传》	卷四百八十八《莺莺传》	不注出处
39	《飞烟传》	卷四百九十一《非烟传》	不注出处
40	卷之二十冥感部一《离魂记》	卷三百五十八《王宙》	《离魂记》
41	《韦皋》	卷二百七十四《韦皋》	《云溪友议》
42	《崔护》	卷二百七十四《崔护》	《本事诗》
43	《买粉儿》	卷二百七十四《买粉儿》	《幽明录》
44	卷之二十二梦游部《樱桃青衣》	卷二百八十一《樱桃青衣》	不注出处
45	《独孤遐叔》	卷二百八十一《独孤遐叔》	《河东记》
46	《邢凤》	卷二百八十二《邢凤》	《异闻录》
47	《沈亚之》	卷二百八十二《沈亚之》	《异闻集》
48	《张生》	卷二百八十二《张生》	《纂异记》
49	《刘道济》	卷二百八十二《刘道济》	《北梦琐言》
50	《淳于梦》	卷四百七十五《淳于梦》	《异闻录》
51	《刘景复》	卷二百八十《刘景复》	《纂异记》
52	卷之二十三义侠部一《乐昌公主》	卷一百六十六《杨素》	《本事诗》
53	《虬髯客传》	卷一百九十三《虬髯客》	《虬髯传》
54	《柳氏传》	卷四百八十五《柳氏传》	《异闻集》
55	《无双传》	卷四百八十六《无双传》	《无双传》
56	卷之二十四义侠部二《红线传》	卷一百九十五《红线》	《甘泽谣》
57	《昆仑奴传》	卷一百九十四《昆仑奴》	《传奇》
58	《车中女子》	卷一百九十三《车中女子》	《原化记》
59	《聂隐娘》	卷一百九十四《聂隐娘》	《传奇》
60	卷之二十五徂异部《却要》	卷二百七十五僮仆《却要》	《三水小牍》
61	《阳羡书生》	卷二八四幻术《阳羡书生》	《续齐谐记》
62	《梵僧难陀》	卷二八五《梵僧难陀》	《酉阳杂俎》

续表

序号	《艳异编》	《太平广记》	原出处
63	《张和》	卷二百八十六《张和》	《酉阳杂俎》
64	《画工》	卷二百八十二《画工》	《闻奇录》
65	卷之二十六妓女部一《胡证尚书》	卷一百九十五《胡证》	《摭言》
66	卷之二十七妓女部二《洛中举人》	卷二百七十三《洛中举人》	《卢氏杂说》
67	《李逢吉》	卷二百七十三《李逢吉》	《本事诗》
68	《欧阳詹》	卷二百七十四《欧赐詹》	《闽川名士传》
69	《武昌妓》	卷二百七十三《武昌妓》	《抒情诗》
70	《薛宜寮》	卷二百七十四《薛宜寮》	《抒情集》
71	《戎昱》	卷二百七十四《戎昱》	《本事诗》
72	《刘禹锡》	卷一百七十七《李绅》	《本事诗》
73	《杜牧》	卷二百七十三《杜牧》	《唐阙史》
74	《张又新》	卷一百七十七《李绅》	《本事诗》
75	卷之二十九妓女部四《霍小玉传》	卷四百八十七《霍小玉传》	不注出处
76	《李娃传》	卷四百八十四《李娃传》	《异闻集》
77	《杨娼传》	卷四百九十一《杨娼传》	题下注房千里撰
78	卷三十二妖怪部一《白猿传》	卷四百四十四《欧阳纥》	《续江氏传》
79	《袁氏传》	卷四百四十五《孙恪》	《传奇》
80	《焦封》	卷四百四十六《焦封》	《潇湘录》
81	《任氏传》	卷四百五十二《任氏》	不注出处
82	《李参军》	卷四百四十八《李参军》	《广异记》
83	《姚坤》	卷四百五十四《姚坤》	《传记》
84	《许贞》	卷四百五十四《计贞》	《宣室志》
85	卷之三十四妖怪部三《乌君山》	卷四百六十二禽鸟三《乌君山》	《建安记》
86	《白蛇记》	卷四百五十八《李黄》	《博异志》
87	《长须国》	卷四百六十九《长须国》	《酉阳杂俎》
88	卷之三十五妖怪部四《崔玄微》	卷四百一十六草木一《崔玄微》	《酉阳杂俎》及《博异记》
89	《张不疑》	卷三七二引《张不疑》	《博异记》
90	《金友章》	卷三百六十四《金友章》	《集异记》

续表

序号	《艳异编》	《太平广记》	原出处
91	《谢翱》	卷三六四《谢翱》	《宣室志》
92	卷之三十六鬼部一《韩重》	卷三百一十六《韩重》	《录异传》
93	《卢充》	卷三百一十六《卢充》	《搜神记》
94	《王敬伯》	卷三百一十八鬼三《王恭伯》	《邢子才山河别记》
95	《长孙绍祖》	卷三百二十六《长孙绍祖》	《志怪录》
96	《刘导》	卷三百二十六《刘导》	《穷怪录》
97	《崔罗什》	卷三百二十六《崔罗什》	《酉阳杂俎》
98	《刘讽》	卷三二九《刘讽》	《玄怪录》
99	《李陶》	卷三百三十三鬼十八《李陶》	《广异记》
100	《王玄之》	卷三百三十四《王玄之》	《广异记》
101	《郑德懋》	卷三百三十四《郑德懋》	《宣室志》
102	《柳参军传》	卷三百四十二《华州参军》	《乾𦠆子》
103	《崔书生》	卷三百三十九《崔书生》	《博物志》
104	卷之三十七鬼部二《独孤穆传》	卷三百四十二《独孤穆》	《异闻录》
105	《崔炜传》	卷三十四《崔炜》	《传奇》
106	《郑绍》	卷三百四十五《郑绍》	《潇湘录》
107	《孟氏》	卷三百四十五《孟氏》	《潇湘录》
108	《李章武》	卷三百四十《李章武》	"李景亮为作传"
109	卷之三十八鬼部三《窦玉传》	卷三百四十三《窦玉》	《玄怪录》
110	《曾季衡》	卷三百四十七《曾季衡》	《传奇》
111	《颜濬》	卷三百五十《颜濬》	《传奇》
112	《韦氏子》	卷三一百五十一《韦氏子》	《唐阙史》

从表2-1中我们可以发现，《艳异编》各卷中全部见于《太平广记》的共有八卷，分别是卷一星部、卷三龙神部、卷四仙部、卷二十冥感部、卷二三义侠部一、卷二九妓女部四、卷三六鬼部一、卷三七鬼部二。约占全部卷数的六分之一，另有绝大多数篇目出自《太平广记》的有卷二水神部（差一篇）、卷二四义侠部二（差一篇），卷二

二梦游部有8篇来自《太平广记》（共11篇）。

从部类分布情况分析，两书相重的篇目多集中于鬼部、妖怪部、妓女部，其次是戚里、宫掖两部。具体言之：

1. 《艳异编》编选自《太平广记》的篇目共有21篇收入鬼部，卷三十六、卷三十七全部来自《太平广记》。

2. 有14篇收入妖怪部。

3. 有13篇收入妓女部。卷二十九妓女部四全部来自《太平广记》，卷之二十七妓女部二也来自《太平广记》，且这些篇目在《太平广记》中分布集中，见于《太平广记》第二百七十三卷、二百七十四卷、二百七十七卷中。

4. 卷二十五徂异部共有9篇，其中有6篇与《太平广记》中相关篇目相同。

5. 卷二十二梦游部共11篇，有8篇来自《太平广记》，多集中于卷二八一、二八二，卷二十冥感部14篇全部来自《太平广记》，且集中于《太平广记》第二百七十四卷。

6. 戚里部、宫掖部各有8篇选自《太平广记》的第一、二、三、四卷。

这112篇故事在内容上基本未做改动，与《艳异编》原文照录的整体风格一致。但同时我们也能看出，编选者并非随意而为，从细枝末节处我们可以看出其缜密的心思。仅以题目的变动为例：这112篇中，题目照录原文的有72篇，在原文基础上，仅仅加一个"传""记"字的有12篇。除此之外，仅有少数篇目的标题作了改动，例如《太平广记》卷六十八《封陟》，《艳异编》将其收入卷四仙部，改名为《少室仙姝传》，既贴合故事情节，又贴合部类名称。论者谓《艳异编》"分类毫无持择"，从这些细节来看当是冤枉了王世贞。

二　王敬伯故事

我们注意到上表中《艳异编》卷三十六《王敬伯》，与《太平广记》中的《王恭伯》有一字之差。经过分析相关资料，笔者认为此篇不会是选编自《太平广记》，理由是：

首先，仔细比对文本，发现两书中的文字相差较多。不过我们还不能就此断定此篇并非选自《太平广记》，因为有可能是一篇小说的两个版本，也就是说，王世贞依据的底本也有可能是《太平广记》的另一个版本。

其次，《太平广记》成书于宋太祖太平兴国间，《太平广记》中此篇名《王恭伯》，应是宋人避赵匡胤祖赵敬的讳。无论是该书的钞本还是刻本，都应该遵循这一原则。以这条标准来衡量，《艳异编》中的《王敬伯》显然不是出自《太平广记》。

除了《太平广记》，王世贞还可能从哪里编选这篇故事呢？

王敬伯故事最早产生于晋代：传说晋代人王敬伯，夜宿城外，因弹奏美妙的琴声引来女鬼刘妙容，两情相悦，酬答唱和，成就一夜姻缘。这种异类婚故事在中国古代小说中是一种常见的类型，本不足为奇。可是王敬伯和刘妙容的故事却从出现起就引起了轰动，最早记录这个故事的是无名氏《晋书》，李昉《太平御览》卷577引了《晋书》内容：

> 王敬伯，会稽余姚人，（尝泊）洲渚中，昇亭而宿。是夜，月华露清，敬伯泠然鼓琴，感刘惠明亡女之灵，告敬伯，就体如平生；从婢二人。敬伯抚琴而歌曰："滴露下深幕，明月照孤琴；空弦益宵泪，谁怜此夜心？"女乃和之曰："歌婉转，情复哀，愿为烟与雾，氤氲同共怀。"

从上文内容看，这里虽具备了王敬伯小说的情节要素，但仅仅是一个故事梗概。此后，历代不仅史书、杂传、小说中都有记载，连诗人们也发诸吟咏，其中最为动人的是大历十才子之一的李端所写的《王敬伯歌》：

> 妾本舟中客，闻君江上琴。
> 君初感妾叹，妾亦感君心。

遂出合欢被，同为交颈禽。
传杯唯畏浅，接膝犹嫌远。
侍婢奏箜篌，女郎歌宛转。
宛转怨如何，中庭霜渐多。
霜多叶可惜，昨日非今夕。
徒结万里欢，终成一宵客。
王敬伯，渌水青山从此隔。①

诗中紧扣故事情节，以韵文的形式诉说了这场缠绵悱恻的爱情故事，回味悠然，荡气回肠，为王敬伯故事的进一步流传，起了助推的作用。此后该故事在更广泛的范围内传播，台湾学者王国良先生《简论王敬伯故事之流传》②归纳总结了王敬伯故事在明代以前的流传收录状况，李剑国先生《唐前志怪小说史》列出了后世有关王敬伯故事的多种版本：

"王敬伯"，见引于敦煌本伯2635号《类林》残卷卷九，《碉玉集》卷一二，《太平御览》卷五七九、卷七五七、卷七六一，《事类赋注》卷一一，《姬侍类偶》卷下，《乐府诗集》卷六〇，《吴郡志》卷四七（脱出处），《分类补注李太白诗》卷一三《宿白鹭洲寄杨江宁》杨齐贤注，《记纂渊海》卷一八，《永乐大典》卷七三二八，《永乐琴书集成》卷一七，《永乐琴书集成》所引最为完备。③

这些故事出处涉及小说、类书、方志、诗集等多种形式的著作，不仅有唐宋时代的作品，也有明代成书的《永乐大典》等作品。在

---

① （宋）郭茂倩编：《乐府诗集》，上海古籍出版社1998年版。
② 王国良：《六朝志怪小说考论》，文史哲出版社1988年版，第263页。
③ 李剑国：《唐前志怪小说史》，天津教育出版社2005年版，第436页。

第二章 《艳异编》明前故事考论

《唐前志怪小说辑释》[①]一书中，李先生详细列出了这几部书中王敬伯故事的具体内容，并在该章节的结尾处列出的《才鬼记》《艳异编》《情史》等小说选本也收入了王敬伯故事。

《才鬼记》卷一《刘妙容》以女主人公的名字为篇名，收录了《异苑》《续齐谐记》《邢子才山河别记》三部书中的《刘妙容》故事，其中第一篇出自《异苑》的故事版本在文字上最接近《艳异编》，《续齐谐记》次之，《邢子才山河别记》相去最远。

比对文本，发现《艳异编》本有一个明显失误——有一美女子，从三少女披帏而入，明明伴随小姐前来的是两个丫鬟，文末介绍了两个丫鬟的名字，此处却说是三个，纯属失误。《才鬼记》所收的《异苑》一则就正确——有一美女子，从二少女披帏而入。不过，《异苑》脱去《婉转歌》中"良宵美醴且同醉，朱弦拨响新愁生"，而《艳异编》中有这两句。《情史》本同《才鬼记》所收的《异苑》本，仅有一处不同——有一美女子，从三少女披帏而入。

除了李先生书中所提到的，笔者还翻到《秀谷春容》杂录卷五《刘丽华善弹箜篌》中也有王敬伯的故事，该版本与《才鬼记》中的《续齐谐记》文字最接近，然文字又多有不同，主人公名字竟然都不同，《才鬼记》中"女郎名妙容，字稚华"，《秀谷春容》中"女郎名妙容，字丽华"。

在以上提到的所有版本中，文本内容与《艳异编》相同的还没有看到，这就为王敬伯故事的流传提供了另一个版本，而且如上文所分析的，这个版本不可能是宋代作品。

综上，学界认为《艳异编》中"十分之七"来自于《太平广记》的传统说法确实是站不住脚的，然《太平广记》仍是一个重要或主要编选来源。就传播情况来分析，虽然《太平广记》在明代前期流传较少，还没广泛刊行，因此这个时期产生的任何小说选本都不可能绝大多数来自《太平广记》，《艳异编》当然也不例外。但是这本大书仍

[①] 李剑国：《唐前志怪小说辑释》，上海古籍出版社1986年版，第625页。

是文人士大夫们喜爱的珍品，是藏书家追捧的对象。王世贞家可能藏有部分卷类，披览之余，把其中多篇收入《艳异编》中。

第二节 《艳异编》中的宋元故事

笔者以四十卷本《艳异编》为底本，爬梳出三百六十余篇中的宋元故事，或来源于宋元志怪传奇集，或来源于宋元笔记小说集，或为单篇在宋元流传，本节拟对其进行具体细致的分析，并讨论其与《说郛》《古今说海》《顾氏文房小说》等明代小说丛书之间的关系，在此基础上本书不认同学界常见的《艳异编》来源于这些丛书的观点。

一 宋代作品

《夷坚志》是宋代最大的一部小说集，自甲至癸共二百卷，始刊于绍兴末，封笔于淳熙初，历时近六十载。乃作者洪迈自壮年至耄耋，倾其一生精力创作而成。洪迈，字景庐，号容斋，别号野处老人。《宋史》卷三百七十三有传，饶州鄱阳（今江西鄱阳）人，绍兴十五年（1145）中博学鸿词科，赐同进士出身，官至端明殿学士，嘉泰二年（1202）致仕，年八十岁卒。洪迈以"博洽受知孝宗，谓其文备众体。迈考阅典故，渔猎经史，极鬼神事物之变，手书《资治通鉴》凡三，有《容斋五笔》、《夷坚志》行于世"。"博极载籍，虽稗官虞初，释老傍行，靡不涉猎。"[①]

《夷坚志》在小说史上有重要地位，罗烨在《醉翁谈录》里谈到"《夷坚志》无有不览"，认为《夷坚志》是南宋说话人的必读书。可见从白话小说产生之初，即已将《夷坚志》引入，成为后世小说、戏曲的重要本事来源。明清小说选本对《夷坚志》也颇为青睐，成为《太平广记》之外的又一个重要取材来源。

[①] （元）脱脱等撰：《宋史》，卷三七三《洪皓传附子迈传》，中华书局1977年版，第11570页。

《夷坚志》现存仅180卷，有涵芬楼刻本，1981年中华书局出版了何卓点校本，这个版本是在张元济涵芬楼刻本的基础上，从《新编分类夷坚志》《宾退录》《永乐大典》等书中辑佚，编成《志补》二十五卷、《再补》一卷、《三补》一卷，由180卷增为207卷。这是现存最为完整全面的《夷坚志》。本书即以此为依据，考得《艳异编》选编自《夷坚志》作品情况（见表2-2）。

表2-2　　　　　《艳异编》选编自《夷坚志》作品一览

《艳异编》	《夷坚志》
卷二十四义侠部二《花月新闻》	支庚卷四《花月新闻》
卷二十五徂异部《李将仕》	补卷八《李将仕》
卷三十妓女部五《义娼传》	补卷二《义倡传》
卷三十《吴女盈盈》	三志己卷一《吴女盈盈》
卷三十《吴淑姬严蕊》	支庚卷十《吴淑姬严蕊》
卷三十二妖怪部一《石六山美女》	三志己卷一《石六山美女》
卷三十四妖怪部三《舒信道》	补卷二十二《懒堂女子》
卷三十四《钱炎》	补卷二十二《钱炎书生》
卷三十五妖怪部四《刘改之》	支丁卷六《刘改之教授》
卷三十五《生王二》	支甲卷一《生王二》
卷三十八鬼部三《西湖女子》	支甲卷六《西湖女子》
卷三十八《宁行者》	支甲卷八《宁行者》
卷三十八《解俊》	支戊卷九《解俊保义》
卷三十八《江渭逢二仙》	支庚卷八《江渭逢二仙》
卷三十八《吕使君》	支甲卷三《吕使君宅》
卷三十九鬼部四《钱履道》	支甲卷一《张相公夫人》
卷四十鬼部五《吴小员外》	甲志卷四《吴小员外》

值得一提的是，《艳异编》从卷二十四开始才收录《夷坚志》，分析这些作品，多放于本书后部，鬼部七篇、妖怪部五篇、妓女部三篇、义侠部和徂异部各一篇，共17篇。

其中《吴淑姬严蕊》篇，历代笔记及小说选本中都录有此事，如周密《齐东野语》、邵桂子《雪舟脞说》等对此事都有记载，然考察篇中内容，当是原文录自《夷坚支庚》卷十，后来的明代小说选本对这两位名妓的事都很感兴趣，多有选入，如《情史》卷十五情芽类《湖州郡僚》，卷四情侠类《严蕊、薛希涛》，《青泥莲花记》卷三《台妓严蕊》，然而比对内容，多有出入，当是同一故事的几个版本。

除《夷坚志》外，《艳异编》中还有不少宋元笔记小说集中的篇目。考察这些篇目共31篇，其涉及的笔记小说分别是宋王明清《摭青杂说》《挥麈录余话》；周密《武林旧事》《齐东野语》《癸辛杂识》；陆游《避暑漫抄》；陶谷《清异录》；庞元英《谈薮》；廉布《清尊录》；吴淑《江淮异人录》；何光远《鉴戒录》；张唐英《蜀梼杌》；赵令畤《侯鲭录》；何薳《春渚纪闻》；方回《虚谷闲抄》；刘斧《青琐高议摭遗》、庄绰《鸡肋编》、沧州樵叟《庆元党禁》。

其中周密的作品涉及最多。周密为宋末元初著名词人、诗人，笔记撰述大家，目前学界认可的笔记著作有9种之多，除了上文提到的3种，还有《澄怀录》《志雅堂杂钞》《浩然斋雅谈》《浩然斋意钞》《浩然斋杂钞》《过眼云烟录》，生逢易代之变，从"朝歌暮嬉，酣玩岁月"①到国覆家亡，满目凄凉，周密人生的大不幸成就了他的诗文创作。

《武林旧事》全文十卷，共64条，内容涉及历史史实、风景名胜、小说戏曲、艺人、曲子名录、岁时节日、市场酒楼、作坊美食、商贩买卖等，从方方面面描写了昔日杭州的繁华。然而江山易主、物是人非，在满目繁华的描写中充斥了作者对临安繁华往事的无限留恋，用文字和追忆的方式表达了对南宋王朝的深深悼念。

《艳异编》从中共选取了6篇，包括卷之十四宫掖部十《德寿宫看花》《德寿宫生辰》，卷二十七妓女部二《周韶》《秀兰》《琴操》，卷之三十妓女部五《苏小娟》。此外还有《齐东野语》《癸辛杂识》

---

① （宋）周密：《武林旧事》卷首，中华书局2007版，第1页。

也是《艳异编》宋元故事的编选来源,《西湖游览志余》里对这几本笔记都有论述,田汝成将其都归入"杭州府志"类。① 王世贞从中选编了《张功甫》(卷十六戚里部)、《徐兰》(卷三十妓女部五)、《陶师儿》(卷三十妓女部五)。综合析之,《艳异编》编选的周密作品集中在宫掖、戚里、妓女三个部类。这三个部类是历来艳异故事的集中地,王世贞把大部分从宋元笔记小说中选出的作品都集中在这三个部类中。

卷之十三宫掖部九《女冠耿先生》,其本事来源于吴淑《江淮异人录》之《耿先生》,《后主》出自陆游《避暑漫抄》,《大体双》首见于陶榖《清异录》卷上君道门《大体双》,《王衍》篇见于宋人张唐英《蜀梼杌》,该书卷上有《衍字化源》。卷之十四宫掖部十《王岐公》《明节刘后》出于钱世昭《钱氏私志》。此外,还有周密《武林旧事》中的两篇和有关蔡京的两篇,分别是出自庄绰《鸡肋编》卷中的《蔡京太清楼记》和出自王明清《挥麈录余话》卷之一的《蔡京保和延福二记》。卷之十六戚里部共有两篇编选自宋代笔记,一篇是选自周密《齐东野语》的《张功甫》,一篇是卷二十七妓女部二《韩侂胄》,选自沧州樵叟《庆元党禁》的《韩侂胄》。

三篇共出自《武林旧事》,卷二十七妓女部二共有5篇出自宋代笔记小说,除了出自周密《癸辛杂识续集》下《吴妓徐兰》的《徐兰》、周密《癸辛杂识》别集卷上《陶裴双缢》,此外还有《谢希孟》出自庞元英《谈薮》,《符郎》出自王明清《摭青杂说》,《王魁》出自北宋夏噩撰《王魁传》,此书原本不存,刘斧《青琐高议摭遗》收载,但《摭遗》原书亦亡,《类说》卷三十四节本所载及《侍儿小名录拾遗》、《永乐大典》所引均系节文。

上文所提到的宋人笔记,除《武林旧事》《癸辛杂识》《齐东野语》《江淮异人录》之外,其他均见于陶宗仪《说郛》中,因此本书认为有必要通过这些篇目探讨其与百卷本《说郛》的关系,进而明确

---

① "四水潜夫《武林旧事》、周公谨《癸辛杂识》、《齐东野语》……此其斑斑著者。"引自(明)田汝成《西湖游览志余》卷二一,浙江人民出版社1980年版,第342页。

《艳异编》与《说郛》的编选关系。其篇目卷数情况见表2-3。

表2-3　　　　《艳异编》与《说郛》的编选关系

《艳异编》	宋人笔记	《说郛》
卷之二十五徂异部《狄氏》、《王生》	廉布《清尊录》	卷十一
卷之十七幽期部一《王性之传奇辨证》、《元微之古艳诗词》	《侯鲭录》	三十一卷
	王明清《挥麈录余话》	卷三七
	《投辖录》	卷三九
卷之二十二梦游部《司马才仲》	《春渚纪闻》	卷四十二
	钱世昭《钱氏私志》	卷四十五
	陶谷《清异录》	卷六十一
	五代何光远《鉴戒录》	卷九
	庞元英《谈薮》	卷三一
卷之三十妓女部五《符郎》	王明清《摭青杂说》	卷三七

仔细对照原文，笔者发现与《说郛》文字完全相同的篇目有：卷之二十五徂异部《狄氏》《王生》；卷之十七幽期部一《王性之传奇辨证》《元微之古艳诗词》；卷之二十二梦游部《司马才仲》；卷之三十妓女部五《符郎》；卷之十四宫掖部十《王岐公》《明节刘后》第三则；卷之十三宫掖部九《大体双》和《后主》第二则。卷之十四宫掖部十《蔡京保和延福二记》，《说郛》本脱去一处文字，而《艳异编》比王明清《挥麈录余话》卷之一的原文脱去三处，相较之下，《说郛》本更接近《艳异编》本。

而《艳异编》卷之二十五徂异部出自《谈薮》的三篇，只有《娄叔韶》文字全同，其余两篇《蔡太师园》文字基本相同，《谢希孟》篇文字多异，不似出于此。卷之十三宫掖部九出自陶谷《清异录》的两篇，《大体双》与《说郛》本文字完全相同，《后主》第一则见于陶宗仪《说郛》卷三十三《啽呓集》，第二则见于卷六十一《清异录》，可能是王世贞分别从《说郛》本两种笔记中摘编而来，更有可能是出自《古今说海》本《避暑漫抄》，陆游《避暑漫抄》中已经把两则故事放在了一起，所以由此篇来探讨《艳异编》故事来源往往会陷入两难境地。此外《艳异编》卷之二十五徂异部有《章子厚》篇，《说郛》卷三十九《投辖录》"章丞相"篇亦记载此事，然篇中字句多有差异，如《艳异编》本都直呼章子厚，《说郛》本都称章丞相，《艳异编》本描写其所遇妇人辈"俱亦姝丽"，《说郛》本称"俱媚"。尤其文末差异甚大，《艳异编》本作"少年不可不知戒也"，《说郛》本作"李平仲云"。翻阅他书，笔者发现此篇文字全同《古今说海》说纂部散录家的《虚谷闲抄》，单行或被收入的方回《虚谷闲抄》当是其源头。

单篇流传的宋代作品有卷之七宫掖部三《赵飞燕合德别传》、卷之九宫掖部五《海山记》《迷楼记》《大业拾遗记》[①]，卷之十二宫掖部八《杨太真外传》，卷之十三宫掖部九《唐玄宗梅妃传》，卷之十六戚里部二《绿珠传》。这些故事均见于《说郛》卷三二、三八两卷，尤其《海山记》一篇，首见于《青琐高议》后集卷五，题《隋炀帝海山记》，《说郛》卷三二对其做了改动，题《海山记》，文中少了三百二十二字，这三百二十二字是各地进贡花木的明细单。《古今说海》说纂部逸事家也收有此篇，题《炀帝海山记》，《艳异编》及《古今逸史》《历代小史》等明清稗书，在文字上都和《说郛》本相同，少了那份各地进贡花木的明细单。

此外还有卷二十六《杨汝士尚书》，出于五代王定保《摭言》卷三。《情史》卷五情豪类附于《寇莱公》后。

二 元代作品

《艳异编》中编选自元代的作品共二十一篇，其中卷二十八妓女部三有十六篇来自夏庭芝《青楼集》，卷之十八幽期部二《郑吴情诗》为元郑禧撰，见于《说郛》卷一百十五《春梦录》，卷三十妓女

---

① "隋炀三记"的出现时间学界有异议，鲁迅先生以为宋代作品，李剑国先生以为唐代作品，参见李剑国《唐五代志怪传奇叙录》，南开大学出版社1997年版，第896页。

部五《陈诜》出自元蒋正子《山房随笔》，见于百卷本《说郛》卷二十七、《詹天游》出自元俞悼《诗词余话》，见于宛委山堂本《说郛》卷四十三。卷之三十九鬼部四《莲塘二姬》见于元高德基《平江记事》"致和改元"条。

我们现在见到的《说郛》本子是如此，单行本面貌如何不好考证，在这样的文献基础上我们不能排除《艳异编》的相关篇目选自或参考《说郛》，但也没有明确证据证明这些文本绝对来自《说郛》，而不是单行本。相反倒是有些资料提示我们要对学界《艳异编》来自《说郛》的说法采取审慎态度。

其一，最早记录小说戏曲著录情况的书目——高儒《百川书志》记载了多部单行的传奇志怪之作，明代其他书目亦多载之。

其二，《西京杂记》在明代多次刊行，嘉靖元年野竹斋刊本并与嘉靖十三年再次刊行，有嘉靖壬子夏序刊本；《鉴戒录》有明初刊本；《武林旧事》正德间宋廷佐刊本只有前六卷，嘉靖年间陈珂刊本实为宋廷佐刊本的翻刻本。①

其三，《艳异编》卷十三宫掖部九《蜀徐太后太妃》篇，出自五代何光远《鉴戒录》卷五《徐后事》，《说郛》收有《鉴戒录》却未收此篇；同卷《浙东舞女》《文宗》篇出自唐代苏鹗《杜阳杂编》，《说郛》卷六收《杜阳杂编》，却未见此两篇；卷三十一男宠部收《弥子瑕》，该篇出自《韩非子·说难》，《说郛》收有《韩非子》，却未见此条。《艳异编》卷六《王昭君》，卷之七宫掖部三《飞燕事六条》，卷之十七幽期部一《司马相如传》《卓文君》，卷三十一男宠部《金丸》，《董贤第》共出葛洪《西京杂记》，百卷本《说郛》收《西京杂记》共十一条，但其中未见一条与《艳异编》所收篇目重

---

① 《武林旧事》版本较多而又较乱，初刊本已不可考，明代刊本也非权舆，如正德间宋廷佐刊本只有前六卷，嘉靖年间陈珂刊本实为宋廷佐刊本的翻刻本；陈继儒《宝颜堂秘笈》所收《后武林旧事》五卷，实为《武林旧事》后四卷。至清代鲍廷博《知不足斋丛书》所收《武林旧事》实为十卷足本。但该本并非宋廷佐及陈继儒两刊本的合刻本，而是根据红豆山房惠氏藏手抄本，而且用宋陈两刊本加以校勘，因而是最好的刊本。参见（宋）周密《武林旧事》，裴效维选注，学苑出版社2001年版，前言。

复，从这一点来看《艳异编》没有从百卷本《说郛》编选。

其四，《笔记小说大观》本《清异录》前有隆庆壬申春日河间俞允文作的序，结尾附了一句："王凤洲来翰云：'仆向有《清异录》，意欲梓行，得足下先之，是艺苑中鼍孟不落寞矣。'"并且提到当时自己手中有元抄本残本，又见陶宗仪《说郛》本数册，两相对校于是梓行之。① 可见，王世贞手里有单行本《清异录》，而且，陶宗仪《说郛》此时在士大夫中流传，但不是全本。

其五，《续齐谐记》的刊行情况可以为我们提供一个旁证：

是书亦罕得佳本，惟外舅都公家藏有之，命余锓梓以传焉。②

该书在元代有单行本③，由上文可见《续齐谐记》在明初到明中期也是有单行本的，且明确收藏的人是大儒都穆，都家所藏《续齐谐记》共有十七则故事，陆辑在编辑《虞初志》时将其收入卷首，并做了以上说明。都穆所藏本子也并不是全本，《才鬼记》卷一《刘妙容》注出《续齐谐记》，本篇不见于《虞初志》本，当是有其他单行本存在。

总之，某篇故事究竟出自何处有时候是个无解的谜题，单部的文言小说集可能在明世流传，王世贞能够看到，丛书、类书也照录了原书，王世贞究竟是从哪里采择故事，抑或可能两相参校。如《莺莺传》及其以后几篇，《虞初志》卷五《莺莺传》附有《李绅莺莺本传歌》并提到《王性之传奇辨证》。可以就此推断《虞初志》是《艳异编》的一个来源，可是《百川书志》著录《莺莺传》一卷，又附《会真诗纪》一卷（注：唐李绅杜牧之诗咏莺莺事），《会真诗咏》一卷（注：宋元人咏及莺莺事皆集此），《传奇辨证》一卷（注：宋汝

---

① 叶德辉等撰：《湖南近现代藏书家题跋选》第2册，岳麓书社2011年版，第89页。
② （明）陆采：《虞初志》卷一《续齐谐记》，上海书店出版社1986年版。
③ 四库全书本《续齐谐记》有（元）陆友的跋。见丁锡根《中国历代小说序跋集》，人民文学出版社1996年版，第72页。

阴王铚性之著，辨张生），《传奇傍记》一卷（皇明吴门祝肇孝先著，辨张生）。这些书更接近《艳异编》，是否也算《艳异编》的一个来源？可惜《百川书志》对著者、版本无载，否则岂不又多一个来源。

所以，说书坊主为牟利匆忙录自丛书、类书、他书，完全在情理之中；说王世贞以博学大儒有此行，简直就是对他的侮辱，家藏丰富，时代鸿儒，文坛领袖，《艳异编》只会是王世贞自己感兴趣的范围内，广采博收，相互参校编辑而成。

第三节 《艳异编》中其他明前小说

《西京杂记》是一部记载西汉轶事传闻的笔记小说，内容包罗万象，有宫室苑囿、奇珍异物、文人轶事、奇人巧计，涵盖了社会历史、天文地理、发明创造、诗词歌赋等方方面面，具有史学价值、文学价值和科技价值。《西京杂记》流传颇广，历代史书对其多有记载，如《隋书·经籍志》"史部旧事类"，《旧唐书·经籍志》中第一次明确注明"葛洪撰"，《新唐书·艺文志》《郡斋读书志》《直斋书录解题》《宋史·艺文志》都有著录。明人对于这部古书更是喜爱有加，反复翻刻。[①] 明代私家藏书目对其也多有著录：焦竑《国史经籍志》、晁瑮《宝文堂书目》、陈第《世善堂藏书目录》、毛晋《汲古阁校刻书目》、祁承爜《澹生堂藏书目》、朱睦《万卷堂书目》、佚名《近古堂书目》、高儒《百川书志》、赵琦美《脉望馆书目》、董其昌《玄赏斋书目》、赵用贤《赵定宇书目》徐𤊹《徐氏家藏书目》等。

[①] 明嘉靖元年（1522）沈氏野竹斋刻本、嘉靖十三年黄省曾刻本、明嘉靖三十一年孔天胤刊本、明万历三年（1572）海阳令莆中柯茂竹刻本、明万历十三年梁质夫粤中刻《秦汉图记》本、明万历中新安程荣校《汉魏丛书》本、明万历二十年武林何允中《广汉魏丛书》本、明刻《古今逸史》本、明万历三十年陕西布政使司重刻郭子章辑《秦汉图记》本、明万历梁义卿重刊本、明万历中会稽商氏半壁堂刻《稗海》本、明万历四十六年曾熙丙刻张邦翼编《汉魏丛书抄》本、明天启三年刻吴世济编《汉魏丛书抄》本、明天启中刻唐琳辑《快阁藏书》本、明刻《说海汇编》本、明崇祯中虞山毛氏汲古阁刊《津逮秘书》本共16种。现存最好的版本是嘉靖壬子的孔天胤刊本，当下的校注本多以此本为底本。

第二章　《艳异编》明前故事考论　　　　　　　　　69

《艳异编》编选自《西京杂记》的篇目共有 6 篇，分别是卷之六《王昭君》出自《西京杂记》卷二，卷之七宫掖部三《飞燕事六条》有五条出自《西京杂记》，其中第一、二、三条出自《西京杂记》卷一，第四条出自《西京杂记》卷二，第五条出自《西京杂记》卷五，第六条则出自晋王嘉《拾遗记》卷六，卷之十七幽期部一《司马相如传》出自《西京杂记》卷二，卷三十一男宠部《金丸》《董贤第》出自《西京杂记》卷四。

《拾遗记》是魏晋南北朝小说的代表之作，历代史志都有记载，《隋书·经籍志》《旧唐书·经籍志》《新唐书·艺文志》将《拾遗记》列为史部杂史类，直到《宋史·艺文志》才正式将其列入子部小说类，台湾大学图书馆藏有明嘉靖甲午（十三年）刊本《拾遗记》，《拾遗记》最主要的版本是明嘉靖十三年顾春世德堂刻本，此版本的刊行时间正是《艳异编》成书前夕。

《艳异编》共选编了《拾遗记》21 篇，除了《断袖》篇收入卷三十一男宠部，其余二十篇都收入宫掖部、戚里部，并有 7 篇与《太平广记》重收，其具体篇目情况见表 2-4。

表 2-4　　　　《艳异编》与《拾遗记》的编选关系

卷数	《艳异编》	《拾遗记》	《太平广记》
卷之五宫掖部一	《少昊》	卷一	
	《妲己》	卷二	
	《周昭王》	卷二	
	《穆王》	卷三	
	《越王》	卷三	
	《燕昭王》		卷五十六《玄天二女》
卷之六宫掖部二	《武帝》	卷五	
卷之七宫掖部三	《宵游宫》	卷六	卷二百三十六《宵游宫》
卷之七宫掖部三	《飞燕事六条》	第六条《拾遗记》卷六	
卷之八宫掖部四	《汉灵帝》（笔者注：应为献帝）	卷六	卷二百三十六《后汉灵帝》
	《献帝伏皇后》	卷五	

续表

卷数	《艳异编》	《拾遗记》	《太平广记》
	《薛灵芸》	卷七	卷二百七十二《薛灵芸》
	《吴赵夫人》	卷八	
	《吴潘夫人》	卷八	
	《吴邓夫人》	卷八	
	《孙亮》	卷八	卷二百七十二《孙亮姬朝姝》
	《蜀甘后》		卷二百七十二《蜀甘后》
	《晋时事》	卷九	
卷之十六戚里部二	《石崇事》	卷九	
	《翾风》		卷二百七十二《石崇婢翾风》
卷三十一男宠部	《断袖》	卷六	

　　《西京杂记》和《拾遗记》都见于百卷本《说郛》，其中卷四、卷二十收《西京杂记》，卷三十收《拾遗记》。然所收篇目不同于《艳异编》，所以排除《艳异编》编选自《说郛》的可能性。

　　排除了相关篇目编选自《说郛》的可能性，我们认为它们来自单行本的可能性就更大了。而且，《西京杂记》在明代多次刊行，嘉靖元年野竹斋刊本并于嘉靖十三年再次刊行，有嘉靖壬子夏孔天胤序刊本，《古今逸史》本还收有黄省曾作的序；《拾遗记》有嘉靖甲午春三月，东沧居士吴郡顾春跋的版本。① 因此推断这两本小说中的故事来自单行本的可能性更大些。

　　值得一提的是卷八宫掖部所收《汉灵帝》。这篇故事本是写东汉灵帝的种种荒淫无行之举，所举西园之事在《后汉书·灵帝纪》里也有提及。故事的第一句"汉灵帝初平三年"，"初平"是汉献帝的年号，不知此处为何用为灵帝？追查这一错讹之源，首作俑者应该是《拾遗记》，其卷六收有此篇，之后《太平广记》卷二百三十六原文

---

① 据中华书局校注本。转引自丁锡根《中国历代小说序跋集》，人民文学出版社1996年版，第60页。

收入此篇，并注出《王子年拾遗记》，而且这则故事在明代的小说选本中反复出现，除了《艳异编》，冯梦龙的《情史》卷五、《太平广记钞》卷三十五，董斯章《广博物志》卷四十二，吴琯《古今逸史》卷六亦收入此篇，篇首皆为"灵帝初平三年"，以讹传讹，以王世贞、冯梦龙等人的文史高才竟未修正，实在令人费解。

第三章

《艳异编》明代故事考论

除了从前代故事中摘择经典，《艳异编》也收录了多篇明代作家的传奇、志怪之作，部分作品中还可以看出王世贞编创的痕迹。

第一节 《艳异编》与明代传奇小说

《艳异编》中的明代传奇小说主要来源于"剪灯"系列，从《艳异编》编选《剪灯新话》及《剪灯余话》中篇目的考察，我们可以见出两书在明代受欢迎的程度，以及其传播的状况。

一 《艳异编》与《剪灯新话》

《剪灯新话》是明代传奇小说的开山之作，也代表了明代传奇小说的创作成就。其作者瞿佑，字宗吉，少负才名、学问淹博，而生逢易代之变，饱受流离之苦，一生于漂泊之中度过，少年时的"千里驹""折桂枝"美誉，终成功名不遂时的伤疤与痛楚，与表妹两小无猜的青梅良缘，更增添了佳人别抱时的凄惶与感伤。现实与理想的巨大差距，使学博才赡的瞿佑将生命热情投注于小说创作之中。《剪灯新话》共21篇，在人鬼恋情的模式中，叙写了失意文士的哀伤与彷徨。

王世贞从中编选了6篇作品，占《剪灯新话》全书四分之一。卷之十八幽期部二《联芳楼记》写薛氏二女聪慧秀丽，仿杨铁崖西湖

《竹枝曲》，作《苏台竹枝诗》十章，受到杨铁崖的称赏，文名远播。更为奇特的是，二女于窗间窥见郑生澡浴，即大胆投下荔枝一双，又于更深人静后用竹兜将其吊上联芳楼欢会，并最后主宰自己的爱情，迫两家家长同意，纳采问名，使生入赘为婿。兰英、蕙英身上有周胜仙的影子，大胆而又昂扬地追求所欢，代表了市井女性的泼辣生气；又有崔莺莺的兰心蕙质，出口成章，以诗笺点缀传递爱情与才情。总之，薛氏二芳较好地融合了唐宋传奇中大胆追求爱情的女性特点，其胜于前两者之处还在于能把握自己于爱情中的命运，有勇有谋，如果父母不答应，即以死相逼，"如不遂所图，则求我于黄泉之下，必不再登他门也"。

这篇故事出现在文禁森严的明初，其大胆程度上承宋元话本，下开明中后期艳情小说的先河，难怪会引得"经生儒士，多舍正学不讲"①，其振聋发聩之力使明王朝于正统三年（1438）禁毁了《剪灯新话》，但是禁而不毁，王世贞将其选入《艳异编》，亦可见出王世贞编选的意图。同时，这篇故事亦被此后不少小说选本选入，如《情史》卷三情私类《薛氏二芳》，《稗家粹编》卷二《兰蕙联芳记》，《一见赏心编》卷三幽情类《兰蕙传》，《绣谷春容》卷三《联芳楼记》，《万锦情林》卷三《联芳楼记》，林本、何本《燕居笔记》卷五《联芳楼记》，《绿窗女史》卷四，而《稗史汇编》卷四十九《金盘赠妓》内容略异。

卷之二十一冥感部二《渭塘奇遇》，这篇故事写的是元末王生与酒肆女一见钟情，相互慕恋，以致梦中相会，终成眷属。离魂型故事早自六朝小说，刘义庆《幽明录》里有关庞阿的故事是这类故事的开端，唐陈玄祐《离魂记》是这类小说中最有代表性的作品，影响了后世的多部戏曲名著，汤显祖《牡丹亭》堪称其翘楚。前代故事多是香魂冉冉随君去，离魂的是闺中女子，本篇故事情节类似，而魂游梦境的却是男主人公，游魂的地点变成了闺中，爱情中两心相悦，付诸行

---

① 《明英宗实录》卷九十。

动加以实现的是男主人公。这篇故事被明代多部小说选本收录。《情史》将其收入卷九情幻类，并且稍作改动，结尾还加了龙子犹的评论："无缘者，真亦成梦；有缘者，梦亦成真。"① 其他多照录原文，《稗家粹编》收入卷三梦游部《王生渭塘奇遇记》，《一见赏心编》收入卷四奇逢类《渭塘女》，《稗史汇编》收入卷四十九《王生得女》，《绣谷春容》收入杂录卷四《王生渭塘得奇遇》，林本、何本、冯本《燕居笔记》也都收入此篇。

卷之三十九鬼部四、卷之四十鬼部五集中编选《剪灯新话》的4篇作品，分别是《绿衣人传》《滕穆醉游聚景园记》《金凤钗记》《双头牡丹灯记》，可见编选者最感兴趣的还是这类书生与女鬼的姻缘故事，这类故事艳异兼具，很适合明人的阅读口味，在明代中后期的小说选本中均多次出现。《绿衣人传》被收入《情史》卷十情灵类《绿衣人》。《稗家粹编》卷六鬼部亦名《绿衣人传》。冯本《燕居笔记》卷八记类名之《绿衣人记》。收录《滕穆醉游聚景园记》的选本有：梅鼎祚《才鬼记》卷十《滕穆醉游聚景园记》，注出《剪灯新话》。《一见赏心编》卷十宜缘类《芳华传》，《情史》卷二十情鬼类《卫芳华》。《万锦情林》卷一、林本、冯本《燕居笔记》卷七记类《腾穆醉游聚景园记》，何本《燕居笔记》卷五纪类《腾穆醉游聚景园记》。《绿窗女史》卷八。《金凤钗记》出自《剪灯新话》卷一，《情史》卷九情幻类改题《吴兴娘》，《稗家粹编》卷六鬼部原文照录《金凤钗记》。何本《燕居笔记》卷五记类亦题《金凤钗记》。《稗家粹编》卷六鬼部《金凤钗记》。何本《燕居笔记》卷五记类《金凤钗记》。凌濛初《初刻拍案惊奇》卷二十三《大姐魂游完宿愿，小妹病起续前缘》，以《金凤钗记》为本事，以话本体制为依托，创作了这篇拟话本。

这6篇作品都是以元末战争为背景展开叙述。内容上偏重于人鬼相恋的情爱故事，这类故事在《剪灯新话》中占有很大比重，王世贞

---

① （明）冯梦龙：《情史类略》，岳麓书社1984年版，第236页。

编选的6篇从风格来看更像唐宋传奇小说，多是"叙事婉转，文辞华艳"的爱情故事。作者高呼"好姻缘是恶姻缘，只愿干戈不怨天"，强烈谴责了元末战乱带来的人生痛苦。书中很多优秀之作都在传达着这一主题，如《翠翠传》写的是青梅竹马的恋人，虽然门第悬殊，但没有遭到双方家长阻挠，很顺利地结成了美满姻缘。偏偏烽烟四起，战乱制造了婚姻的悲剧，金定和翠翠这对有情人，最后双双殉情而死。除此篇之外，《剪灯新话》中那些注入当时社会思想元素的作品反而没被选入，比如《太虚司法传》《修文舍人传》等都在传达战乱的社会环境给人生带来的大不幸，但王世贞都未将其选入。究其原因，可能是到明代中后期，社会环境已承平日久，人们早已不再关心这些战乱带来的人生际遇。

此外还有一篇附录于《剪灯新话》的《西阁寄梅记》。卷二七妓女部二《西阁寄梅记》（无目有文）原名《西阁寄梅记》，载于《剪灯新话》附录《寄梅记》。《青泥莲花记》卷八《西阁寄梅记》。《一见赏心编》卷四名姝类《琼琼妓》，《情史》卷六情爱类，无目有文。明末周清原《西湖二集》卷十一《寄梅花鬼闹西阁》，即据本篇敷衍而成。

二 《艳异编》与《剪灯余话》

李昌祺（1376—1452）的《剪灯余话》亦是明初很有影响力的传奇小说集，从书名即可看出这本小说与《剪灯新话》的关联，"公惜其措词美而风教少关，于是搜寻古今神异之事，人伦节义之实，着为诗文，纂集成卷，名曰《剪灯余话》，盖欲超乎瞿氏之所作也"[1]。李昌祺是明代永乐、宣德间地位显赫的官员，官至河南左布政史，耿介廉洁。带有浓厚的说教是大官僚们创作小说戏曲的普遍特点，比如丘濬《五伦全备记》开篇就说"若与伦理不关紧，纵是新奇不足传"。

---

[1] （明）瞿佑等著、周楞伽校注：《剪灯新话》，张光启：《剪灯余话序》，上海古籍出版社1981年版。

较之《剪灯新话》，《余话》中说教的成分也明显增加了，诗词韵文穿插的比例较《剪灯新话》也有所提高，《艳异编》从中编选了《贾云华还魂记》《田洙遇薛涛联句记》，这两篇是《余话》中说教较少的篇目，尤其卷二十一冥感部二所收《贾云华还魂记》，此篇写于李昌祺董役长干寺之时，仿桂衡《柔柔传》而作，《柔柔传》亦失传，两者之间的关联无从查知，仔细品读，我们倒是可以发现《贾云华还魂记》和中篇传奇的开山之作《娇红记》之间很有渊源，除了有三处直接提到《娇红记》之外，文中还有多处情节和语言模拟《娇红记》。[①]

原文约一万五千字，《艳异编》收录时删除开头一封书信，《绿窗女史》卷六冥感部神魂门误题宋陈仁玉，约一万二千字，主要删去一封书信、一篇祭文、二十七首诗、十二阕词。《雪窗谈异》卷三亦收，全同《绿窗女史》。《一见赏心编》卷三幽情类《月娥传》，书内题《云华月娥传》，删节更多，仅五千余字。《情史》卷九情幻类《贾云华》只是原故事的梗概介绍，不及两千字。《古今图书集成·闺媛典》卷三六八闺恨部《魏鹏传》全同《情史》所录。周清源《西湖二集》卷二十七《洒雪堂巧结良缘》即据此改编，周作又被清陈树基收入《西湖拾遗》卷四十三，题《借尸还魂成婚应梦》。据此篇改编的戏文一共6种：《南词叙录》著录无名氏《贾云华还魂记》戏文、明沈柞《指腹记》、谢天瑞《分钗记》、冯之可《姻缘记》、祁彪佳《远山堂曲品》著录无名氏《金凤钗》、梅孝已《洒雪堂》传奇，均演此事，今惟存《撒雪堂》。除此之外，该篇还深刻影响了明代中后期的中篇文言传奇小说创作和后世的白话小说创作。

《田洙遇薛涛联句记》篇幅漫长而多吟咏，所用故事是书生遇女鬼的传统套路，所不同的是此女鬼为大才女，篇中的情爱描写让位于骋才，诗歌韵语长于散文叙事的文字。此故事亦被原文收入《万锦情林》第二卷。

[①] 详见陈益源《元明中篇传奇小说研究》，学峰文化事业公司1997年版，第52—53页。

此外还有一篇单篇流行的传奇《辽阳海神传》，收于《艳异编》卷二水神部，据篇中所说作于嘉靖甲申年，写的是徽商程宰与兄长出外经商屡屡受挫，不得已受佣于他人，潦倒困顿中忽有海神降临，从此程宰不仅有了缱绻恩爱的伴侣，而且凡有所想，海神立为办至，还教他囤积居奇、贱买贵卖，骤然大富。在传统的女神夜就自荐枕席的故事模式之下，该篇融入浓郁的时代气息，宁王叛乱等史实都写入篇中，男主人公也从吟诗作赋的书生变为出外行商的商人，女神的降临不是仅仅成就其艳遇梦想，也不是让其金榜高中、出将入相，而是在经营中未卜先知，抓住许多难得的发财致富机遇。可以说这篇小说是较早用传奇形式反映商品经营活动的优秀作品，反映了明代中期人们的思想意识。该篇以《古今说海》本留存至今，被收入卷三十六说渊部别传家，《情史》卷十九情疑类《辽阳海神》，字句较《艳异编》颠倒变化，又有所删减。被凌濛初收入"二刻"卷三十七《叠居奇程客得助三救厄海神显灵》。

"选择即是批评"，《艳异编》总共收录9篇明代文言传奇小说，《剪灯新话》既是明代文言小说的开山之作，又是明代文言传奇的代表之作，王世贞独具慧眼从中择取6篇作品，又从《剪灯余话》中编选了两篇，其中的《贾云华还魂记》加上《辽阳海神传》这部单篇传奇，代表了明代中篇传奇的创作成就。

第二节　《艳异编》与明代笔记小说

《艳异编》所引明代笔记小说共有四部，产生时间都在嘉靖前后，分别是：田汝成《西湖游览志余》，祝允明（1460—1526）《祝子志怪录》，侯甸《西樵野记》和陆粲《庚巳编》。

《西湖游览志余》，明田汝成撰。因续其《西湖游览志》而得名，记载有关西湖掌故轶事，罗列了自古以来在西湖留下踪迹的帝王将相、忠臣义士、骚人墨客、高僧名妓等轶闻题咏，也包括以西湖为背景的传奇小说、风土人情、花鸟虫鱼，从中可以看出南宋时代杭州的经济、文化、社会风貌，保存了许多正史所没有的史料，也为我们的文学研究提供了大量的资料。

《艳异编》所选故事与《西湖游览志余》相重者共12篇。列表如下：

表 3-1　　《艳异编》与《西湖游览志余》相重篇目

《艳异编》	《西湖游览志余》
卷二《邢凤》	卷二十六《幽怪传疑》
卷十六戚里部二《韩侂胄》	卷四《佞幸盘荒》
卷二十二梦游部《司马才仲》	卷十六《香奁艳语》
卷二十五徂异部《蔡太师园》	卷四《佞幸盘荒》
《汤赛师》	卷十六《香奁艳语》
卷二十七妓女部二《周韶》	卷十六《香奁艳语》
《秀兰》	卷十六《香奁艳语》
《琴操》	卷十六《香奁艳语》
卷之三十妓女部五《谢希孟》	卷十六《香奁艳语》
《苏小娟》	卷十六《香奁艳语》
《陶师儿》	卷十六《香奁艳语》
卷三九鬼部《绿衣人传》	卷二十六《幽怪传疑》

这12篇故事，《邢凤》文字全同《西湖游览志余》，早见于《太平广记》，《韩侂胄》与《西湖游览志余》卷四《佞幸盘荒》文字全同，早见于宋沧州樵叟《庆元党禁》，《司马才仲》早见于宋何薳《春渚纪闻》，《蔡太师园》《谢希孟》早见于宋庞元英《谈薮》，《汤赛师》据《绿窗女史》卷一一妾婢部徂异门题为宋人王恽所作，《周韶》《秀兰》《琴操》《苏小娟》见于宋周密原本、明朱廷焕补《增补武林旧事》，《陶师儿》事已见于周密《癸辛杂识》。可见以上所列11篇均本于宋人笔记，田汝成大部分是照录原文，与原文没有什么差异，有关论述在本书第二章中已经提到。比较特别的是《陶师儿》一篇，《癸辛杂识》别集卷上《陶裴双缢》只有情节梗概，并非本篇出处；《西湖游览志余》卷十六《香奁艳语》"淳熙初行都角妓陶师儿"，与《艳异编》文字全同，当为其最早出处。后来这个故事又被

收入《青泥莲花记》卷五《陶师儿》，注出《西湖志》。《情史》卷七情痴类《王生陶师儿》与本篇文字相同，篇末云事载《名姬传》。

《绿衣人传》在《西湖游览志余》中只存有故事梗概，《艳异编》当直接编自《剪灯新话》。

祝允明（1460—1526），字希哲，号枝山，长洲（今江苏苏州）人，弘治五年（1492）举人，《明史》卷二八六有传，著有《祝子志怪录》五卷，《野记》四卷，《猥谈》一卷，《前闻记》一卷及诗文集等。①

《志怪录》中作品都以明世为书写背景，赋予历代鬼怪故事以当代感，《艳异编》从中编选了《柏妖》一篇，这篇小说的构思当本于唐袁郊《甘泽谣》之《素娥》篇，其中柏妖引用了"武三思妾不见狄梁公事"，结构上与之如出一辙。后来侯甸《西樵野记》卷五《桂花著异》又将柏妖改为桂妖②，《艳异编》卷三十五将其收入，文字基本同于《桂花著异》，周进泉刻本《古今清谈万选》卷四《绥德梅华》，又以梅妖替桂妖，名梅芳华，写的还是这个故事。此本据王重民先生考订刊刻于万历八年（1580），较之以前叙述宛转，增饰不少，尤其开头结尾分别加入了石亨和梅妖所吟的诗歌，使简短的志怪之作变得篇幅漫长。《一见赏心编》卷八花精类《桂花传》，与《艳异编》文字基本相同，只是结尾处桂妖所引出现讹误"独不闻武三思不见狄梁公之事乎"，将典故用错，从中亦可旁证《一见赏心编》编刊粗糙，乃书坊功利之作。《稗家粹编》卷七妖怪部《梅妖》，《百家公案》第四回《止狄青家之花妖》，《幽怪诗谭》卷六《媚戏介甫》亦本之，谈迁《枣林杂俎》义集《天台山仙女》谓梅妖所惑者为宋王介甫。可见此类故事历代深受喜爱，虽然主人公名氏多有变换，但其母题主旨却源远流长。

《桃花仕女》见于《西樵野记》卷三，与《艳异编》所收文字相

---

① 程毅中：《古体小说钞·明代卷》，中华书局2001年版，第114页。
② 薛洪勣、王汝梅主编：《稀见珍本明清传奇小说集》，吉林文史出版社2007年版，第154页认为"《祝子志怪语录》为后出本"，当误。

同,《祝子志怪录》卷二亦收,然与本篇文字有异,主要差别在于故事发生时间,一为"景泰辛未",一为"天顺年间",且《祝子志怪录》不载女鬼所吟诗作。此外收入此篇的小说选本尚有《一见赏心编》卷八花精类《桃花传》,《情史》卷九情幻类《薛雍妻》第二条,《剪灯丛话》卷六《桃花侍女传》,《列朝诗集小传》闰集《桃花仕女》。

卷四十《法僧遭祟》篇出自祝允明《志怪录》卷二,文中诗作出明童轩《清风亭稿》卷六中《次韵李商隐无题四首》中前二首。侯甸《西樵野记》卷三也收此篇,后来的小说选家也常选入此篇,但出处不一,如《情史》卷二十情鬼类《某枢密使女》,注出《志怪录》。《才鬼记》卷十三《法僧遭祟》,注出《西樵野记》。仔细比对原文,以上几种文字相同,唯《艳异编》结尾多"升疾始愈"四字。《古今清谈万选》卷二《配合倪升》,又将此故事铺陈,加入了一些细节描写。此外,《幽怪诗谭》卷四《雨后佳期》。《奁史》卷九十九,注出《摭遗新说》。

以上3篇《祝子志怪录》和《西樵野记》都收,比对3篇文字与《艳异编》的异同,笔者认为《桂花著异》《桃花仕女》两篇当出《西樵野记》。至于两书之间的关系,据薛洪勣解释当为:

> 祝允明(1460—1526)撰有《语怪编》四编四十卷,今仅存第四编一卷,很少流传。明末钱允治家藏有《枝山志怪》五卷,又名《祝子志怪录》,乃后人纂辑而成。其中有些作品与本书(笔者按:《西樵野记》)基本相同,而与祝氏文笔不类,当是后人据本书修改辑入,非祝氏原书所有。[①]

侯甸是明嘉靖前后吴郡(今江苏苏州)人,其生平不详,书前有

---

① 薛洪勣、王汝梅主编:《稀见珍本明清传奇小说集》,吉林文史出版社2007年版,第153页。

黄省曾的序和嘉靖庚子作者的自序。《祝子志怪录》是祝允明的曾孙祝世廉所编辑，刊刻于万历年间。《西樵野记》成书于前，但侯甸曾师从祝枝山，或许祝氏曾先有此作，侯甸袭之，或许祝氏后人改窜，未可知之。

此外，王世贞还从《西樵野记》中选入了《太湖金鲤》《南楼美人》两篇。《太湖金鲤》出自其卷五，与《艳异编》文字稍有字句差异，《一见赏心编》卷十三妖魔类也收入此篇，名《太湖女》，少《艳异编》结尾"悠然而逝"四字。《南楼美人》出自《西樵野纪》卷七，与《艳异编》文字略有差异。《情史》卷二十情鬼类《南楼美人》文字与《艳异编》完全相同。《剪灯丛话》卷六误题杨维桢撰。

此外，《艳异编》卷二水神部所收《洞箫记》一篇出自陆粲《庚巳编》卷二，这篇故事应该算是一篇比较成功的传奇之作，但因出自笔记小说集，故放于本节加以论述。陆粲，江苏苏州人，该篇篇幅漫长，情节曲折，故事优美动人。故事中的女神大胆追求爱情，《情史》卷十九《洞箫美人》注"见《艳异编》"，比对文字，少"予少闻鳌事，尝面质之，得其首末如此，为之叙次，作《洞箫记》"一段交代。文中描写如"诈跌""所欲辄得"等情节与《辽阳海神传》很是相似。

第三节　《艳异编》中王世贞编创的痕迹

《艳异编》在小说选本中独领风骚，首次创立了以某一主题的形式进行小说编选的体例，并高举"艳异"大旗，这一点应该说是王世贞的首创。

四十卷本《艳异编》共收小说361篇，分17部，这一分类方式也有开创之功，为《广艳异编》《情史》等书所效仿。尤其男宠部，收历代龙阳故事，为男色立传，有振聋发聩之力，这一点只有《情史》对其继承发扬，列情外类，并以情史氏的名义加以评论："呜呼，世固有癖好若此者，情岂独在内哉？"其他的小说选家多不再有此识见，除了胡文焕《稗家粹编》卷三中列出男宠部，收《邓通》《陈子高》两篇，其他书中均未见提及此类。

《艳异编》书中所收小说文本，作者多未作改动，原文照录。只有卷十四宫掖部十《明节刘后》、卷之七《飞燕事六条》、卷三十一男宠部《陈子高》三篇，王世贞作了修补改动。我们具体来看：

改动一：《明节刘后》共收刘贵妃三则故事，前两则出自《宋史》列传二，最后一则故事出宋钱世昭《钱氏私志》，《钱氏私志》在《古今说海》、百卷本《说郛》卷三十九都有收录，然将此三篇共置一处者，唯《艳异编》。此种编选体例倒是对冯氏的《情史》、梅鼎祚《才鬼记》等深有影响。

改动二：四十卷本《艳异编》卷七宫掖部三所收都是关于赵飞燕与汉成帝故事，大多照录原文，只有《飞燕事六条》一篇，选自《西京杂记》和《拾遗记》两书。其中第一、第二、第三条出自《西京杂记》卷一，第四条出自卷二，第五条出自卷五，第六条则出自晋王嘉《拾遗记》卷六，百卷本《说郛》卷二十收《西京杂记》，然未见此篇。

改动三：卷三一《陈子高》篇是全书改动最大的一篇，可以算是"取一点因由，随意点染"的小说创作了。即使放在男宠部中，这一篇也显得特立独行，有浓重的晚明味道。此篇本事来自《陈书》卷二十列传第一四《韩子高》，与到仲举、华皎并举。此外，李延寿父子所撰《南史》卷六十八也收有《韩子高》篇，于史实及笔法上基本相同。宋李昉《太平御览》卷三四五兵部七六收《南史》所记，仅有：

《南史》曰：韩子高会稽山阴人也，家本微贱，侯侯景之乱，寓都下。景平，陈文帝出守吴兴，子高年十六，为总角，容貌美丽，状似妇人，于淮渚附部伍寄载欲还乡里。文帝见而问曰："能事我乎？"子高许诺。子高本名蛮子，帝改名之。性恭谨，恒执备身刀。①

从上文中我们看到：明代以前韩子高都是战功累累的骁勇战将，这位将军之所以能够得到皇帝的宠信是因为他陪同开国皇帝出生入死，且性恭谨，并不是依靠自己的相貌而取宠，至于其容貌，史书中仅用一句"容貌美丽，状似妇人"简单概括，更无陈蒨"有龙阳之好"的描述。值得一提的是，唐代陆龟蒙的《小名录》未加任何解释就给韩子高换了姓氏：

> 陈子高，会稽人。世祖时为吴兴守，高年十六，为总角，容貌美丽，状似妇人。世祖见而问："能事我乎？"高许诺。本名蛮子，世祖改命今名，执备身刀。世祖宠之。

不过除了姓氏的改变，明代以前的记载中，无论史学著作还是文学作品都没有对陈子高及陈蒨形象进行解构。进入明代，随着明世风的变化，对君臣的形象描写也发生了颠覆性改变。目前所见最早对此加以详细描写的是王世贞的《艳异编》。王世贞将其放入男宠部19个故事中，首次明确宣告了两人间的同性之好，并淡化了陈子高勇猛善战、恭谨待人的大将风范，转而对床笫之欢、枕畔私语表现出了浓重的兴趣。并凭空虚构出一段异性恋：

> 王大司马僧辩下京师，功为天下第一，陈司空次之。僧辩留守石头城，命司空守京口，推以赤心，结廉蔺之分，且为第三子，约娶司空女。有才貌，尝入谢司空，女从隙窗窥之，感想形于梦寐，谓其侍婢曰："世宁有胜王郎子者乎？"婢曰："昨见吴兴东阁日直陈某，且数倍王郎子。"盖是时蒨解郡佐司空在镇。女果见而悦之，唤欲与通。子高初惧罪，谢不可，不得已，遂与

---

① （宋）李昉：《太平御览》卷三四五，中华书局1960年版，第1588页。

私焉。女绝爱子高，尝盗其母阁中珠宝与之，价值万计。又书一诗曰团扇，画比翼鸟其上，以遗子高曰："人道团扇如圆月，侬道圆月不长圆。愿得炎州无霜色，出入欢袖百千年。"事渐泄，所不知者司空而已。会王僧辩有母丧，未及为礼娶。子高尝恃宠凌其侣，因为窃团扇与颇，且告之故。怂恨以语僧辩，用他事停司空女婚。司空怒，且谓僧辩之见图也，遂发兵袭僧辩并其子，缢杀之。蒨率子高实为军锋焉。自是子高引避不敢入。蒨知之，仍领子高之镇。女以念极，结气死。

这段故事类似文君相如、贾午韩寿故事，只不过纠缠于陈霸先、王僧辩之间的政治联姻中并用来解释陈、王政治关系的破裂，前代简单的密约偷期故事被复杂化了。两者叠加起来，将史书中的陈子高点染得面目全非，既是小男宠又是私通故事的男主角。

笔者翻阅了大量相关笔记、传奇作品，并未找到本篇的更早出处。明代收录此篇的书籍还有《绿窗女史》卷五尤悔部《陈子高》，《情史》卷二十二情外类《陈子高》，《稗家粹编》卷二男宠部《陈子高》，所录文字与《艳异编》完全相同，除《绿窗女史》标明作者为"江阴李诩"之外，其他两书都没有记录作者。

李诩，字原德，号戒庵，晚年以"戒庵老人"自居。生于正德元年（1506年）丙寅七月十二日，卒于万历二十一年（1593年）癸已五月十七日，现存作品仅有笔记小说《戒庵老人漫笔》，查阅该书并无此篇，其文风也不甚相类，加之《绿窗女史》这部小说选本作伪连篇，其说只能聊备参考，不能全信。

带有晚明风韵的《陈子高》出现之后，风行一时，极受追捧，除了在小说选本中反复出现，还被白话小说和戏曲所吸收，并将其香艳情节更加浓墨重彩地渲染。王骥德《男王后》杂剧将小说中的关键叙述要素都写到了：陈子高容貌美丽、出身贫寒，性情恭谨。陈蒨性情浮躁，惟有子高能知其意。将子高心性完全女性化，从一出场就以女性自居，并以做男王后为骄傲，少年将军的英武雄风已荡然无存，历史上驰骋疆场的韩子高将军已蜕变成红粉队里争宠夺爱的妖媚小龙阳。

综观《艳异编》中的相关篇目，我们可以看到王世贞从当代择取了 29 个故事，占全书的近十分之一。可以说好古的王世贞从当代选取的作品并不算多，然而这些故事本身带有浓重的"艳异"色彩和晚明风味，这些引领时代风潮的作品集中到一起，加上历代艳异故事，更能在读者中间激荡心灵的涟漪。文士们效仿文坛领袖，争相收集艳异类作品，书商们追逐读者阅读趣味，纷纷出版类似书籍，一时间"艳异"类文言小说选本如雨后春笋般竞相破土而出。

第四章

《广艳异编》研究（上）

《广艳异编》是《艳异编》成书之后，最直接受其影响而成的小说选本，这一点从其书名中也可窥出一二。相较于《艳异编》，《广艳异编》香艳的成分少了，怪异的内容成为全书的主导。

《艳异编》因其炫目的汇编主旨及编选者王世贞的关系备受青睐，《广艳异编》因与《艳异编》相关联而受研究者们的关注，但对于它的研究多是附着于《艳异编》的研究而作蜻蜓点水式的浮泛之谈，一晃而过，仿佛《广艳异编》只是《艳异编》的一个加长版，并无自己的特色与研究价值。本书认为实际情况并非如此，因为在《广艳异编》中传达了明代社会转型时期文坛上的躁动，反映了万历中后期小说创作与小说编选的独特面貌，这一点和《艳异编》同源却有着截然不同的面貌。从中我们可以勾勒出当时社会上《太平广记》《夷坚志》等大型小说类书的流传盛况，感知《琅嬛记》等"伪书"的肆纵流播。因此本书将《广艳异编》作为第二个研究重点，整合学界现有研究成果，对其进行条分缕析，爬梳整理，找出全书（以古本小说集成本为底本）579个故事的源与流，在文献整理的基础上探析该书的成书来源、编选主旨、流播概况以及对"二拍"、《型世言》《西湖二集》等白话小说的影响。

因此本书试图从选本的角度来解析《广艳异编》。作为一部续作，

《广艳异编》不应与《艳异编》篇目重复。① 在《艳异编》对"艳异"类故事开掘殆尽的情况下,它只有另寻出路,量贩式地从《太平广记》《夷坚志》《琅嬛记》以及明代小说中编选,而这些故事"异"的成分又大于"艳"的品格,于是书坊主又将其进行精编,附于《艳异编》之后,成为我们今天所见到的《续艳异编》。

第一节 《广艳异编》成书时间新考

一 《广艳异编》的编者

《广艳异编》首见于徐㶿《徐氏家藏书目》卷四,著录为三十五卷。《澹生堂藏书目》卷七子类小说家记异类,著录为八册三十五卷。目前存世的明刊本藏于日本内阁文库,三十五卷,有缺页若干,《古本小说集成》本、《续修四库全书》本、《明清善本小说丛刊》本均据日本内阁文库本影印,内蒙古人民出版社2001年又据以排印中华孤本第八卷《广艳异编》。国内只上海图书馆残存一至二十二卷,前面没有序言和凡例,只有目录和正文。和《古本小说集成》本对照,连某些界格的断处都一样,应该都属于民间刻本。

关于编选者,目前所知文献甚少,书前《序》署名东宇山人吴大震书于印月轩,又有长儒氏、印月主人两枚印章。以此知是书为吴大震所编辑,大震号东宇、长儒氏、印月主人。有关吴大震的生平,未见直接记载的文献,仅据康熙《徽州府志》卷十一《选举志下·恩荫》及乾隆《歙县志》卷十《选举志下·恩封》"吴大震以子之俊赠知县",由此知其子为吴之俊,《明史·艺文志》载吴之俊作《狮山掌录》二十八卷,② 今存。书中朱长庚跋曰:"盖余入武强(按:时吴之俊任武强知县)不浃曰,先生垂示《掌录》及其先尊人延陵生

---

① 两书中只有一篇相同:《艳异编》卷三十六《李陶》,《广艳异编》卷之三十二鬼部一《李陶》。

② (清)张廷玉:《明史》卷九十八文苑传,中华书局1974年版,第2436页。

稿。"由此我们可以推知吴之俊的父亲吴大震又号"延陵",与《广艳异编》《凡例》中"延陵生曰"数语相合。

二 《广艳异编》成书时间的推进

关于《广艳异编》的成书时间,目前学界推定为万历三十二年至万历三十五年(1604—1607),[①] 其上限是根据《金凤外传》跋语里"万历甲辰(1604)夏"一语而来,其下限是收录《广艳异编》的《徐氏家藏书目》书前题词署"万历丁未(1607)",在这一推断的基础上,本书认为其成书上限应推迟到万历三十四年(1606),即《广艳异编》成书于万历丙戌至万历丁未年(1606—1607)这一年之间。

要弄清这一问题,我们需要先来了解徐𤊹的《榕阴新检》。

徐𤊹(1570—1645),福建闽县(今福州市)人,字惟起、兴公,号鳌峰居士、竹窗病叟、绿玉斋主人、笔耕惰农等。早年放弃仕进,平生唯以读书著述为事。善诗文,与曹学佺主盟晚明闽中词坛几三十年,喜藏书,聚书数万卷,并手自丹黄,著有《红雨楼书目》《徐氏家藏书目》《榕阴新检》《徐氏笔精》等。《榕阴新检》[②] 书前有万历三十四年(1606年)的序,知当辑成于此时。此书分类收录福州一带的故事,其文体包括文言小说、笔记、诗话等。《四库提要》言其"所载多闽中事,大旨表章其乡人也"。全书共十六卷,分别是孝行、忠义、贞烈、仁厚、高隐、方技、名僧、神仙、妖怪、灵异、冥报、数兆、物产、胜迹、幽期、诗话。

《广艳异编》与之相同的篇目,笔者爬梳出17篇,列表如下:

---

① 任明华:《〈广艳异编〉的成书时间及其与〈续艳异编〉的关系》,《上海师范大学学报》(哲学社会科学版)2006年第5期。

② 此处使用版本是南京图书馆藏明万历三十四年(1606)刻本,分别被收入《续修四库全书》史部0547册、《四库全书存目丛书》子部120册。傅增湘《藏园群书经眼录》第861页记录《榕荫新检》十六卷,古天开图画楼写本,分类次序与分类名称上略有差异。

表4-1　　《广艳异编》与《榕阴新检》的编选关系

《广艳异编》	《榕阴新检》	《榕阴新检》所注出处	备注
卷三《游三蓬》	卷八《仙舟架壑》	《晋安逸志》	文字多有不同，似不同版本的脱衍差误
卷七《金凤外传》	卷十五《金凤外传》	言是王宇、徐熥所得	正文相同，《广艳异编》少一段跋语
卷九《张红桥传》	卷十五幽期《红桥唱和》	《晋安逸志》	文字基本相同
卷十《太曼生传》	卷十五幽期《花楼吟咏》	《晋安逸志》	文字多有不同
卷十《乌山幽会记》	卷十五《乌山幽会》	《竹窗杂录》	文字略有不同
卷十《双鸳塚志》	卷十五幽期部《西轩密约》	《戴林记》	除诗词部分相同外，其余多有不同，似同一故事的不同叙写
卷之十一《杨玉香》	卷十五幽期《玉香清妓》	《晋安逸志》	文字相同
卷之十二《瑶华洞天记》	卷八《仙女怜才》	《盛鸣集》	全文只有一字之差
卷十二《扶离佳会录》	卷十五《荔枝假梦》	《幔亭集》	文字基本相同
《郑汉卿》	卷十	《竹窗杂录》	头尾部分有文字差异，中间完全相同
卷十三《申屠氏》	卷三《女侠报仇》	《晋安逸志》	文字基本相同
卷十三《李十一娘》	卷一《孝女复仇》	《逸志》	文字相同
卷二十《波斯人》	卷九《古墓宝气》	《宋濂文集》	文字相同
卷二十二《王华》	卷九《宝剑成精》	《晋安逸志》	文字相同
卷二十六《陈丰》	卷九妖怪《妖鼠咏诗》	《晋安逸志》	文字略有差异
卷二十八《张逢》	《榕阴新检》卷十《变虎食人》	《续玄怪录》	文字相同
卷之三十二《王秋英传》	卷十五幽期《秋英冥孕》	《万鸟啼春集》	文字相同
卷三十二《鬼小娘》	卷九"妖怪"《郑鬼小娘》	《夷坚志》	文字基本相同

考察这些相同的篇目，《榕阴新检》都注明了出处，分别是《晋安逸志》《逸志》《竹窗杂录》《夷坚志》等书。其中《逸志》笔者猜测是《晋安逸志》的简写，这种简写方式在《刘氏鸿书》中也存在，比如该书卷三十三选录了《广艳异编》卷十九的《桃英》，文末就注为《广艳异》，而非全称。在相同篇目中，出自《晋安逸志》者最多，共8篇。我们也需要对该书做一下简单介绍。

《晋安逸志》一书为陈鸣鹤创作，陈鸣鹤（约1570年后—1620年前后）福建闽县（今福州市）人，字汝翔，号泡庵，庠生，后放弃仕进，追随徐𤊹、徐熥兄弟及谢肇淛等从事文学和著述活动三十余年。《晋安逸志》三卷，《红雨楼书目》《赵定宇书目》《千顷堂书目》等著录，似佚。《榕阴新检》约辑入32篇，《才鬼记》《广艳异编》等书也有辑录。其《佛自刻像》篇写万历十七年（1589）事，可知此书当写成于此年之后。从其他书所引篇目来看此书情节新颖，文笔秀丽，行文韵散相间。

《榕阴新检》也从中编选了8篇作品，都明确注明。《广艳异编》从中究竟选录了多少作品，因为该书无法得见、《广艳异编》不注出处两方面原因，已经成了无解之谜。我们现在只能据此推理出《广艳异编》至少选录了8篇《晋安逸志》一书的作品，只是这8篇可能直接从《晋安逸志》中编选，也可能是从《榕阴新检》中淘来的"二手货"。这一推理只能为我们的结论提供一个有力证据，但却不能完全说明问题。

要进一步弄清两书的关系，我们还要仔细考察其他相同篇目的出处。依据《榕阴新检》所标出处，两书相同篇目分别出自《榕阴新检》《竹窗杂录》《戴林记》《盛鸣集》《幔亭集》《续玄怪录》《万鸟啼春集》《夷坚志》。其中《续玄怪录》《夷坚志》两种为前代作品，广为流传，两位编者都可能看到，即使与《榕阴新检》文字基本相同，也不能排除吴大震从中自为编选的可能性；至于选自《竹窗杂录》《盛鸣集》《万鸟啼春集》中的3篇，也是这种情况，3位作者都是闽中著名文士，诗文之作广为流传，即使《广艳异编》与《榕阴新检》相关篇目文字完全相同，也不能由此确定《榕阴新检》是《广艳异编》必然的编选来源；对解决问题起决定作用的是《金凤外传》和《扶离佳会录》两篇。

《金凤外传》录于《榕阴新检》卷十五幽期部，与全书其他篇目不同，该文并未注明出处，而是在文后加了一段跋语，此跋语《广艳异编》并未收录，今录之于下：

予居高盖山中，有农家握地遇土穴，得银钱数枚，色黑如漆，石砚一，铜炉铜刀各一，有篆文"乾德五年造"。又石匣一，启视有抄书一帙，为《陈后金凤外传》，不著姓名，褚墨漫灭，而字迹犹可句读。农家弗能省，予闻亟往索归，参诸史乘诸书，始末多不异，因与友人徐𤊟订正之。夫《飞燕别传》出诸坏墙，《南部烟花》检之废阁，前代藏秘，后人搜传，均有意焉。况诸王纵志召乱，竟亡其国，尤后世之明戒也。是宜传之，以存野史之一。万历甲辰夏五闽邑王宇识。

这段跋语为《榕阴新检》的校订者王宇所写，说明此文不像其他篇目是选自某一文集，而是来自地下的出土文物。跋语里还说此文原名《陈后金凤外传》，正文的文字可以看出来，至于有关作者姓名出处的部分却不能辨识了，于是王宇、徐𤊟共同订正之，并收录于《榕阴新检》中。文后还加了一段议论："夫《飞燕别传》出诸坏墙，《南部烟花》检之废阁，前代藏秘，后人搜传，均有意焉。况诸王纵志召乱，竟亡其国，尤后世之明戒也。是宜传之，以存野史之一。"对于王宇的这一"耍花招"式的说法，学界多认为恰恰证明了此篇为王宇、徐𤊟所作，托古人以自重。对这一点我们姑且存而不论，但至少这段跋语告诉我们这样一个信息——即《榕阴新检》是《金凤外传》的最早出处。翻阅他书，笔者也未见有相关记载或收录，那么《榕阴新检》成为《广艳异编》选录此篇的唯一出处。为了更准确地说明问题，我们再把眼光聚焦于两书的文本比对上：

比对两书，正文完全相同，只是吴大震删去了文后这段跋语。那么我们可以确切地证明《榕阴新检》为《广艳异编》的一个编选来源。

另外，《榕阴新检》卷十五收录《荔枝假梦》，注出《幔亭集》。《广艳异编》将其收录于卷十二《扶离佳会录》，仔细比对文本，两篇文字基本相同。

《幔亭集》为徐𤊒兄长徐熥的诗文之作，十五卷，《四库全书》收入。全书只收各体诗文，想必徐𤊒据其中诗作敷衍而成传奇。吴大震倒也可以自己敷衍一篇，但两个人的创作如一个模子里刻出来的就不可能了，结论只能是吴大震从《榕阴新检》中选编了此篇。

在细致讨论有利证据的同时，我们同样不能忽略反证。在上文所列篇目的文本比对中有一篇差异比较大：《榕阴新检》收录于卷十五名之曰《西轩密约》，注出《戴林记》。《广艳异编》卷十二为《双鸳塚志》。除诗词部分完全相同外，其余多有不同，似同一故事的不同叙写，以故事的开头为例：

表4-2　　　　　　　《西轩密约》的两处文本开头

《广艳异编》	《榕阴新检》
林澄，字太清，侯官人。年十七，与同里戴贵共学，馆于戴之西轩。一日购得佳书，期贵分录。澄匝旬，犹未卒业；而贵五日，已缮写成帖，且点画媚人。澄心异之，征其故。贵曰："余女弟伯璘，素娴翰墨，为我分其任。故速成耳。"	林澄，字太清，侯官人。年十七，与同里戴贵共学，馆于戴之西轩。一日澄借名文二卷，约贵各录其一。澄匝旬，缮写不及；而贵则五日成帙，字画端整闲，澄心异之，征其故。谓贵曰："何卿书之太速耶"贵曰："某有妹氏名伯璘，年方及笄，粗通诗词，颇弄笔墨，妹氏为我分抄故耳"

以此类推，正文叙写中也是这种情况，情节一致而语句颇殊。出现这种情况，要么是同一书籍的不同版本，吴大震从别处选来此篇；要么就是吴大震对该篇进行了润饰。分析前一种可能性，我们需要知道吴大震是从何处编选来？《榕阴新检》提供的证据是《戴林记》，此书当为文中主人公戴贵所作，笔者未见不敢臆断是否与《双鸳塚

志》完全一致；第二种可能性出现的几率至少在百分之五十，因为两个不同的人是无法叙写出节奏完全一致的故事的，换个说法，出现上面差异的原因也很可能是同一作者在不同时间书写同一故事所致。因此，我们虽看到了两个差异比较多的叙写，不能完全断定此篇与《榕阴新检》存在源流关系，更不能因此否定《广艳异编》从《榕阴新检》编选了若干篇作品。

在上述分析的基础上，我们认为：《广艳异编》从《榕阴新检》中编选了若干篇作品，《榕阴新检》的成书时间——万历丁未（1607）无疑为《广艳异编》的成书时间提供上限，至此，我们可以将学界现有的成书时间推断更进一步——《广艳异编》成书于万历三十四年（1606）秋望日[①]之后，万历三十五年之前。

第二节 《广艳异编》与《太平广记》

从选本的角度来审读《广艳异编》，我们首先考虑的是它的编选来源。纪昀谓"《太平广记》为小说家之渊海"，这句话在《广艳异编》与《太平广记》的关系探讨中再次得到了印证，本节拟通过辨本析源，论证分析两者之间的关系，并试图解决相关的学术问题。

笔者对《广艳异编》所选全部579篇作品进行查找来源，发现在《太平广记》中找到踪迹的共315篇，我们先来看看两书相重篇目的分布情况。

表4-3　　《广艳异编》与《太平广记》的相重篇目

《广艳异编》卷数	本卷篇数	亦见于《太平广记》的篇数	选编篇目在《太平广记》中所处部类
卷之一神部一	17	13	多数为神部

[①] 南京图书馆藏万历三十四年刊本《榕阴新检》前有吴腾蛟写的序言，署明时间为万历丙午秋望日。

续表

《广艳异编》卷数	本卷篇数	亦见于《太平广记》的篇数	选编篇目在《太平广记》中所处部类
卷之二神部二	16	6	神仙部
卷之三仙部一	13	8	神仙部
卷之四仙部二	16	15	神仙部
卷之五仙部三	11	10	神仙部
卷之六鸿象部	14	8	雷部
卷之七宫掖部	13	7	伎巧
卷之八幽期部	8	0	
卷之九感情部一	8	2	神魂部、再生部
卷之十感情部二	13	6	感应、神魂等部
卷之十一妓女部	14	0	
卷之十二梦游部	10	1	神仙部
卷之十三义侠部	18	8	豪侠部
卷之十四幻术部一	20	13	幻术、道术、异人
卷之十五幻术部二	15	6	幻术、道术
卷之十六徂异部	23	13	分布较杂：幻术、异人等
卷之十七定数部	17	12	定数部
卷之十八冥迹部	17	13	多数为再生部
卷之十九冤报部	17	11	多数为报应部
卷之二十珍奇部	20	13	多数宝部、仅一篇昆虫
卷之二十一器具部一	11	10	多数为器玩
卷之二十二器具部二	20	6	多数为精怪部
卷之二十三草木部	18	4	草木部
卷之二十四鳞介部	25	13	龙部、蛇部、水族部等
卷之二十五禽部	23	14	禽鸟部、昆虫部
卷之二十六兽部一	19	9	畜兽部
卷之二十七兽部二	17	10	多数为畜兽部
卷之二十八兽部三	17	13	虎部
卷之二十九兽部四	14	7	狐部
卷之三十兽部五	17	8	狐部
卷之三十一妖怪部	24	17	妖怪部
卷之三十二鬼部一	17	5	鬼部
卷之三十三鬼部二	20	3	鬼部
卷三十四鬼部三	19	18	鬼部
卷之三十五鬼部四	18	12	鬼部、夜叉部

从表4-2我们可以清晰地看出卷四仙部二、卷五仙部三两卷仙部几乎全部选自《太平广记》，情况相同的还有卷二十一器具部、卷三十四鬼部三（仅有一篇选自他处）。除此之外，多篇出自《太平广记》的还有卷一至卷三的神部，卷六鸿象部、卷七宫掖部、卷十感情部、卷十三义侠部、卷十四、十五幻术部、卷十六徂异部、卷十七定数部、卷之十八冥迹部、卷之十九冤报部、卷之二十珍奇部、卷之二十四鳞介部、卷之二十五禽部、卷之二十七兽部二、卷之二十八兽部三、卷之二十九兽部四、卷之三十兽部五、卷之三十五鬼部四。

从上表我们还可以看出，《广艳异编》基本上从《太平广记》相应部类中进行选择，主要集中于神仙部和鬼部，这两大部类是神异故事发生最多的类型，以《太平广记》为主要编选对象就决定了《广艳异编》不会像《艳异编》那样以香艳故事为主，取而代之的是以神异故事为主，艳的成分减少了，而异的因素却成为主导，如果不是吴大震在序言里自言"艳异之作，仿于琅琊"，我们很难将本书和《艳异编》联系到一起。

如前文所述，我们否定了学界关于《艳异编》"十之七八"来自《太平广记》的传统说法，但是从上表我们可以看出，到了《广艳异编》，情况却发生了很大变化，即使上述列表中的少数篇目尚需细考，但是全书半数以上的篇幅直接抄录自《太平广记》是没有错的，全书24个部类有22个从《太平广记》的相应部类编选而来，《太平广记》无疑是该书最大最广的编选来源。

明确了这一点，我们就可以为谈刻本之后《太平广记》的广泛流传提供相应的佐证了。王世贞是一位藏书大家，而吴大震只是落魄老儒[1]，《艳异编》编刊于谈刻本之前，王世贞家藏丰富，所读到的可能更多是某些抄本、残卷，所以从中编选篇目较少且分布较散，而

---

[1] 韩结根：《〈广艳异编〉与"两拍"——"两拍"蓝本考之二》，《复旦大学学报》（社会科学版）2005年第5期。

《广艳异编》编选于谈恺重刊《太平广记》之后，能够方便地阅读使用该书，所以编选起来方便省事得多。换句话说，《广艳异编》里大量编选《太平广记》的作品，表明此时《太平广记》已经在社会上广为流传，从更大范围、更广层面开始对小说创作产生影响。

这里绝非夸大其词，《广艳异编》成书之后，凭借自身的影响开始在更广泛的范围内传播《太平广记》，这一点我们以《刘氏鸿书》为例来进行解释。该书从《广艳异编》中选编了多篇故事，笔者一一拣择如下：

表4-4 《广艳异编》与《刘氏鸿书》的编选关系

《广艳异编》	《刘氏鸿书》	《广艳异编》的编选出处
卷四《陈生》	卷三十录其后半部分，注出《广艳异编》	《太平广记》卷三十六神仙三十六《魏方进弟》，注出《逸史》
卷三十五《薛淙》	卷三十二收录，注出《广艳异编》	《太平广记》卷三百五十七夜叉部二《薛淙》，注出《博异传》
卷十九《桃英》	卷三十三收录，注出《广艳异》	《太平广记》卷一百二十九报应部二十八《王范妾》，注出《冥报志》
卷十九《军使女》	卷三十三收录，注出《广艳异》	《太平广记》卷一百三十《严武盗妾》，注出《逸史》
卷十一《王翘儿》	卷三十六收录，注出《广艳异编》	徐学谟《海禺集》
卷十三《贾人妻》	卷五十七收录，注出《广艳异编》	《太平广记》卷一百九十六"贾人妻"，注出《集异记》
卷十三《双侠传》	卷五十七收录，注出《广艳异编》	《夷坚乙志》卷一《侠妇人》
卷十五《紫金梁》	卷七十八收录，注出《广艳异编》	待考
卷二十《水珠》	卷七十八收录，注出《广艳异》	《太平广记》卷四百二宝三《水珠》，注出《纪闻》
卷二十《宝母》	卷七十九收录，注出《广艳异编》	《太平广记》卷四百三，注出《原化记》

续表

《广艳异编》	《刘氏鸿书》	《广艳异编》的编选出处
卷十七《李君》	卷八十六收录，注出《广异编》当是《广艳异编》的误写	《太平广记》卷一百五十七定数十二《李君》，注出《逸史》
卷二八《笛师》	卷九十收录，注出《广艳异编》	《太平广记》卷四百二十八虎三《笛师》，注出《广异记》
卷三十《蒋生》	卷九十一收录，注出《广艳异编》，文字较为简略	《耳谈》卷七《大别狐妖》，文字多有差异
卷十六《刁俊朝》	卷九十一，注出《广艳异编》	《太平广记》卷二百二十《刁俊朝》，注出《续玄怪录》

这14篇小说有10篇亦见于《太平广记》，以刘九奎的博学是不可能不熟识《太平广记》的，更何况他身边还汇集了一个庞大而且强大的参校队伍①，但是书中全部注明出处为《广艳异编》，这又该如何解释？本书认为是缘于《广艳异编》这部小说选本相较于《太平广记》而言，更易于携带和阅读，随手所录，《广艳异编》就成为一个接力棒或新的跳台，把原本《太平广记》中的内容在更大范围内传播开来。在这个传播过程中，我们无法断定何为源、何为流，只是在小说的阅读中某个故事依稀见过，在戏曲的传唱中某些情节似曾相识，在诗词的赏析中某些典故成为经典，反复吟诵。

由此我们不得不又反问：既如此，《广艳异编》与《太平广记》相重篇目肯定就是选自《太平广记》，而不是像《刘氏鸿书》一样编选自其他小说选本吗？因为不注出处的编选体例，我们无法完全排除这种可能性，比如卷二九兽部四、卷三十兽部五共收狐故事三十一则，其中有22则见于《狐媚丛谈》一书，有学者就提出了《广艳异

---

① 见《刘氏鸿书》参校人名单，刘仲达《刘氏鸿书》，载《四库全书存目丛书》子部第214册，齐鲁书社1995年版。

编》这两卷是编选自《狐媚丛谈》。① 在这里我们不能否定《广艳异编》有从《狐媚丛谈》编选的可能性，但最多也不过22篇，也仅仅是一小部分而已。无论如何，《太平广记》还是《广艳异编》最大的编选来源。

第三节　《广艳异编》与《夷坚志》

上一节我们详细查找分析了《广艳异编》与《太平广记》相关篇目，这一节我们来关注《广艳异编》与志怪小说集《夷坚志》之间的关系。笔者在查找故事来源的过程中，发现《广艳异编》和中华书局何卓点校本《夷坚志》之间存在很多篇目的重复，这两者究竟关系如何？

一　《广艳异编》与《夷坚志》相关篇目

《夷坚志》是宋代文言小说的代表，是部头最大的文言志怪小说集，凡四百二十卷，约五千四百余事，全文卷帙浩繁，搜罗广泛且费时费资，因此汇为全帙的极少，版本流传情况极为复杂。

中华书局1981年出版的新式校点排印本，是今天最通行最完备的本子，底本是涵芬楼编印的《新校辑补夷坚志》，即张元济先生的辑校本。涵芬楼所编，包括《甲志》二十卷三百一十九事、《乙志》二十卷二百五十六事、《丙志》二十卷二百七十四事、《丁志》二十卷二百八十七事、《支志甲》十卷一百二十六事、《支志乙》十卷一

---

① 从小说作品命名方式看，《广艳异编》当抄撮《狐媚丛谈》的相关内容。如《狐媚丛谈》卷1《狐化婆罗门》，《太平广记》卷四四八，原题"叶法善"，《广艳异编》卷三十，题"婆罗门"；《狐媚丛谈》卷二《狐与黄撅为妖》，《太平广记》卷四四九，原题"郑宏之"，注出《纪闻》，《广艳异编》卷二三，题"黄撅神"；《狐媚丛谈》卷二《小狐破大狐婚》，《太平广记》卷四四九，题"李氏"，注出《广异记》，《广艳异编》卷二九，题"破狐婚"；《狐媚丛谈》卷三《狐仙》，出《幽怪录》卷四，题"华山客"，《类说》卷一一节录，题为"冢狐学道成仙"，《稗家粹编》卷八，题"华山客"，《广艳异编》卷二九，题"狐仙"等。由以上列举数例，可以看出《广艳异编》抄录《狐媚丛谈》的痕迹还是非常明显的。参见陈国军、龚敏《〈狐媚丛谈〉的编者、版本与成书时间考略》，《世界文学评论》2011年第1期。

百三十一事,《支志景》十卷一百四十六事、《支志丁》十卷一百三十三事、《支志戊》十卷一百一十九事、《支志庚》十卷一百三十六事、《支志癸》十卷一百一十六事、《三志己》十卷一百二十五事、《三志辛》十卷一百二十八事、《三志壬》十卷一百一十九事、《志补》二十五卷二百七十七事、《再补》一卷三十三事。其校例第一条说:"甲乙丙丁四志,据严元照影宋手写本。支志甲乙丙丁戊庚癸、三志己辛壬,均据黄丕烈校定旧写本。所补二十五卷,则以叶祖荣分类本为主,而辅以明抄本。至再补一卷,则杂取诸书,均于条下注明出处。""杂取诸书"云云,大体包括《宾退录》《雏史》《荆川稗编》等十种书。中华书局重加校定时,又从《永乐大典》等书中辑出佚文二十六事,编为《三补》二十八事附后。此外,书后还附录历代书目题记和主要版本的序跋,颇便参考。

本书以中华书局本为依据,对照比较了《广艳异编》和《夷坚志》中的相关篇目,发现其中共有98篇内容相关,占《广艳异编》选编总量的六分之一,为继《太平广记》之后的第二大编选来源。其中相关篇目见表4-5。

表4-5　《广艳异编》与《夷坚志》的相关篇目比对

序号	《广艳异编》	《夷坚志》	备注
1	卷一神部一《戚彦广女》	支丁卷九《戚彦广女》	文字相同
2	卷二神部二《金山妇人》	支庚卷九《金山妇人》	文字相同
3	《唐四娘侍女》	支甲卷五《唐四娘侍女》	《广艳异编》少结尾"营道尉使何信,九疑道士李道登皆见其事"
4	《苦竹郎君》	补志卷九《苦竹郎君》	文字相同
5	《李女》	补志卷十五《嵊县神》	《广艳异编》少结尾"女竟嫁元夫。章騆仲骏言,李氏居邑中僧寺,乃文定公家,女之夫为杨推官,女之兄名宋大,所见略同,其所约则言正月十六日云"

续表

序号	《广艳异编》	《夷坚志》	备注
6	《雍氏女》	补志卷十五《雍氏女》	《广艳异编》少结尾"建康南门外十里有阴山，其下乃北阴天王庙，盖其神"
7	《五郎君》	支甲卷一《五郎君》	文字相同
8	《黄寅》	支丁卷二《小陈留旅舍女》	此处故事未完
9	卷之三仙部一《玉华侍郎传》	乙志卷十一《玉华侍郎》	《广艳异编》结尾少"先君顷于乡人胡霖卿【涓】处得此事。亦有人作记甚详，久而失去。询诸胡氏子及婺源人，皆莫知，但能道其梗概如是。今追书之，复有遗忘处矣"
10	卷之六鸿象部《蟾宫》	支庚卷九《扬州茅舍女子》	文字相同
11	《金匙志》	丙志卷十八《星宫金钥》	《广艳异编》少开头的交代"甲志载建昌某氏紫姑神事，同县李氏亦奉之甚谨"
12	卷八幽期部《投桃录》	丁志卷十七《刘尧举》	此篇差异较多
13	《宝环记》	支景卷三《西湖庵尼》	差异较多，《夷坚志》本简略
14	卷九感情部一《胡氏子》	乙志卷九《胡氏子》	《广艳异编》少结尾"今尚存，女姓赵氏，李德远说。忘其州名及胡氏子名"
15	《鄂州南市女》	支庚卷一《鄂州南市女》	《广艳异编》少最后一句"《清尊录》所书大桶张家女，微相类云"
16	《周瑞娘》	补志卷十《周瑞娘》	文字相同
17	卷之十二梦游部《卫师回》	支甲卷二《卫师回》	文字相同
18	卷十三义侠部《双侠传》	乙志卷一《侠妇人》	《广艳异编》少最后"秦丞相与董有同陷房之旧，为追叙向来岁月，改京秩干办诸军审计。才数月卒。秦令其母汪氏哀诉于朝，自宣教郎特赠朝奉郎，而官其子仲堪者，时绍兴十年三月云，范至能说。"
19	《解洵》	补志卷一四《解洵娶妇》	《广艳异编》少最后"事甚与董国度相类"。

续表

序号	《广艳异编》	《夷坚志》	备注
20	《郭伦》	补志卷一四《郭伦观灯》	文字相同
21	卷之十四幻术部一《猪嘴道人》	补志卷十九《猪嘴道人》	文字相同
22	《杨抽马》	丙志卷三《杨抽马》	文字相差较多，《广艳异编》只保留杨抽马数则灵异故事中之一则
23	《东流道人》	支癸卷第九《东流道人》	文字相同
24	《鼎州汲妇》	丁志卷八《鼎州汲妇》	文字相同
25	《梁仆毛公》	补志卷二十《梁仆毛公》	《广艳异编》少结尾交代"绳乃吾族外孙婿，为大儿说"
26	《潘成》	补志卷二十《潘成击鸟》	文字相同
27	卷之十五幻术部二《窦致远》	支丁卷九《窦致远》	文字相同
28	《吴约》	补志卷八《吴约知县》	文字相同
29	《杨戬馆客》	支乙卷五《杨戬馆客》	文字相同
30	《王朝议》	补志卷八《王朝议》	文字相同
31	《真珠姬》	补志卷八《真珠族姬》	文字相同
32	《临安武将》	补志卷八《临安武将》	文字相同
33	卷之十六徂异部《海王三》	支甲卷十《海王三》	文字相同
34	《利路知县女》	补志卷二十一《利路知县女》	文字相同
35	《海贾》	补志卷二十一《海外怪洋》	文字相同

续表

序号	《广艳异编》	《夷坚志》	备注
36	《王氏蚕》	支甲卷八《符离王氏蚕》	《夷坚志》开头先引一则故事，之后才是正文。所引故事为"《酉阳杂俎·支诺皋》篇载：新罗国人旁□求蚕种于弟，弟蒸而与之，□不知也。至蚕时，有一生焉，日长寸余，居旬大如牛，食数树叶不足。弟伺间杀之，百里内蚕飞集其家，意其王也。是说殊怪诞。"（注：此见于《太平广记》卷四百八十一蛮夷二）《广艳异编》只有正文。且结尾最后一句"等丝百斤"，《广艳异编》为"得丝百斛"
37	《李婆墓》	支甲卷二《李婆墓》	文字相同
38	卷十七定数部《吴四娘》	补志卷十《崇仁吴四娘》	文字相同
39	《阚喜》	乙志卷十一《米张家》	文字相同
40	卷之十八冥迹部《魏叔介》	丙志卷十《黄法师醮》	文字相同
41	《龙阳王丞》	补志卷二十四《龙阳王丞》	文字相同
42	《卫仲达》	甲志卷十六《卫达可再生》	文字相同
43	卷之十九冤报部《刘正彦》	乙志卷九《刘正彦》	文字相同
44	《满少卿》	补志卷十一《满少卿》	《广艳异编》少最后议论"此事略类王魁，至今百余年，人罕有知者"
45	《张客》	丁志卷十五《张客奇遇》	字词略有不同，且《广艳异编》少最后一句"临川吴彦周就馆于张乡里，皆谈其异云"
46	《赵馨奴》	三志己卷六《赵氏馨奴》	文字相同
47	《吴云郎》	支戊卷四《吴云郎》	《广艳异编》删去结尾"魏南夫丞相之子羔如表弟李生，吴氏婿也，为魏说此"。
48	卷之二十珍奇部《凤翔石》	补卷第二十一	文字相同

续表

序号	《广艳异编》	《夷坚志》	备注
49	《聚宝竹》	支丁卷三《海山异竹》	文字相同
50	卷之二十二器具部二《鄂州官舍女子》	支癸卷六《鄂州官舍女子》	《广艳异编》结尾少"是时淳熙中秉义郎贾博洪驻恶，见其异"一句交代
51	卷之二十三草木部《妖柳传》	丙志卷十六《陶彖子》	
52	卷之二十四鳞介部《宗立本》	甲志卷二《宗立本小儿》	《广艳异编》少最后"立本夫妇思念，久而不忘。淮东钤辖王易东亲睹厥异"
53	《历阳丽人》	三志辛卷五《历阳丽人》	《广艳异编》少最后"徐圣俞妇弟自淮上至，谈其详"
54	《张虚静》	支戊卷九《同州白蛇》	文字相同
55	《赵进奴》	补志卷二十二《姜五郎二女子》	文字相同
56	《程山人女》	三志辛卷五《程山人女》	文字相同
57	《孙知县妻》	支戊卷二《孙知县妻》	《广艳异编》少"时淳熙丁未岁也。张思顺监镇江江口镇，府命摄邑事，实闻之。此妇至庆元三年，年恰四十，犹存"
58	《蛇妖》	丁志卷二十《蛇妖》	文字相同
59	卷之二十五禽部《鸣鹤山志》	补志卷二十二《鸣鹤山》	《广艳异编》结尾多一"耳"字
60	卷之二十六兽部一《连少连》	支癸卷五《连少连书生》	《夷坚志》结尾"云'是吾家所事萧家木下三神也。'生亟辞馆而去"；《广艳异编》结尾"因于祠后访之则有一牛一羊乃储以祀祖者，仿佛是其怪云"
61	《天元邓将军》	补志卷二十三《天元邓将军》	文字相同
62	《蓬瀛真人》	支庚卷二《蓬瀛真人》	同名而叙述多有差异，当不是出自一个底本，尤其结尾部分"明日，群猪皆不见，祝遂免祸"与各本均不同，应最合理。《广艳异编》较之简练文雅。如找不到更早出处，则为吴大震所作改动

续表

序号	《广艳异编》	《夷坚志》	备注
63	《周氏女》	支丁卷八《周氏买花》	文字相同
64	《张四妻》	支乙卷十《张四妻》	《广艳异编》少开头故事地点的交代"徽州婺源民"
65	卷二七兽部二《侯将军》	补卷二十二《侯将军》	赵彦成撰，《夷坚志》引此题《侯将军》，而末曰："赤城赵彦成亲见此事，作《飞猴传》记之。"是知原题《飞猴传》。当作于绍兴二十一年（1151）或稍后
66	《蔡京孙妇》	支戊卷九《蔡京孙妇》	《广艳异编》少最后"时此老七十四岁，稔恶误国家，祸将及，以故变异如是"
67	《璩小十》	三志己卷二《璩小十家怪》	《夷坚志》"凡重七十斤"，《广艳异编》作"凡重七十斛"两书中多处有此字差异。
68	《猩猩八郎》	补志卷二十一《猩猩八郎》	《广艳异编》开头少"猩猩之名见于《尔雅》、《礼记》、《荀子》、《吕氏春秋》、《淮南子》，又唐小说载焦封孙夫人事。建炎中，李捧太尉获牝，自海岛携归为妾，生子，不复有遇之者"。结尾少"至今经济称遂，小二至庆元时尚存，安国长老了详识之"
69	卷二八兽部三《香屯女子》	三志辛卷九《香屯女子》	文字相同
70	《赵乳医》	补志卷四《赵乳医》	文字相同
71	卷二九兽部四《谭法师》	支庚卷六文中题目《谭法师》，目录题为《海口谭法师》	《广艳异编》少了最后一句交代"予记唐小说所书黎丘人张简等事，皆此类云"
72	《僧园女》	三志己卷二《东乡僧园女》	文字相同
73	卷三十兽部五《衢州少妇》	支乙卷四《衢州少妇》	文字相同
74	《崔三》	支乙卷二《茶仆崔三》	文字相同

续表

序号	《广艳异编》	《夷坚志》	备注
75	卷三一妖怪部《青州都监》	补志卷十七《青州都监》	文字相同
76	《刘崇班》	补志卷十七《刘崇班》	文字相同
77	卷三二鬼部一《任迥》	补志卷十六《任迥春游》	文字相同
78	《鬼小娘》	补志卷十六《鬼小娘》	《广艳异编》少最后"黄彝卿婚于刘，方郑氏之葬，彝卿妻为客，目睹其事。婢今尚存"
79	《程喜真》	三志己卷二《程喜真非人》	文字相同
80	《睢右卿》	三志己卷二《睢佑卿妻》	文字相同
81	《京娘》	三志己卷四《暨彦颖女子》	基本相同
82	《七五姐》	三志壬卷十《解七五姐》	
83	卷三三鬼部二《三赵失舟》	支丁卷一《三赵失舟》	《广艳异编》少开头"江东总管赵士岍说"
84	《仙隐客》	支丁卷六《南陵仙隐客》	文字相同
85	《书廿七》	三志辛卷八《书廿七》	文字相同
86	《鬼国母》	补志卷二十一《鬼国母》	文字相同
87	《陈秀才》	支癸卷七《陈秀才游学》	文字相同
88	《孙大小娘子》	支戊卷二《孙大小娘子》	《广艳异编》少最后交代
89	《高氏妇》	三志辛卷九《高氏影堂》	文字相同
90	《卖鱼吴翁》	补志卷十六《卖鱼吴翁》	文字相同

续表

序号	《广艳异编》	《夷坚志》	备注
91	《南陵美妇》	支乙卷八《南陵美妇人》	《广艳异编》少"后三年"一段
92	《周氏子》	支庚卷七《周氏子》	《广艳异编》结尾少一句"是岁绍兴辛酉也"
93	《王上舍》	支庚卷八《王上舍》	《广艳异编》少开头交代
94	卷三五鬼部四《李源会》	支庚卷七《李源会》	文字相同
95	《仇铎》	乙志卷十七《女鬼惑仇铎》	《广艳异编》少开头一段议论"紫姑神类多假托，或能害人，予所闻见者屡矣。今纪近事一节，以为后生戒。"
96	《王立》	丁志卷四《王立熔鸭》	文字相同
97	《蔡五十三姐》	补志卷十六《蔡五十三姐》	开头字句稍异
98	《马超》	补志卷九《宜州溪洞长人》	文字相同

二 《广艳异编》与《夷坚志》相关篇目分类

表4-5列出了《广艳异编》与《夷坚志》中相关篇目，共98篇。经过仔细比对，笔者发现这98篇又可以分成以下三类。

第一类，两者文字完全相同或仅有个别字词的差异。这样的故事共有62则，占一半以上。其具体篇目上表已经详细注明，此不赘述。值得注意的是虽然在正文中吴大震没有作改动，但篇名上他却做了不少改变。有的是在原篇名的基础上做了删节，如《夷坚志补》卷一四《郭伦观灯》，在《广艳异编》卷十三中篇名改为《郭伦》；《夷坚志》补志卷十九《猪嘴道人》，在《广艳异编》卷十三中篇名改为《解洉》；《夷坚志》支丁卷六《南陵仙隐客》在《广艳异编》卷三十三中篇名改为《仙隐客》。有的择取故事主人公名字为篇名，如《夷坚志》补志卷九《宜州溪洞长人》在《广艳异编》卷三十五中改为

《马超》；《夷坚志》乙志卷十七《女鬼惑仇铎》在《广艳异编》卷三十五中改为《仇铎》。无论何种情况，《广艳异编》篇目特点主要是以主人公名字为篇名，不仅与《夷坚志》相关的篇目如此，该书中其他选篇也多有此特点。

第二类，篇中正文部分完全相同，开头或结尾却少于《夷坚志》本。这一类在上表中数量也较多，共有三十二篇。如补志卷十六《鬼小娘》比《广艳异编》卷三十二的《鬼小娘》多结尾处"黄彝卿婚于刘，方郑氏之葬，彝卿妻为客，目睹其事。婢今尚存"。《夷坚支庚》卷第六文中题目《谭法师》，比《广艳异编》卷二九《谭法师》结尾多"予记唐小说所书黎丘人张简等事，皆此类云"。《夷坚志》支丁卷一《三赵失舟》比《广艳异编》卷三三开头少"《夷坚志》支丁卷一《三赵失舟》"，其中删去结尾数句的情况多于删除开头部分。这是因为《夷坚志》乃至整个中国古代的志怪小说习惯于结尾处交代出处，使人信服其前面所讲鬼神怪奇之事是实有其事的真实存在。

从文字对比情况来看，这一类中又分两种情况：第一种是从较长篇幅中截取一部分。如《广艳异编》卷十四幻术部《杨抽马》与《夷坚志》丙志卷三《杨抽马》文字相差较多，只保留杨抽马数则灵异故事中之较长的一则。此则故事又见于《新编分类夷坚志》辛集卷三，文字基本同于中华本。"二刻"卷三十三《杨抽马甘请杖富家郎浪受惊》正话叙杨望才擅法术事，与《夷坚志》情节相同。关于两者关系，后文将详细论述。这种情况比较少见。第二种情况占绝大部分。除了开头结尾缺少出处交代等情况外，其余全部相同。这种掐头去尾的情况在《广艳异编》编选他书时也常常出现，在《夷坚志》相关篇目的编选中最鲜明突出。

值得注意的是，很多这种掐头去尾的变动，并不是始自《广艳异编》。以卷十三义侠部《双侠传》为例，这篇小说的最早出处是《夷坚乙志》卷一《侠妇人》。《夷坚志》的精选本《新编分类夷坚志》己集卷四也收有此篇。三者比较，《广艳异编》本少最后"秦丞相与董有同陷虏之旧，为追叙向来岁月，改京秩干办诸军审计。才数月卒，秦令其母汪氏衷诉于朝，自宣教郎特赠朝奉郎，而官其子仲堪者。时绍兴十年三月云，范至能说"。但在这里我们不能就此认为是吴大震作的改动。这篇小说其实在明代小说选本中非常流行，《剑侠传》卷四《侠妇人》、《稗家粹编》卷一《侠妇人传》、《国色天香》卷九《侠妇人传》、《绣谷春容》话本《侠妇人传》、《逸史搜奇》庚集五《侠妇人》、《情史》卷四《董国度妾》、《奇女子传》卷四等与《广艳异编》本文字相同；《亘史》外篇女侠卷一《双侠传》所选故事也与《广艳异编》本一样删去了文后的出处交代，而代之以一段自己的议论。这些选本中很多都早于《广艳异编》，所以本篇的直接来源是《夷坚志》还是《剑侠传》《稗家粹编》《国色天香》抑或他书，已随着岁月的流逝沉淀成了不可解的谜题。还好《刘氏鸿书》卷五十七所选此篇故事，注出《广艳异编》。让我们知道《广艳异编》在当时还是有一定的影响的，与吴大震同时代的郑之文以此事敷衍了传奇《旗亭记》。

与此相类似的还有卷之十九冤报部《张客》等篇。《张客》在《夷坚丁志》卷十五中题为"张客奇遇"。早于《广艳异编》的《青泥莲花记》卷十三《念二娘》，注出《夷坚志》。《广艳异编》文字全同于《青泥莲花记》。那么此处就又提供了一种可能性，本篇可能选自《夷坚志》原书，吴大震删去结尾"临川吴彦周就馆于张乡里，皆谈其异云"。也可能选自别的小说选本，但因为它的不注出处，在此问题上我们只能停留于猜测。《情史》卷十六情报类《廿二娘》，《秋泾笔乘》卷一都收有本篇，究竟编选自何书，我们同样也只能停留于猜测。《醉醒石》第十三回正话、《警世通言》卷三十四入话都以这篇故事为本事，其出处为何处我们也不好判断，更大的可能性或许是因为这个故事在小说选本中反复出现吧。

从上文可知，洪迈要让人相信，此事非虚构。而明代人已经不在乎它的真假，享受的是这一故事的趣味性，享受可惊可愕之事带来的快感，而不必有"补正史之缺"的信念。从这一变化中我们可以看到明代小说家的小说观念在悄然发生着变化。"实录"与否已不是很重要，关键是能够赏心悦目，令人爱读乐读，一种发自内心的对故事的热爱，让他们不倦地披阅、编选、传诵前代故事，并且在此基础上生发新的故事。在明代万历年间这个时代链条上，文言小说的发展是承前启后的关键期。这个时代从政治制度、经济发展、文化环境、出版手段等各个方面给小说广泛传播提供各种可能性。同时这个时代对小说的阅读趣味也最接近现代意义上的小说本质——以故事为核心，阅读和享受故事的趣味性是读者最关注的东西。这一点我们可以从上文《广艳异编》在编选时所作改动窥见一斑。

第三类，以《夷坚志》为本事，在字句情节上却多有不同。确切的说这一类是以《夷坚志》中篇目为本事，其实际出处并不是《夷坚志》。这一类数量最少，只有3篇。

第一篇是卷之二十三草木部《妖柳传》。从前文所列表格可知，卷之二十三草木部《妖柳传》与《夷坚丙志》卷十六《陶象子》相关。《陶象子》以道士为中心，记其道行高明除妖去祟事。该文写妖柳惑人、最终被除，总共不足五百字，而《妖柳传》增饰到两千五百余字，从一个简短的志怪小说变成了一篇风姿飘曳的辞章体佳作，篇幅漫长，文情并茂，优美动人。《妖柳传》以陶希侃和柳树精化作的女子为中心展开，意蕴悠然，词藻华美，主要记两人对林壑隐逸人生之高谈阔论，表达功名不就的抑郁苦闷。

其实这个故事在传播接受过程中还别有源流。《夷坚丙志》卷十六《陶象子》篇末交代"秦少游记此事"。查秦观《淮海后集》卷六《录龙井辩才事》为此篇的最早出处。梅鼎祚《才鬼记》卷八编选了此篇，题《秀州女》，末云："秦少游《录龙井辩才事》，见集《异闻总录·陶子》。"[①]《夷坚志》在选入时略作了文字改动，但基本与《淮海后集》相同。真正将此篇故事进行铺演，变成篇幅漫长的传奇是在明代。就目前所知，《嘉兴府图经》卷二十从纪首次将其辞章化，显示出文人化倾向。但是因为该书在中国大陆尚未刊刻，故而未能引

---

① （明）梅鼎祚：《才鬼记》，中州古籍出版社1989年版，第143页。

起学界的注意。学界往往认为钓鸳湖客《鸳渚志余雪窗谈异》是此篇故事的来源。①

《鸳渚志余雪窗谈异》是钓鸳湖客周绍濂创作于万历十年（1582）到万历十四年（1586）间的传奇小说集。② 其帙上《妖柳传》与《广艳异编》本文字相同，这篇传奇体小说出现后，很快代替了原来粗陈梗概的志怪体而在社会上迅速传播，《续艳异编》卷十九《妖柳传》、《古今清谈万选》卷四物汇精凝《会稽妖柳》，《情史》卷二十一情妖类《柳妖》、《志林》卷六、《镌钟伯敬先生秘集十五种》卷六《志数》等都选有该篇。孙一观在《志林》中还对其加了评语"语语不离本色，思巧笔玄"。

第二篇是卷八幽期部《投桃录》。这篇故事的志怪体在宋代就已十分受钟爱。宋郭彖《睽车志》卷一《龙舒人刘观》，《夷坚丁志》卷十七《刘尧举》，都是讲述的这一故事，相较之下，情节相同而文字多异。其中最大的差异就是《睽车志》开头交代"龙舒人刘观，任平江许浦监酒"，故事发生的地点是在平江，而《夷坚志》中"京师人刘观为秀州许市巡检"，故事发生的地点在秀州。到了明代《嘉兴府图经》卷二十中将其改名为《天符殿举录》，但依然是粗陈梗概的志怪体：

> 舒州刘观，官平江许浦。其子尧举字唐卿，因就试嘉禾，僦舟而行。舟人有女貌美，尧举调之不得。闻既引试，出院甚早，时舟人市易未还，因得谐私约。观夫妇一夕梦二黄衣驶报："郎君自荐，前往视榜。"一人忽挚去，云："刘尧举近作欺心事，天符殿一举矣。"果见黜。既归，观以梦诘之，匿不敢言。至次举，乃首荐，舒后并不第。

---

① 如"《艳异续编》卷一九有《妖柳传》，《情史》卷二一亦载，题《柳妖》。这是明代嘉兴人钓鸳湖客的改编本，原载《鸳渚志余雪窗谈异》卷上"。参见石昌渝主编《中国古代小说总目·文言卷》，山西教育出版社2004年版，第273页。

② 陈国军：《明代志怪传奇小说研究》，天津古籍出版社2006年版，第447页。

第四章 《广艳异编》研究（上）

从文字对比来看，此处与《睽车志》一脉相承。两书所述故事的发生地点是在平江。只不过刘观从"龙舒人刘观"变成了"舒州刘观"。而这一变化正是我们辨识其流变过程的关键。《广艳异编》卷八《投桃录》、《续艳异编》卷四幽期部《投桃录》、《情史》卷三情私类《刘尧举》所交代的主人公籍贯都是"舒州"。从《广艳异编》开始，此故事开始演变成为篇幅较长的传奇，且生动传神，描摹如画：

> 唐卿见其明中粧样，暗地撩人，心眼相关，神魂益荡。乃以袖中罗帕系胡桃，其中绾同心一结，投至女前。女执楫自如，若不知者。唐卿慌愧，恐为父觉，频以眼示意，欲令收取，女又不为动。及父收纤登舟，将下舱，而唐卿益躁急无措，女方以鞋尖勾掩裙下，徐徐拾纳袖中，父不觉也。且掩面笑曰："胆大者，亦踧踖如此耶！"唐卿方定色，然亦阴德之矣。

关于此，《睽车志》只有一句"舟人有女，尧举调之"。《投桃录》成功地描画了这一细节，舟人女美丽、聪慧、狡黠、调皮而又多情的形象跃然纸上。查找此篇的直接出处，应该还是《鸳渚志余雪窗谈异》。首先《鸳渚志余雪窗谈异》目录中也列有此篇。惜正文已佚，中华书局2011年12月点校本据《广艳异编》中《刘尧举》内容附录于书末。其次从写作风格来看，本篇的写作风格与《鸳渚志余雪窗谈异》其他各篇相类。再次从故事发生的地点来看，故事主人公从舒州到秀州，正是周绍濂这个嘉兴人当地的故事，陈国军考证周绍濂从《嘉兴府图经》中取资创作了7篇小说[1]，其中就有《投桃录》。因此，《鸳渚志余雪窗谈异》这部地域性非常强的小说应该是《投桃录》的最直接出处。

刘尧举故事在传奇体出来之后，迅速取代志怪体而被传播接受，

---

[1] 陈国军：《明代志怪传奇小说研究》，天津古籍出版社2006年版，第440页。

除了上文提到的几种文言小说选本，在白话小说中也被继续铺演传播，《初刻拍案惊奇》卷三十二《乔兑换胡子宣淫显报施卧师入定》，入话叙宋舒州秀才刘尧举就试嘉禾时与船东之女情爱事就是以《投桃录》为原型，关于这个问题，我们将在后文具体分析。

第三篇是卷八《宝环记》。这篇传奇讲的是阮华与陈玉兰的爱情故事。阮华月下吹箫，引惹起玉兰小姐的爱慕之思。后遣丫鬟以一金指环约阮相会，结果匆匆一见遂被惊散，后阮华因相思而病。其友张远来探病，追问出原由。于是想办法让两人相会。张远来到陈太常家门口打探，发现避尘庵的尼姑守常与陈府有来往，遂请其帮忙。守常设计请老夫人及玉兰来庵里，让玉兰以倦乏为由到自己房里安歇，与早已藏在里边的阮华相会。谁知阮华喜极暴卒，小姐有娠，不得已遂禀明两家家长，守志终身，后母凭子贵而得旌表。

这篇小说不仅情节上曲折有致，扣人心弦。在叙述上亦有过人之处，读之辞藻华美而又余韵悠然，韵味铿锵。虽然《宝环记》可能是据《戒指记》改写的，[①] 在情节上只不过是《戒指记》的翻版，但在叙述格调上却远胜于话本小说。话本小说中阮华是一个每日只喜欢"幽闲风月"的商人之子，言谈行止不免带有浮浪子弟的态度；而在《宝环记》中阮华是"美姿容，赋性温茂"的书生，文雅风流却不失为至诚君子。所以同一个陈玉兰在《宝环记》中可以情之所钟，发于吟咏。在全文中共出现4处诗词，第一处是玉兰闻箫心动，低讽一首；第二处是第一次匆匆相见即被惊散，阮华"因吟一词"；第三处是玉兰托尼姑守常传情达意，出《闺怨》四首；第四处是阮华欢会暴卒后，玉兰愁恨难托，又续前之四韵。

查找这一故事的最早出处是《夷坚支景》卷三《西湖尼庵》。但在《西湖尼庵》里，这个故事却并不是写两情相悦的爱情，而是男子串通尼姑在尼姑庵里奸骗少妇，不料自身喜极暴卒。直到明代这个故事才被注入新的元素，洪楩所辑《清平山堂话本》中的《戒指儿

[①] 胡士莹：《话本小说概论》，中华书局1980年版，第541页。

记》①首次把女主人公写成一个在恋爱中大胆主动的闺中少女形象。并基本确定了各个人物的姓名,增添了阮华的朋友张远,这样在阮华相思而病之后,就有人为他找尼姑想办法,既能充分显示男主人公的真情,又能让故事继续发展。之后这篇小说大受欢迎,反复出现。《金瓶梅词话》第三十四回、第五十一回先后两次引入这个故事,万历时期的王兆云《说圃识余》卷下"订讹传",订正了当时盛行的多则故事,其中就有此则。之后冯梦龙又据以改编而成《闲云庵阮三偿冤债》,冯氏的作品基本上遵从了洪楩的写法,字里行间时不时露出《戒指儿记》的痕迹。但同时也参考了《宝环记》,其中最明显的一点就是张远找尼姑帮忙的细节:

张远作别出门,到陈太尉衙前站了两个时辰。内外出入人多,并无相识,张远闷闷而回。次日,又来观望,绝无机会。心下想道:"这事难以启齿,除非得他梅香碧云出来,才可通信。"看看到晚,只见一个人捧着两个磁瓮,从衙里出来,叫唤道:"门上那个走差的闲在那里?奶奶着你将这两瓮小菜送与闲云庵王师父去。"张远听得了,便想道:"这闲云庵王尼姑,我平昔相认的。奶奶送他小菜,一定与陈衙内往来情熟。他这般人,出入内里,极好传消递息,何不去寻他商议?"又过了一夜。到次早,取了两锭银子,径投闲云庵来。

《戒指儿记》中只有一处"张远看访回家,转身便到一个去处"。这样的写法比较突兀,好像张远素与尼姑相熟,惯常做此事一样。而冯氏的写法就要生动得多。人们常以为这里是冯氏的创见,其实在《宝环记》中已经增添了这一细节:"凝目于陈氏之门,以窥其罅。俄顷一尼自其门出,迹其踪视之,乃避尘庵尼守常。远喜曰:'吾计

---

① 这个故事笔者认同学界现有说法,是明代嘉靖年间的作品。参见程毅中《明代小说丛稿》,人民文学出版社2006年版,第242页。

得矣。'遂尾尼至庵。"两者相较，内容相同而语体不一，如此看来，冯梦龙所做的工作只是整合了白话和文言两个版本的《戒指儿记》。这个故事在明代还出现在《西湖二集》中，卷二十八《天台匠误招乐趣》入话中讲了3个故事，其中就有《戒指儿记》，其直接来源是冯梦龙的《闲云庵阮三偿冤债》。

三 结论

从上文所述可知，《夷坚志》是继《太平广记》之后《广艳异编》的第二大编选来源。两者相关篇目共98篇，其中除《投桃录》等少数几篇另有直接编选来源外，其余绝大部分直接编选自《夷坚志》。

本书依据的中华书局本是目前最通行完备的《夷坚志》版本。笔者对照了该本《夷坚志》，发现《广艳异编》从中选篇如下：甲志2篇，乙志6篇，丙志4篇，丁至5篇，共17篇；支甲6篇。支乙5篇，支景1篇，支丁7篇，支戊5篇，支庚8篇，支癸4篇，三志己卷6篇（涉及卷二、卷四、卷六，以卷二最多）三志辛卷5篇，三志壬卷1篇，共48篇；补志33篇（卷十六、卷二十一较多）

中华书局本是以涵芬楼编印的《新校辑补夷坚志》为底本。张元济先生在涵芬楼本《夷坚志》校例开篇即交代："甲乙丙丁四志，据严元照影宋手写本。支志甲乙丙丁戊庚癸、三志己辛壬，均据黄丕烈校定旧写本。所补二十五卷，则以叶祖荣分类本为主，而辅以明抄本。至再补一卷，则杂取诸书，均于条下注明从处。"

从上文分析中我们可以看出，本书所选篇目出自严元照手写本的有17篇，黄丕烈校订旧写本的有48篇，叶祖荣分类本的有33篇。我们先来了解一下这3个版本：

（一）

严元照手写本是其从钱氏萃古堂购得，乃元刻宋本。元人沈天佑共刻《夷坚志》甲乙丙丁四集共八十卷。可是他却不无得意地认为

"由是《夷坚志》之传于天下后世，可为全书矣"①。可见在元代该书已经散佚严重，不知全本。沈天佑在序言里说：

> 今蜀、浙之板不存，独幸闽板犹存于建学。然点检诸卷，遗缺甚多。本路张府判绍先提调学事，勉予访寻旧本补之，奈闽板久缺，诚难再得其全。幸友人周宏翁，于文房中尚存此书，是乃洪公所刊于古杭之本也，然其本虽分甲乙至壬癸为十志，似与今来闽本详略不同，而所载之事，亦大同小异。愚因撼浙本之所有，以补闽本之所无。②

由沈天佑的序言我们可以知道，在他那个时代《夷坚志》的分卷就已经残缺混乱。他所刊刻的本子是以建学闽本为基础，参照古杭本补之。

但是此本在元明两代书目中并无记载，直到清代《传是楼宋元本书目》才见记载，乾隆年间的严元照将之刻印公布于世。严元照在序言中指出：

> 书内尚有夺页，其所补有以宋版补者，有元人所刊补者。凡宋版所补，皆其原文；元人所补，多取支志、三志之文窜入之，如甲志所载元绍兴以后事，而所补乃及于庆元，此其证也。③

严元照已经告诉我们甲乙丙丁四志八十卷中，元人已经加入了不少支志、三志中的内容。这个本子清人朱学勤的《结一楼书目》卷三里也提到过："《夷坚志》　八十卷　计十六本　宋洪迈撰　影写宋季闽刊本《夷坚支志》。"

---

① （宋）洪迈：《夷坚志》，中华书局1981年版，第1833页。
② 同上书，第1833页。
③ 同上书，第1837页。

（二）

黄丕烈见到的是"《夷坚志》 甲壬癸 八册，《夷坚乙志》一至三 一册"在跋语里说：

> 余所藏宋刻，有《夷坚支甲》一至三三卷，七八两卷，皆小字棉纸者。《夷坚支壬》三至十共八卷，《夷坚支癸》一至八共八卷，皆竹纸大字者。近又得《夷坚志》乙一至三三卷，此本系旧钞。支甲至支戊五十卷，支庚、支癸二十卷，又三志己十卷，三志辛十卷，三志壬十卷。[①]

（三）

叶本指的是南宋叶荣祖所刊《分类夷坚志》，共51卷，分36门，113类，反映面广泛，尤其突出志怪成分，属《夷坚志》的精选本。

以上我们列出了涵芬楼本所依据的3种主要底本，现代学者张祝平指出："从历代著录和现存的版本看，宋以后主要分三个部分流传，即《夷坚初志》的甲乙丙丁四志八十卷部分，《夷坚支志》《夷坚三志》的零散卷帙部分，《分类夷坚志》五十一卷部分，这三部分各不关联，直至清末才汇为一帙。"[②]

那么吴大震所编选的篇目是否也是从中而来呢？要回答这一问题，还需要探讨吴氏所可能见到的版本。

首先从当时公私书目来看：

1. 《夷坚志》一部十八册残缺，一部十二册阅（明杨士奇《文渊阁书目》）

2. 《夷坚志》四百二十卷（明焦竑《国史经籍志》）

3. 第四十三册《夷坚志》（明赵用贤《赵定宇书目》）

4. 《夷坚志》十一本（明赵琦美《脉望馆书目》）

[①] （宋）洪迈：《夷坚志》，中华书局1981年版，第1838页。

[②] 张祝平：《〈夷坚志〉的版本研究》，《古籍整理学刊》2003年第2期。

5.《夷坚志》四百二十卷（明陈第《世善堂藏书目录》）

6.《夷坚志》十册十卷（明祁承㸁《澹生堂藏书目》）

7.《夷坚志》二十卷（明朱睦㮮《万卷堂书目》）

8.《夷坚志》五十卷（明徐𤊹《徐氏家藏书目》）

从以上分析可知，叶本是明代通行最广的《夷坚志》版本，也是吴大震最可能看到的本子，因此该书从中编选的可能性最大。查找现存的《分类夷坚志》可以发现，与《广艳异编》所选篇目相同者有五十余篇，比对两者文字，我们可以肯定叶本是吴大震编选时的一个重要参考依据。以卷三十五中改为《仇铎》为例来看：

除去开头议论，共有6处差异。分别是：

表4-6 《仇铎》篇不同版本差异

《广艳异编》	中华书局本	《新编分类夷坚志》
意欲铎恐惧从言	意欲铎恐惧从己	意欲铎恐惧从言
我非蓬莱仙	我非蓬仙	我非蓬莱仙
今日代汝曹永为下鬼	今日代汝震死，永为下鬼	今日代汝曹永为下鬼
我乃兴化阿姥山白蛇精	我乃兴化阿母山白蛇精	我乃兴化阿姥山白蛇精
缘三六娘本意耽恋仇铎	缘三六娘本意耽著仇铎	缘三六娘本意耽恋仇铎
所供并是的实	所供并是诣实	所供并是的实

其中第一处中华本失校。①

总之，吴大震是以《分类夷坚志》为底本来编选的，从其大量编选《夷坚志》的情况，我们可以看出该书在明代文人中的盛行，同时也以具体作品说明了《夷坚志》在明代的存殁情况。《艳异编》中编选的《夷坚志》篇目只在少数，说明其成书的嘉靖时期该书还很难见到，而《广艳异编》成书的万历中后期，《夷坚志》已经风靡于士大

---

① 中华本失校处甚多，《广艳异编》可以起一个校勘作用。对照中华本与《广艳异编》的不同，会发现其失校处。

夫中间，《广艳异编》从中大量选篇，也使该书的志怪篇幅明显大于《艳异编》，导致从整体风貌上，《艳异编》偏重于"艳"，《广艳异编》偏重于"异"。通过上文《夷坚志》版本情况的分析，我们认为，这一特点有作家个人好尚的成分，但更多的是时代和出版传播环境使然。

第五章

《广艳异编》研究（下）

上一章我们讨论了《广艳异编》与《太平广记》《夷坚志》等明代以前的小说类书、文集之间的关系，并从中推测相关书籍在明代的流传情况。接下来本书想讨论除了两书之外，《广艳异编》的另一个重要编选来源，并以此为契机，解读《琅嬛记》这本伪书的成书问题。此外，学界关于《广艳异编》与"两拍"的关系探讨引起了笔者的关注，通过清理文本，笔者发现两者之间的关系并非那么"亲密"。

第一节　《广艳异编》与《琅嬛记》

在查找故事源流的过程中，笔者发现《广艳异编》从《琅嬛记》中编选了多篇小说，《琅嬛记》旧题元尹世珍所作，但从有记载开始此书就被冠以伪书之名，且学界目前对此书的研究未见提到被他书大量编选，两书之间存在何种关系？考量这些关系又能够解决什么学术问题，本节拟对此加以讨论。

一　《琅嬛记》概述

《琅嬛记》是一部汇集逸闻琐事的小说选本，每篇都注明出处，然所注出处大多无从查找；所收小说二百五十余条，以其典故性而见长；旧题元尹世珍所作，然查此人史书无载。书前有托名祝允明的序。《琅嬛记》杂引诸书而风格却较为统一，且所选以"言情"为主，故事优美，用语典雅，诗词较多，并有典故化、艳异化的倾向，颇具万历时期故事的时代风格。但是这本书常常被冠以元代之名。钱大昕《元史·艺文志》小说家类就列有《琅嬛记》，[①] 今人刘叶秋先生把《琅嬛记》列入"金元的笔记小说"一章，[②]《全唐诗补编》还根据《琅嬛记》补了张叔良诗、杨达诗[③]等。《全唐诗》所收姚月华诗六首也是从此书而来，一个本无记载的唐代女诗人从明代开始有诗流传下来。[④]

（一）伪书

该书从一进入人们的阅读视野就被冠以伪书之名。

《琅嬛》一书，仿《云仙杂记》而作，所引书名皆伪撰者，亦犹云（二字疑衍）仿云仙之所引也，只可资谈笑，备词曲，近时有人多采入诗，殊为可笑，有所撰作辄用琅嬛，何见之不广也！然中间有绝妙诗句，又非今人所能到耳。[⑤]

由这段话可知，徐𤊹认为此书为伪书，所引用书名也是假的，但是该书广为流传，反复被人们引用，连诗歌这种用来"言志"的文体也被采入，可见其影响之广之深。万历时钱希言《戏瑕》卷三《赝籍》中对该书提出了质疑：

昔人著赝籍，往往附会古人之名，然其名虽假托乎，其书不

[①] 钱大昕：《补元史艺文志》，《续修四库全书》第916册，上海古籍出版社1996年版，第256页。

[②] 刘叶秋：《历代笔记概述》，北京出版社2003年版，第139页。

[③] 陈尚君辑校：《全唐诗补编》，中华书局1992年版，第1589页。

[④]《唐才子传》仅列其名，事本不可考。而《全唐诗》卷八□□收其六首并注云："姚月华，尝梦月坠妆台，觉而大悟，聪慧过人。少失母，随父寓扬子江，见邻舟书生杨达诗，命侍儿乞其稿，达立缀艳诗致情，自后屡相酬和，会其父有江右之行，踪迹遂绝。诗六首。"（清）彭定求：《全唐诗》，中华书局1996年版。

[⑤] 徐𤊹：《徐氏红雨楼书目》，《徐氏红雨楼书目跋》，上海古籍出版社2005年版。

得谓之伪也，今人则鹜其所著之书，为射利计，而所假托者，不过取悦里耳足矣。夫赝至今人而浅陋则已极也。《琅嬛记》传是余邑桑民怿悦所藏，祝希哲允明窃之，第无核据。考之二公集中，初未尝用琅嬛语，而此后作者，有《缉柳编》、《女红余志》诸书五六种，并是赝籍，不知何人缔构？故多俊事致谈，书类胜国，要或近世好事者为之耳。①

钱氏认为，那种自己创作而假托古人之名的造假，还"不得谓之伪也"，这大概指《赵飞燕外传》之类，今人《琅嬛记》之类的造假纯粹是为了卖书赚钱，时下人这种造假那才是真正的造假，浅陋至极。此后明清两代对此书一直多所贬议，认为是一部伪托之作：

《琅嬛记》三卷（两江总督采进本）旧题元伊世珍撰。语皆荒诞猥琐，书首载张华为建安从事，遇仙人引至石室，多奇书。问其地，曰琅嬛福地也。注出《元观手钞》，其命名之意盖取乎此。然《元观手钞》竟亦不知为何书。其余所引书名，大抵真伪相杂，盖亦《云仙散录》之类。钱希言《戏瑕》以为明桑悦所伪托，其必有所据矣。②

从钱希言谈到桑悦家藏此书，到四库馆臣由此认为《琅嬛记》乃桑悦所作，这本书一直存在很多的未知之谜。作者是谁没有明确资料，引书数种也真伪难辨。

（二）相关研究

大概是因为历来指责其为伪书的原因，虽然这部书从万历年间出现之后就开始广为流传，但研究者对该书的关注很少。

---

① （明）钱希言：《戏瑕》卷三，中华书局1985年版，第52页。
② （清）纪昀总纂：《四库全书总目提要》卷一百三十一子部四十一杂家类存目八，河北人民出版社2000年版，第3355页。

刘叶秋先生在《略谈历代笔记》一文和《历代笔记概述》一书中都对《琅嬛记》有所论述，认为《四库全书总目》"钱希言《戏瑕》以为明桑怿所伪托"理解有误。

20世纪90年代薛洪勣撰文对作者是谁进行了大胆猜测，认为作者是晚明张岱①，此文之后十多年才又有学者对其进行研究，罗宁教授认为《琅嬛记》是一部"伪典小说"，对其所从属的伪典小说群体进行了详细探讨，认为其成书时间大约在嘉靖以后至万历二十四年数年间。沈梅《〈琅嬛记〉考证》一文整理了《琅嬛记》的版本及相关著录，认为该书的成书时间是嘉靖十九年到万历三十年；作者是一个"流落江湖，默默无闻的落魄文人"。② 何潇潇的硕士学位论文是针对《琅嬛记》展开专门研究的第一本学位论文，③ 该文从作者、成书时间、引书情况、文学价值四个方面对《琅嬛记》展开系统研究。关于作者，该文认为是明代狂生桑悦的可能性较大；关于成书时间，该文认为成书于明代1392年或之后；关于引书情况，该文认为《琅嬛记》引书共53种，其中引《采兰杂志》《谢氏诗源》《贾子说林》三部最多，不排除这些引书乃作者伪造的可能性；关于文学价值，该文认为《琅嬛记》在内容上为后世提供了不少素材，在艺术上运用大量诗词充满诗意，语言质朴自然，流畅洗练。

二　《广艳异编》与《琅嬛记》文本对照

上文简单介绍了《琅嬛记》的基本情况以及学界现有的研究成果，我们需要通过《广艳异编》来对其展开进一步的认识。

《广艳异编》并没有注明出处，可是我们在研究中发现，《琅嬛记》与《广艳异编》中很多文字相似，见表5-1。

---

① 薛洪勣认为《琅嬛记》末条"彼何人斯？三江之右，金钩煌煌，风吹草覆"乃隐语，暗藏作者的名字，但是载有《琅嬛记》的徐氏《红雨楼书目》刻于万历三十年（1602）壬寅，而张岱生于万历丁酉，徐氏编书时张岱还是五岁孩童，此种说法不攻自破。参见薛洪勣《〈琅嬛记〉的作者究竟是谁》，《社会科学战线》1997年第2期。
② 沈梅：《〈琅嬛记〉考证》，《合肥学院学报》2009年第6期。
③ 何潇潇：《〈琅嬛记〉研究》，硕士学位论文，北京师范大学，2011年6月。

表 5-1　　　　《广艳异编》与《琅嬛记》对比一览

《广艳异编》	《琅嬛记》	比较
卷之四仙部二《主父》	卷上，注出《玄关手钞》	文字相同
卷五《吴长君》	卷中，注出《续列仙传》	《广》君两月不见，态色非恒 《琅》君两月不见，态色非常
卷之六鸿象部《结璘》	注出《三余帖》	结尾多外史氏的一段议论，看了《三余》之后才知道的
卷之八幽期部《晁采外传》	卷中，注出《本传》	分散于各篇
《紫竹小传》	注云《本传》	分散载录，与本篇文字基本相同
《姚月华小传》	卷上，注出《本传》	将全文拆散于各处
卷十《吴淑姬》	卷上，注出《诚斋杂记》	《广艳异编》开头多"汾阴"、结尾多"后嫁子冶优于内治，里中称之。子冶仕至兰陵太守"
卷之十二梦游部《玄驹》	卷下，注出《贾子说林》	文字相同
《浣衣》	卷下，注出《虚楼续本事诗》	文字相同
卷之十四幻术部一《王道士》	卷下，注出《玄虚子仙志》	《广艳异编》较之少最后一句"此说又与《长恨歌》异，存之备考。"
卷之十六徂异部《大历士人》	卷上，注出《诚斋杂记》	最后"三十二字"；《广艳异编》作"二十二字"
《张茂先》	卷上，注出《玄观手抄》	文字相同
卷之二十珍奇部《张牧》	卷下，注出《采兰杂志》	文字相同
卷之二十三草木部《周少夫》	卷上，注出《玄虚子仙志》	文字相同
卷之二十四鳞介部《水仙子》	卷下，注出《修真录》	文字相同
卷之二十五禽部《瘦腰郎君》	卷下，注云《诚斋杂志》	文字相同
《薛嵩》	卷上，注出《魏生禁杀录》	文字相同
《鞠通》	卷中，注出《贾子说林》	文字相同

由表 5-1 可知，《广艳异编》中篇目见于《琅嬛记》书中者共 18 则，成为继《太平广记》《夷坚志》这两部卷帙浩繁的大部头之后的第三大引书来源。并且经过仔细比对文本，笔者发现除了卷八，其

他篇目文字只是个别字句的差异甚至一字不易，完全相同。其相同篇目从卷四一直到卷二十五，分布于《广艳异编》的中间主干部分。这样，除了开头三卷和结尾十卷几乎都从《太平广记》《夷坚志》选篇之外，中间部分几乎每卷都从《琅嬛记》选篇，尤其卷八幽期部有4篇与《琅嬛记》有关，其中《紫竹小传》《姚月华小传》中的所有情节完全存在于《琅嬛记》中，《琅嬛记》看似都是丛谈小语式的短篇，其实是把《广艳异编》中原本篇幅漫长的传奇一段段割裂打散，以若干小故事的形式存在，除了把两段之间的连接语略作修饰外，其余文字完全相同，我们试把《琅嬛记》中的文字还原为《广艳异编》中的整个故事见表5-2。

表5-2　　　　《广艳异编》与《琅嬛记》故事比对

序号	《广艳异编》卷八《紫竹小传》	《琅嬛记》相应故事
1	大观中，有紫竹者工词，善于调谑，恒谓天下无其偶。一日手李后主集，其父玄伯问曰："后主词中何处最佳？"答曰："问君能有几多愁，恰似一江春水向东流。"耳玄伯默然。	紫竹爱缀词，一日手李后主集，其父玄伯问曰："后主词中何处最佳？"答曰："问君能有几多愁，恰似一江春水向东流。"玄伯默然。（注出《本传》
2	尝游于野，有秀才方乔乐至人也一与紫竹遇，欲睹其状，更不可见，昼夜思之，面貌恍惚，中心拂郁。每入阛阓，见卖美女图者，辄取视，冀其有相肖者。或狭邪妓馆，无不留意，用计万端，竟无其人。终日悲叹，几成痼疾，有寄情诗曰"眉如远岫首如蝼，但得相思不得亲。若使画工图软障，何妨百日唤真真。"一日遇一道士出一锦囊，内有古镜，谓乔曰："子之用心诚通神明。吾有此纯阳古镜，藏之久矣，今以奉赠。此镜一触至阴之气，留影不散。子之所遇少女至阴独钟，试使人照之，即得其貌矣。然后令画工图之，何有也？所留之影，伺此女一得阳精，影即散去，他物尽然。"又戒乔不可照日，一照即飞入日宫，散为阳气矣。乔试之果然。紫竹以白玉盘螭匣宝而藏之，镜背有篆书云"火府百炼纯阳宝镜"	方乔既与紫竹遇，一睹其状，更不可见，昼夜思之，面貌恍惚，中心拂郁。每入阛阓，见卖美女图者，辄取视，冀其有相肖者。或狭邪妓馆，无不留意，用计万端，竟无其人。终日悲叹，几成痼疾，有寄情诗曰"眉如远岫首如蝼，但得相思不得亲。若使画工图软障，何妨百日唤真真。"一日遇一道士出一锦囊，内有古镜，谓乔曰："子之用心诚通神明。吾有此纯阳古镜，藏之久矣，今以奉赠。此镜一触至阴之气，留影不散。子之所遇少女至阴独钟，试使人照之，即得其貌矣。然后令画工图之，何有也？所留之影，伺此女一得阳精，影即散去，他物尽然。"又戒乔不可照日，一照即飞入日宫，散为阳气矣。乔试之果然。紫竹以白玉盘螭匣宝而藏之，镜背有篆书云"火府百炼纯阳宝镜"。《本传》

第五章 《广艳异编》研究（下）　　125

续表

序号	《广艳异编》卷八《紫竹小传》	《琅嬛记》相应故事
3	乔试之果然，遂以白玉盘螭匣盛斯镜而达意焉。紫竹欣然而受，遂得以诗词往来。长夏，乔读书于种梅馆，怀思紫竹至于忘食。忽紫竹遗以书，其大略云："欲结朱绳，应须素节。泣珠成泪，久比鲛人。流火为期，聊同织女。春风鸳帐里，不妨雁语惊。寒暮雨雀屏中，一任鸡声唱晓。"乔答之，词亦多玮丽，束尾附以《玉楼春》，词曰："绿阴扑地莺声近，柳絮如绵烟草衬。双鬟玉面碧窗人，一纸银钩青鸟信。佳期远卜清秋夜，梧树梢头明月挂。天公若解此情深，今岁何须三月夏。"	长夏，乔读书于种梅馆，怀思紫竹至于忘食。一日，紫竹忽遗以书，其大略云："欲结朱绳，应须素节。泣珠成泪，久比鲛人。流火为期，聊同织女。春风鸳帐里，不妨雁语惊。寒暮雨雀屏中，一任鸡声唱晓。"乔答之，词亦多玮丽，束尾附以《玉楼春》，词曰："绿阴扑地莺声近，柳絮如绵烟草衬。双鬟玉面碧窗人，一纸银钩青鸟信。佳期远卜清秋夜，桐树梢头明月挂。天公若解此情深，今岁何须三月夏。"《本传》
4	自此，音问两绝，而想像难真，紫竹因觅银光纸序其悲愁眷恋之意，复缀以《卜算子》词云："绣阁锁重门，携手终非易。墙外凭他花影摇，那得疑。郎至合眼想，郎君别久难，相似昨夜如何绣，枕边梦见分明是。"	紫竹与方乔久别，而想像难真，因觅银光纸序其悲愁眷恋之意，复缀以《卜算子》词云："绣阁锁重门，携手终非易。墙外凭他花，影摇那得疑。郎至合眼想，郎君别久难。相似昨夜如何绣，枕边梦见分明是。"《本传》
5	遂约于望云门暂会。因于墙阴之下闲履苍苔，鞋底尽湿而方不至，俄闻人语，遂归绣闼。独倚画屏，不胜怅恨，作《踏莎行》一阕云："醉柳迷莺，懒风熨草。约郎暂会闲门道。粉墙阴下待郎来，藓痕印得鞋痕小。花日移阴，帘香失裛。望郎不到心如捣。避人愁入倚屏山，断魂还向墙阴绕。"	紫竹约方乔于望云门暂会。因于墙阴之下闲履苍苔，鞋底尽湿而方不至，俄闻人语，遂归绣闼。独倚画屏，不胜怅恨，作《踏莎行》一阕寄方，云："醉柳迷莺，懒风熨草。约郎暂会闲门道。粉墙阴下待郎来，藓痕印得鞋痕小。花日移阴，帘香失裛。望郎不到心如捣。避人愁入倚屏山，断魂还向墙阴绕。"《本传》
6	紫竹既归，方乔始至，四顾彷徨憾怅而去，遂以尺牍故相讥调，紫竹为《菩萨蛮》词，杂以戏语以解之曰："约郎共会西厢下，娇羞竟负从前话。不道一睽违，佳期难再期。郎君知我愧，故把书相诋。寄语不须慌，见时须打郎。"乔复为词戏答云："秋风只拟同衾枕，春归依旧成孤寝。爽约不思量，翻言要打郎。鸳鸯如共耍，玉手何辞打。若再负佳期，还应我打伊。"	紫竹既爽秋期，方乔憾怅。蹉跎时景，忽复青阳，乔以尺牍故相讥调，紫竹为《菩萨蛮》词，杂以戏语以解之曰："约郎共会西厢下，娇羞竟负从前话。不道一睽违，佳期难再期。郎君知我愧，故把书相诋。寄语不须慌，见时须打郎。"乔复以词戏答云："秋风即拟同衾枕，春归依旧成孤寝。爽约不思量，翻言要打郎。鸳鸯如共耍，玉手何辞打。若再负佳期，还应我打伊。"《本传》

续表

序号	《广艳异编》卷八《紫竹小传》	《琅嬛记》相应故事
7	紫竹遂投誓书于乔，因寄《踏莎行》一阕云："笔锐金针，墨浓螺黛，盟言写就囊儿袋。玉屏一缕兽炉烟，兰房深处深深拜。芳意无穷，花笺难载，帘前细祝风吹带。两情愿得似堤边，一江绿水年年在。"	紫竹投誓书于乔，因寄《踏莎行》一阕云："笔锐金针，墨浓螺黛，盟言写就囊儿袋。玉屏一缕兽炉烟，兰房深处深深拜。芳意无穷，花笺难载，帘前细祝风吹带。两情愿得似堤边，一江渌水年年在。"《本传》
8	后复寻旧约，遂得谐缱绻之私。自此，两情得相益甚。紫竹常目乔为重宝，尺牍之间往往呼之。时紫竹有南番桃花，片重数钱，色如桃花而明莹如榴肉，市之，得百金。因戏以词寄方乔曰："与郎眷恋何时了，爱郎不异珍和宝，一宝百金偿，算来何用郎？戏郎郎莫恨，珍宝何须论。若要买郎心，凭他万万金。"乔为之抚掌。	紫竹工词，善于调谑，恒谓天下无其偶。自得方乔，目为重宝，尺牍之间往往呼之。时紫竹有南番桃花，片重数钱，色如桃花而明莹如榴肉，市之，得百金。因戏以《菩萨蛮》词寄方乔曰："与郎眷恋何时了，爱郎不异珍和宝，一宝百金偿，算来何用郎？戏郎郎莫恨，珍宝何须论。若要买郎心，凭他万万金。"乔为之抚掌。《本传》
9	但蹉跎时景，忽复青阳。其父稍有所闻，遂召乔以紫竹妻之焉。然往来诗词甚多，不能毕录，犹有一词云："晨莺不住啼，故唤愁人起。无力晓妆慵，闲弄荷钱水。欲呼女伴来，斗草花阴里。娇极不成狂，更向屏山倚。"又云："思郎无见期，独坐离情惨。门户约花关，花落轻风。生怕是黄昏，庭竹和烟飐。敛翠恨无涯，强把兰缸点。"观此其风调可想矣。	大观中，有方乔者，乐至人也，与女子紫竹者甚相得，其所赠《生查子》。词云："晨莺不住啼，故唤愁人起。无力晓妆慵，闲弄荷钱水。欲呼女伴来，斗草花阴里。娇极不成狂，更向屏山倚。"又云："思郎无见期，独坐离情惨。门户约花关，花落轻风。生怕是黄昏，庭竹和烟朩。敛翠恨无涯，强把兰缸点。"其风调可知也。《本传》

从以上比较我们可以看出，《紫竹小传》一文我们可以大致分割为9个小故事，这9个故事既前后相继，又可以各自独立。在《广艳异编》中它们合而为一，在《琅嬛记》中又分散于上中下三卷，除了主干情节完全相同，这些连接语也基本上相同，试看：上表中《广艳异编》故事1的连接语在《琅嬛记》故事8前面；《广艳异编》故事2的连接语在《琅嬛记》故事9前面；《广艳异编》故事9的连接语在《琅嬛记》6。综合以上比对我们可以确信这两者同出一源，或者《琅嬛记》把《广艳异编》的故事割碎；或者《广艳异编》把《琅嬛记》中的故事连缀成篇；或者两者同出一源，《广艳异编》直

接抄录，而《琅嬛记》为掩人耳目将其打散。仔细考究之下，我们发现《琅嬛记》中不只是《紫竹小传》如此，《姚月华小传》亦然：

表5-3　　　　　广艳异编》与《琅嬛记》比对

序号	《广艳异编》卷八之《姚月华小传》	《琅嬛记》相应故事
1	姚氏女月华少失母，忽梦月轮坠于妆台，觉而大悟。自幼聪慧，组织餪饎，不习而能。独未尝读书，自此搦管便有所得，其所为古文词妙绝当时。	月华梦月轮坠于妆台，觉忽大悟。自幼聪慧，组织餪饎，不习而能，独未尝诵书。自此搦管便有所得。其所为古文词，妙绝当时。《本传》
2	随父寓于扬子江，时端午有龙舟之戏，月华出看，近舟有书生杨达见其素腕塞帘，结五色丝跳脱，鬓发如漆，玉凤斜簪，巧笑美盼，容色艳冶。达神魂飞荡，然非敢望也。每日怀思，因制曲序其邂逅，名曰《泛龙舟》。一日月华见达《昭君怨》诗，爱其匣中"纵有菱花镜，羞向单于照旧颜"句，情不能已，遂私命侍儿乞其旧稿。且寄诗一纸题曰《古怨》，云："江水悠悠春草绿，对此思君泪相续。羞将离恨向东风，理尽瑶琴不成曲。"杨出于非望，乐不可言，立缄艳体诗以致其情。自后遂各以尺牍往来。	姚氏女月华与杨子名达者相爱。月华少失母，随父寓于扬子江，江上端午有龙舟之戏，月华出看，达见其素腕塞帘，结五色丝跳脱，鬓发如漆，玉凤斜簪，巧笑美盼，容色艳异。达神魂飞荡，然非敢望也。每日怀思，因制曲序其邂逅，名曰《泛龙舟》。一日月华见达《昭君怨》诗，爱其匣中"纵有菱花镜，羞向单于照旧颜"语，情不能已，私命侍儿乞其旧稿。杨出于非望，乐不可言，立缄艳体诗以致其情。自后遂各以尺牍往来，然终不易近。月华有寄诗，题曰《古怨》，其诗曰："江水悠悠春草绿，对此思君泪相续。羞将离恨向东风，理尽瑶琴不成曲。"《本传》
3	月华每得达书，有密语者，皆伏读数过，烧灰入醇酎饮之，谓之"款中散"。（《本传》）	姚月华得杨达书，有密语者，伏读数十遍，烧灰入醇酎饮之，谓之"款中散"《本传》
4	一日达饮于姚氏，酒酣假寐，月华私命侍儿送合欢竹细枕、温凉草文席，皆其香阁中物也。达虽心荡，亦无可奈何。遂怅然而归。	达饮姚氏酒酣，假寐，月华命侍儿进以合欢竹细枕、温凉草文席，皆月华阁中物也。《本传》
5	次日，月华时以石华遗达云："出丹洞玉池，异于他处，色如水晶，清明而莹，久服延年。"达以诗谢之曰："青袿仙女隔蓬莱，珠树金窗向晓开。燕子羽毛非广袖，殷勤也带石花来。"	姚月华时以石华遗达云："出丹洞玉池，异于他处，色如南水晶，清明而莹，久服延年。"达以诗谢月华曰："青袿仙女隔蓬莱，珠树金窗向晓开。燕子羽毛非广袖，殷勤也带石花来。"《本传》

续表

序号	《广艳异编》卷八之《姚月华小传》	《琅嬛记》相应故事
6	然月华虽工于组织，亦巧于丹青凡花卉羽毛，世所鲜及。笔札之暇，聊复自娱，人不可得而见也。一日，正挥毫画芙蓉匹鸟图，忽侍儿持达笺，上云："奉送不律喻糜。"二女侍在侧，问曰："不律俞糜何也？"曰："楚谓之聿，吴谓之不律，燕谓之弗，皆笔名也。汉人有墨名曰'俞糜'。"遂受之，答以所画芙蓉图。达见其约略浓淡，生态逼真，喜不自持，觅银光纸裁书谢之。其大略云："连枝欲长，忽阻山蹊。比翼将翔，遽乖云路。思结章台，垂柳心驰，普救啼莺。幸传尺素之丹青，岂任寸心之铭刻。江湖恍在案，波浪倏翻窗。植写断肠，飞挥交颈。茧纸发其枝干，兔管借之羽毛。雌戏苹川，雄依苔石，色与露花同。照烂翼，将风叶，共低昂。明镜晓开，苦忆文君之面。疏萤夜度，遥思织女之机。所冀吾人，获同斯画。越溪吴水之上，常得双开。汉树秦草之间，永教对舞。"月华读之，称赏不已。	姚月华笔札之暇，时及丹青，花卉翎毛，世所鲜及。然聊复自娱，人不可得而见也。尝为杨生画芙蓉匹鸟，约略浓淡，生态逼真，杨喜不自持，觅银光纸裁书谢之。其大略云："连枝欲长，忽阻山蹊。比翼将翔，遽乖云路。思结章台，垂柳心驰，普救啼莺。幸传尺素之丹青，岂任寸心之铭刻。江湖恍在案，波浪倏翻窗。植写断肠，飞挥交颈。茧纸发其枝干，兔管借之羽毛。雌戏苹川，雄依苔石，色与露花同。照烂翼，将风叶，共低昂。明镜晓开，苦忆文君之面。疏萤夜度，遥思织女之机。所冀吾人，获同斯画。越溪吴水之上，常得双开。汉树秦草之间，永教对舞。"《本传》
7		杨达赠姚月华以笔墨，书侧理云："奉送不律喻糜。"有二女侍在侧，问曰："不律俞糜何也？"曰："楚谓之聿，吴谓之不律，燕谓之弗，皆笔名也。汉人有墨名曰'俞糜'。"女子博物有如此者。《本传》
8	以洒海剌二尺赠达，曰为郎作履，凡履霜雪，则应履而解，乃西蕃物也。又贻诗曰："金刀剪紫绒，与郎作轻履。愿化双仙凫，飞来入闺里。"	姚月华赠杨达洒海剌二尺作履，履霜，霜应履而解，谓是真西蕃物也。因贻诗曰："金刀剪紫绒，与郎作轻履。愿化双仙凫，飞来入闺里。"《本传》
9	盖达与月华虽文翰相通，而终未一睹。至是见诗心醉若狂，乃赂女侍而得一会焉。临别谓月华曰："少日即来。"不觉爽约。及至，姚不即见之，杨戏书一句调之曰："女姚虽美，只如半朵桃花。"姚正怒，索笔对曰："人信为高，莫费一番言说。"杨愈益奇之。	杨与月华别曰："少日即来。"不觉爽期。及归，姚不即见之，杨戏书一句送曰："女姚虽美，只如半朵桃花。"姚正怒，索笔对曰："人信为高，莫费一番言说。"杨愈益奇之。《本传》
10	遂至往来无间，凡久会谓之"大会"，暂会谓之"小会"，又大会谓之"鹅鹅会"，小会谓之"白鹭会"。	姚月华与杨达，久会谓之"大会"，暂会谓之"小会"，又大会谓之"鹅鹅会"，小会谓之"白鹭会"。《本传》

第五章 《广艳异编》研究（下）

续表

序号	《广艳异编》卷八之《姚月华小传》	《琅嬛记》相应故事
11	而欢洽正浓，忽其父有江右之迁。已买舟于水畔矣。彼此仓皇，无计可缓，遂怏怏而别。月华至舟，双眉云锁，两颊花愁，而饮食恹恹减矣。乃效徐淑体缀成一词，而犹多悲怨，以寄达曰："妾生兮不辰，盛年兮逢屯。寒暑兮心结，夙夜兮眉颦。循环兮不息，如彼兮车轮。车轮兮可歇，妾心兮焉伸？杂沓兮无绪，如彼兮丝棼。丝棼兮可理，妾心兮焉分？空闺兮岑寂，妆阁兮生尘。萱草兮徒树，兹忧兮岂泯。幸逢兮君子，许结兮殷勤。分香兮剪发，赠玉兮共珍。指天兮结誓，愿为兮一身。所遭兮多舛，玉体兮难亲。损餐兮减寝，带缓兮罗裙。菱鉴兮慵启，博炉兮焉薰。整袜兮欲举，塞路兮荆榛。逢人兮欲语，鞈匝兮顽嚚。烦冤兮凭胸，何时兮可论。愿君兮见察，妾死兮何瞋。"达读之，呜咽不胜，几绝者数四。后达复至其旧院，惟见双燕斜飞，落英满地而已。遂亦整装于江右踪迹之，而竟无可查焉。尝为友道及之，犹呜呜泣下云。	姚月华少遭坎坷，其效徐淑体寄杨达，语多悲怨。其辞曰："妾生兮不辰，盛年兮逢屯。寒暑兮心结，夙夜兮眉颦。循环兮不息，如彼兮车轮。车轮兮可歇，妾心兮焉伸？杂沓兮无绪，如彼兮丝棼。丝棼兮可理，妾心兮焉分？空闺兮岑寂，妆阁兮生尘。萱草兮徒树，兹忧兮岂泯。幸逢兮君子，许结兮殷勤。分香兮剪发，赠玉兮共珍。指天兮结誓，愿为兮一身。所遭兮多舛，玉体兮难亲。损餐兮减寝，带缓兮罗裙。菱鉴兮慵启，博炉兮焉薰。整袜兮欲举，塞路兮荆榛。逢人兮欲语，鞈匝兮顽嚚。烦冤兮凭胸，何时兮可论。愿君兮见察，妾死兮何瞋。"即使徐娘复生，不复远让也。《本传》

《广艳异编》中的此篇故事被分成了11则小故事。我们依次缀及，《琅嬛记》中的小故事俨然又成为《广艳异编》中的大故事。如此，我们再次大胆猜测，《琅嬛记》作者的主要"伎俩"就是割裂故事而成书。比对《广艳异编》中的《晁采外传》，我们发现这一设想再次得到印证，见表5-4。

表5-4　　《广艳异编》与《琅嬛记》中《晁采外传》比对

序号	《广艳异编》之《晁采外传》相关情节	《琅嬛记》相应故事
1	少与邻生文茂笔札周旋，每自誓言当为伉俪，及长而散去，犹时时托侍女通殷勤勋茂，尝春日寄以诗曰："美人心共石头坚，翘首佳	小黄女子名观，失其姓，与书生乔子旷笔札周旋。乔子旷博学，能文词，寄观诗多不可解者。余偶览杂书，识其一二，其诗曰："美人心共石头坚，翘首佳期空黯然。安得千金遗侍者，一

续表

序号	《广艳异编》之《晁采外传》相关情节	《琅嬛记》相应故事
1	期空黯然。安得千金遗侍者,一烧鹊脑绣房前。"其二曰:"晓来扶病镜台前,无力梳头任髻偏。消瘦浑如江上柳,东风日日起还眠。"其三曰:"旭日瞳瞳破晓霾,遥知妆罢下芳阶。那能飞作桐花凤,一集佳人白玉钗。"其四曰:"孤灯才灭已三更,窗雨无声鸡又鸣。此夜相思不成梦,空怀怀梦到天明。"	烧鹊脑绣房前。"《志林》云鹊脑烧之,令人相思。又云:"晓来扶病镜台前,无力梳头任髻偏。消瘦浑如江上柳,东风日日起还眠。"汉时有杨柳,每日三眠三起。又云:"旭日瞳瞳破晓霾,遥知妆罢下芳阶。那能飞作桐花凤,一集佳人白玉钗。"桐花凤小于玄鸟,春暮来,集桐花,一名"收香倒挂",又名"探花使",性驯,好集美人钗上,出成都。又曰"孤灯才灭已三更,窗雨无声鸡又鸣。此夜相思不成梦,空怀怀梦到天明。"汉武帝思李夫人,东方曼倩献怀梦草,帝怀之,即梦出钟火山(《林下诗谈》)。
2	采得诗,因遣侍儿以青莲子十枚寄茂,且曰:"吾怜子也。"茂曰:"何以不去心?"侍者曰:"正欲汝知心苦耳。"	汉有女子舒襟,为人聪慧,事事有意,与元群通。尝寄群以莲子曰:"吾怜子也。"群曰:"何以不去心?"使婢答曰:"正欲汝知心内苦。"故后世子夜歌有"见莲不分明"等语,皆祖其意。(《谢氏诗源》)
3	茂持哈未竟,坠一子于盆水中,有喜鹊过,恶污其上,茂遂弃之。明早有并蒂花开于水面,如梅英大。茂因喜曰:"吾事济矣。"取置几头,数日始谢,房亦渐长,剖之,各得实五枚,如丰来数。茂即书其异托侍女以报采。采持阅大喜曰:"并蒂之谐此其征矣"	陈丰与葛燃屡通音问,而欢会未由。七月七日,丰以青莲子十枚寄燃,燃唅未竟,坠一子于盆水中,有喜鹊过,恶污其上,燃遂弃之。明早有并蒂花开于水面,如梅英大。燃喜曰:"吾事济矣。"取置几头,数日始谢,房亦渐长,剖之,各得实五枚,如丰来数。即书其异以报丰,自此乡人改双星节为"双莲节"。(《贾子说林》)
4	因以朝鲜厚茧纸作鲤鱼函,两面俱尽鳞甲,腹下令可以藏书,遂寄茂以诗曰:"花笺制叶寄郎边,的的寻鱼为妾传。并蒂已看灵鹊报,倩郎早觅买花船。"	试莺以朝鲜厚茧纸作鲤鱼函,两面俱尽鳞甲,腹下令可以藏书,此古人尺素结鱼之遗制也。试莺每以此遗迁,尝有诗云:"花笺制叶寄郎边,江上寻鱼为妾传。郎处斜阳三五树,路中莫近钓翁船。"贞观中事也。(《玄散堂诗语》)
5	荏苒至秋,屡通音问而欢好无由。偶值其母有姻席之行。采即遣人报茂,茂喜极,乘月至门,遂酬凤愿焉。晨起整衣,两不忍别。采因自剪鬓发,持以赠茂,且曰:"好藏青鬓,早缔白头也。"茂归藏于枕畔。兰香郁烈,馥馥动人。因以诗寄之曰:"几上金貌静不焚,匡床愁卧对斜曛。犀梳金镜人何处,半枕兰香空绿云。"	张叔良字房卿,大历中与姜窈窕相悦。姜赠以鬓发,藏于枕旁,兰膏芳烈,因寄以诗云:"几上博山静不焚,匡床愁卧对斜曛。犀梳宝镜人何处,半枕兰香空绿云。"(《本传》)

续表

序号	《广艳异编》之《晁采外传》相关情节	《琅嬛记》相应故事
6	绸缪之后，又复无机可乘，时值杪秋，金风渐栗。采无聊之极，因遣侍儿以诗寄茂曰："珍簟生凉，夜漏余梦中。恍惚觉来，初魂离不得。空成病，面见无由，浪寄书窗外江村钟响绝，枕边梧叶雨声疏。此时最是思君处，肠断寒猿定不如。"茂答曰："忽见西风起洞房，卢家何处郁金香。文君未奔先成渴，颛顼初逢已自伤。怀梦欲寻愁落叶，忘忧将种恐飞霜。惟应分付青天月，共听床头漏渐长。"	灌氏《秋日寄梅璋》诗曰："珍簟生凉，夜漏余梦中。恍惚觉来，初魂离不得。空成病，面见无由，浪寄书窗外江村钟响绝，枕边梧叶雨声疏。此时最是思君处，肠断寒猿定不如。"梅答云："忽见西风起洞房，卢家何处郁金香。文君未奔先成渴，颛顼初逢已自伤。怀梦欲寻愁落叶，忘忧将种恐飞霜。惟应分付青天月，共听床头漏渐长。"（《本传》）

这六则故事在《晁采外传》中是主干情节，前后紧密相连，悉录于上。晁采和文茂的名字在《琅嬛记》中并没有出现，看似两书之间在这篇小说上并没有什么关系。其实细究之下，我们还是可以发现许多秘密的。

第一则，此故事写少女晁采和邻生文茂以诗文相通，"笔札周旋"写了四首诗；《琅嬛记》中杜撰了主人公的名字，才子佳人之间也是"笔札周旋"写了四首诗。两书中的这四首诗及顺序只字不差，只是中间连缀语略有不同，且《琅嬛记》中每首诗后都紧跟着一句解释。

第二则，《琅嬛记》又杜撰了另外的时代及男女主人公姓名，其他内容与《晁采外传》完全一致。不同的是结尾一句"故后世子夜歌有'见莲不分明'等语，皆祖其意"。足以混淆视听。

第三则，《琅嬛记》又杜撰了陈丰、葛㷀一对情侣，"屡通音问，而欢会未由"这些套话在《广艳异编》后面第五则叙述中也曾出现，故事情节又完全一致。难怪冯梦龙说此篇与陈丰故事相类。[①]《衾史》卷八十二所引《谢氏诗源》条舒襟与元群事情节亦相同。只是最后一

[①] （明）冯梦龙：《情史》，岳麓书社2003年版，第49页。

句"自此乡人改双星节为'双莲节'"又属杜撰而来,至此我们已渐渐能体察《琅嬛记》那么多典故的出处了。

第四则,第四个情节单元在《琅嬛记》中相应的主人公名字变成了试莺和宋迁,情节主体是一样的,诗的前两句也基本一致,只是在《琅嬛记》中既按照惯例进行了解释"此古人尺素结鱼之遗制也"。又按照惯例杜撰了时间。不过这次杜撰的时间充分暴露了它的伪书性质——朝鲜乃是明朝的称呼,[①] 贞观中岂有此说?

第五则,这个情节单元的要素是女主人公剪发赠情人,男主人公藏于枕畔,并因此寄诗于女主人公,两书之间的主要不同还是主人公姓名的不同。这次《琅嬛记》用的是姜窈窕和张叔良的故事。[②]

第六则,第六则是相思男女相互酬答之诗,诗歌内容完全相同,所不同的只是男女主人公的名字。

综合来看,《晁采外传》这篇小说和前两篇有些不同,没有自始至终全部见于《琅嬛记》,故事的主人公也不断的变换姓名,较之前两篇更不易被人发觉,所以学界至今还未曾提及此事。但仔细比较文本,我们发现其相同之处绝不仅仅是偶尔巧合那么简单。在这篇小说上,两书之间是存在源与流或同源关系的。

三 《琅嬛记》成书解谜

通过以上分析,我们发现《琅嬛记》和《广艳异编》之间存在特别亲密的关系。《广艳异编》中有 18 篇收录《琅嬛记》作品,《琅嬛记》因此成为该书第三大引书来源。而《琅嬛记》共 252 则故事,有 42 则见于《广艳异编》,占全书近五分之一的份额。在文本比对之

---

① 考朝鲜半岛上的国名,汉武帝前称朝鲜,其后分为高句丽等三国,至五代后梁贞明四年(918),王建始建高丽国,再至明洪武二十五年(1392),李成桂始建李氏朝鲜。本书中既有"朝鲜"字样,也似应成书于明初之后。转引自薛洪勣、王汝梅《稀见珍本明清传奇小说集》,吉林文史出版社 2007 年版,第 110 页。

② 两人之间的故事在《琅嬛记》中还有 6 则,薛洪勣据此辑成《姜窈窕传》;与此相类,又从中辑成《杨玉环》《试莺》两篇。参见薛洪勣、王汝梅主编《稀见珍本明清传奇小说集》,吉林文史出版社 2007 年版,第 110—112 页。

后，我们可以确信两者之间存在源流或同源的关系。接下来我们需要判断两者之间究竟是哪一种关系的可能性更大。

我们可以从其成书时间来判断。目前所见首次对《琅嬛记》进行记载的是《赵定宇书目》，该书中《稗统续编》这部丛书里收录有《琅嬛记》①，作者赵用贤于万历二十四年（1596）年去世，因此《琅嬛记》的成书下限是万历二十四年。《广艳异编》的成书时间本书推定为万历三十四年至万历三十五年（1606—1607），因此《广艳异编》收录《琅嬛记》篇目的说法更合理。

明确了这一点，我们在上文分析的基础上，可以进一步的探究。

第一，《琅嬛记》作伪的主要手段是割裂打散已有作品。《琅嬛记》是一部伪书的判断是伴随着这部书的出现而出现的，但是为什么视之为伪书，其作伪的手段如何，却从未见论述。

刘叶秋先生说："金元的笔记，其小说故事中的志怪一类，模仿宋人，并无新异；倒是《诚斋杂记》、《琅嬛记》杂采琐闻故事的，较有特色。"② 其实刘先生也被《琅嬛记》蒙骗了。其作伪手段可以从《紫竹小传》《姚月华传》中看出来：这两篇叙事婉转的传奇佳作，颇具风韵，是《广艳异编》中历来为人们所称道的作品，③《琅嬛记》将之打散割裂成20篇各自独立的丛谈小语，《姚月华小传》大部分故事分布于《琅嬛记》卷上；《紫竹小传》大部分故事分布于《琅嬛记》卷中，并注明出处为《本传》。如果不是《广艳异编》相关作品的对照提示，我们很难想象这么多错杂相间的小故事竟然是两篇完整的传奇。

明确了其作伪手段，我们还可以从中收集还原出若干篇幅较长的作品，《稀见珍本明清传奇小说集》名之为《姜窈窕传》④《杨玉

---

① 赵用贤：《赵定宇书目》，上海古籍出版社2006年版，第180页。
② 刘叶秋：《历代笔记概述》，北京出版社2003年版，第162页。
③ 之前一直有学者怀疑这是吴大震的自创，经过比对《琅嬛记》，我们可以确信其有所自——《琅嬛记》里已经有这些故事的记载。
④ 七则，注出《本传》。

环》①《试莺》②，这3篇作品稍加连缀也可以变成篇幅漫长的传奇。《晁采外传》乍看起来与《琅嬛记》没有关联，但是经过上文的比对发现，全篇的主干部分都在《琅嬛记》中，只是这次更加隐蔽，不仅是8则小故事，而且各篇都另起了主人公的名字，并且多在结尾将其典故化，显得扑朔迷离，难以辨识。如法炮制，我们还可以从《琅嬛记》中连缀出一篇。

  姑射谪女问九天先生曰："天地毁乎？"曰："天地亦物也。若物有毁，则天地焉独不毁乎？"曰："既有毁也，何当复成？"曰："人亡于此，焉知不生于彼；天地毁于此，焉知不成于彼也？"曰："人有彼此，天地亦有彼此乎？"曰："人物无穷，天地亦无穷也。譬如蛔居人腹，不知是人之外更有人也，人在天地腹，不知天地之外更有天地也。故至人坐观天地，一成一毁，如林花之开谢耳。宁有既乎？"（《玄虚子仙志》）

  姑射谪女曰："天上地下，而人在中。何义也？"九天先生曰："谓天外地内则可，谓天上地下则不可，天地人物不犹鸡卵乎？天为卵壳，地为卵黄，人物为卵白。"（《玄玄子》）

  姑射谪女曰："人能出此天地，而游于彼天地乎？"曰："能也。驾无形之马，御大虚之车，一息之顷，无不出也，无不游也。天地虽多，在吾心也。吾心虽大，无为体也。汝其游矣乎？"（《玄虚子》）

  九天先生曰："无极之极而太极生，太极极而生阴阳，阴阳极而生天地，天地极而生万物，蔚乎盛哉！本无极也，寂乎无哉！源万物也，万物极极而返天地，天地极极而返阴阳，阴阳极极而返太极，太极极极而返无极。无极至矣，有往而无返。"（《玄虚子》）

---

① 五则，注出《致虚阁杂俎》《姚鸾尺牍》《玄虚子仙志》。
② 五则，注出《真率斋笔记》《谢氏诗源》《元散堂诗语》《采兰杂志》。

第五章 《广艳异编》研究（下）

　　九天先生曰："无极一而太极众，无极无穷而太极有穷也。譬之种植，无极犹元气乎，太极为根，阴阳为枝叶，天地为华，万物为实。"（《玄虚子》）

　　或曰："天地众矣，亦有数乎？"曰："无数也。凡物有限而始有数。无极，无限者也，则天地亦无限，何数之可言乎？"曰："天地虽众，有生灭乎？"曰："灭于是则生于彼，生无穷，灭亦无穷也。"曰："然则有统之者乎？"曰："有治一天地之主，号曰'金昊治万'，金昊之主曰'诸福治万'，诸福之主曰'九招治万'，九招之主曰'沛归治万'，沛归之主曰'发间'。自发间而上，无有穷极，非吾之所得知也。"（《玄虚子》）

　　曰："每一天地年载有数乎？"曰："无数。"曰："无数则焉有灭？"曰："非无数也，不可以数论也。譬之于人，有寿有夭。"曰："天地大小等乎？"曰："亦犹人也，有大有小、有长有短。"曰："日月星辰、山川草木同乎？"曰："亦犹人也，耳目口鼻、毛发手足，大抵同也。"（《玄虚子》）

　　以上7则故事都是关于姑射谪女和九天先生的对话，很明显是出于一篇之中，很遗憾暂时没有查到其原文出处。以同样的方法去观照注明出处是《真率斋笔记》的几篇，可以发现都是关于琴、酒和香的故事，只不过杂处于篇中各卷，很难引起注意。

　　综上，《琅嬛记》表面上是丛谈小语的形式，其实通过《广艳异编》，我们可以将其还原成多篇叙述婉转的传奇小说。这样我们就明确了该书作伪的主要手段是割裂长篇，成为短制，并常常加以解释将其典故化。在还原相关作品之后，本书认为《琅嬛记》中有长篇传奇，也有短小的志人、志怪。从本质上说，这是一部文人笔记类的作品。

　　第二，《琅嬛记》的成书时间与《广艳异编》相先后。有关《琅嬛记》的记载，最早出现在《赵定宇书目》中（1596），这是《琅嬛记》的成书下限。至于《琅嬛记》的成书上限，目前学界意见还不甚统一，没有令人信服的结论，但是并非元人作品，产生于明朝已基本成为共识。①《广艳异编》成书于万历三十四到三十五年（1606—1607），是目前所见最早大量与该书选篇重复的小说选本。在两者相同的篇目中，卷十《吴淑姬》需要引起我们的注意。《琅嬛记》卷上有这则故事，所出现文字及情节全部见于《广艳异编》，此故事结尾注出《诚斋杂记》，查《诚斋杂记》卷上所录文字与《琅嬛记》相同。三书比较，倒是《广艳异编》开头多"汾阴"，结尾多"后嫁子冶优于内治，里中称之。子冶仕至兰陵太守"。《广艳异编》的编选风格是基本照录原文，此处交代的故事发生地点、结局不应是杜撰，这篇故事应该在当时很流行，吴大震在编选时既参考了《琅嬛记》，又参考了其它书。换言之，《琅嬛记》将当时社会上流行的故事收入其中，这也证明了《琅嬛记》的成书时间即在此时。

还有一条旁证，《少室山房笔丛》对当时的一些伪书进行了辨析，②却未提及此篇，该书成于万历二十年（1592）年，故《琅嬛记》成书当晚于此。

综合上文所论，我们可以推断《琅嬛记》在明代中叶即盛行一时，其成书时间应不早于万历二十年，很可能与《广艳异编》相先后。

第三，《琅嬛记》出现后即盛行一时，广为传诵。徐𤊹《红雨楼

---

① 本书卷上《试莺》条，有"朝鲜厚茧纸"字样。考朝鲜半岛上的国名，汉武帝前称朝鲜，其后分为高句丽等三国，至五代后梁贞明四年（918），王建始建高丽国，再至明洪武二十五年（1392），李成桂始建李氏朝鲜。本书中既有"朝鲜"字样，也似应成书于明初之后。引自薛洪勣、王汝梅《稀见珍本明清传奇小说集》，吉林文史出版社2007年版。另外，《琅嬛记》卷上有："太真着鸳鸯并头莲锦裤袜，上戏曰：'贵妃裤袜上乃真鸳鸯莲花也。'太真问：'何得有此称？'上笑曰：'不然，其间安得有此白藕乎？'贵妃由是名裤袜为藕覆。注云：裤袜，今俗称为膝裤。（《致虚阁杂俎》）。"查"膝裤"乃明朝流行装束，此处也透露出成书时间当为明朝。

② 胡应麟：《少室山房笔丛》卷三二《四部证伪下》，上海书店出版社2009年版，第313—321页。

书目》（1602）也有记载，① 《稗史汇编》刊刻于万历三十八年（1610），书前所列引用书目里有《琅嬛记》一书，钱希言《戏瑕》成书于万历四十一年，该书对其进行了一番考辨。由此我们可以窥见《琅嬛记》在万历年间曾盛行一时——书目、小说选本、文人笔记、评点等都热衷于对《琅嬛记》的关注。

第四，《琅嬛记》的作者②是闽中或者周边地区的人。通过以上的论述，可以得出这样的结论：《广艳异编》是目前所知最早大量采录该书的小说选本；最早记录《广艳异编》一书的《红雨楼书目》也同时记载了《琅嬛记》，该书作者徐𤊹是闽中地区著名的藏书家，同时也是闽中文坛的主盟人物，他曾经批评"有所撰作辄用《瑯嬛》"③，这些从传播学的角度说明《琅嬛记》盛行于闽中一代。而稍后的《刘氏鸿书》也有多篇注出《采兰杂志》④《魏生禁杀录》⑤《诚斋杂记》⑥ 等书,⑦《刘氏鸿书》的编选者刘九奎也是闽中著名文人。而《广艳异编》又收录徐𤊹《榕阴新检》篇作品，与之紧密相关。除此之外，《广艳异编》中还编选了多篇以闽地为背景的小说，如卷二十六《陈二翁》以福建仙游县为背景；《刘氏鸿书》从《广艳异编》中编选了14篇作品，考虑《广艳异编》与闽中作家群的千丝万缕关系，《琅嬛记》与《广艳异编》又有密切的关联。因此，我们可以较有把握推测《琅嬛记》的编造者就是闽中或者周边地区的人。

综合来看，这本书深受欢迎的原因恐怕是它的"言情"性、典故

---

① 《徐氏红雨楼书目》记载的是"《琅琊记》三卷，元伊世珍"，当为《琅嬛记》的另一写法。徐𤊹：《徐氏红雨楼书目》，上海古籍出版社2006年版，第313页。

② 《琅嬛记》虽然形式上是小说选本，但从根本上是编造出来的"新作"，而非选编，故而在这里使用"作者"概念，而非"编者"。

③ 徐𤊹：《徐氏红雨楼书目》，徐兴公书——《徐氏红雨楼书目跋》，上海古籍出版社2006年版，第313页。

④ （明）刘仲达：《刘氏鸿书》，《四库全书存目丛书》子部214册，卷九二。

⑤ 同上书，卷九三。

⑥ 同上书，卷九三、卷一百。

⑦ 《刘氏鸿书》中的这几篇故事并不见于《琅嬛记》，由此来看，至少这3个出处不是《琅嬛记》杜撰出来的。

化，切合了当时人们的社会心理。其成书来源是割裂分散某些小说而成，至于出处多为作者所伪造，虽然该书文字看起来流畅优美，诗句颇为典雅，其实这只是它割碎的几部小说原文文笔较好而已。该书确实如当时人钱希言所评价的那样属于伪书中的下品。

除了上文所述结论，由于资料的缺乏和笔者学识所限，还有许多需要进一步解决的问题不能解决，比如《紫竹小传》《姚月华小传》《晁采外传》的作者究竟是谁？这三篇作品的风格如此一致，很有可能是同一作者所为。是否是《琅嬛记》的作者创作了《紫竹小传》等篇，然后将其打散于此书中。姑且在此提出疑义，以待高明。

第二节 《广艳异编》与"两拍"

上文我们探讨的都是《广艳异编》的"源"，查考它与前代小说的关系。这一节我们把关注点放在《广艳异编》与它的"流"，探究它和后世白话小说的关系。目前学界对此问题的研究多集中在《广艳异编》与"两拍"的关系上，[①] 韩结根先生认为《广艳异编》是"两拍"成书的重要来源，此说在学界影响颇广，似已成定论，笔者仔细对比文本，发现两者确实存在大量的题材重复，在凌濛初选材写作时，《广艳异编》肯定是其中题材流变链条上的重要载体，但该书是否就是"两拍"取材的直接来源，对这一问题还需作进一步的辨析。

一 《广艳异编》与"两拍"相关篇目

凌濛初的《初刻拍案惊奇》和《二刻拍案惊奇》是继冯梦龙"三言"之后，风行一时的拟话本小说，"三言"取材主要是宋元话本小说和前代或当时优秀的文言小说。凌濛初生逢其后，在取材上不得不另找来源，有学者认为《广艳异编》就是"两拍"的一个重要

---

① 以韩结根文为代表，韩文认为《广艳异编》是《亘史》之外，凌濛初量贩式直接取材的又一来源。这一观点被学界所认同，并多次被引用。详见韩结根《〈广艳异编〉与"两拍"——"两拍"蓝本考之二》，《复旦学报》2005 年第 5 期。

来源，我们先来看两书中的相关篇目。①

表 5-5 "两拍"与《广艳异编》中的相关篇目

序号	"两拍"中篇目	《广艳异编》与之相关篇目
1	《初刻》卷五《感神媒张德容遇虎　凑吉日裴越客乘龙》1 入话叙弘农令之女与卢生婚姻事　2 正话叙张德容与裴越客事　3 算命老人——李知微（只提到名字）	1 卷之十七《定数部·卢生》 2 卷二之十八《兽部三·虎媒志》 3 卷之二十六《兽部一·李知微》
2	《初刻》卷七《唐明皇好道集奇人　武惠妃崇禅斗异法》正话叙罗公远与武惠妃事	卷之五《仙部三·罗公远传》
3	《初刻》卷九《宣徽院仕女秋千会　清安寺夫妇笑啼缘》1 入话叙刘氏子背女尸终成夫妇事　2 叙拜住与速哥失里事	1 卷之十六《徂异部·刘氏子妻》 2 《广艳异编》卷之九《情感部一·秋千会记》
4	《初刻》卷二十三《大姊魂游完宿愿小姨病起续前缘》入话叙李行修梦娶妻王氏之妹，后果应验事	卷之十七《定数部·李行修》
5	《初刻》卷二十四《盐官邑老魔魅色会骷山大士诛邪》正话叙会骷山老猿霸占妇女，终被观音大士诛灭事	卷之二十七《兽部二·大士诛邪记》
6	《初刻》卷二十五《赵司户千里遗音苏小娟一诗正果》入话叙曹文姬事	卷之十一《妓女部·书仙传》
7	《初刻》卷二十八《金光洞主谈旧迹玉虚尊者悟前身》1 入话叙李林甫遇道士事　2 入话叙卢杞遇仙女事　3 正话叙宋丞相冯京魂游五台山，悟其生前为玉虚尊者事。	1 卷之五《仙部三·李林甫外传》 2 卷之四《仙部二·太阴夫人》 3 卷之十二《梦游部·玉虚洞记》
8	《初刻》卷三十《王大使威行部下　李将军冤报生前》1 入话叙吴将仕之子吴云郎为冤魂托生事　2 正话叙唐贞元间河朔李生事	1 卷之十九《冤报部·吴云郎》 2 卷之十九《冤报部·王士真》

① 本表参考了韩结根先生《〈广艳异编〉与"两拍"——"两拍"蓝本考之二》，《复旦学报》2005 年第 5 期。

续表

序号	"两拍"中篇目	《广艳异编》与之相关篇目
9	《初刻》卷三十二《乔兑换胡子宣淫 显报施卧师入定》1 入话叙宋舒州秀才刘尧举就试嘉禾时，与船东之女情爱事	卷八《幽期部·投桃录》
10	《初刻》卷三十六《东廊僧怠招魔 黑衣盗奸生杀》1 入话叙牛僧孺任闻县尉时，有冤魂幻化怪物，假手东洛客张生擒盗事。2 正话叙东廊僧因一时俗念引起魔障，而遭遇许多恶境事	1 卷之十九《冤报部·东洛客》 2 卷之三十一《妖怪部·宫山僧》
11	《初刻》卷四十《华阴道独逢异客 江陵郡三拆仙书》正话叙唐江陵副使李君未仕时，华阴道上遇白衣人秘授谜诀后皆应验事	卷之十七《定数部·李君》
12	"二刻"卷五《襄敏公元宵失子 十三郎五岁朝天》正话之二叙真珠姬元宵之夜为剧盗所拐事	卷之十五《幻术部二·真珠姬》
13	"二刻"卷六《李将军错认舅 刘氏女诡从夫》正话叙刘翠翠与金定生离死合事	卷之十《情感部二·翠翠传》
14	"二刻"卷八《沈将仕三千买笑钱 王朝议一夜迷魂阵》正话叙沈将仕赴京听调堕奸徒骗局事	卷之十五《幻术部二·王朝议》
15	"二刻"卷十一《满少卿饥附饱扬 焦文姬生仇死报》正话叙满少卿负情另娶，遇糟糠妻鬼魂索命报恨事	卷之十九《冤报部·满少卿》
16	"二刻"卷十三《鹿胎庵客人作寺主 剡溪里旧鬼借新尸》入话叙刘监税子四九秀才之妻郑氏，死后魂魄附身养娘事	卷之三十二《鬼部一·鬼小娘》
17	"二刻"卷十四《赵县君乔送黄柑 吴宣教干偿白镪》1 入话叙夫妇设圈套骗钱财事 2 正话叙宣教郎吴约中美人计事	1 卷之十五《幻术部二·临安武将》 2 卷十五《幻术部二·吴约》
18	"二刻"卷二十九《赠芝麻识破假形 撷草药巧谐真偶》正话叙浙人蒋生与大别狐事	卷之三十《兽部五·蒋生》
19	"二刻"卷三十《瘗遗骸王玉英配夫 偿聘金韩秀才赎子》正话叙女鬼王玉英与福清韩秀才事	卷之三十二《鬼部一·王秋英传》

续表

序号	"两拍"中篇目	《广艳异编》与之相关篇目
20	"二刻"卷三十三《杨抽马甘请杖　富家郎浪受惊》正话叙杨望才擅法术事	卷之十四《幻术部一·杨抽马》
21	"二刻"卷三十四《任君用恣乐深闺　杨太尉戏宫馆客》正话叙宋太尉杨戬馆客任君用，与杨家姬恣意欢昵，而被杨戬施以宫刑事	卷之十五《幻术部二·杨戬馆客》

从表5-4可知，两书之中有关联的篇目共有21篇，29处。但我们不能由此就认为《广艳异编》就是这些篇目的唯一来源，《广艳异编》是"两拍"的一个重要蓝本。就像《情史》中很多篇目也与"两拍"相关联，[①]但我们不能认为《情史》是"两拍"的重要蓝本一样，其实这些故事大多最早来源于《太平广记》或《夷坚志》，并不断地被小说选家所编选，有的故事还有戏曲传奇版本，所以探究某部小说选本和"两拍"之间的关系是一个极其复杂、需要详加辨析的问题。

二　《广艳异编》与"两拍"相关篇目故事源流探讨

《广艳异编》与"两拍"相关篇目共21篇，29处。笔者查找了这29篇故事的源流，分列如下：

第一篇。《初刻》卷五《感神媒张德容遇虎　凑吉日裴越客乘龙》。这篇故事的入话写弘农令之女与卢生婚姻事，见《广艳异编》卷之十七定数部《卢生》，这则故事亦见于《太平广记》卷一百五十九《卢生》，注出《续玄怪录》。《太平广记钞》卷二十一《卢生》，删削末尾"乃知结褵之亲命，固前定不可苟而求也"，《情史》卷二改名为《郑任》。

正话叙写张德容与裴越客事，见《广艳异编》卷之二十八兽部三

[①] 参见徐永斌《"二拍"与冯梦龙的〈情史〉、〈智囊〉、〈古今谭概〉》，《明清小说研究》2005年第2期。

《虎媒志》，此外，亦见于《太平广记》卷四百二十八虎三《裴越客》，注出《集异记》。《情史》卷十二情媒类《裴越客》，文字基本相同，注出《杂异记》。《奁史》七注出《续虞初志》。在这篇拟话本中还提到算命老人李知微的名字，这个名字出现在《广艳异编》卷之二十六兽部一《李知微》。

《太平广记》卷四百四十畜兽七也有《李知微》，注出《河东记》，文字与《广艳异编》相同。不过这篇故事只是借用了一个名字，内容无涉。

第二篇。《初刻》卷七《唐明皇好道集奇人　武惠妃崇禅斗异法》正话叙罗公远与武惠妃事。这篇故事见于《广艳异编》卷之五《仙部三·罗公远传》。此外，还见于《太平广记》卷二十二神仙二十二《罗公远》，注出《神仙感遇传》《仙传拾遗》及《逸史》等，和《广艳异编》相比，前面文字相同，结尾处一则少了中史辅仙玉山中遇罗公远的情节。

第三篇。《初刻》卷九《宣徽院仕女秋千会　清安寺夫妇笑啼缘》。该篇入话叙刘氏子背女尸终成夫妇事，见《广艳异编》卷之十六《徂异部·刘氏子妻》。《太平广记》卷三百八十六《刘氏子妻》，注出《原化记》。除此之外，还见于多部小说选本：《续艳异编》卷十五《刘氏子妻》，《太平广记钞》卷六十一《刘氏子妻》，《情史》卷五情豪类《刘氏子妻》，《稗史汇编》卷四十三《刘氏娶尸》。

正话叙拜住与速哥失里事，见《广艳异编》卷之九《情感部一·秋千会记》。此篇出自明李昌祺《剪灯余话》卷四《秋千会记》，收录此篇的明代选本还有《续艳异编》卷五《秋千会记》，《稗家粹编》卷二重逢部《秋千会记》，《情史》卷十情灵类《速哥失里》等。

第四篇。《初刻》卷二十三《大姊魂游完宿愿　小姨病起续前缘》。此篇入话与《广艳异编》相关，叙李行修梦娶妻王氏之妹后果应验事，见《广艳异编》卷之十七《定数部·李行修》。《太平广记》卷一百六十也收录此篇，名《李行修》，注出《续定命录》，《广艳异编》与之文字相同。收录它的选本还有《续艳异编》卷十六《李行修》《太平广记钞》卷二十一《李行修》,《情史》卷十情灵类《李行修》,《侇史》五,注出《合璧事类》。

第五篇。《初刻》卷二十四《盐官邑老魔魅色　会骸山大士诛邪》。该篇正话叙会骸山老猿霸占妇女终被观音大士诛灭事,见于《广艳异编》卷之二十七兽部二《大士诛邪记》。这篇传奇出自《鸳渚志余雪窗谈异》帙下《大士诛邪记》,与之相比,《广艳异编》少了原文后的议论。

第六篇。《初刻》卷二十五《赵司户千里遗音　苏小娟一诗正果》。该篇入话见于《广艳异编》卷之十一妓女部《书仙传》,叙写曹文姬的故事。早在张君房《丽情集》中就收录此篇,惜只存佚文。《青琐高议》前集卷二《书仙传》则存全文,不著撰人。作者失考,长安小阴永元之亦不详何人。《古今事文类聚》后集卷十七"书仙"条云:"长安中有娼女曹文姬,尤工翰墨,为关中第一,时号书仙",注出《丽情集》。《绿窗新话》卷上《任生娶天上书仙》,注出《丽情集》。《锦绣万花谷》前集卷十七《妓妾》,亦注出《丽情集》。唐陈翰编《异闻集》疑为《丽情集》之误,则《丽情集》并载歌传。胭脂坡之说未见传文,则其歌当出别家,非一手所为。《青泥莲花记》中见于卷二《曹文姬》,注出《青琐高议》,题目标为宋代故事。此外,还见于《续艳异编》卷六《书仙传》、《情史》卷十九情疑类《书仙》、《绣谷春容》杂录卷四《任生娶上界书仙》、《古今闺媛逸事》卷七《书仙》。

第七篇。《初刻》卷二十八《金光洞主谈旧迹　玉虚尊者悟前身》这篇故事共有三处与《广艳异编》相关。

一是入话叙李林甫遇道士事,见《广艳异编》卷之五仙部三《李林甫外传》,亦见于《太平广记》卷三百三十五鬼二十《李林甫》,注出《宣室志》,《广艳异编》与之文字相同。

二是入话叙卢杞遇仙女事,见《广艳异编》卷之四仙部二《太阴夫人》,亦见于《太平广记》卷六十四女仙九《太阴夫人》,注出《逸史》。

三是正话叙宋丞相冯京魂游五台山、悟其生前为玉虚尊者事，见《广艳异编》卷之十二梦游部《玉虚洞记》。孙升《孙公谈圃》卷中，罗大经《鹤林玉露》有冯京事，与本篇不同。金盈之《新编醉翁谈录》卷六《禅林丛录·冯相坐禅》，文字简略。从目前所知来看，内容上《广艳异编》本与《金光洞主谈旧迹，玉虚尊者悟前身》最接近。

第八篇。《初刻》卷三十《王大使威行部下　李将军冤报生前》入话叙吴将仕之子吴云郎为冤魂托生事，见《广艳异编》卷之十九《冤报部·吴云郎》，这个故事的更早出处是《夷坚志》支戊卷第四《吴云郎》，删去结尾"魏南夫丞相之子羔如表弟李生，吴氏婿也，为魏说此"。

正话叙唐贞元间河朔李生事，见《广艳异编》卷之十九冤报部《王士真》。此篇见《太平广记》卷一百二十五报应二十四《李生》，注出《宣室志》，与《广艳异编》文字相同。

第九篇。《初刻》卷三十二《乔兑换胡子宣淫　显报施卧师入定》。入话叙宋舒州秀才刘尧举就试嘉禾时与船东之女情爱事，见《广艳异编》卷八《幽期部·投桃录》。这个故事早在宋代郭象《睽车志》卷一里就有《龙舒人刘观》，《夷坚丁志》卷十七《刘尧举》，《新编分类夷坚志》丁集卷三。明代《嘉兴府图经》卷二十中有《天符殿举录》，与《广艳异编》情节相同，而文字多异。《鸳渚志余雪窗谈异》目录中也列有此篇，惜正文已佚，中华书局2011年点校本据《广艳异编》中《刘尧举》内容附录于书末。《续艳异编》卷四幽期部《投桃录》，《情史》卷三情私类《刘尧举》。《聊斋志异·王桂庵》篇，《红楼梦》第六十四回《浪荡子情遗九龙佩》情节，都化用了这一情节模式。明传奇《金兰记》中也敷演此故事。

这一篇肯定不出自《夷坚志》，《广艳异编》和《情史》文字相同，两者究竟谁是直接源头无法确定。

第十篇。《初刻》卷三十六《东廊僧怠招魔　黑衣盗奸生杀》：入话叙牛僧孺任闻县尉时，有冤魂幻化怪物，假手东洛客张生擒盗事，见《广艳异编》卷之十九冤报部《东洛客》。《太平广记》卷三百五十七夜叉二《东洛张生》，注出《逸史》，文字相同。

正话叙东廊僧因一时俗念引起魔障而遭遇许多恶境事，见《广艳异编》卷之三十一《妖怪部·宫山僧》。《太平广记》卷三百六十五妖怪七《宫山僧》，注出《集异记》，文字相同。

第十一篇。《初刻》卷四十《华阴道独逢异客　江陵郡三拆仙书》：正话叙唐江陵副使李君未仕时华阴道上遇白衣人秘授谜诀后皆应验事，见《广艳异编》卷之十七《定数部·李君》。《太平广记》卷一百五十七定数十二《李君》，注出《逸史》。《刘氏鸿书》卷八十六注出《广异编》，当是《广艳异编》的误写。

从此篇来看，出处不能确定。《刘氏鸿书》的参校人里有凌濛初，《刘氏鸿书》中也有此篇，因此凌濛初对此篇故事情节应当很熟悉，或者这就是一个当时文人爱使用，常选编的故事。凌濛初已经成竹在胸，并不用再去翻看哪本小说集。

第十二篇。"二刻"卷五《襄敏公元宵失子　十三郎五岁朝天》。正话中第二个故事叙真珠姬元宵之夜为剧盗所拐事与《广艳异编》中篇目相关，见《广艳异编》卷之十五《诡部·真珠姬》。此篇的更早出处是《夷坚志》补志卷八《真珠族姬》，与《广艳异编》本文字相同。《新编分类夷坚志》丁集卷二也选了此篇。《情史》卷二情缘类《王从事妻》附录了这个故事，其开篇处有"《夷坚志》云"等语，表明其出处是《夷坚志》。

第十三篇。"二刻"卷六《李将军错认舅　刘氏女诡从夫》：正话叙刘翠翠与金定生离死合事，此则故事见《广艳异编》卷之十《情感部二·翠翠传》、《续艳异编》卷五《翠翠传》。其最早出处是《剪灯新话》卷三《翠翠传》。《情史》卷十四情仇类《刘翠翠》注云"事载瞿宗吉《剪灯新话》"，看来即是从《剪灯新话》中编选而来。梅鼎祚的《才鬼记》卷十《翠翠传》，也注出《剪灯新话》。

第十四篇。"二刻"卷八《沈将仕三千买笑钱　王朝议一夜迷魂阵》：正话叙沈将仕赴京听调堕奸徒骗局事，见《广艳异编》卷之十五《诡部·王朝议》。补志卷八《王朝议》,文字相同。《新编分类夷坚志》丁集卷二。

第十五篇。"二刻"卷十一《满少卿饥附饱扬　焦文姬生仇死报》:正话叙满少卿负情另娶、遇糟糠妻鬼魂索命报恨事,见《广艳异编》卷之十九《冤报部·满少卿》、《续艳异编》卷十八《满少卿》。这篇故事的最早出处是《夷坚志》补志卷十一。此外还见于《新编分类夷坚志》戊集卷五、《情史》卷十六情报类《满少卿》、《逸史搜奇》癸集四《满少卿》。

第十六篇。"二刻"卷十三《鹿胎庵客人作寺主　剡溪里旧鬼借新尸》:入话叙刘监税子四九秀才之妻郑氏死后魂魄附身养娘事,见《广艳异编》卷之三十三《鬼部一·鬼小娘》。补志卷十六《鬼小娘》,《新编分类夷坚志》庚集卷三。《榕阴新检》卷九妖怪《郑鬼小娘》,注出《夷坚志》。

第十七篇。"二刻"卷十四《赵县君乔送黄柑　吴宣教干偿白镪》:入话叙夫妇设圈套骗钱财事,见《广艳异编》卷之十五《诡部·临安武将》,《夷坚志》补志卷八《临安武将》,与《广艳异编》中文字相同。此外还见于《新编分类夷坚志》丁集卷二;正话叙宣教郎吴约中美人计事,见《广艳异编》卷十五《诡部·吴约》,《夷坚志》补志卷八《吴约知县》,与之文字相同,《新编分类夷坚志》丁集卷二也载有此篇。这样看来,入话和正话中的两个故事,都出现于《广艳异编》、《夷坚志》和《新编分类夷坚志》中,并且三书中两个故事都分布在一起,文字相同,因此难断出处。

第十八篇。"二刻"卷二十九《赠芝麻识破假形　撷草药巧谐真偶》:正话叙浙人蒋生与大别狐事,见《广艳异编》卷之三十兽部五《蒋生》。《刘氏鸿书》卷九十一收录此篇故事,篇末明确注明出自《广艳异编》,文字较为简略。《耳谈》卷七《大别狐妖》,与《情史》文字相同。《狐媚丛谈》中亦载《大别山狐》,《情史》卷十二情媒类《大别狐》与此篇文字略异。《幽怪诗谭》卷五《狐惑书生》,结构与此类似。《型世言》第三十八回《妖狐巧合良缘》亦演此事,而细节稍异。《聊斋志异》卷七《阿秀》又采此构思而加以增饰。

第十九篇。"二刻"卷三十《瘗遗骸王玉英配夫　偿聘金韩秀才赎子》：正话叙女鬼王玉英与福清韩秀才事，见《广艳异编》卷之三十二《鬼部一·王秋英传》。

《榕阴新检》卷十五幽期《秋英冥孕》篇，注出《万鸟啼春集》，与《广艳异编》文字相同，当是此篇出处。《续艳异编》卷十三鬼部一《王秋英传》，王同轨《耳谈》卷三《王玉英》、《耳谈类增》卷二十三《王玉英》。梅鼎祚《才鬼记》卷十三《王秋英》，条末云《万鸟啼春录》。《情史》卷十六情报类《王玉英》，注云"事见《耳谈》"，两者文字有差异，与《广艳异编》文字也多有差异，属同一题材的不同叙写。《亘史》杂编"鬼子录"里收有此篇，名《韩鹤箅》。另外，见于谈迁《枣林杂俎》义集《幽冥王秋英》，文字简洁。此外有《列朝诗集小传》闰集《王秋英》，《静志居诗话》卷二十四《王秋英》（注云"事载《万鸟啼春集》"）。此则故事在《福州府志》卷七十六外纪二（清乾隆间，注出《词苑丛谈》）、清郑方坤《全闽诗话》（注出《词苑丛谈》）、《词苑丛谈》、《明诗纪事》里都有，可见当时广为流传。

第二十篇。"二刻"卷三十三《杨抽马甘请杖　富家郎浪受惊》：正话叙杨望才擅法术事，见《广艳异编》卷之十四《幻术部·杨抽马》。《夷坚志》丙志卷三《杨抽马》，文字相差较多，只保留杨抽马数则灵异故事中之一则。《新编分类夷坚志》辛集卷三也收有此篇，在内容上与《夷坚志》本相同。

第二十一篇。"二刻"卷三十四《任君用恣乐深闺　杨太尉戏宫馆客》：正话叙宋太尉杨戬馆客任君用与杨家姬恣意欢昵而被杨戬施以宫刑事。此篇"二刻"铺写较多，主人公本来没有名字，各色人等，只是被简称为"馆客""一妾""同列"，而"二刻"中都列出了名字。其它都是情节的详细描写，并没有增加情节。此事见于《广艳异编》卷之十五《诡部·杨戬馆客》。《夷坚志》支乙卷五《杨戬馆客》，与《广艳异编》文字相同。《新编分类夷坚志》丁集卷三亦收有此篇。

三 "两拍"蓝本再讨论

上文我们探讨了《广艳异编》与"两拍"相关篇目的故事源流，就笔者所能查阅到的范围，我们知道两者相关篇目 29 处中只有一处没有查到其他来源，其他绝大多数都是见于多部选本。如这 21 篇中共有 9 篇见于《夷坚志》。共有十篇十一处见于《太平广记》。11 篇 12 处见于《情史》。见于《续艳异编》8 篇。见于《剪灯新话》2 篇、《余话》1 篇。接下来本书想分类讨论这些选本中哪一个更可能是"两拍"素材的来源。

第一类是与《太平广记》相关的篇目。上文提到 21 篇中共有 10 篇 11 处引用了《太平广记》中的材料。这些篇目中大部分《广艳异编》本和《太平广记》本两个版本内容文字都相同，无法确定其直接出处。能够确定出自《太平广记》而非《广艳异编》的是第二篇。

《广艳异编》卷之五仙部三有《罗公远传》，《太平广记》卷二十二神仙二十二《罗公远》，注出《神仙感遇传》《仙传拾遗》及《逸史》等，两篇相比，前面文字相同，结尾处一则少了中史辅仙玉山中遇罗公远的情节。

而这一情节在《唐明皇好道集奇人 武惠妃崇禅斗异法》是一个比较重要的细节。

隔得十来月，有个内官叫做辅仙玉，奉差自蜀道回京，路上撞遇公远骑驴而来。笑对内官道："官家非戏，忒没道理！"袖中出书一封道："可以此上闻！"又出药一包寄上，说道："官家问时，但道是'蜀当归'。"语罢，忽然不见。仙玉还京奏闻，玄宗取书览看，上面写是"姓维名厶这"，一时不解。仙玉退出，公远已至。玄宗方悟道："先生为何改了名姓？"公远道："陛下曾去了臣头，所以改了。"玄宗稽首谢罪，公远道："作戏何妨？"走出朝门，自此不知去向。直到天宝末禄山之难，玄宗幸蜀，又

第五章 《广艳异编》研究（下）

于剑门奉迎銮驾。护送至成都，拂衣而去。后来肃宗即位灵武，玄宗自疑不能归长安，肃宗以太上皇奉迎，然后自蜀还京。方悟"蜀当归"之寄，其应在此。

这个细节在《太平广记》中已经描写完备：

中使辅仙玉，奉使入蜀，见公远于黑水道中，披云霞衲帔，策杖徐行。仙玉策马追之，常去十余步，竟莫能及。仙玉呼曰："天师云水适意，岂不念内殿相识耶！"公远方伫立顾之。仙玉下马拜谒讫，从行数里。官道侧俯临长溪，旁有巨石，相与渡溪据石而坐。谓仙玉曰："吾栖息林泉，以修真为务，自晋咸和年入蜀，访师诸山，久晦名迹，闻天子好道崇玄，乃舍烟霞放旷之乐，冒尘世腥膻之路，混迹鸡鹜之群，窥阅蜉蝣之境，不以为倦者，盖欲以至道之贵，俯教于人主耳。圣上廷我于别殿，遽以灵药为索，我告以人间之腑脏，荤血充积，三田未虚，六气未洁，请俟他日以授之，以十年为限。不能守此诚约，加我以丹颈之戮，一何遑遽哉！然得道之人，与道气混合，岂可以世俗兵刃水火害于我哉！但念主上列丹华之籍，有玉京交契之旧，躬欲度之，眷眷之情，不能已已。"因袖中出书一缄，谓仙玉曰："可以此上闻，云我姓维，名厶远，静真先生弟子也，上必寤焉。"言罢而去，仍以蜀当归为寄，遂失所在。仙玉还京师，以事及所寄之缄奏焉。玄宗览书，悯然不怿。仙玉出，公远已至，因即引谒。玄宗曰："先生何改名姓耶？"对曰："陛下尝去臣头，固改之耳。罗字去头，维字也；公字去头，厶字也；远字去头，遠字也。"玄宗稽首陈过，愿舍其尤。公远欣然曰："盖戏之耳。夫得神仙之道者，劫运之灾，阳九之数，天地沦毁，尚不能害；况兵刃之属，那能为害也？"异日，玄宗复以长生为请。对曰："经有之焉，我命在我，匪由于他。当先内求而外得也。刳心灭智，草衣木食，非至尊所能。"因以三峰歌八首以进焉，其大旨乃玄素黄赤之使，还婴溯流之事。玄宗行之逾年，而神逸气旺，春秋愈高，而精力不惫。岁余，公远去，不知所之。天宝末，玄宗幸蜀，又于剑门奉迎銮辂，卫至成都，拂衣而去。乃玄宗自蜀还京，方悟蜀当归之寄矣。

这样一段细致的描写，《广艳异编》中仅仅简化成：

帝令人遍访，遇于潼关，以蜀当归为赠。天宝末，玄宗幸蜀，又于剑门奉迎卫至成都，拂衣复去。及玄宗自蜀还京，方悟蜀当归之寄云。

另外，第七篇的入话部分应是凌濛初在阅读《太平广记》的基础上敷衍而成。因为《广艳异编》所选两篇在其中只是提到了"乃有小说中说：李林甫遇道士，卢杞遇仙女，说他本是仙种，特来度他"。这两篇都见于《太平广记》。这段话前边的议论亦见于《太平广记》而不见于《广艳异编》。"如东方朔是岁星，马周是华山素灵宫仙官"，马周事与《李林甫》事在《太平广记》同卷。

同时我们应该注意到的是，"两拍"题材来源于《太平广记》的共有26篇[①]，这些篇目见于《广艳异编》的只是少数，由此我们也可以看出凌濛初对《太平广记》的熟悉程度，谈刻本刊行之后，该书在社会上广为流传，成为文人们取材选编的渊海，因此《太平广记》是"两拍"取材的一个重要来源。

第二类是与《夷坚志》相关的篇目。上文提到21篇相关篇目中共有9篇与《夷坚志》相关联。吴大震在编选时以原文照录为主，因此两者相关篇目大部分文字相同，很难从文字上确定究竟选自哪篇。但是有些细枝末节还是可以起到提示作用的。其中有3篇故事我们可以明确认定作者从《夷坚志》得来素材，而非《广艳异编》。

---

① 徐永斌：《凌濛初考证》，江苏人民出版社2010年版，第117页。

一是《初刻》卷三十《王大使威行部下李将军冤报生前》，其入话叙吴将仕之子吴云郎为冤魂托生事。我们来看一下这段话：

> 这又一件，在宋《夷坚志》上：说吴江县二十里外因渎村，有个富人吴泽，曾做个将仕郎，叫做吴将仕。生有一子，小字云郎……

这篇故事虽然《广艳异编》也选入了，但是并未注明出处，凌濛初既然在这里明说是《夷坚志》中的故事，可见他对该书的熟悉，不会再从某部小说选本中去择取。不过凌濛初的作法倒也与选本的编选有几分相似，同是从《太平广记》或《夷坚志》中取同类故事，然后糅合编入一篇并加上自己的议论见解，相当于他做的是把这些文言故事白话化的推广普及工作，也因为这个原因，"两拍"才可能迅速成书并迅速走红。

二是"二刻"卷三十三《杨抽马甘请杖　富家郎浪受惊》。此篇《广艳异编》本与《夷坚志》本差异较大。《广艳异编》只保留杨抽马数则灵异故事中之一则，而"二刻"将杨望才擅法术事一一写来，细节与《夷坚志》本全部相同。

三是"二刻"卷十一《满少卿饥附饱扬　焦文姬生仇死报》。此篇《广艳异编》本比《夷坚志》本少最后一段议论："此事略类王魁，至今百余年，人罕有知者。"凌濛初将这句话点染生发成一段长篇大论，放于入话和正话中间作为过渡，该议论成为"两拍"中闪耀思想光辉的一大亮点：

> 却又一件，天下事有好些不平的所在！假如男人死了，女人再嫁，便道是失了节，玷了名，污了身子，是个行不得的事，万口訾议。及到男人家丧了妻子，却又凭他续弦再娶，置妾买婢，做出若干的勾当，把死的丢在脑后不提起了，并没人道他薄幸负心，做一场说话。就是生前房室之中，女人少有外情，便是老大

的丑事，人世羞言。及到男人家撇了妻子，贪淫好色、宿娼养妓，无所不为，总有议论不是的，不为十分大害。所以女子愈加可怜，男人愈加放肆，这些也是伏不得女娘们心里的所在。不知冥冥之中，原有分晓。若是男子风月场中略行着脚，此是寻常勾当，难道就比了女人失节一般？但是果然负心之极，忘了旧时恩义，失了初时信行，以至误人终身。害人性命的，也没一个不到底报应的事。从来说王魁负桂英，毕竟桂英索了王魁命去，此便是一个男负女的榜样。不止女负男如所说的陆氏，方有报应也。

此外，我们发现《广艳异编》与"两拍"相关篇目中，见于《夷坚志》的9篇，只有一篇不见于《分类夷坚志》。就这一问题，笔者认同张祝平先生的分析：据赵景深、谭正璧、胡士莹诸前辈考证，"两拍"中三分之一故事取材于《夷坚志》（27篇），共有32则故事成为入话和正文的来源，经笔者比勘后发现除卷十七《西山观设箓度亡魂》入话任道元事和卷三十的《王大使威行部下》的入话吴云郎事皆出于《夷坚支戊》外，（见明万历唐晨刻本《新刻夷坚志》，实即《夷坚支志》。）其余30则都出于《分类夷坚志》，可知凌濛初主要依据的是叶本。①

第三类是与《耳谈》及《耳谈类增》相关的篇目。《耳谈》和《耳谈类增》是明人王同轨创作的两部笔记小说集，多是记录当时社会上的奇闻异事。据现有研究成果可知，该书中与"两拍"相关篇目共有11篇20则，② 这20则故事有2篇也出现在《广艳异编》中，被认为是"两拍"编选来源的证据。那么我们该如何看待这两篇呢？

第一篇是《初刻》卷二十九《赠芝麻识破假形撷草药巧谐真偶》，这篇拟话本的蓝本常常被研究者们认为是《广艳异编》，"如《蒋生》篇，即'灵狐三束草'的故事，为凌濛初《二刻拍案惊奇》

---

① 张祝平：《〈分类夷坚志〉研究》，《华东师范大学学报》（哲学社会科学版）1997年第3期。

② 徐永斌：《凌濛初考证》，江苏人民出版社2010年版，第195页。

第二十九卷所本，它书所引均较略，唯此书较详，表明此篇本来就含有较多的社会生活内容"①。

其实这个故事在当时社会上广为流传，见于多部小说和小说选本，如凌濛初参校的《刘氏鸿书》，从当时的几个版本来看，这个故事的叙写包含了这样几个情节单元：（1）蒋生行商住进马家，见到马小姐起思慕之心；（2）灵狐变成马小姐与蒋生相会，并嘱咐他秘而不宣；（3）蒋生形神消损被同伴怀疑，订计芝麻识假形；（4）蒋生识破假小姐、狐精赠三束仙草；（5）蒋生治好病并娶到马小姐，最后伉俪情深。如果从这些内容来看，任何一篇都可以作为"二拍"此故事的本事，但仔细比对文本，笔者发现凌濛初使用的真正蓝本应该是《耳谈》卷七的《大别狐妖》，笔者如此判断的依据是凌濛初叙写的开头和结尾都带有《耳谈》本的影子，尤其是结尾部分的一段议论：

> 生始窥女，而极慕思，女不知也。狐实阴见，故假女来。生以色自惑，而狐惑之也。思虑不起，天君泰然，即狐何为！然以祸始，而以福终，亦生厚幸。虽然狐媒，犹狐媚也，终死色刃矣。

这段议论见于王同轨《大别狐妖》，引用部分只字不差，由这段话我们可以断定《耳谈》卷七的《大别狐妖》才是二拍卷二十九的最直接蓝本，《广艳异编》和其他版本的相关记载，只能说明这个故事广受欢迎，在当时社会上盛行一时。明确了这一点，在今后的研究中就不应再出现《蕉帕记》中真假小姐的关目结撰来自《广艳异编·蒋生》的错误了。②

---

① 刘世德主编：《中国古代小说百科全书》，中国大百科全书出版社1998年版。第135页。

② 在这篇论文中，作者认为《蕉帕记》中"真假小姐"的本事来源于《广艳异编·蒋生》，而没有考虑到《耳谈》《刘氏鸿书》等书中也有这一故事。详见蒋宸《〈蕉帕记〉"真假小姐"关目本事探原》，《乐山师范学院学报》2010年第3期。

第二篇是"二刻"卷三十《瘗遗骸王玉英配夫　偿聘金韩秀才赎子》。如上文所述，这是一个在闽中盛传的故事，发生的时间据篇中所言是万历癸巳（1593）。这篇拟话本小说中的情节也见于多部小说、方志。究竟哪一篇是"两拍"的来源，需对照此篇和诸本中细节上的异同加以甄别。

首先，"二刻"正话开篇有三首诗。

> 其一：洞里仙人路不遥，洞庭烟雪昼潇潇。
> 莫教吹笛城头阁，尚有销魂乌鹊桥。
> 其二：莫讶鸳鸯会有缘，桃花结子已千年。
> 尘心不识蓝桥路，信是蓬莱有谪仙。
> 其三：朝暮云骖闽楚关，青鸾信不断尘寰。
> 乍逢仙侣抛桃打，笑我清波照雾鬟。

这三首诗见于《情史》本最后一段。《广艳异编》本有诗数首，然未见此三首。

其次，"二刻"主人公名字亦同《情史》本，曰韩庆云、王玉英，而《广艳异编》本男主人公叫韩梦云，女主人公叫王秋英。《榕阴新检》本、《才鬼记》本主人公名字同《广艳异编》本。

再次，整篇故事都是情本的白话文。

另外需要说明的是：《才鬼记》把两人唱和之诗都放于文后，是不同于其他书的又一个版本。

《情史》卷十六情报类《王玉英》，注云"事见《耳谈》"。王同轨《耳谈》卷三、《耳谈类增》卷二十三都有《王玉英》，与《情史》本文字基本相同。考至此，我们可以认为《耳谈》是二拍此篇的来源。然而这些选本，尤其是《情史》这样传播广泛、影响巨大的选本也极可能是其真正来源，更何况这个故事在选本中很盛行，被不停地选编流传，如果非要寻亲认祖当然要归结到《耳谈》，但要说凌濛初编选的时候是依据哪本书，却不必非得《耳谈》。就像民众爱读

《静夜思》，有好事者把它谱曲传唱，这首诗的来源是《唐诗三百首》或小学课本，至于《李白全集》之类，作曲者很可能压根就没有读过。

第四类是与《青泥莲花记》相关篇目。《广艳异编》与"两拍"相关篇目中见于《青泥莲花记》的只有一篇——《初刻》卷二十五《赵司户千里遗音　苏小娟一诗正果》入话叙曹文姬事。从文字上看，此篇与《广艳异编》本文字相同，那么我们是如何判断它的出处的呢？依据主要在这篇拟话本的开头有一首入话诗：

　　青楼原有掌书仙，未可全归露水缘。
　　多少风尘能自拔，淤泥本解出青莲。

在这首诗里暗含着《青泥莲花记》的名字。文末作者再次交代了出处"所以有编成《青泥莲花记》，单说的是好姊妹出处，请有情的自去看"。除了此篇，"两拍"中来源于《青泥莲花记》的故事还有三则，[①] 因与《广艳异编》不甚相关，此处不再论及。

以上我们查考的都是出于他书的证据，在《广艳异编》与"两拍"关系的探讨中，因文字基本相同，还存在诸多无法判断的篇目。在本节所列 21 篇中真正能判断出于《广艳异编》的只有《玉虚洞记》一篇。虽在宋代就有"坐禅宰相"之类的传说，但是真正将这个故事铺演成叙述婉转的长篇，还是从《广艳异编》才出现，就笔者目前所知，还没有查考到其更早出处。

总之，在目前有关"两拍"来源的研究中，存在各自为营，自说自话的现象。研究《太平广记》的认为其从《太平广记》中而来，研究《夷坚志》的认为多从《夷坚志》中取材，研究《情史》的亦热衷从《情史》找来源，研究《广艳异编》的又认为《广艳异编》是其蓝本。本文想要提请学界注意的是，"二拍"之所以广受欢迎，

[①] 徐永斌：《凌濛初考证》，江苏人民出版社 2010 年版，第 216 页。

根本原因在于取材的经典性，而经典的一个重要特点就是被人们反复传颂。这些"新听睹、佐谈谐"的故事曾经反复出现于不同的小说总集、类书、选本，甚至粉墨登场，被搬上戏曲舞台。凌濛初不仅创作方面是个高才，在选材上也颇有眼光，他敏锐地觉察到这些被反复编选的故事的巨大市场潜力，作为一个改编创作者来说，他是十分成功的。

第六章

《艳异编》及其续书产生的背景、影响及价值

严格意义来说，《艳异编》的续书只有《续艳异编》《广艳异编》两种。《广艳异编》不仅在书名上像其他续书一样①延续了原作，而且编者吴大震在序言里也明言"艳异之作仿于琅琊"②。《续艳异编》虽然常与《艳异编》一起刊行，其实与《广艳异编》的关系更紧密，它的全部篇目及部类安排顺序不出于《广艳异编》，学者们早已认定它是《广艳异编》的精选本，是选本的选本。所以《续艳异编》从本质上说是借助于与《广艳异编》的关系而成为《艳异编》续书的。

宽泛而言，与《艳异编》的影响相关的选本还有两类。一类是《古艳异编》《删补文苑楂橘》《一见赏心编》《宫艳》《古今清谈万选》《稗家粹编》《情史类略》等文言短篇小说选本；一类是《国色天香》、《万锦情林》、《秀谷春容》、三种《燕居笔记》、《风流十传》等中篇文言小说选本。这两类选本或在名字上与《艳异编》相关，如《古艳异编》《宫艳》等，更多的是在编选内容和部类上与之类似。需要说明的是这种影响不是单一静止的，而是一个动态变动的过程。艳异的社会风气之下，产生了《艳异编》；《艳异编》的编选，扩大了艳异类故事的影响，也回应和助推了艳异的社会风气。在这种背景

---

① 如《虞初志》的续书有署名汤显祖编的《续虞初志》四卷、邓乔林辑《广虞初志》四卷；《青琐高议》的续书有《青琐摭遗》。

② （明）吴大震：《广艳异编·凡例》，《古本小说集成》本，上海古籍出版社1990年版。

之下，同类作品的产生，既受《艳异编》等书的影响，又受当时的时代文化氛围影响，并加合在一起影响接下来的选本产生。

第一节 《艳异编》及其续书产生的背景

《艳异编》是明代后期产生的小说选本，在此之后，明代小说史上出现了数量庞大的小说选本群，而这个群体中最璀璨耀眼、受时人欢迎的就是《艳异编》及与其同类的艳异类小说选本。这一文学现象产生的社会背景是什么，它在文学发展的长河中，在中国小说流变的链条上居于什么位置，为什么这一类的小说选本会在明代出现大爆发式的突然增多现象，本节拟讨论这一问题。

一 《艳异编》及其续书产生的时代背景

就整个明代社会来说，前期基本上是在封建传统模式的正轨上运行。虽说国家机器时不时会出现这样或那样的故障，但朱元璋的励精图治给明王朝打下了国运基础，使明王朝能够享国日久，不过他和之后几位皇帝的严苛政治也扼杀了诸多文学创作灵感的迸发。因此，在明代前期将近二百年的时间里小说创作相对很少，只有几部白话小说和元末明初的文言小说，这其中有生命力的作品更是少之又少。

进入中晚明，开始发生了天翻地覆的变化。这一变化在政治统治、经济文化、思想观念等方面渗透的无孔不入。体现在小说选本这一文学存在上，主要表现为总体数量上的骤增。对这种情况进行分析解剖，要从中晚明的几位皇帝说起。

（一）离经叛道的皇帝

本书遵从常规，从给明代社会带来巨大变化的正德皇帝说起。在史书中，这位皇帝仪容庄重、质如美玉，且聪明异常、神采焕发，只是作为掌控国家政权的最高统治者，他有着诸多不合时宜的性格特点及行为方式。

明武宗好逸乐、爱骑射。皇帝至少在表面上应该是朝廷礼法的典范，可是他却一意孤行，不能忍受朝廷礼法的限制。在行宫豹房里，他的勇力得到了宣泄，驯服猛兽、训练军队、游玩取乐。更为奇特的是他还在其中开设店铺，像模像样地与太监们讨价还价。历史上御驾亲征的皇帝不少，正德皇帝也是其中一位。他曾亲自率军与蒙古交战，也曾亲自率军讨伐宁王叛乱，并且在这期间还亲自上阵厮杀、手刃敌军。正德皇帝更与众不同的是在征讨的过程中，他自封为威武大将军镇国公。通过这些行为我们看到一个渴望过无拘无束的生活，渴望用练兵打仗来证明自己实力的皇帝形象。作为一个普通人这是正常和应该被鼓励的理想，可惜他是一个守成之君，是一个封建王朝历史方向和社会风貌的掌舵人。以这一身份而言，他不遵守并打乱了几千年来维护封建统治运行的礼法道德，破坏了已经很成熟的礼法制度，造成了朝政的混乱。武宗皇帝在位十六年，给明王朝最终走向败亡埋下了伏笔。

嘉靖朝在明代历史上也是一个重要的转折时期。嘉靖皇帝的个性也很强，他在位期间的大礼议等事件，让历史看到了这位皇帝固执的个性及对权力掌控的欲望。《礼记》言"刑不上大夫"，可是这位皇帝却让当时的文官集团吃足了苦头，廷杖、贬谪、流放成了当时大臣的家常便饭。

紧随其后的万历皇帝也是一个典型的不守常规之人。他竟然十余年不立太子，二十余年不临朝，甚至以冷漠来对抗整个文官集团：

> 今上在御日久，习知人情，每见台谏条陈，即曰："此套子也。"即有直言急切，指斥乘舆，有时全不动怒，曰："此不过欲沽名耳，若重处之，适以成其名。"卷而封之。予尝称圣明宽度，具知情状，有当事大臣所不及者。而太宰宋公独愀然曰："此反不是。时事得失，言官须极论正，要主上动心，宁可怒及言官，毕竟还有警省。今若一概不理，就如痿痹之疾全无痛痒，无药可

医矣。"①

这个十分不像样的皇帝，在位时间却是明代历史上最长的。他在位的四十多年中有二十多年不上朝、不临讲、不亲郊庙、不批奏章。从万历三十九年（1611）到万历四十二年（1614），连六部大臣都多挂印"拜疏自去"②，整个中央国家机关变成"痿痹顽钝世界"，就如瘫痪一般。

至此，明王朝的朝廷纲纪已彻底被破坏，整个社会的发展运行开始脱离封建社会正常轨道。从天启到崇祯，明王朝步入了它的危亡时期。天启间大宦官魏忠贤专权的血雨腥风，崇祯年间遍地而起的农民暴动与日益频繁的满族入侵，使整个晚明王朝日渐处于风雨飘摇之中

（二）日益衰败的士风

士是一个社会的脊梁和骨架，是社会精神风尚的指向标。士风的高下决定了整个社会价值取向的高下。晚明王朝社会风气的转变导致了士人品格的下降。

明代笔记、小说中流传下来的士人狎妓故事特别多，沈德符《万历野获编》记载："燕东歌妓刘凤台以艳名一时。今上丙子，宣城沈君典、吾乡冯开之，俱以公车入燕与之游。"③

显然士人狎妓已成为一种时尚，而且有着诸多奇怪的癖好，连文坛领袖都寓乐于此。《万历野获编》卷二三"妓女"条还记载："隆庆中，云间何元朗觅得南院王赛玉红鞋，每出以觞客，坐中多因之酪酊，王弇州至作长歌以纪之。"④

卫泳在《悦容编·招隐》中认为美色即是桃源，鼓励士人隐于

---

① （明）王锜、于慎行撰：《寓圃杂记、谷山笔麈》，《谷山笔麈》卷五，中华书局1984年版，第53页。
② 《明史》卷二十一《神宗本纪二》，中华书局1974年版，第288—289页。
③ （明）沈德符：《万历野获编》卷二三《妓女刘凤台》，中华书局1979年版，第601页。
④ 同上书，卷二三《妓女妓鞋行酒》，第600页。

色。认为好色可以保身，可以乐天，可以忘忧，可以尽年。这在无形之中总结出了晚明士人的精神状态。因为皇帝的离经叛道，不法先则，士大夫们经历了苦苦的斗争仍无法像古圣先贤所教导的那样兼济天下，反而是轻则被贬官、打板子，重则流放、丢掉性命，甚至死后还被鞭尸，祸及九族。政治环境的恶化，导致士人心态从疲惫走向失望与恐惧，士人阶层不得不放弃儒家教义而探索其他灵魂安顿的良方，甚至投入精神的荒原。

据《情史》卷五《情豪》类"杨慎"条记载：

> 杨用修在泸州，尝醉。胡粉傅面，作双丫髻，插花。门生舁之，诸妓捧觞，游行城市，了不为怍。

杨慎在被贬谪流放西南的岁月里，嘉靖帝依旧对他怨愤难消，时不时会询问"杨慎云何"？因此只好就以特立独行保全性命。在失去了进身之阶与守身之德以后，这些社会文化的精英们只好把精力转移到其他方面。这种言行反映了明末士人无可作为时的精神出路，是对中国传统文人崇尚道义与操持、自强不息以经时济世的人格理想的极大反拨和背离。"白马饰金羁，连翩西北驰"的功业思想已荡然无存，他们的人生价值与乐趣在于：

> 真乐有五，不可不知。目极世间之色，耳极世间之声，身极世间之鲜，口极世间之谈，一快活也。堂前列鼎，堂后度曲，宾客满席，男女交舄，烛气熏天，珠翠委地，金钱不足，继以田土，二快活也。箧中藏万卷书，书皆珍异。斋畔置一馆，馆中约真正同心友十余人，人中立一识见极高如司马迁、罗贯中、关汉卿者为主，分曹部署，各成一书，远文唐宋酸儒之陋，近完一代未竟之篇，三快活也。千金买一舟，舟中置鼓吹一部，妓妾数人，游闲数人，泛家浮宅，不知老之将至，四快活也。然人生受用至此，不及十年，家资田地荡尽矣。然后一身狼狈，朝不谋

夕，托钵歌妓之院，分餐孤老之盘，往来乡亲，恬不知耻，五快活也。士有此一者，生可无愧，死可不朽矣。①

不仅在文集中如此表示，甚至毫不遮掩地将其写入墓志铭中传之后世：

> 少为纨绔子弟，极爱繁华。好精舍，好美婢，好娈童，好鲜衣，好美食，好骏马，好华灯，好烟火，好梨园，好鼓吹，好古董，好花鸟，兼以茶淫橘虐，书蠹诗魔。

张岱《自为墓志铭》中透露出的情感底蕴是对自我热烈的肯定、由衷的赏悦，以一种昂扬自得之气贯穿其中，人本主义的光辉闪烁其中。而这种光辉恰恰是以放弃儒家的明德博学、修身齐家的远大理想为代价的，这到底是士人的幸与不幸就难以一概而论了。

我们还可以通过《菜根谭》一书进一步透视明代士人的心态。这是明代还初道人洪应明收集编著的一部论述修养、人生、处世、出世的语录集。从中可以了解当时士人的心态："处世不必邀功，无过便是功"，"处世不退一步，如飞蛾投烛"，"君子当存含垢纳污之量，不可持好洁独行之操"，"饱谙世味，一任覆雨翻云，总慵开眼；会尽人情，随教呼牛呼马，只是点头"。这些在本质上都是乡愿。②

总之，在嘉万年间，乃至整个晚明社会，士大夫们往往处于进退失据的境遇中，身处官场中非但难有作为，还要忍受巨大的人生折磨与精神苦恼，要么成为君主专制的牺牲品，要么成为激烈党争的牺牲品。在这样的政治环境中只有四面逢迎才能得以生存，正直的士人也就理所当然地渴望归隐而去。因此到嘉靖、万历间士人归隐倾向已非

---

① （明）袁宏道：《龚惟长先生》，钱伯城笺校《袁宏道集笺校》卷五《锦帆集》之三，上海古籍出版社1981年版，第205—206页。

② 龚鹏程：《晚明思潮》，商务印书馆2008年版，第248页。

常突出。

当兼济天下的人生理想逐渐远去，在新的时代环境中又没有建立起新的价值体系，追求声色之乐就成为一种荣耀及雅趣，人生在世就应该最大限度的享受生活，满足灵与肉的所有欲望。这在很大程度上又影响了整个社会风尚的转向，好货好色逐渐成为整个晚明社会的标签。

（三）走向奢靡的世风

社会风气的转变导致士人品格的下降，士人品格的下降反过来加速社会风气的败坏。晚明社会政失准的、纲纪败坏，士大夫阶层全身远害以避祸，与之相伴的是当时日渐奢靡的世风，随之而来的是整个社会观念的变迁。

我们先通过文献记载来了解当时的世风。《四库全书总目》曾经描述了这种社会状况：

> 正、嘉以上，淳朴未漓，犹颇存宋元说部遗意。隆、万以后，运趋末造，风气日偷。道学侈称卓老，务讲禅宗；山人竞述眉公，矫言幽尚。或清谈诞放，学晋宋而不成；或绮语浮华，沿齐梁而加甚。著书既易，人竞操觚。小品日增，卮言叠煽，求其卓然蝉蜕于流俗者，十不二三。①

《松窗梦话·风俗纪》记载："夫古称吴歌，所从来久远。于今游之惰人、乐为优俳。二三十年间，富贵家出金帛，制服饰器具，列笙歌鼓吹，招至十余人为队。搬演传奇；好事者竞为淫丽之词，转相唱和；郡城之内，衣食于此者。不知几千人矣。人情以放荡为快，世风以侈糜相高，虽踰制犯禁，不知忌也。"②

爱富贵之心，甚于爱生；恶贫贱之心，狠于恶死。茫茫不返，滔

---

① （清）纪昀总纂：《四库全书总目提要》，卷一三二"杂家类"存目九，河北人民出版社 2000 年版，第 3377 页。

② （明）张翰：《松窗梦语》卷七，中华书局 1985 年版，第 139 页。

滔皆是，即贤智或不免焉。愚哉，贪哉！① 浮华好利的社会风气已成为当时社会风气的顽疾。连内阁首辅徐阶都"多蓄织妇，岁计所积，与市为贾"，② 成为名副其实的官商。

一种社会风气在社会上如果普遍存在，必然会在文学中得以反映书写。因此我们探讨明代社会观念的变迁，也可以从当时的文学作品开始。

首先我们看到好货观念在晚明社会普遍存在。儒学的仁义礼智已无人顾及。"好利之人多于好色，好色之人多于好酒，好酒之人多于好弈，好弈之人多于好书。"③ 周清原《西湖二集》中妓女曹妙哥教导吴尔知说："如今世道有什么清头、有什么是非？俗语道：'混浊不分鲢共鲤。'当今贿赂公行，通同作弊，真个是有钱通神。只是有了'孔方兄'三字，天下通行，管甚有理没理，有才没才。你若有了钱财，没理的变做有理，没才的翻作有才，就是柳盗跖那般行径、李林甫那般心肠，若是行了百千贯钱钞，准准说他好如孔圣人、高过孟夫子，定要保举他为德行的班头、贤良方正的第一哩。世道至此，岂不可叹？你虽读孔圣之书，那'孔圣'二字全然用他不着。随你有意思之人，读尽古今之书，识尽圣贤之事，不通时务，不会得奸盗诈伪，不过做个坐老斋头、衫襟没了后头之腐儒而已，济得甚事？这段话虽出自一个妓女之口，却切中时弊，尖锐的指出了当时社会惟财是举的尴尬现状。接下来又借相士、算命人、裁缝之口讽刺世相，指出：衣冠之中盗贼颇多，终日在钱眼里过日，若见了一个'钱'字，便身子软做一堆，连一挣也挣不起。就像我们门户人家老妈妈一般行径，千奇百怪，起发人的钱财，有了钱便眉花眼笑，没了钱便骨董了这张嘴。世上大头巾人多则如此，所以如今'孔圣'二字，尽数置之高

---

① （明）袁宏道：《顾绍苕秀才》，钱伯城笺校《袁宏道集笺校》之《锦帆集》之四，上海古籍出版社1981年版，第295页。

② （明）王锜、于慎行撰：《寓圃杂记、谷山笔麈》，《谷山笔麈》卷五，中华书局1984年版，第39页。

③ （明）谢肇淛：《五杂俎》卷十三《事部一》，郭熙途校点，辽宁教育出版社2001年版，第272页。

第六章 《艳异编》及其续书产生的背景、影响及价值　　165

阁。若依那三十年前古法而行，一些也行不去，只要有钱，事事都好做。"①

　　这样的描写在晚明及清初文学作品中比比皆是。文学是社会生活的典型反映，但凡一种社会现象在文学作品中反复出现，就应该引起研究者的关注。好利之风在晚明社会愈演愈烈，文学作品对其书写愈来愈多，其反映的社会观念变迁值得我们去深入思考。

　　其次，晚明社会观念的变迁还体现在女性社会地位的提高，及由此引发的有关贞洁观念的变化。

　　女性社会地位的提高，从根本上源于女性在生产关系中地位的提高。张履祥《杨园先生全集》中对这一点作了阐释：西乡女工，大概织绵细素绢。绩苎麻黄草以成布疋。东乡女工。或杂农桑。或治纺绩。若吾乡女工。则以纺织木棉。与养蚕作绵为主。随其乡土。各有资息以佐其夫。女工勤者，其家必兴；女工游堕，其家必落。②

　　女性在家庭经济中处于举足轻重的地位，不再是低眉顺眼的附属品。从而为女性社会地位的提升打下了基础，女性的生活方式也随之发生了改变，已非传统礼教所能束缚。在冯梦龙《山歌》中塑造了很多不惧世俗礼教的女性形象，如《捉奸》中"古人说话弗中听，那了一个娇娘只许嫁一个人？若得武则天娘娘改子个大明律，世间啰敢捉奸情"。这振聋发聩的呐喊乃是源自苏子忠之口，作为"笃士"能写出这样的作品，难怪冯梦龙要慨叹"文人之心，何所不有"。在这里值得我们思考的是传统礼教所加于女性身上的传统道德已荡然无存，代之而来的是对自身生命欲望的关注，并由此而导致了传统贞节观念的变化。

　　"今天下门内之德，不甚质贞。每岁奏牍，奸淫十五。"③《农政全书》的这段评论在小说作品中得以形象化的展现，如四大奇书之首的《金瓶梅》就展示了潘金莲等群像。在这一类的文学作品中，女性

---

① （明）周清原：《西湖二集》第20卷，人民文学出版社1989年版，第334页。
② （明）张履祥：《杨园先生全集》，陈祖武点校，中华书局2002年版，第1426页。
③ （明）徐光启：《农政全书》卷三十一《蚕桑·总论》，中华书局1956年版，第616页。

不仅大胆追求爱情，敢于为自己的婚姻做主，当婚姻不如意时，甚至能抛夫而去。

女性贞洁观念的变化是与性观念的开放同步而行的，这表征着人文精神在中国传统社会开始出现，作为人之大欲的性爱，则成为冲破传统礼教的急先锋。艳情文学早已存在，但到了明代才成为从帝王到市井都关注的敏感话题，对性的态度也不再是自然的客观容忍态度，而是一种赏玩和有意识的放纵。作品中所充斥的猥亵内容对读者有极大的诱惑性，书坊即以色情描写吸引读者以赢利，一些艳情小说被书商反复改编、拆分、出版而不讲究艺术性。小说家们大胆的宣称"房中之事，人皆好之，人皆恶之。人非尧舜圣贤，鲜有不为所耽"①。在晚明的小说中，我们会看到很多对于性爱的赤裸裸描写，甚至出现了像《肉蒲团》这样非性不言的作品。

二 《艳异编》及其续书产生的文学背景

在探讨了社会文化背景之后，我们依然需要从文学本位入手，探讨在中国小说发展的潮流中何以会出现《艳异编》及数量众多的同类作品，这一文学现象说明了什么？

首先从中国小说选本演变史来看。中国文言小说选本的发展史可以追溯至宋代，《太平广记》的出现为后世的小说选本树立了榜样，其分门别类的编选方法为后世选家所借鉴，我们在《艳异编》中所看到的类部虽然与《太平广记》的分类不是很一致，但是其编选方法则是远承《太平广记》而来。除此之外，《太平广记》还为后世的小说选家提供了素材，汉唐时期的很多小说文本都是赖此以保存下来。难怪论者以其为"小说家之渊海"。

除《太平广记》之外，宋代还有《类说》《绀珠集》等节录前代小说而成，这些都是比较大型的文言小说选本。此外还有孔平仲《续

---

① （明）兰陵笑笑生：《金瓶梅词话》，欣欣子《新刻金瓶梅词话序》，人民文学出版社 2000 年版。

第六章 《艳异编》及其续书产生的背景、影响及价值　　167

世说》、王谠《唐语林》等模仿《世说新语》的"世说体"小说选本；专选女性故事的专题型小说选本有张君房《丽情集》、洪炎《侍儿小名录》、王铚《补侍儿小名录》、张邦几《侍儿小名录拾遗》等；杂采旁收的则有刘斧《青琐高议》、皇都风月主人《绿窗新话》，等等。

　　进入元代，由于统治者的政策所致，刻书手续繁琐，废止科举考试，导致读书人多将精力投入戏曲这一文学样式，并以之为谋生手段。因此小说尤其是小说选本的编选少之又少，只有《说郛》一书如沙漠中的清泉，令人眼前一亮。这是一部丛书性质的小说选本。对明代的文言小说选本影响深远，此外，元人的《异闻总录》、吴元复《湖海新闻夷坚续志》、郭宵凤《江湖记闻》、佚名《绿窗纪事》等，这些小说选本所选篇目在本书的研究对象中时常出现，可见到了明代这些书应当还在出版盛行。

　　可以说，明前的小说选本影响较大的多是类书、丛书形式的大部头。而发展到明代，小说选本出现了繁兴的局面，既继承了前代小说的编选特点，又呈现出了自己的独特面貌。从数量上来说，有明一代小说选本共246种，[①] 大大超过了其他朝代。从类型来看，既有丛书、类书型的小说选本，如《古今说海》《五朝小说》《稗统》等，又有各种专题型的小说选本，如艳异专题、虞初体、笑话专题等。此外，明人还热心刊刻前代的小说选本，目前我们所见小说选本流传下来的最早版本往往是明刻本，如《太平广记》的宋刻本已散佚殆尽，谈恺刻本的出现才使社会大众读到了其中神鬼狐妖的各类故事，曾慥《类说》也是因为明代黄省曾的刊刻才得以广泛流传。

　　本书以其中的《艳异编》及其续书作为研究对象，因此在这里将其拈出作重点讨论。在上述论述中我们看到：从题材来源来说，《太平广记》等前代小说选本可以作为艳异系列文言小说选本的取资武库，《艳异编》361篇中有112篇与《太平广记》所收篇目相同，《广

---

① 笔者参考了任明华《中国小说选本研究》，博士学位论文，华东师范大学，2003年。

艳异编》中与《太平广记》相同篇目所占比重更大，596篇中有315篇相同。

从编选方法、取材特点来看，前代的女性专题小说选本为其提供了最直接范式。从北宋张君房《丽情集》开始，专选女性的小说选本开始进入我们的阅读视野，侍儿系列的出现又推波助澜、张大声势。在《艳异编》《宫艳》《情史》《青泥莲花记》等艳异系列的小说选本中出现的一个个光辉的女性形象，都与此有着或远或近的关系，在查找《艳异编》等书中具体篇目来源时笔者发现，其中不少篇目直接取资于《侍儿小名录》等书，可见其对《艳异编》等书产生过一定影响。

综上所述，在中国文学发展的链条上，明代是一个高唱复古之歌的时代。因此，收集阅读古文成为一种时尚。在中国小说发展的长河中，从明初到嘉靖间，除了少数几部大部头的长篇白话小说和零星的文言小说外，这一时期的小说创作寥寥无几，而嘉靖间，世风已变，人们对于小说，尤其是带有艳情色彩的小说抱有极大的热情，当下创作无法满足巨大的市场需求，因此编选前代的艳异之作成为一种社会风尚，《艳异编》问世之后，其巨大的影响力印证了这一点。在中国小说选本流变史上，前代的选本既为《艳异编》的出现准备了素材，又为其提供了编选的范式。在这样一种文学背景之下，《艳异编》及其续书的出现就成为一种必然。

第二节 《艳异编》的影响
——从《古艳异编》说起

《古艳异编》并不能算作《艳异编》的续书，更不能一概而论算作《艳异编》的一种版本，之所以得出这样的结论是有充分的文本根据的。

一　《古艳异编》的文本内容

《古艳异编》没有现代刊本。明刊本国内藏于大连图书馆，国外见于日本宫内书陵部，① 不著纂辑者姓名。关于该书内容孙楷第先生所作记载最为详尽："是编现藏大连满铁图书馆，（明刊本）封面中央大书'古艳异编'，右上方题'读书坊新刻'。编首有序，末署"息庵居士书"，不纪年月。按其序云：'是编成，客或谓居士方持三大部，破无明网，乃忍为是儿戏哉！'"② 此本为读书坊刻本，与日本所藏《安雅堂校正古艳异编》并非一个版本，可见该书在当时也是书商间竞相刊刻，颇为牟利的小说集。

安雅堂本笔者无缘得见，据学者言可知该书题名《安雅堂重较古艳异编》，明崇祯年间（约 1628 年前后）苏州版，宫内厅书陵部藏书：此本卷首冠图八页，十六单面图，绘刻精工，页六"宿驿"图与《绿窗女史》插图全同，唯人物均反向绘刻，似出苏州刊本。③

读书坊本共分十一部，不分卷。④ 其十一部分别为：

1. 仙真部：《女仙传》《龙女传》《稽神录》三篇。
2. 宫掖部：《汉武内传》《飞燕外传》《赵后遗事》《汉宫故事》《汉杂事秘辛》《西京杂记》《大业拾遗记》《南部烟花记》《炀帝迷楼记》《炀帝海山记》《炀帝开河记》《魏帝邺中记》《开元天宝遗事》《梅妃传》《太真外传》《辽后焚椒录》《元氏掖庭记》十七篇。
3. 宠悻部：《宠悻传》《高力士传》《侍儿小名录》《钗小志》《比红儿诗》五篇。
4. 豪侠部：《女侠传》《剑侠传》中三篇。
5. 妓女部：《义妓传》《名姬传》《北里志》《青楼集》《教坊记》

---

① 周芜：《金陵古版画》，江苏美术出版社 1993 年版。
② 孙楷第：《戏曲小说书录解题》，人民文学出版社 1990 年版，第 16 页。
③ 周芜、周路编：《日本藏中国古版画珍品》，江苏美术出版社 1999 年版，第 480 页。
④ 这一点与《艳异编》等书不同，同时期的小说选本很少不分卷的，不分卷而分部的笔者只注意到这一本书。

五篇。

6. 情事部：《会真记》《冥感记》《冥音录》《长恨歌传》《本事诗》五篇。

7. 梦魂部：《梦游录》《离魂记》二篇。

8. 再生部：《再生记》一篇。

9. 幻异部：《幻异志》《博异志》《集异志》三篇。

10. 鬼怪部：《才鬼记》《灵鬼志》《物怪录》三篇。

11. 妆饰部：《妆楼记》《锦裙记》《女红馀志》三篇。

综观《古艳异编》所收的这50篇，内容庞杂不一，有的是单本小说，有的是小说别集，有的是小说选本。除《汉杂事秘辛》有杨慎托名而作之嫌，其余的都是古代的小说文本，也许这就是该书名《古艳异编》的由来。

目前提到此书的研究者分两类：一种是以孙楷第先生为先驱的小说研究者，另一种是以周芜为代表的版画研究者。从目前记载来看，版画研究者所见应当是十二卷本《艳异编》，为《艳异编》的一个版本。马廉先生的记载证实了笔者的猜测："《艳异编》，一二卷（安雅堂重较《古艳异编》），8函。"① 周芜《金陵古版画》亦言：《安雅堂校正古艳异编》明王凤洲撰，汤显祖评。明崇祯间安雅堂版，日本宫内书陵部藏。②

二 《古艳异编》非《艳异编》续书

从以上的文本情况来看，前人之所以把《古艳异编》当成《艳异编》的续书，确实存在一定的理由。

首先，从书名来看两者前后相继，存在一定的关联。

其次，两者之间存在一篇相同的序言。大连图书馆所藏读书坊本《古艳异编》，书前有息庵居士的序。这篇序言和《玉茗堂摘评王弇

---

① 马廉：《马隅卿小说戏曲论集》，中华书局2006年版，第364页。
② 周芜：《金陵古版画》，江苏美术出版社1993年版。

州先生艳异编》的书前序言相同。

再次，安雅堂本《古艳异编》是《艳异编》的一个版本。它是十二卷本《艳异编》，很遗憾，笔者并未亲见该版本，但是如上文所提到的，马廉先生和周芜先生的记载证实了这一观点。因此它不属于本节要讨论的主要内容，而应该归于本文第一章。古人留下的记载也能印证这一点，祁理孙（1625—1675）《奕庆藏书楼书目》子之九《稗乘家一·说汇》著录"《艳异编》十二卷，息庵居士编；《古艳异编五本》，琅琊王世贞编"①。

笔者认为这种情况和《剪灯丛话》比较类似，《剪灯丛话》既有《剪灯新话》《剪灯余话》《觅灯因话》的三话合编本，也有书商抽取他书版片而成的十二卷伪本。②

上述理由看似成立，其实并不能支撑"《古艳异编》是《艳异编》的续书"这一观点。

首先，《广艳异编》之所以能算作《艳异编》的续书，不仅是因为题目上前后相继，也不只在于编者在序言中明言"仿于琅琊"，最主要的原因在于《广艳异编》的编者在编选时刻意避开《艳异编》所编选的内容，③在《艳异编》所编选内容、所安排部类的基础上继续拓展。两书相似而内容绝不相重，成为《广艳异编》是《艳异编》续书的重要理由。

《古艳异编》却非如此。《古艳异编》中《汉武内传》《飞燕外传》《长恨歌传》等多篇与《艳异编》所选内容相同，根本不是在《艳异编》基础上的继续选编，而是与《艳异编》题目近似的不相关小说集。

其次，《古艳异编》不是小说选本。《艳异编》和《广艳异

---

① （清）刘喜海：《书目类编》第 31 册，据民国十七年排印本影印，第 58 页。
② 具体分析可参见程毅中《十二卷本〈剪灯丛话〉补考》，《文献》1990 年第 2 期。
③ 笔者查阅了《古本小说集成》本《新镌玉茗堂批选王弇州先生艳异编》和《古本小说集成》本《广艳异编》，两书只有一篇相同：《艳异编》卷三十六《李陶》和《广艳异编》卷三十二《李陶》。

编》都是文人编选的，汇集了历代优秀的单篇文言传奇志怪之作，其最初目的不过是自娱自乐或逞才；而《古艳异编》是书坊主所编选，其内容既有单篇传奇，如《会真记》；又有个人的小说集，如《北里志》；还有汇集众家的小说选本，如《剑侠传》。应该属于小说丛书的范畴。在此意义上看，更不能算作选本《艳异编》的续书。

三 由《古艳异编》看《艳异编》的影响

《古艳异编》虽然不能算作《艳异编》的续书，却是《艳异编》的余绪，可以纳入《艳异编》的影响范围，并由此可窥见《艳异编》的深远影响。

然而本书接下来要讨论的不是《古艳异编》与《艳异编》的联系，因为事实上两者的内在联系并不紧密，也不比《艳异编》和别的选本之间的联系多。上文我们已经谈到《古艳异编》的篇目和《艳异编》重复的并不多，其部类安排也与《艳异编》不相及。那么从何而言，《古艳异编》是《艳异编》的余绪呢？

从题目来看，即可见出端倪。虽然本书否定了《古艳异编》是《艳异编》的续书，但本书认为从《古艳异编》可以看出《艳异编》在当时产生的深远影响。《艳异编》成书之后极受欢迎，出现了本书第一章所提到的诸多版本，为书坊赢得了丰厚的利润，在赢取更多利润的驱动下，书商开始动脑筋想如何获取更多的利润，在这样的背景下，出现了所谓的伪书。《古艳异编》就是其中的一个典型代表，它借助于已出版图书的盛名，又重新编排内容，虽然内容上没有什么延续性，但在编选主旨上确实前后相继，深合当时世风所好。以其中的《汉杂事秘辛》一文而言，就可与《艳异编》中最为"艳异"之作比肩。谢肇淛曾言："叙女宠者，至《汉事秘辛》极矣；叙男宠者，至《陈子高传》极矣。秘辛所谓拊不留手，火齐欲吐等语，当与流丹浃藉，竞爽而文采过之。子高传如吴孟子铁缠稍等皆有见解，而'粉阵饶孙吴'一语，便是千古名通。此等文字，今人不能作也。"①《汉杂事秘辛》的艳异特点与《陈子高》篇不相上下，《陈子高》篇在《绿窗女史》《情史》《稗家粹编》等书中都被选入，《汉杂事秘辛》在《狮山掌录》《刘氏鸿书》中也多有出现，可见两者都是当时盛行的艳异之作。有意思的是，笔者所查阅到的资料中两者从未出现于同一选本。

本节论述了《古艳异编》并非《艳异编》的续书，在这里我们还要顺带提一下《艳异新编》。该书"别题《新闻新里新》，五卷，清俞达撰。达一名宗骏，字吟香，清江苏常州人。俞达别有狭邪小说《青楼梦》。此书收故事七十七则，多记里巷传闻及艳情狭邪事"②。这部书从题目上看也是《艳异编》的续书，但从内容来看，也不在本文的研究范围内。从别题及序来看，其核心之意在于"新"。所以与《艳异编》的编选古代小说不同。如果非要找出相同之处，其一是都是小说选本；其二是《艳异新编》收录的是艳情狭邪类故事，是《艳异编》中"艳情"类故事的末流；其三俞达与王世贞都是江苏人，与当地编书风气相关。从这些相关点中，我们也可以窥见《艳异编》和艳异的社会风气影响之深远。

四 书坊编刊的其他"艳异"类文言小说选本

《古艳异编》是书坊编刻的一种小说丛书，与其类似的文言小说选本不计其数。这些小说选本与《古艳异编》和《艳异编》的关系相类似。流传至今或见于记载的大致可以分为两类。

第一类是艳异类的文言短篇小说选本。这类短篇小说选本以编选唐宋传奇为主，在篇目选择上与《艳异编》多有重复，以四十卷本《艳异编》为依据，笔者统计出其篇目与《稗家粹编》相重43篇，与《删补文苑楂橘》相重5篇，与《一见赏心编》相重71篇，与

---

① 谢肇淛：《五杂组》卷五人部一，《明代笔记小说大观》，上海古籍出版社2007年版。
② 丁锡根：《中国历代小说序跋集》，人民文学出版社1996年版，第620页。

《青泥莲花记》相重46篇。其中《稗家粹编》卷二徂异部共5篇，有4篇与《艳异编》卷二十五徂异部相同，且篇目排序相同。卷二男宠部共两篇，皆为《艳异编》卷三一男宠部所有，且排序同。有的干脆注明出自《艳异编》、《续艳异编》。如《情史》与《艳异编》重叠的内容共有二百零七篇之多，但《情史》中明确出自《艳异编》的作品只有三篇：《洞箫美人》、卷二十情鬼类《西施》附录的莲塘美姬事、《李娃传》。

另一类是以编选中篇传奇为主的文言小说选本。现存单行本中篇传奇只有日本成簣堂文库所藏明弘治十六年（1503）刊本《钟情丽集》。① 其他中篇的保存主要依靠这些小说选本。书坊主们意识到这些作品比诗词歌赋更有市场竞争力，认识到通俗的重要性，具有强烈的消闲品格。戴不凡认为这些中篇小说选本正是为了商人而出版："语多浅近欠通之文言，又夹以俚夫'风流'之诗词，情节磨磨蹭蹭，故事拖泥带水，亦堪此辈于旅途中消磨'公余'长日。"②《艳异编》中选入的中篇传奇有《娇红记》《辽阳海神传》等，这些小说讲述的是才子佳人密约偷期的故事，都是元明两代产生的作品，具有强大的生命力。书坊主们往往收入一些实用文类，同时又收入许多通俗作品，多种文类形成合力拉扯读者。但主要是这些"语带烟花，气含脂粉"的中篇传奇最有魅力。余象斗在编辑《万锦情林》时，就以仅次于标题的大字罗列了重点小说篇目。

一汇《钟情丽集》，一汇《花神三妙》，一汇《刘生觅莲》，一汇《三奇传》，一汇《情义表节》，一汇《天缘奇遇》，一汇《传奇全集》③

这说明在这类中篇小说选本中，这些风流的故事才是其风行的根本原因。这些故事与《艳异编》一样，切合时代风潮，与纵乐的困惑抗争的明代文人心理意志、精神信仰遭受长期的无形摧毁，已经失去

---

① 叶德均：《读明代传奇文七种》，《戏曲小说丛考》卷中，中华书局1979年版，第535页。
② 戴不凡：《小说见闻录》，浙江人民出版社1980年版，第242页。
③ 《万锦情林》，《古本小说集成本》，上海古籍出版社1990年版，封面。

了自信和精神信仰。通俗逐渐变成庸俗，真情渐渐走向色情，中篇传奇艺术质量不断下滑，最终退出出版舞台。

总之，从《艳异编》到《广艳异编》，再到《一见赏心编》《古艳异编》，编选者从文坛领袖到文人学士再到书坊主，呈现一个逐渐下滑的趋势。选本编者地位的下层化，正是其影响力逐渐扩大的表现。而且愈是贴近世俗文化，愈能反映当时的时代思潮。只不过随着世俗化的泛滥，艺术质量也随之下滑，粗制滥造的拼凑或千人一面、千部一腔的模式化作品集中入选，遭到论者唾弃，最终退出小说史，为更新鲜的血液所代替。

第三节 《艳异编》及其续书的编选价值

《艳异编》既不是明代最早的小说选本，也不是收罗最全的小说选本，然而从影响而言，它算得上影响最大的小说选本之一。影响与价值是一个问题的两个层面，如影随形，价值存在于影响中，对后来作品的影响体现了其价值；影响也体现于价值中，本节以价值论为核心，讨论《艳异编》及其续书的影响。

首先，《艳异编》及其续书为晚明大量产生的小说选本提供了范式，成为参考的样本。

《艳异编》围绕"艳"和"异"两大主题进行选材，"艳"与"异"是《艳异编》要彰显的主旨。选择题材以男女恋情为主，涉及人神、人妖、人鬼等类型，侧重于宫闱密事、歌儿舞女等，并将异样的恋情——同性恋题材首次引入小说选本。它在编选主旨、体现的小说观念、部类安排等方面，都为后来大量出现的小说选本提供了范式。

晚明文坛产生了大量与《艳异编》相类的作品，前文进行了罗列，此处不再赘述。这些选本大多从《太平广记》《夷坚志》《古今说海》等取材，与早期的《虞初志》《剑侠传》等的篇目有多篇重复，看似是受这些书籍的影响，其实仔细分析，受《艳异编》的影响更大。

以《情史》为例。《情史》共二十四卷八百六十余篇，按照情贞、情缘、情私、情侠、情豪、情爱、情痴、情感、情幻、情化、情媒、情憾、情仇、情芽、情极、情秽、情累、情疑、情鬼、情妖、情外、情通、情迹的顺序分为二十四类。从编选主旨来看，该书有明确的编选主旨；小说观念上也突破了实录的传统；从部类安排、篇目选择上更可看出《艳异编》的影响。比照篇目，两书相重二百零六篇，占了《艳异编》总数的三分之二。《情史》不仅从神鬼狐妖、歌儿舞女中寻找历代香艳的故事，而且仿照《艳异编》的男宠部单列情外类，该部多从史书选材，《陈子高》篇，《艳异编》做了大幅改写，《情史》和《稗家粹编》照录，杂剧作家王骥德将其改写成《裙钗婿》。《情史》卷十四情仇类《花蕊夫人》附录《续艳异编》事，"《续艳异编》全部一百六十篇故事，除《并蒂莲花记》比《广艳异编》少一百字外，其余差别极小"①。《续艳异编》是《广艳异编》的精选本，其对于《情史》的影响无异于《广艳异编》对《情史》的影响。

《稗家粹编》卷二徂异部5篇有4篇与《艳异编》全同。卷三戚里部全部来自《艳异编》。分别来自其卷十五、十六。卷六冥感部四篇有三篇来自《艳异编》卷二十冥感部，卷六幻术部三篇全部来自《艳异编》卷二十五幻异部；卷七妖怪部三篇来自《艳异编》卷三二妖怪部二。

其次，《艳异编》及其续书保存了大量小说文献，具有辑佚和校勘的价值，在故事流变过程中较多的保存了原貌。

文献保存的价值是传播学层面的问题。《艳异编》《广艳异编》中保存了大量的古代优秀小说，有些首见于或仅见于该选本，是极为珍贵的小说资料。如《艳异编》中的《陈子高》；《广艳异编》中的《紫竹小传》《晁采外传》《姚月华小传》等篇，这些优秀的传奇之

---

① 韩结根：《明代徽州文学研究》，复旦大学出版社2006年版，第384页。

作，今天已经无法获知其源头，目前所见的最早记录就是本书研究对象的编选。

《艳异编》及其续书在保存小说文本的基础上还有辑佚和校勘的作用。通过各选本的文本对比，我们能看出故事流传中的变化。如《艳异编》卷之二十一冥感部二《贾云华还魂记》，来源于李昌祺《剪灯余话》卷四《贾云华还魂记》。原文约一万五千字，《艳异编》少开头一封书信。《一见赏心编》卷三幽情类《月俄传》，书内题《云华月娥传》，删节较多，约五千余。《绿窗女史》卷六冥感部神魂门误题宋陈仁玉，约一万二千字，主要删去一封书信、一篇祭文、二十七首诗、十二阕词。《雪窗谈异》卷三亦收，全同《绿窗女史》。《情史》卷九情幻类《贾云华》只是原故事的缩写，不及两千字。《古今图书集成·闺媛典》卷三六八闺恨部《魏鹏传》全同《情史》所录。周清源《西湖二集》卷二十七《洒雪堂巧结良缘》即据此改编，周作被清陈树基收入《西湖拾遗》卷四十三，题《借尸还魂成婚应梦》。《南词叙录》著录无名氏《贾云华还魂记》戏文，明沈柞《指腹记》、谢天瑞《分钗记》、冯之可《姻缘记》、祁彪佳《远山堂曲品》著录无名氏《金凤钗》、梅孝已《洒雪堂》传奇，均演此事，今惟存《撒雪堂》。总之，《艳异编》编者文体观念明确，所选单篇都是优秀的小说作品。不注出处也就不会乱题作者。也不会像《情史》对所选作品进行改编，因此文献保存意义比较大。

第三，《艳异编》及其续书具有理论批评价值。

鲁迅先生说："评选的本子，影响于后来文章的力量是不小的，恐怕还远在名家的专集之上。"选本的不断翻印重刊是一个造就经典的过程。评点者还在选本的基础上对它进行理论的阐释，附加了其理论批评价值和舆论导向作用。

小说选本的命名和编排有一定的理论批评价值。其序跋评点也是小说理论观点的重要体现。从部类安排来看，《艳异编》《广艳异编》按照描写对象在人们世俗观念的地位高低来划分排列。"从天上到水中，从'高贵神秘'的'宫掖'到'卑微低贱'的'妓女'，从唇齿流芳的才人'幽期'到羞与人言的'男宠',从神仙妖怪到梦幻鬼魅,充溢其间无非是情。"① 在所有的部类安排中以"艳"和"异"为核心与统帅。在具体部类的划分,论者常以为《艳异编》"分类颇显琐碎无序"②"分类毫无持择",其实这正是其有明显编选主旨的体现。宫掖等地方是艳异故事发生的集中地,所以编者才会从中大量编选。

《艳异编》所标举主旨与传统思想相抵牾。然而在序跋中总是从古圣先贤那里寻找理论的支撑。李贽反对以孔子之是非为是非,这一观点几乎见于所有艳异系列文言小说选本的序言中,同时也见于《剪灯新话》等明代文言小说序中:"《诗》、《书》、《易》、《春秋》皆圣笔之所述作,以为万丈大经大法也;然而《易》言龙战于野,以为万丈大经大法也。"③

第四,《艳异编》及其续书的小说史价值。

书坊主纷纷从事小说选本的编选,是因为巨大的市场需求,表明了读者的阅读需求十分强烈。陈大康先生在评价明代中篇传奇时曾说:"从嘉靖元年(1522)到万历十九年(1591)的七十年里,现已知的新出的通俗小说仅有屈指可数的八部,而此时正是中篇传奇创作与传播的繁盛期,时间的排列显示出这一流派填补阅读市场空白的作用。"④ 事实确实如此,小说选本的问世正填补了这一时期小说创作沉寂的空白。《艳异编》及其续书的小说史价值也正体现于此,这两部选本虽然都出自文人之手,但进入读者的阅读视野,是在书坊刊刻出版之后。书坊主不但出版了《艳异编》《广艳异编》,还给其加了原来没有的序跋、评点,并配以插图。《艳异编》不同版本不断出现,说明其有广阔的阅读市场,在它的影响下出现了一大批同类之作,正是这类小说选本的问世填补了小说创作萧条期的空白,具有极其重要

---

① 陈国军:《明代志怪传奇小说研究》,天津古籍出版社2006年版,第280页。
② 孙楷第:《戏曲小说书录解题》,人民文学出版社1990年版,第14页。
③ 瞿佑:《剪灯新话》序一,《明清善本小说丛刊》影印本,台湾天一出版社1985年版。
④ 陈大康:《明代小说史》,上海文艺出版社2000年版,第349页。

的小说史价值。

总之,《虞初志》31篇作品除南朝梁吴均《续齐谐记》外,其余都是唐传奇作品,《剑侠传》33篇多选自《太平广记》《夷坚志》等前代作品;嘉靖二十三年的《古今说海》选了《辽阳海神记》等明代作品;《艳异编》不仅从部类安排上开风气之先,而且首次编选了具有时代风格的作品。如《陈子高》《辽阳海神记》《娇红记》等。

结　　语

　　针对小说选本编选作品、而非原创作品这一本质特征，本书从故事源流的角度审视研究对象，重点整理了所选篇目的故事源流。为论述清晰，文中以朝代划分的方法将其分为明代以前和明代两大部分。明前部分因与《太平广记》《夷坚志》两部大书相关篇目众多，因此重点对其关系进行了探讨。从前文的论述中，我们可以看到，《广艳异编》与两者的关系更紧密，从中所选篇目占了该书的"十之七八"。同时，本书还用小说文献资料证实《艳异编》与《太平广记》的关系反而不像学界所说的《艳异编》"十之七八"来自《太平广记》；与《夷坚志》相关篇目仅有17篇。在此基础上，我们可以进一步得出结论：《太平广记》与《夷坚志》在《艳异编》成书的嘉靖四十五年（1566）前还没有广泛刊行，即使王世贞这样的藏书大家也仅有残卷，能看到部分篇目；而在《广艳异编》成书的万历三十五年（1607）之后，两书已经在社会上广泛流传，即使吴大震这样的下层文人也能随意观览。这一现象客观展示了《太平广记》《夷坚志》等书在明代的传播与影响。

　　另外，本书还对《艳异编》《广艳异编》所选的明代小说进行了探讨。两书都热衷于从"剪灯"系列小说中选择篇目，《艳异编》选入了《辽阳海神传》《陈子高》等；《广艳异编》选入了《晁采外传》《紫竹小传》《宝环记》等优秀的传奇小说。这些作品多是首见于《艳异编》和《广艳异编》，从中我们可以见出编选者的眼光，也可以看到这两部小说选本的文献保存价值。

《广艳异编》与"两拍"之间的探讨是本书对于"流"的集中追问。两者之间相类似故事很多，以致有学者专文探讨"《广艳异编》是'两拍'的蓝本"。在探究《广艳异编》中这些故事源头的基础上，我们发现"两拍"中的这些篇目相较之下与《广艳异编》的关系更疏离些，看似源头却并非源头，"重要的成书蓝本"一说并不能成立。这一问题提醒我们，小说选本文献的查证、源流的梳理在其研究中应占有重要地位，详考源流能够让我们更准确地认识问题。同时，这一现象也让我们看到，晚明为数众多的小说选本之间存在大量的篇目重复，是这些小说选本造就了小说经典。选家没有创作小说，却决定了什么样的作品能够进入读者的阅读视野，并成为经典进而被白话小说、戏曲等改编流传。

在对两书详考源流的基础上，我们看到《艳异编》的编选水平在《广艳异编》之上，但后者的研究价值却不一定小于前者。从《广艳异编》中我们可以窥见《琅嬛记》成书的巨大秘密，解决困扰学界的一大难题。而且从两书的编选者来看，正体现了从上而下的时代特点。选本编者地位的下层化，正是小说选本影响力逐渐扩大的表现。愈是贴近世俗文化，就愈能反映当时的时代思潮。《古艳异编》也是《艳异编》影响之下的艳异之作，只是粗制滥造，艺术质量下滑，为论者所唾弃，并且很快销声匿迹，退出小说史，为更新鲜的血液所代替。

有关《艳异编》及其续书的探讨提醒我们：小说选本的内容造就了志怪传奇小说经典的形成。我们今天看到的唐传奇作品，在宋代主要赖于《太平广记》，在元代主要赖于《说郛》，在明代就赖于《艳异编》等选本的大量编纂刊刻。所以，单个的选本价值大多并不算高，但是选本群体的影响在小说史上有着举足轻重的地位，它决定小说发展潮流的方向。李剑国先生在谈到文言小说研究的特殊性时，指出："文言小说的研究在更多的情况下比较适合于集团性的整体研究，也就是从共时性或历时性的角度进行整体观照。"① 文言小说选本的研究亦是如此。

《一见赏心编》《稗家粹编》《宫艳》等书和《广艳异编》相比，除了在书名上与《艳异编》的联系更少些，其他方面是一致的，都是在"艳异"的社会风气之下产生的，都是编选前代和当代的志怪传奇作品，都是几乎不做任何改动，所选篇目都和《艳异编》存在多篇重复：其中《一见赏心编》有74篇相重，《情史》有206篇相重，而正因为篇目重复较多，我们无法把《广艳异编》之外的其他小说选本算作《艳异编》的续书，本书题目之下只能将两书作为研究对象。但实际上，这类数量庞大的小说选本在中国小说史上是一个独特的现象，对于这类小说选本展开整体性深入研究将是一个更有意义的论题。

本书的研究还提醒我们："四大奇书""三言二拍"确实是小说史上的优秀之作，但对于小说史研究者，对于小说流变史的动态勾勒，我们不应该把眼光只放在某个点上，"悬置名著"的呼声提了这么久，研究者也只是把焦点略移到二三流作品上，"三言二拍"是从何而来，"四大奇书"为什么出现这样的描写而不是另外的情节，通过对小说选本的整理研究，我们可以从中找到问题的答案。

总之，一代有一代之文学，一代也有一代之小说。例如魏晋之志怪、唐之传奇、宋之话本、明清之章回小说。然而前代的小说在后代的传播并未停止过，其传播的形式或以总集、或以丛书，更多的是以选本的形式在流传。中国古代文人的小说编纂是一种文化理解的方式。各选本都是受时代风潮影响，并反过来推动时代风潮。概而言之，有关《艳异编》等小说选本的研究有待于在更丰富的文学史层面展开。

---

① 李剑国：《古稗斗筲录》，南开大学出版社2004年版，第5页。

参考文献

一 专著类

（一）作品原典
1. 明代以前

（西汉）葛洪：《西京杂记》，中华书局1985年版。

（晋）王嘉：《拾遗记》，中华书局1981年版。

（晋）干宝：《搜神记》，春风文艺出版社1999版。

（唐）牛僧孺、李复言：《玄怪录·续玄怪录》，程毅中点校，中华书局2006年版。

（唐）崔令钦：《北里志》，《丛书集成初编》，中华书局1985年版。

（五代）何光远：《鉴戒录》，刘石校点，《五代史汇编》，杭州出版社2004年版。

（宋）李昉等编：《太平广记》，人民文学出版社1959年排印本。

（宋）李昉等编：《太平御览》，中华书局1960年版。

（宋）赵彦卫：《云麓漫钞》，古典文学出版社1957年版。

（宋）周密：《武林旧事》，裘效维选注，学苑出版社2001年版。

（宋）周密撰、（明）朱廷焕增补：《增补武林旧事》，齐鲁书社1996年版。

（宋）皇都风月主人编、周楞伽笺注：《绿窗新话》，上海古籍出版社1991年版。

（宋）皇都风月主人：《绿窗新话》，古典文学出版社 1957 年版。

（宋）曾慥：《类说》，文学古籍刊行社 1955 年版。

（宋）罗烨：《醉翁谈录》，古典文学出版社 1957 年版。

（宋）洪迈：《容斋随笔》，上海古籍出版社 1978 年版。

（宋）洪迈：《夷坚志》，中华书局 1981 年版。

（金）元好问：《续夷坚志》，中华书局 2006 年版。

（元）佚名：《湖海新闻夷坚续志》，中华书局 2006 年版。

（元）林坤：《诚斋杂记》，《丛书集成初编》，中华书局 1985 年版。

（元）伊世珍：《琅嬛记》，齐鲁书社 1995 年版。

（元）夏庭芝：《青楼集》，《丛书集成初编》，中华书局 1985 年版。

2. 明代

《古本小说集成》，上海古籍出版社 1990 年版。

《明清善本小说丛刊》，天一出版社 1985 年版。

（明）沈德符：《万历野获编》，中华书局 1979 年版。

（明）胡应麟：《少室山房笔丛》，上海书店出版社 2009 年版。

（明）王锜、于慎行撰：《寓圃杂记、谷山笔麈》，《谷山笔麈》卷五，中华书局 1984 年版。

（明）钱希言：《戏瑕》，中华书局 1985 年版。

（明）瞿佑等著：《剪灯新话》，周楞伽校注，上海古籍出版社 1981 年版。

（明）王世贞：《艳异编》，《古本小说集成》，上海古籍出版社 1990 年版。

（明）王世贞：《艳异编》，天一出版社 1985 年版。

（明）吴大震：《广艳异编》，《古本小说集成》，上海古籍出版社 1990 年版。

（明）吴大震：《广艳异编》，天一出版社 1985 年版。

（明）仙隐石公：《花阵绮言》，《古本小说集成》，上海古籍出版社 1990 年版。

（明）吴敬所：《国色天香》，《古本小说集成》，上海古籍出版社

1990 年版。

（明）起北赤心子：《绣谷春容》，《古本小说集成》，上海古籍出版社 1990 年版。

（明）余象斗：《万锦情林》，《古本小说集成》，上海古籍出版社 1990 年版。

（明）何大抡：《重刻增补燕居笔记》，《古本小说集成》，上海古籍出版社 1990 年版。

（明）林近阳：《燕居笔记》，《古本小说集成》，上海古籍出版社 1990 年版。

（明）冯梦龙：《燕居笔记》，《古本小说集成》，上海古籍出版社 1990 年版。

（明）起北赤心子：《绣谷春容》，《话本小说大系》，江苏古籍出版社 1990 年版。

（明）吴敬所：《国色天香》，《话本小说大系》，江苏古籍出版社 1990 年版。

（明）鸠兹洛原子：《一见赏心编》，《明清善本小说丛刊》，天一出版社 1985 年版。

（明）王世贞：《艳异编》，春风文艺出版社 1988 年版。

（明）王世贞：《剑侠传》，《四库全书存目丛书》据北京图书馆藏明隆庆三年履子谦刻本影印，齐鲁书社 1995 年版。

（明）佚名、李梦生校点：《风流十传》，百花文艺出版社 2002 年版。

（明）陆树声：《宫艳》，南京图书馆藏明刻本。

（明）梅鼎祚：《才鬼记》，中州古籍出版社 1989 年版。

（明）梅鼎祚：《才鬼记》，《四库全书存目丛书》据上海图书馆藏明万历三十三年（1605）蝉隐居刻三才灵记本影印，齐鲁书社 1995 年版。

（明）梅鼎祚：《青泥莲花记》，中州古籍出版社 1989 年版。

（明）梅鼎祚：《青泥莲花记》，黄山书社 1998 年版。

（明）田汝成：《西湖游览志余》，上海古籍出版社 1958 年版。

（明）周清原：《西湖二集》，人民文学出版社 1989 年版。

（明）谢肇淛：《五杂俎》，郭熙途校点，辽宁教育出版社 2001 年版。

（明）李诩：《戒庵老人漫笔》，中华书局 1982 年版。

（明）佚名：《删补文苑植橘》，中国大百科全书出版社 1997 年版。

（明）佚名编：《删补文苑楂桔》，北方妇女儿童出版社 2001 年版。

（明）冯梦龙：《古今谭概》，中华书局 2007 年版。

（明）冯梦龙：《情史类略》，岳麓书社 1984 年版。

（明）冯梦龙：《太平广记钞》，中州书画社 1982 年版。

（明）胡文焕编、向志柱点校：《胡氏粹编》，中华书局 2012 年版。

（明）汪云程：《逸史搜奇》，《四库全书存目丛书》，齐鲁书社 1995 年版。

（明）秦淮寓客：《绿窗女史》，《明清善本小说丛刊》，天一出版社 1985 年版。

（明）冰华居士：《合刻三志》，国家图书馆普通古籍阅览室藏。

（明）潘之恒：《亘史》，《四库全书存目丛书》本子部类书类第 194 册，齐鲁书社 1995 年版。

（明）周近泉：《新镌全像评释古今清谈万选》，《明清善本小说丛刊》，天一出版社 1985 年版。

（明）顾元庆：《顾氏文房小说》，涵芬楼 1925 年版。

（明）陆辑：《古今说海》，巴蜀书社 1988 年版。

（明）陆采：《虞初志》，上海书店出版社 1986 年版。

（明）汤显祖：《续虞初志》，人民日报出版社 1997 年版。

（明）安遇时：《百家公案》，中华书局 1990 版。

（明）刘仲达：《刘氏鸿书》，《四库全书存目丛书》子部第 214 册，齐鲁书社 1995 年版。

（明）范守己：《御龙子集》，《四库全书存目丛书》集部别集类第 163 册，齐鲁书社 1997 年版。

（明）詹景凤：《詹氏性理小辨》，《四库全书存目丛书》子部第 112 册，齐鲁书社 1995 年版。

（明）周亮工：《藏弆集》卷五，骆问礼《与叶春元》，贝叶山房1936年版。
（明）冯梦龙：《警世通言》，上海古籍出版社1996版。
（明）冯梦龙：《醒世恒言》，上海古籍出版社1996版。
（明）冯梦龙：《喻世明言》，上海古籍出版社1996版。
（明）冯梦龙：《古今小说》，上海古籍出版社1983年版。
（明）抱瓮老人：《今古奇观》，上海古籍出版社1992版。
（明）凌濛初：《拍案惊奇》，上海古籍出版社1992年版。
（明）凌濛初：《二刻拍案惊奇》，上海古籍出版社1992年版。
（明）陆人龙：《型世言》，中华书局1993年版。

　　3. 清代及以后
（清）陶珽：《重编〈说郛〉》，中国书店1986年版。
（清）虫天子：《香艳丛书》，人民文学出版社1992年版。
佚名：《五朝小说大观》，中州古籍出版社1991年版。
汪辟疆：《唐人小说》，古典文学出版社1955年版。
李时人编校、何满子审定：《全唐五代小说》，陕西人民出版社1998年版。
李剑国：《宋代传奇集》，南开大学出版社2001年版。
程毅中：《古体小说钞》（明代卷），中华书局2001年版。
石昌渝校：《清平山堂话本》，江苏古籍出版社1990年版。
薛洪勣、王汝梅主编：《稀见珍本明清传奇小说集》，吉林文史出版社2007年版。
刘世德等主编：《古本小说丛刊》，中华书局1991年版。
周光培主编：《宋代笔记小说》，河北教育出版社1995年版。
周光培主编：《明代笔记小说》，河北教育出版社1995年版。
《明代笔记小说大观》，上海古籍出版社2007年版。
《笔记小说大观》，江苏广陵古籍刻印社1983年版。
《〈说郛〉三种》，上海古籍出版社1988年版。
谢国桢：《瓜蒂庵藏明清掌故丛刊》，上海古籍出版社1986年版。

萧相恺：《珍本禁毁小说大观：稗海访书录》，中州古籍出版社 1992 年版。

（二）史籍、方志类

《二十四史》，中华书局 1974 年版。

（元）脱脱等撰：《宋史》，中华书局 1985 年版。

《明实录》，台湾"中央研究院""历史语言研究所" 1962 年版。

（清）纪昀总纂：《四库全书总目提要》，河北人民出版社 2000 年版。

桥川时雄、王云五主编：《续修四库全书总目提要》，商务印书馆 1972 年版。

樊树志：《晚明史》，复旦大学出版社 2003 年版。

谢国桢：《明代社会经济史料选编》，福建人民出版社 1981 年版。

（明）何乔远：《闽书》，福建人民出版社 1995 年版。

（明）杨循吉著、陈其弟点校：《吴中小志丛刊》，广陵书社 2004 年版。

（明）冯继科等纂修：《建阳县志》，嘉靖三十二年（1553）刊本，上海古籍书店 1982 年据宁波天一阁藏本影印。

（明）魏时应修：《建阳县志》，《稀见中国地方志汇刊》，据万历刊本影印，中国书店 1992 年版。

西安市地方志编纂委员会编：《西安市志》，西安出版社 2002 年版。

（三）书目文献

（明）祁承㸁：《澹生堂藏书目》，《续修四库全书》第 919 册，据北京图书馆藏清宋氏漫堂抄本影印。

（明）徐𤊹：《红雨楼书目》，古典文学出版社 1957 年版。

（明）徐𤊹：《徐氏家藏书目》，明代书目题跋丛刊影印本，书目文献出版社 1999 年版。

（明）杨士奇：《文渊阁书目》，中华书局 1985 年版。

（明）叶盛：《菉竹堂书目》，中华书局 1985 年版。

（明）赵用贤：《赵定宇书目》，中华书局 1985 年版。
（明）赵琦美：《脉望馆书目》，上海书店出版社 1994 年版。
（明）高儒：《百川书志》，上海古籍出版社 2005 年版。
（明）周弘祖：《古今书刻》，上海古籍出版社 2005 年版。
（明）晁瑮：《晁氏宝文堂书目》，古典文学出版社 2005 年版。
（明）陈第：《世善堂藏书目录》，商务印书馆 1937 年版。
（清）祁理孙：《奕庆藏书楼书目》，古典文学出版社 1958 年版。
（清）黄虞稷：《千顷堂书目》，上海古籍出版社 2001 年版。
（清）陈振孙：《直斋书录解题》，上海古籍出版社 1987 年版。
（清）叶德辉：《书林清话》，岳麓书社 1999 年版。
（清）周中孚：《郑堂读书记》，《清人书目题跋丛刊》影印本，中华书局 1993 年版。
傅增湘：《藏园群书经眼录》，中华书局 1983 年版。
孙殿起：《贩书偶记》，上海古籍出版社 1982 年版。
孙殿起：《贩书偶记续编》，上海古籍出版社 1980 年版。
《中国丛书综录》，上海古籍出版社 1982 年版。
王重民：《中国善本书提要》，上海古籍出版社 1983 年版。
沈津：《美国哈佛大学哈佛燕京图书馆中文善本书志》，上海辞书出版社 1999 年版。
孙楷第：《日本东京所见小说书目》，人民文学出版社 1958 年版。
孙楷第：《中国通俗小说书目》，人民文学出版社 1982 年版。
袁行霈、侯忠义：《中国文言小说书目》，北京大学出版社 1981 年版。
柳存仁：《伦敦所见中国小说书目提要》，书目文献出版社 1982 年版。
江苏省社科院文学研究所：《中国通俗小说总目提要》，中国文联出版社 1990 年版。
郑振铎：《西谛书目》，文物出版社 1963 年版。
《北京图书馆古籍善本书目》，书目文献出版社 1987 年版。
翁连溪编校：《中国古籍善本总目》，线装书局 2005 年版。
叶德辉等撰：《湖南近现代藏书家题跋选》第 2 册，岳麓书社 2011

年版。

（四）小说研究类

刘世德主编：《中国古代小说百科全书》，中国大百科全书出版社1993年版。

石昌渝主编：《中国古代小说总目·文言卷》，山西教育出版社2004年版。

宁稼雨：《中国文言小说总目提要》，齐鲁书社1996年版。

李剑国：《唐五代志怪传奇叙录》，南开大学出版社1993年版。

李剑国：《宋代志怪传奇叙录》，南开大学出版社1997年版。

谭正璧：《三言二拍资料》，上海古籍出版社1980年版。

谭正璧、谭寻：《古本稀见小说汇考》，浙江文艺出版社1984年版。

叶德钧：《戏曲小说丛考》，中华书局1979年版。

王利器：《元明清三代禁毁小说戏曲史料》，上海古籍出版社1981年版。

朱一玄编、朱天吉校：《明清小说资料选编》，南开大学出版社2012年版。

孙楷第：《戏曲小说书录解题》，人民文学出版社1990年版。

丁锡根编著：《中国历代小说序跋集》，人民文学出版社1996年版。

王利器：《元明清三代禁毁小说戏曲史料》，上海古籍出版社1979版。

古亦冬编著：《禁书详解·中国古代小说卷》，天津社会科学院出版社1993年版。

耒阳主编：《中国私家藏书》，北方妇女儿童出版社2001年版。

戴不凡：《小说见闻录》，浙江人民出版社1980年版。

吴志达：《中国文言小说史》，齐鲁书社1994年版。

李梦生：《中国禁毁小说百话》，上海古籍出版社1994年版。

徐朔方：《小说考信编》，上海古籍出版社1997年版。

萧相恺：《珍本禁毁小说大观——稗海访书录》，中州古籍出版社1998年第2版。

黄清泉主编、曾祖荫等辑录：《中国历代小说序跋辑录》，华中师范大学出版社1989年版。

朱一玄、刘毓忱编：《水浒传资料汇编》，南开大学出版社2002年版。

刘叶秋：《历代笔记概述》，中华书局1980年版。

昌彼得：《〈说郛〉考》，文史哲出版社1979年版。

徐朔方：《小说考信编》，上海古籍出版社1997年版。

陈国军：《明代志怪传奇小说研究》，天津古籍出版社2006年版。

胡士莹：《话本小说概论》，中华书局1980年版。

程毅中：《明代小说丛稿》，人民文学出版社2006年版。

张祝平：《〈夷坚志〉论稿》，中国文史出版社2002年版。

程国赋：《唐代小说嬗变研究》，广东人民出版社1997年版。

程毅中：《宋元小说研究》，江苏古籍出版社1999年版。

谭帆：《中国小说评点研究》，华东师范大学出版社2001年版。

徐永斌：《凌濛初考证》，江苏人民出版社2010年版。

陈益源：《元明中篇传奇小说研究》，学峰文化事业公司1997年版。

张国风：《〈太平广记〉版本考述》，中华书局2004年版。

牛景丽：《〈太平广记〉的传播与影响》，天津古籍出版社2008年版。

苗壮：《笔记小说史》，浙江古籍出版社1998年版。

吴礼权：《中国笔记小说史》，台湾商务印书馆1993年版。

孔另镜：《中国小说史料》，上海古籍出版社1982年版。

侯忠义：《中国文言小说参考资料》，北京大学出版社1985年版。

侯忠义、刘世林：《中国文言小说史稿》（上下册），北京大学出版社1990、1993年版。

李悔吾：《中国小说史漫稿》，湖北教育出版社2001年版。

秦川：《中国古代文言小说总集研究》，上海古籍出版社2006年版。

谭正璧：《话本与古剧》（谭寻补），上海古籍出版社1985年版。

李剑国：《古稗斗筲录》，南开大学出版社2004年版。

李剑国：《唐前志怪小说史》，天津教育出版社2005年版。

王国良：《六朝志怪小说考论》，文史哲出版社1988年版。

程国赋：《明代书坊与小说研究》，中华书局 2008 年版。

薛亮：《明清稀见小说汇考》，社会科学文献出版社 1999 年版。

薛洪勋：《传奇小说史》，浙江古籍出版社 1998 年版。

韩结根：《明代徽州文学研究》，复旦大学出版社 2006 年版。

王旭川：《中国小说续书研究》，学林出版社 2004 年版。

黄大宏：《唐代小说重写研究》，重庆出版社 2004 年版。

宋莉华：《明清时期的小说传播》，中国社会科学出版社 2004 年版。

王平：《明清小说传播研究》，山东大学出版社 2006 年版。

程国赋：《唐五代小说的文化阐释》，人民文学出版社 2002 年版。

陈大康：《明代小说史》，上海文艺出版社 2000 年版。

鲁迅：《中国小说史略》，齐鲁书社 1997 年版。

鲁迅：《且介亭杂文二集》，人民文学出版社 1973 年版。

鲁迅：《集外集》，人民文学出版社 1976 年版。

（五）其他

（明）王世贞：《弇州四部稿》，《文渊阁四库全书》集部别集类 1283 册。

（明）王世贞：《弇州史料》，四库全书存目丛书史部第 112 册，齐鲁书社 1996 年版。

钱伯城笺校：《袁宏道集笺校》，上海古籍出版社 1981 年版。

龚鹏程：《晚明思潮》，商务印书馆 2008 年版。

（清）钱大昕：《弇州山人年谱》，《北京图书馆珍藏本年谱丛刊》，北京图书馆出版社 1999 年版。

郑利华：《王世贞研究》，学林出版社 2002 年版。

康正果：《风骚与艳情——中国古典诗词的女性研究》，河南人民出版社 1988 年版。

陈国球：《明代复古派唐诗论研究》，北京大学出版社 2007 年版。

金生奎：《明代唐诗选本研究》，合肥工业大学出版社 2007 年版。

邹云湖：《中国选本批评》，上海三联书店 2002 年版。

左东岭：《王学与中晚明士人心态》，人民文学出版社2000年版。

胡道静：《中国古代的类书》，中华书局1982年版。

魏隐儒：《中国古籍印刷史》，印刷工业出版社1988年版。

张秀民：《中国印刷史》，上海人民出版社1989年版。

李玉莲：《中国古代白话小说戏曲传播论》，山西教育出版社2005年版。

周心慧：《中国古代版刻版画史论集》，学苑出版社1998年版。

（清）彭定求：《全唐诗》，中华书局1996年版。

吴承学：《晚明小品研究》，江苏古籍出版社1999年版。

袁世硕主编：《元曲百科辞典》，山东教育出版社1989年版。

王文才编著：《元曲纪事》，人民文学出版社1985年版。

（清）钱谦益：《列朝诗集小传》，上海古籍出版社1983年版。

（加拿大）卜正民：《纵乐的困惑——明代的商业与文化》，生活·读书·新知三联书店2004年版。

二 论文类

（一）学位论文

任明华：《中国小说选本研究》，博士学位论文，华东师范大学，2003年。

代智敏：《明清小说选本研究》，博士学位论文，暨南大学，2009年。

范可新：《唐传奇宋代传播研究》，硕士学位论文，曲阜师范大学，2011年4月。

代智敏：《明代小说选本研究》，硕士学位论文，暨南大学，2006年。

王重阳：《〈艳异编〉研究》，硕士学位论文，南开大学，2007年。

王爱华：《〈艳异编〉研究》，中国文学研究所，台湾"中央大学"，2004年。

金源熙：《〈情史〉故事源流考述》，博士学位论文，复旦大学，2005年。

向志柱：《胡文焕〈胡氏粹编〉研究》，博士学位论文，北京师范大学,2006年。
王瑾:《〈夷坚志〉新论——以故事类型和传播为中心》,博士学位论文,暨南大学,2010年。
张兰:《唐传奇在明代的文本流传》,硕士学位论文,上海师范大学,2006年。
彭佳佳:《明代唐传奇评点研究》,硕士学位论文,集美大学,2012年。
谭帆:《中国文言小说评点研究》,博士学位论文,华东师范大学,2005年。
何潇潇:《〈琅嬛记〉研究》,硕士学位论文,北京师范大学,2011年。
朱银萍:《顾元庆及其编刊小说研究》,硕士学位论文,暨南大学,2011年。
刘爱丽:《〈狐媚丛谈〉研究》,硕士学位论文,云南大学,2012年。
姜乃涵:《〈拾遗记〉研究》,硕士学位论文,广西师范大学,2011年。
李佳:《〈剪灯新话〉的价值与传播研究》,硕士学位论文,天津师范大学,2007年。
肖良:《〈明史·艺文志〉小说30部集解》,硕士学位论文,华中师范大学,2008年。
郦波:《王世贞文学研究》,博士学位论文,南京师范大学,2003年。

(二) 期刊论文

董玉洪:《明代的文言小说评点及其理论批评价值》,《明清小说研究》2010年第3期。
凌利中:《詹景凤生平系年》,《上海博物馆集刊》2002年第12期。
邓瑞全、李开升:《〈清异录〉版本源流考》,《古籍整理研究学刊》2008年第4期。
张祝平:《〈夷坚志〉的版本研究》,《古籍整理研究学刊》2003年第

2期。

张祝平：《〈分类夷坚志〉研究》，《华东师范大学学报》1997年第3期。

周以量：《〈夷坚志〉在古代日本的传播与接受》，《明清小说研究》2006年第2期。

刘勇强：《论三言二拍对〈夷坚志〉的改造与继承》，《文学遗产》1995年第4期。

沈梅：《〈琅嬛记〉考证》，《合肥学院学报》2009年第6期。

蒋宸：《〈蕉帕记〉"真假小姐"关目本事探原》，《乐山师范学院学报》2010年第3期。

韩结根：《〈广艳异编〉与"两拍"——"两拍"蓝本考之二》，《复旦学报》2005年第5期。

徐永斌：《"二拍"与冯梦龙的〈情史〉、〈智囊〉、〈古今谭概〉》，《明清小说研究》2005年第2期。

任明华：《〈广艳异编〉的成书时间及其与〈续艳异编〉的关系》，《上海师范大学学报》（哲学社会科学版）2006年第5期。

施晔：《男王后：从历史叙事到文学叙事》，《史学集刊》2009年第2期。

蔚然：《〈吴衙内邻舟赴约〉地名更改探析》，《明清小说研究》2010年第3期。

代智敏：《从〈艳异编〉、〈广艳异编〉看明代中晚期小说审美观念的发展》，《兰州学刊》2006年第2期。

陈国军、龚敏：《〈狐媚丛谈〉的编者、版本与成书时间考略》，《世界文学评论》2011年第1期。

刘天振：《类书与文言小说总集的编纂》，《华中科技大学学报》2003年第5期。

程国赋：《三言二拍选本与原作的比较研究》，《明清小说研究》2004年第2期。

程国赋：《论明代坊刊小说选本的兴盛及其原因》，《文艺理论研究》

2008 年第 3 期。

罗宁：《明代伪典小说五种初探》，《明清小说研究》2009 年第 1 期。

程毅中：《十二卷本〈剪灯丛话〉补考》，《文献》1990 年第 2 期。

任明菊、任明华：《〈古今清谈万选〉的编者、来源、改动及价值》，《喀什师范学院学报》2011 年第 4 期。

徐永明：《哈佛燕图稀见明刻本〈全像新镌一见赏心编〉之编纂、作者及插图解题》，《中正大学中文学术年刊》2010 年第 1 期。

刘天振：《士风、学风、藏书风转变造就的文学奇观——明代中后期文言小说汇编繁盛原因新探》，《南开学报》2012 年第 5 期。

附录一

《艳异编》故事源流[①]

卷之一星部

《郭翰》

（五代·前蜀）牛峤《灵怪录·郭翰》。《太平广记》卷六十八《郭翰》，注出《灵怪集》，与《艳异编》文字相同。《一见赏心编》卷七星精类《太白传》。《情史》卷十九情疑类《织女》。《宝文堂书目》著录《郭翰遇仙》话本，余公仁本《燕居笔记》卷九《郭翰遇织女星传》。冯本《燕居笔记》卷九传类亦同名。《岁时广记》卷二十七《留宝枕》，注出《墨庄冗录》。《醉翁谈录》己集卷二《郭翰感织女为妻》等。《香艳丛书》第八集卷二不著撰人。《绿窗女史》卷十神仙部星娥门《织女星传》，署宋张君房撰。

《张遵言传》

出唐郑还古《博异记》。《太平广记》卷三零九《张遵言》，注出《博异记》。《古今说海》说渊部《张遵言传》。《广虞初志》卷三《张遵言传》，《一见赏心编》卷八神女类《岳将女》。

[①] 附录部分从选本的角度，对《艳异编》《广艳异编》的故事来源和在后世的发展流变作了文献资料的初步整理。编排顺序以《古本小说集成》本《艳异编》《广艳异编》的篇目顺序为依据，尚未查到源流的则注明待考。附录中多次参考李剑国先生《唐五代志怪传奇叙录》《宋代志怪传奇叙录》两书，在此表示感谢。

神部

《汝阴人》

《太平广记》卷三百一《汝阴人》，注出《广异记》。《一见赏心编》卷八神女类《张庙女》。《情史》卷十九情疑类《南部将军女》。

《沈警》

《太平广记》卷三百二十六《沈警》，注出《异闻录》。《太平广记钞》卷五十四《张女郎》，删削末尾"时同侣咸怪警夜有异香"。《绀珠集》卷十，《古今说海》说渊部《润玉传》。《一见赏心编》卷七星精类《织女传》，《情史》卷十九情疑类《张女郎》。《绣谷春容》话本《润玉传》。《逸史搜奇》丁集五《润玉》。《香艳丛书》一三集卷四，不著撰人。

《刘子卿》

《太平广记》卷二百九十五《刘子卿》，注出《历朝穷怪录》。《太平广记钞》卷五十四《刘子卿》。《情史》卷十九情疑类《康王庙女神》。

《韦安道》

《太平广记》卷二百九十九《韦安道》，注出《异闻录》。《太平广记钞》卷五十二《后土夫人》。《一见赏心编》卷八神女类《后土传》。《情史》卷十九情疑类《后土夫人》。《绿窗新话》卷上《韦生遇后土夫人》。《虞初志》卷二《韦安道传》，题唐张泌。《百川书志》卷五传记类、《宝文堂书目》卷中子杂类著录《韦安道传》。

《周秦行记》

《太平广记》卷四百八十九《周秦行记》。《太平广记钞》卷五十八《薄太后庙》，《顾氏文房小说》亦名《周秦行纪》。《邵氏闻见后录》卷十六、《能改斋漫录》卷二辨误上"以玉儿为玉奴"。《才鬼记》卷四《周秦行记》。《一见赏心编》卷十宜缘类《僧孺传》，《情史》卷一神部《周秦行纪》。《逸史搜奇》乙九《牛僧孺》。《虞初志》卷三《周秦行纪》。何本《燕居笔记》卷六《周秦行纪》。《合刻三志》志鬼类、重编《说郛》卷一一四、《五朝小说·唐人百家小说》纪载家、《唐人说荟》一一集、《唐代丛书》卷一三、《丛书集成初编》文学类,《百川书志》传记类、《稽瑞楼书目》均著录《周秦行纪》一卷。《唐宋传奇集》卷四据顾本及《李卫公外集》本互校,《唐人小说》上卷据顾本校录。

卷之二水神部
《张无颇传》

《太平广记》卷三百一十《张无颇》,注出《传奇》。《太平广记钞》卷五十三《广利王》。《类说》节载,题《张无颇》。《岁时广记》卷四节引,题《煖金合》。《一见赏心编》卷八神女类《利王女》。《情史》卷十九情疑类《广利王女》,注出《传奇》。《逸史搜奇》丁集九《张无颇》。冯本《燕居笔记》卷九传类《张无颇传》。

《郑德璘传》

出裴铏《传奇》,《太平广记》卷一百五十二《郑德璘》,注出《德璘传》。《太平广记钞》卷五十三《洞庭叟》。《类说》卷三二《传奇》节本有《郑德璘》。《绿窗新话》卷上引《德璘娶洞庭韦女》。《情史》卷八情感类《郑德璘》。《稗家粹编》卷四水神部《郑德璘传》。《绣谷春容》杂录卷四《德璘娶洞庭韦女》。冯本《燕居笔记》卷九传类《郑德璘传》。《逸史搜奇》丙集五《郑德璘传》。陆楫《古今说海》说渊部别传家《郑德璘传》。

《洛神传》

《太平广记》卷三百一十一《萧旷》,注出《传记》。《太平广记钞》卷五十四《萧旷》。《情史》卷十九情疑类《洛神》。

《太学郑生》

《太平广记》卷二百九十八《太学郑生》,注出《异闻集》。《类说》节本《异闻集》题《湘中怨》。《岁时广记》卷一九《归艳女》,注出《异闻录》。《一见赏心编》卷八神女类《湘浦女》,《情史》卷十九情疑类《氾人》。清《唐人说荟》七集、《唐代丛书》卷九题

《湘中怨词》。《唐宋传奇集》卷四、《唐人小说》上卷辑入。

《邢凤》

《太平广记》卷二百八十二《邢凤》，注出《异闻录》。《岁时广记》卷一《踏春歌》，《锦绣万花谷》前集卷三。田汝成《西湖游览志余》卷二十六《幽怪传疑》，与本篇文字全同。《一见赏心编》卷六仙女类《西湖女》。《情史》卷十九情疑类《西湖水仙》与《艳异编》文字相同。《绿窗新话》卷上《邢凤遇西湖水仙》，注出《商芸小说》。《绣谷春容》杂录卷四《邢凤遇西湖水仙》。《西湖二集》卷十四《邢君瑞五载幽期》即衍其事。

《辽阳海神传》

蔡羽《辽阳海神传》，《古今说海》卷三十六说渊部别传家。《古今奇闻类记》卷二《辽阳美人前知宸濠败亡》简录、《程宰遇辽阳海神》全文照录，注"林屋山人蔡羽述"。"二刻"卷三十七《叠居奇程客得助》据此敷演。《情史》卷十九情疑类《辽阳海神》。

《洞箫记》

出《庚巳编》卷二，《情史》卷十九《洞箫美人》注"见《艳异编》"。

卷之三龙神部

《柳毅传》

《太平广记》卷四百十九《柳毅》，注出《异闻集》。《太平广记钞》卷六十九《柳毅》，删削末尾评论性句子，即"朝威叙而叹曰"之后。《醉翁谈录》辛集卷一《柳毅传书遇洞庭水仙女》。《一见赏心编》卷八神女类《龙女传》。《绿窗新话》卷上《柳毅娶洞庭龙女》。《古今奇闻类纪》卷六《一统志》。《虞初志》卷二《柳毅传》。《情史》卷十九情疑类《洞庭君女》。《奁史》卷七。《五朝小说唐人小说百家》传奇家、重编《说郛》卷一一三、《唐人说荟》一十集、《龙威秘书》四集、《艺苑捃华》、《唐代丛书》、《宝文堂书目》子杂类、《百川书志》传记类、鲁迅《唐宋传奇集》卷二、汪辟疆《唐人小说》上卷、《晋唐小说六十种》三册、《丛书集成初编》文学类都收录此篇。

《灵应传》

康骈《剧谈录》之《华山龙移湫》条，与本篇相类。《太平广记》卷四百九十二杂传记九，不注出处，《古今说海》说渊部别传家《灵应传》，《唐人说荟》第十集，《唐代丛书》卷十二，《龙威秘书》四集，《删补文苑楂桔》卷二《灵应》，文字基本同，个别差异应是脱衍所致。虫天子《香艳丛书》第七集卷二，《晋唐小说六十种》七册。

卷之四仙部

《裴航》

出裴铏《传奇》。《太平广记》卷五十《裴航》，注出《传奇》。《太平广记钞》卷九《云英》。《类说》三二同题节载，《绀珠集》节载，题《蓝桥神仙窟》，《三洞群仙录》节载，题《传记》。《侍儿小名录拾遗》节载。《古今事文类聚》前集卷三四节载《蓝桥遇仙》。《锦绣万花谷》前集卷二节载《仙药》。卷一六节载《饮琼捣霜》。《绿窗新话》卷上节载，题《裴航遇蓝桥云英》。《醉翁谈录》辛集卷一节载《裴航遇云英于蓝桥》。《情史》卷十九情疑类《云英》。《稗家粹编》卷五仙部《裴航遇云英记》。《一见赏心编》卷六仙女类《云英传》。《仙佛奇踪》消摇墟卷三《裴航》。《绣谷春容》杂录卷四《裴航遇蓝桥云英》。林本、冯本《燕居笔记》卷七记类《裴航遇云英记》。《清平山堂话本》卷二《蓝桥记》据此改编。

《少室仙姝传》

《太平广记》女仙卷六十八《封陟》，注出《传奇》，文字同。《古今说海》说渊部别传家不著撰人。《一见赏心编》卷六仙女类《上元传》。

《嵩岳嫁女记》

《太平广记》卷第五十神仙五十。《虞初志》卷三《嵩岳嫁女记》。《一见赏心编》卷五仙境类《璆韶传》。《绿窗女史》神仙部神媪门《嵩岳嫁女记》。《百川书志》卷一传记类、《宝文堂书目》卷中子杂类。

《裴谌》

《永乐大典》残卷《裴谌传》。《太平广记》卷十七神仙十七注出《续玄怪录》，误，实出牛僧孺《玄怪录》卷一。《古今说海》说渊部二八、《逸史搜奇》丙集七题《王恭伯传》。《稗家粹编》卷五仙部《裴谌》。《一见赏心编》卷七仙郎类《裴谌传》。

《张老》

出四卷本《幽怪录》卷一。《太平广记》卷十六《张老》注出《续玄怪录》。《类说》本《幽怪录》节载，题《韦女嫁张老》。《一见赏心编》卷七仙郎类《张老传》。《情史》卷十九情累类《张果老》。《逸史搜奇》巳集九《张老》。林本、冯本《燕居笔记》卷七纪类《张老夫妇成仙纪》。《古今小说》卷三十三《张古老种瓜娶文女》本事。《花草粹编》卷六《玉壶冰》。

《薛昭传》

《太平广记》卷六十九《张云容》，注出《传纪》。《太平广记钞》卷九《张云容》。《姬侍类偶》卷上《云容兰昌》，注出《传奇》。《醉翁谈录》己集卷二《薛昭娶云容为妻》。《古今说海》说渊部别传家。《绿窗女史》神仙部仙姬门。《才鬼记》卷五《张云容》。《一见赏心编》卷十宜缘类《云容传》。《情史》卷二十情鬼类《张云容》。《逸史搜奇》丁集八《薛昭》。

卷之五宫掖部一

《少昊》

晋王嘉《拾遗记》卷一。《情史》卷十九情疑类《太白精》。

《妲己》

第一则见于《史记·殷本纪》。第二则见于王嘉《拾遗记》卷二《殷汤》条师延事，《艳异编》本较之《拾遗记》本有删节。

《周昭王》

王嘉《拾遗记》卷二。《情史》卷十情灵类《涂休国二女》，删去后面对青凤的交代。

《穆王》

王嘉《拾遗记》卷三《周穆王》。

《褒姒》

《史记》卷四周本纪。《情史》卷七情痴类《褒姒》。《亘史》外纪宫艳卷一《褒姒》。

《夏姬》

《史纪·陈杞世家》有记载，但只是《艳异编》所载内容的一部分。南宋姚宽《西溪丛语》卷下《春秋》载夏姬事，文字多有不同。《列女传·孽嬖·陈女夏姬》文字基本相同。《情史》卷十七情秽类《夏姬》。《亘史》外纪《夏姬》。《宫艳》卷一《夏姬》。

《越王》

王嘉《拾遗记》卷三《越谋灭吴》。《太平广记》卷二百七十二《夷光》，注出《王子年拾遗记》。《太平广记钞》卷四十四《夷光》。《姬侍类偶》卷下《夷光贡吴》，佚名《宝椟记》，《情史》卷五情豪类《吴王夫差》以"有朽株尚为祠神女之处"作结，省略后边越王及范蠡事。

《燕昭王》

《太平广记》卷五十六《玄天二女》，注出《王子年拾遗记》，《太平广记钞》卷八《玄天二女》。《姬侍类偶》卷上《旋娟广延》引《王子年拾遗记》。《情史》卷十九情疑类《玄天女》。

《齐襄王》

《战国策》卷四。《史记》卷四十六《田敬仲完世家》、《潜王之遇》等。《情史》情侠类《太史敫女》。《史记·春申君列传》亦载此事。

《中山阴后》

《战国策》卷三十三中山策《阴姬与江姬争为后》。

《秦宣太后》

《战国策》卷四。《情史》卷十七情秽类《秦宣太后》。

《吕不韦》

《史记》卷二十五《吕不韦列传》第八十五。

卷之六宫掖部二

《汉武帝》

旧题汉班固《汉武故事》。《古今说海》说纂部逸事家《汉武故事》。《情史》卷七情痴类《汉武帝》。

《孝武李夫人传》

汉班固《汉书》卷九十七上《外戚列传》第六十七上《李夫人本以倡进》。《情史》卷九情幻类《李夫人》。《绿窗女史》卷二《李夫人传》。《青泥莲花记》卷七《孝武李夫人传》第一个故事。清陈梦雷《古今图书集成》明伦汇编宫闱典妃嫔部收此篇及下篇《武帝》。

《武帝》

出《拾遗记》卷五。《绿窗女史》卷二宫闱上宠遇门、《青泥莲花记》卷七《孝武李夫人传》合载两篇，引上篇《孝武李夫人传》，出《汉书·外戚传》、本篇《武帝》出《拾遗记》卷五。《情史》卷六情爱类《李夫人》。《亘史》外纪《宫艳》卷二《李夫人》。

《孝武帝》

《汉武帝内传》一卷，旧本题汉班固撰。《太平广记》卷三，删去元灵二曲及十二事篇目，又脱朱鸟窗一段注出《汉武内传》。《隋志》著录二卷，不注撰人，《宋志》亦注，曰不知作者，《道藏》亦收入。《广汉魏丛书》、《说郛》、《粤雅堂丛书》等。清金山人钱熙祚刻《守山阁丛书》时，以《道藏》本、《太平广记》、《类说》等对本书作了校勘，并有校记，钱曾《读书敏求记》曰：《汉武内传》一卷，屠守居士空居阁校本。

《王昭君》

宋范晔《后汉书》卷一百十九《南匈奴传》。《西京杂记》卷二亦载。百卷本《说郛》卷二十收《西京杂记》，然未见此篇。《情史》卷十三情憾类《昭君》，应是综合两者，后有冯氏的两段议论。

卷之七宫掖部三
《孝成赵皇后传》
《漢書》卷九十七下外戚傳第六十七下《孝成趙皇后》。
《赵飞燕外传》
汉伶玄撰《飞燕外传》。《一见赏心编》卷九宠幸类《昭仪传》。《情史》卷十七情秽类《飞燕合德传》。《删补文苑楂橘》卷一《赵飞燕》。《绣谷春容》杂录卷四《赵飞燕通燕赤凤》、《汉成帝服谨恤胶》。《古今谈概》卷二十二儇弄部《捕獭狸》等。吴琯《古今逸史》名《赵后外传》，不题撰人。徐燉《红雨楼书目》小说家类收录
《赵飞燕合德别传》
秦醇《赵飞燕别传》，刘斧《青琐高议》前集卷七《赵飞燕别传》，题下注云"别传叙飞燕本末"，题谯川秦醇子复撰。《说郛》卷三二《赵飞燕别传》，注："一卷，一作《赵后遗事》。"《续百川学海》乙集《赵后遗事》、《稗乘》题《赵氏二美遗踪》、《绿窗女史》、重编《说郛》卷一一一《飞燕遗事》、《龙威秘书》四集《飞燕遗事》、《香艳丛书》、鲁迅《唐宋传奇集》等本都有收录。
《飞燕事六条》
第一、二、三条出《西京杂记》卷一，第四条卷二，第五条卷五，第六条晋王嘉《拾遗记》卷六，百卷本《说郛》卷二十收《西京杂记》，然未见此篇。
《宵游宫》
王嘉《拾遗记》卷六。《太平广记》卷二百三十六《宵游宫》，注出《拾遗记》。《太平广记钞》卷三十五《汉武帝》。《情史》卷五情豪类《汉成帝》，《初潭集》卷三夫妇三等，吴琯《古今逸史》收入《拾遗记》。

卷之八宫掖部四

《汉灵帝》（应为献帝，《艳异编》《情史》皆误）

王嘉《拾遗记》卷六，文字全同。《太平广记》卷二百三十六《后汉灵帝》注出《王子年拾遗记》。《太平广记钞》卷三十五《汉灵帝》，《情史》卷五情豪类《汉灵帝》。董斯张《广博物志》卷四十二《灵帝游于西园》。吴琯《古今逸史》收入《拾遗记》。

《献帝伏皇后》

《拾遗记》卷五，吴琯《古今逸史》收入《拾遗记》。

《薛灵芸》

王嘉《拾遗记》卷七《魏文帝》。《太平广记》卷二百七十二《薛灵芸》，注出《王子年拾遗记》。《太平广记钞》卷四十四《薛灵芸》。《姬侍类偶》卷下《灵芸金车》、《绿窗新话》卷下《薛灵芸容貌绝色》，均注出《王子年拾遗记》。《绿窗女史》卷二《薛灵芸传》，标明作者为（晋）王嘉。《情史》卷五情豪类《魏文帝》，《初潭集》卷三夫妇三，《秀谷春容》杂录卷五《薛灵芸容貌绝色》等。

《吴赵夫人》

《拾遗记》卷八。

《吴潘夫人》

《拾遗记》卷八。《情史》卷八《潘夫人》。

《吴邓夫人》

晋王嘉《拾遗记》卷八。《情史》卷六情爱类《邓夫人》。《绣谷春容》杂录卷五《吴夫人伤额益妍》。

《孙亮》

王嘉《拾遗记》卷八《孙亮作绿琉璃屏风》。《太平广记》卷二百七十二《孙亮姬朝姝》，注出《王子年拾遗记》。《太平广记钞》卷四十四《孙亮姬》。《情史》卷五情豪类《吴孙亮》。

《蜀甘后》

《太平广记》卷二百七十二《蜀甘后》，注出《王子年拾遗记》，未见今本。《太平广记钞》卷四十四《蜀甘后》。《情史》卷六情爱类《蜀甘后》。

《贾皇后传》

《晋书》卷三十一。《情史》卷十七情秽类《晋贾后》实出于此。《绣谷春容》杂录卷四《贾皇后喜洛南吏》。

《晋武胡贵嫔传》

房玄龄等《晋书》卷三十一列传第一后妃上。

《晋时事》

《拾遗记》卷九。

《齐废帝东昏侯潘妃传》

李延寿《南史》卷五。《情史》卷五情豪类《东昏侯》。

《郁林王何妃》

《南齐书》卷二十、《南史》卷十一等。《情史》卷十七情秽类《誉林王何妃》实出于此，只删削末尾"父戢自有传"。

《元帝徐妃》

《南史》卷十二。《情史》卷十七情秽类《元帝徐妃》实出于此。

《北齐武成皇后胡氏传》

《北齐书》卷九、《北史》卷十四等。《情史》卷十七情秽类《北妻武成皇后胡氏传》。

《后主穆皇后》

《北史》卷一四列传第二后妃下。

《后主冯淑妃》

《隋书》卷二十三、《北史》卷十四。《古今谭概》卷三《宠妃》。《情史》卷七情痴类《北齐后主纬》。《侯鲭录》卷一《小怜》、李贺诗《冯小怜》。

《后主张贵妃》

唐姚思廉《陈书》卷七。《情史》卷五情豪类《陈后主叔宝》，《情史》文字简洁，出于《艳异编》。

《隋宣华夫人陈氏》

《隋书》卷三十六。《情史》卷十七情秽类《隋宣华夫人陈氏》实出于此。

卷之九宫掖部五

《海山记》

《青琐高议》后集卷五，题《隋炀帝海山记》。《说郛》卷三二题《海山记》，注唐阙名，删去各地进贡花木的明细单，明清稗说皆从《说郛》删去。《古今说海》说纂部逸事家乙集三卷，题《炀帝海山记》。《历代小史》亦题《炀帝海山记》。《古今逸史》逸部题（唐）韩偓传、重编《说郛》卷一百一十、《五朝小说·唐人百家小说》纪载家、桃源居士《唐人小说》收其中《炀帝纵鱼》，见于《分门古今类事》卷一引《阙史》。李剑国《唐五代志怪传奇叙录》以为唐阙名撰。

《迷楼记》

最早见于《说郛》卷三二，题《迷楼记》，《古今逸史》逸部，题（唐）韩偓传。《古今说海》说纂部逸事家，题《炀帝迷楼记》，文字基本同。重编《说郛》卷一百一十、《五朝小说·唐人百家小说》纪载家、《香艳丛书》六集均从《说郛》收入。《历代小史》本题《炀帝迷楼记》。《唐人说荟》六集、《唐代丛书》卷八、《无一是斋丛钞》、《旧小说》乙集亦取《说郛》，然妄题唐韩偓撰。《一见赏心编》卷九玩适类《迷楼记》，《情史》卷一三情憾类节《侯夫人》。《唐宋传奇集》卷六收入。李剑国《唐五代志怪传奇叙录》以为唐阙名撰。

《大业拾遗记》

《崇文总目》始著录，后史志书目多有著录。如《遂初堂书目》、《通志略》、《郡斋读书志》、《通考》、《宋志》，宋刻《百川学海》乙集题《隋遗录》，《说郛》卷七八，重编《说郛》卷一一零。《一见赏心编》卷九玩适类《大业记》。《情史》卷五情豪类《隋帝广》，末二节袁寅儿、殿脚女及卷六情爱类《吴绛仙》采自本篇。《香艳丛书》三集,《醒世恒言》卷二十四《隋炀帝逸游召谴》本事。鲁迅《唐宋传奇集》卷六。李剑国《唐五代志怪传奇叙录》以为唐阙名撰。

卷之十宫掖部六
《武后传略》
欧阳修、宋祁等《新唐书》卷七十六有载。《一见赏心编》卷九宠幸类《武后传》大致相同,字句略有差异。《情史》卷十七情秽类《唐高宗武后》,有节略。《稗家粹编》卷三宫掖部《武媚娘传》,本事出《新唐书》而风格殊异,且有"予读史至此"句,加有许多诗句,《阃娱情传》对此篇承袭甚多。

《韦后》
《新唐书》列传第一后妃上,照录。《情史》卷十七情秽类《韦后》。《古今谈概》卷十九《唐无家法》。

《上官昭容》
《新唐书》列传第一后妃上,节选。

卷之十一宫掖部七
《长恨歌传》
《太平广记》卷四八六《长恨传》,署陈鸿撰。《一见赏心编》卷九宠幸类《贵妃传》。《情史》卷九情幻类《长恨歌传》。《虞初志》卷二《长恨传》,署陈鸿。《稗家粹编》卷三《长恨传》,文末不附白居易《长恨歌》。《绿窗女史》宫闱部,重编《说郛》卷一一一亦收。另有《文苑英华》本。

《开元天宝遗事》
(五代·蜀)王仁裕《开元天宝遗事》146 条中选 31 条。李栻《历代小史》本一卷,《顾氏文房小说》本二卷,《情史》卷二十四情迹类《开元遗事》亦出此书。《稗家粹编》卷三《续开元天宝遗事》以第三人称口吻将小故事串联起,然细节亦出《开元天宝遗事》。宋

《郡斋读书志》《直斋书录解题》，清《补五代史艺文志》均有著录、《顾氏文房小说》本，均二卷；《续百川学海》本、《說郛》本、《唐人说荟》本等，均一卷。

卷之十二宫掖部八
《杨太真外传》

第一则：乐史《杨太真外传》。《情史》卷六情爱类《杨太真外传》。《情史》只载天宝初年的事情，文字简洁。《宫妓中有念奴者》故事，见于《绣谷春容》杂录卷五《念奴有出云之音》。《杨太真外传》卷上，见于百卷本《说郛》卷三十八。

第二则：宋乐史《杨太真外传》，《情史》卷十七情秽类《唐玄宗、杨贵妃》，文字简洁。此外，《鹤林玉露》卷二乙编《杨太真》、《绿窗新话》卷下《杨贵妃舞霓裳曲》，注出《杨太真外传》、《古今谈概》卷十九《唐无家法》、《亘史》外纪宠幸卷四。《一见赏心编》卷九宠幸类《李白词》，《遂初堂书目》杂传类作《杨太真外传》。

卷之十三宫掖部九
《唐玄宗梅妃传》

唐传奇《梅妃传》，（宋）尤袤《遂初堂书目》杂传记类著录，陶宗仪《说郛》卷三八，题（唐）曹邺。顾元庆《顾氏文房小说》不著撰人。《绿窗女史》宫闱部怨恨门、《五朝小说唐人百家小说》纪载家、重编《说郛》卷一一一、《唐人说荟》一一集、《唐代丛书》卷一三、《龙威秘书》四集、《艺苑捃华》、《无一是斋丛钞》、《晋唐小说六十种》四册、《旧小说》乙集《梅妃传》一卷、叶德辉《唐人小传三种》、《唐开元小说六种》收。此处当出顾本。

《渤东舞女》

苏鹗《杜阳杂编》卷中，文字全同。《太平广记》卷二七二《渤东舞女》，注出《杜阳杂编》。《说郛》卷六《杜阳杂编》，但未收此篇。《孔帖》卷一二节。此外尚有《稗海》《五朝小说》《唐代丛书》

《学津讨源》《广四十家小说》《丛书集成》诸本收《杜阳杂编》。

《文宗》

苏鹗《杜阳杂编》卷中，文字全同。《太平广记》卷二百零四收第二则《沈阿翘》，注出《杜阳杂编》。《说郛》卷六《杜阳杂编》，但未收此篇，《丽情集》中有文宗诗。

《武宗贤妃王氏传》

《新唐书》列传第二后妃列传下。

《南唐后主昭惠后周氏》

（宋）马令《南唐书》卷六。《情史》卷十三情憾类《南唐昭惠后》。

《后主继室周后》

（宋）马令《南唐书》卷六。

《后主保仪黄氏》

（宋）马令《南唐书》卷六。

《女冠耿先生》

出吴淑《江淮异人录》之《耿先生》，陆游《南唐书》卷一四《耿先生传》，《永乐大典》有载，《绿窗女史》卷二闺闱部上宠遇门，题阙名。

《后主》

两则共出陆游《避暑漫抄》，分别注出《啽呓集》《清异录》。（元）宋无有《啽呓集》有第一则故事，（宋）陶穀《清异录》卷上有第二则《偎红倚翠大师》。（宋）王铚《默记》引龙衮《江南录》，《古今说海》说纂部散录家收入《避暑漫抄》，涵芬楼本《说郛》卷三十三收《啽呓集》，卷六十一《清异录》有第二则故事，名《偎红倚翠大师》，与本篇文字全同。情史卷五情豪类《鸳鸯寺、双飞寺》，（明）毛先舒《南唐拾遗记》，文字全同。

《大体双》

（宋）陶穀《清异录》卷上君道门《大体双》。见之百卷本《说郛》卷六十一。《情史》卷十七情秽类《大体双》。《古今谈概》卷八不韵部《媚猪》。

《蜀徐太后太妃》

（五代）何光远《鉴戒录》卷五《徐后事》内容相同，然字句与《知不足斋丛书》本字句多有差异。百卷本《说郛》卷九收《鉴戒录》，但无此篇。

《王衍》

（宋）张唐英《蜀梼杌》卷上《衍字化源》。《情史》情豪类《王衍》（原书无目有文）。

卷之十四宫掖部十

《王岐公》

（宋）钱世昭《钱氏私志》。《古今说海》说略部杂记家收入《钱氏私志》，百卷本《说郛》卷三十九收《钱氏私志》，《历代小史》、《丛书集成初编》，《旧小说丁集》亦收。

《明节刘后》

《宋史》列传二有前两则，最后一则故事出（宋）钱世昭《钱氏私志》。《古今说海》说略部杂记家收入《钱氏私志》，载有最后一则故事，百卷本《说郛》卷三十九收《钱氏私志》，《旧小说丁集》，《历代小史》、《丛书集成初编》亦收《钱氏私志》。

《蔡京太清楼记》

（宋）庄绰《鸡肋编》卷中，与本篇文字全同。（宋）王明清《挥麈录余话》有提及蔡京作太清楼记事，百卷本《说郛》卷。

《蔡京保和延福二记》

（宋）王明清《挥麈录余话》卷一，百卷本《说郛》卷三十七，此处文字脱去三处，与《说郛》更相近。

《德寿宫看花》

出《乾淳起居注》，（宋）周密原本、（明）朱廷焕补《增补武林旧事》卷七。

《德寿宫生辰》

出《乾淳起居注》，（宋）周密原本、（明）朱廷焕补《增补武林旧事》卷七。

《金废帝海陵诸嬖》

《金史》卷六十三列传第一后妃上。《情史》卷十七情秽类《金废帝海陵》，文字相同。《醒世恒言》卷二十三《金海陵纵欲亡身》本事。

《寿宁县主什古等》

《金史》卷六十三列传第一后妃上。

《海陵》

《金史》卷六十三列传第一后妃上。《京本通俗小说》卷二十一有《金虏海陵王荒淫》亦与《金史》诸传相合。

《元顺帝》

《元史》卷四十三本纪四十三，《情史》卷五亦收《元顺帝》，与此篇不同。

《演蝶儿》（原书无目有文）

《元史》卷二百五有相关记载。《情史》卷十七情秽类《元顺帝》。瞿佑《香台集》卷下《文殊魔舞》。

卷之十五戚里部一

《馆陶公主》

《汉书·东方朔传》，《情史》卷十七情秽类《馆陶公主》，与《艳异编》文字相同。《稗家粹编》卷三戚里部《馆陶公主》。

《董偃》

段成式《酉阳杂俎》，《太平广记》卷四零三《清延堂》。百卷本《说郛》卷三十六收入《酉阳杂俎》。

《山阴公主》

本事出《宋书》本纪第七。《情史》卷十七情秽类《山阴公主》，与《艳异编》文字相同。《绣谷春容》杂录卷四《山阴主戏褚彦回》。

《古今谭概》卷十九《面首》。

《王维》

出薛用若《集异记》。《太平广记》卷一七九《王维》，注出《集异记》。《虞初志》卷一《集异记》之《王维》。《虞初志》篇与《艳异编》文字相同，同止于"维遂作解头，一举登第"，少了《太平广记》中对王维以后生平的介绍。

《安乐公主》

《新唐书》卷九十六列传第八诸帝公主。《情史》卷十七情秽类《安乐公主》据此，但文字简洁。

《同昌公主外传》

《太平广记》卷二百三十七《同昌公主》，注出《杜阳编》，与《艳异编》同。《古今说海》说渊部，不著撰人。《绿窗女史》宫闱部宠遇门、重编《说郛》卷一一三都作唐苏鹗《同昌公主传》。

《孙寿》

《后汉书》卷三十四梁统列传第二十四。《情史》卷二十二情外类《秦宫》合并本篇及卷三一《秦宫》为一。《稗家粹编》卷三戚里部《孙寿》，文字全同《艳异编》。亦见于《姬侍类偶》卷上《通期梁猭》。

卷之十六 戚里部二

《石崇》

《晋书》列传三。

《石崇事》

晋王嘉《拾遗记》卷九，与《情史》文字相同。冯贽《云仙杂记》亦收。

《绿珠传》

乐史《绿珠传》，见之宛委山堂本《说郛》卷三十八。《情史》卷一情贞类《绿珠》，《稗史汇编》卷四十五《绿珠传》，林本、何本《燕居笔记》卷八和卷十《绿珠坠楼记》等。晁瑮《宝文堂书目》类书类著录。

《翾风》

《太平广记》卷二百七十二《石崇婢翾风》，注出《王子年拾遗记》。《太平广记钞》卷四十五《翾风》，二者文字相同。《姬侍类偶》卷下《翾风失爱》，《情史》卷十六《翾风》，有删削。《稗史汇编》卷四十五《翾风作诗》。《奁史》二十，均引《拾遗记》。

《徐君蒨》

《南史》卷五十五，明万历间陈耀文《天中记》卷二十八。

《萧宏》

《南史》卷五一、五五。《稗家粹编》卷三戚里部《萧宏》。

《高阳王》

杨衒之《洛阳伽蓝记》。《太平广记》卷二三六。

《河间王》

杨衒之《洛阳伽蓝记》。《太平广记》卷二三六。

《宁王》

孟棨《本事诗》。《太平广记》卷四零二，《情史》卷四情侠类《宁王宪》。《剪灯余话》卷一《长安夜行录》，据以改写。明天然痴叟《石点头》卷十《王孺人离合团鱼梦》入话本事。清陈梦雷《古今图书集成》明伦汇编闺媛典闺恨部。

《元载》

《太平广记》卷二三七《芸辉堂》，注出《杜阳杂编》，《类说》节载，题《芸辉堂》、《瑶英啖香》，卷二九《丽情集》有《香儿》，乃薛琼英事。《绀珠集》节载，题《云晖堂》，（宋）计敏夫《唐诗纪事》卷二十三。此外见于（唐）苏鹗《杜阳杂编》卷上，《说郛》卷六收《杜阳杂编》，《一见赏心编》卷四名姝类《薛瑶英》，《绿窗新话》卷下《薛瑶英香肌绝妙》，《姬侍类偶》卷上《瑶英饭香》均注出《杜阳杂编》。又有《丽情集》《香儿》，温豫《续补侍儿小名录》《瑶英》，《情史》卷五情豪类分题《元载》、《薛琼英》等。

《张功甫》

出周密《齐东野语》。

《韩侂胄》

出《西湖游览志余》卷四《佞幸盘荒》，与本篇文字全同。宋樵叟《庆元党禁》亦收韩侂胄事，《永乐大典》收入《庆元党禁》，《稗家粹编》卷三戚里部《韩侂胄》，（清）潘永因《宋稗类太平广记钞》。

卷之十七 幽期部一

《司马相如传》

本事见《史记》卷一百十七《司马相如列传》。（汉）刘歆《西京杂记》卷二。《异闻集》有《相如琴挑》，《类说》节载为六十九字短章。《绿窗新话》卷下《文君窥长卿抚琴》，注出《司马相如列传》。百卷本《说郛》卷二十收《西京杂记》，然未见此篇。《情史》卷四情侠类《卓文君》。吴震元《奇女子传》卷一亦载。《国色天香》杂录卷四《白头吟》。《绣谷春容》杂录卷五《文君窥长卿抚琴》。

《卓文君》

本事见《史记》卷一百十七《司马相如列传》等。《西京杂记》卷二《相如死渴》。此外见于《情史》卷六情爱类《卓文君》。百卷本《说郛》卷二十收《西京杂记》，然未见此篇。

《贾午》

《晋书》卷四十列传《贾充》。《绿窗女史》缘偶部幽期门题唐王彬。《情史》卷三情私类《贾午》。

《莺莺传》（注云：即会真记）

《太平广记》卷四百八十八《莺莺传》。《太平广记钞》卷八十《莺莺传》。《类说》本《异闻集》收节本，题《传奇》。张君房《丽情集》亦收，已佚。此外见于《姬侍类偶》卷下《红娘持笺》。《绿窗新话》卷上《张公子遇崔莺莺》。《一见赏心编》卷一幽情类《莺莺传》。《绿窗女史》缘偶部。《虞初志》卷五《莺莺传》（《艳异编》

将其截作《莺莺传》和《李绅莺莺本传歌》)。《情史》卷十四《莺莺》、《李绅莺莺本传歌》、《杜舍人牧之次会真诗三十韵》、《王性之传奇辨证》、《元微之古绝诗词》、《莺莺传跋》等。《删补文苑楂橘》卷一《崔莺莺》全同《虞初志》，少《艳异编》李绅莺莺本传歌及以后内容，亦同《太平广记》。《绣谷春容》杂录卷一《莺莺明月三五夜》，林本《燕居笔记》卷五《会真诗》等。重编《说郛》卷一一五、《唐人说荟》一二集、《唐代丛书》卷一五、《龙威秘书》四集、《无一是斋丛钞》、《晋唐小说六十种》五册、《旧小说》乙集；明清书目《百川书志》、《宝文堂书目》、《奕庆藏书楼书目》等亦多见著录。其中《百川书志》著录《莺莺传》一卷，又附《会真诗纪》一卷（注：唐李绅、杜牧之诗咏莺莺事），《会真诗咏》一卷（注：宋元人咏及莺莺事皆集此），《传奇辨证》一卷（注：宋汝阴王銍性之著，辨张生），《传奇傍记》一卷（皇明吴门祝肇孝先著，辨张生）。

《李绅莺莺本传歌》

《百川书志》著录《会真诗纪》一卷，注云：唐李绅杜牧之诗咏莺莺事。《虞初志》卷五《莺莺传》。

《杜舍人牧之次会真诗三十韵》

《百川书志》著录《会真诗纪》一卷，注云：唐李绅杜牧之诗咏莺莺事。

《王性之传奇辨证》（注云：汝阴王銍）

与《元微之古艳诗词》共出《侯鲭录》卷五《辨传奇莺莺事》。《百川书志》著录。百卷本《说郛》卷三九《侯鲭录》收入。与本篇有字句差异。

《元微之古艳诗词》

与《王性之传奇辨证》共出《侯鲭录》卷五《辨传奇莺莺事》，《百川书志》著录。百卷本《说郛》卷三九《侯鲭录》收入。

《莺莺传跋》

出《南村辍耕录》卷十八。

《飞烟传》

《太平广记》卷四百九十一杂传记八题《非烟传》，皇甫枚撰。《太平广记钞》卷四十五《非烟》，删削部分文字。《说郛》卷三三《三水小牍》有《飞烟》，《丽情集》有《非烟》。《类说》卷二十九、《绀珠集》卷十一。（宋）高似孙《剡录》卷七。《姬侍类偶》卷上《非烟纤丽》注出皇甫枚《非烟传》。《绿窗新话》卷下《赵象慕非烟握秦》，注出《丽情集》。《虞初志》卷五《非烟传》。《情史》卷十三情憾类《非烟传》。《绣谷春容》杂录卷一《步非烟踰垣相从》。林本、冯本《燕居笔记》卷九传类《非烟传》。《一见赏心编》卷三幽情类《飞烟传》，《绿窗女史》缘偶部幽期门、重编《说郛》卷一一二，《唐人说荟》一二集、《唐代丛书》卷一四、《龙威秘书》四集、《艺苑捃华》、《香艳丛书》六集卷三、《晋唐小说六十种》四册、《旧小说》乙集、《丛书集成初编》文学类皆收本传，文同《太平广记》。《警世通言》卷三十八《蒋淑真刎颈鸳鸯会》本事。

卷之十八幽期部二
《潘用中奇遇》

佚名《绿窗纪事》中《潘黄奇遇》。《稗家粹编》卷二幽期部《潘用中奇遇记》。《一见赏心编》卷三《黄女传》。《绿窗女史》卷四缘偶部上慕恋门。《情史》卷三情私类《潘用中》。《剪灯丛话》卷一《桃帕传》。《绣谷春容》杂录卷一《黄氏女掷桃寄诗》。林本、冯本《燕居笔记》卷一诗话《用中奇遇》。《西湖二集》卷十二《吹凰箫女诱东墙》入话本事之一。郑方坤《全闽诗话》卷六。

《郑吴情诗》

（元）郑禧撰，见于《说郛》卷一百十五《春梦录》、《说郛续》卷一百一十五。《情史》卷十三情憾类《吴氏女》，只简录故事情节，删去序文与其它诗作。梅鼎祚《才鬼记》卷十五《吴氏女》，注云《春梦录》。《绣谷春容》杂录卷一《吴处子诗酬郑生》。

《联芳楼记》

《剪灯新话》卷一《联芳楼记》。《情史》卷三情私类《薛氏二芳》。《稗家粹编》卷二《兰蕙联芳记》。《一见赏心编》卷三幽情类《兰蕙传》。《绣谷春容》卷三《联芳楼记》。《万锦情林》卷三《联芳楼记》。林本、何本《燕居笔记》卷五《联芳楼记》。《绿窗女史》卷四。《稗史汇编》卷四十九《金盘赠妓》内容略异。

卷之十九幽期部三
《娇红记》

宋远撰。《情史》卷十四《王娇》。《一见赏心编》卷一幽情类《娇红传》，《花阵绮言》、《国色天香》、《风流十种》、《绣谷春容》、《万锦情林》、《燕居笔记》等均收入。

卷之二十冥感部一
《离魂记》

《太平广记》卷三百五十八《王宙》，注出《离魂记》。《类说》卷二八节载。《太平广记钞》卷六十《王宙》。《绿窗新话》卷上《张倩娘离魂奔婿》。《情史》卷九情幻类《张倩娘》。《稗家粹编》卷六冥感部《离魂记》。《绣谷春容》杂录卷四《张倩娘离魂奔婿》。《一见赏心编》卷十一魂交类《张倩娘》。《虞初志》卷一《离魂记》、《绿窗女史》冥感部神魂门、冯本《燕居笔记》卷八、《唐人说荟》一五集、《龙威秘书》四集、《唐代丛书》卷一八、《晋唐小说六十种》六册、《旧小说》乙集、鲁迅《唐宋传奇集》卷一、汪辟疆《唐人小说》卷上。

《韦皋》

（唐）范摅《云溪友议》卷中《玉箫化》。《太平广记》卷二百七十四《韦皋》，注出《云溪友议》。《太平广记钞》卷十九《玉箫》。《绿窗女史》卷七冥感部重生门。詹玠《唐宋遗史》名《玉箫之约》，见之《绀珠集》卷五。《姬侍类偶》卷下《玉箫绝食》，注出《云溪友议》。《分门古今类事》卷四《韦公玉箫》,《绿窗新话》卷上《玉箫再生为韦妾》,均注出《唐宋遗史》。《情史》卷十情灵类《韦皋》。《稗家粹编》卷六冥感部《韦皋》。《绣谷春容》杂录卷四《玉箫再生为韦妾》。

《崔护》

唐孟棨《本事诗·情感第一》。《太平广记》卷二百七十四《崔护》,注出《本事诗》。《太平广记钞》卷十九《崔护》,《情史》卷十情灵类《崔护》,《稗家粹编》卷六冥感部《崔护》。此外见于《岁时广记》卷一七《访庄妇》,《绿窗新话》卷上、《顾氏文房小说》、《绣谷春容》卷四《崔护觅水逢女子》。

《买粉儿》

《太平广记》卷二百七十四《买粉儿》,注出《幽明录》。《太平广记钞》卷十九《买粉儿》。《绿窗新话》卷上《郭华买脂慕粉郎》。《情史》卷十情灵类《买粉儿》。瞿佑《香台集》卷下《月英留鞋》。

卷之二十一冥感部二
《贾云华还魂记》

李昌祺《剪灯余话》卷四《贾云华还魂记》。原文约一万五千字,《艳异编》少开头一封书信。《一见赏心编》卷三幽情类《月俄传》,书内题《云华月娥传》,删节较多,约五千余,。《绿窗女史》卷六冥感部神魂门误题宋陈仁玉,约一万二千字,主要删去一封书信、一篇祭文、二十七首诗、十二阕词。《雪窗谈异》卷三亦收,全同《绿窗女史》。《情史》卷九情幻类《贾云华》只是原故事的缩写,不及两千字。《古今图书集成·闺媛典》卷三六八闺恨部《魏鹏传》,全同《情史》所录。周清源《西湖二集》卷二十七《洒雪堂巧结良缘》即据此改编,周作被(清)陈树基收入《西湖拾遗》卷四十三,题《借尸还魂成婚应梦》。《南词叙录》著录无名氏《贾云华还魂记》戏文,(明)沈柞《指腹记》、谢天瑞《分钗记》、冯之可《姻缘记》、祁彪佳《远山堂曲品》著录无名氏《金凤钗》、梅孝已《洒雪堂》传奇，均演此事，今惟存《撒雪堂》。

卷之二十二梦游部

《樱桃青衣》

《太平广记》卷二百八十一《樱桃青衣》，不著出处。《孔帖》卷九十九、《锦绣万花谷》后集卷三七节引《异闻集》，题《青衣携篮》。《古今合璧事类备要》别集卷四一节载，题《青衣携一笼》。《绿窗女史》卷六冥感部梦寐门，作者讹为任番传。《一见赏心编》卷五梦游类《青衣传》。

《独孤遐叔》

《太平广记》卷二百八十一《独孤遐叔》，注出《河东记》。《岁时广记》卷一七节引，题《惊妻梦》。《类说》卷五十《缙绅·脞说》（宋张君房撰）节引。（明）余公仁《燕居笔记》卷八《独孤遐叔记》。《绿窗女史》卷六冥感部梦寐门《见梦记》。冯梦龙《醒世恒言》卷二五《独孤生归途闹梦》。叶宪祖《龙华梦》杂剧（《远山堂剧品·雅品》）取材于此。

《邢凤》

本书卷二亦收同名，文不同。《沈下贤文集》卷四题《异梦录》。《太平广记》卷二百八十二《邢凤》，注出《异闻录》。《太平广记钞》卷五十一《邢凤》。段成式《酉阳杂俎》前集卷一四《诺皋记上》记"弓腰"事。《类说》卷二四节载，题《舞鞋弓弯》。《古今说海》说渊三《邢凤》。《顾氏文房小说》引《博异志》。《稗家粹编》卷三梦游部《沈亚之》。

《沈亚之》

（唐）沈亚之《沈下贤集》卷二《秦梦记》。《太平广记》卷二百八十二《沈亚之》，注出《异闻集》。《太平广记钞》卷五十一《沈亚之》。《情史》卷九情幻类《沈亚之》。《逸史搜奇》辛集三《沈亚之》等。

《张生》

《太平广记》卷二百八十二《张生》，注出《纂异记》。

《刘道济》

（唐）孙光宪《北梦琐言》卷七《刘道济幽窗梦》。《太平广记》卷二百八十二《刘道济》，注出《北梦琐言》。《情史》卷九情幻类《刘道济》。

《淳于棼》

《太平广记》卷四百七十五，注出《异闻录》，题《淳于棼》，《艳异编》内容题目都同《太平广记》。《类说》卷二八《异闻集》节本题《南柯太守传》，《古今事文类聚》后集卷二一节引，题《大槐宫记》。《群书类编故事》卷九所引全同。《一见赏心编》卷五梦游类《南柯传》。《虞初志》卷三、《合刻三志》志梦类、《唐人说荟》一二集、《唐代丛书》卷一五、《龙威秘书》四集、《无一是斋丛钞》、《说库》、《晋唐小说六十种》、《旧小说》。《百川书志》卷五传记类、《宝文堂书目》子杂类皆著《南柯记》。《唐宋传奇集》卷三、《唐人小说》卷上并题《南柯太守传》。

《刘景复》

《太平广记》卷二百八十《刘景复》，注出《纂异记》。《太平广记钞》卷五十二《三让王》，与《太平广记》开头文字略异，《情史》卷九情幻类《胜儿》与《太平广记》文字相同。此外见于《姬侍类偶》卷上《胜儿绘画》，《续补侍儿小名录》节引。

《安西张氏女》

唐白行简《三梦记》。《全唐文》卷六九二收入，题《纪梦》。（宋）方回《虚谷闲抄》第一篇，注出《三梦记》。百卷本《说郛》卷四。《五朝小说唐人百家小说》本、重编《说郛》本、《唐人说荟》本、《唐代丛书》本、《龙威秘书》本、《香艳丛书》本、《晋唐小说六十种》本、《旧小说》本、《丛书集成初编》本等小说丛书收入。《情史》卷九情幻类《安西张氏女》。

《司马才仲》

出《春渚纪闻》卷七诗词事略《司马才仲遇苏小》。《云斋广录》卷七《钱塘异梦》亦载，题旨相同而言语殊异。《情史》卷九情幻类《司马才仲》。《青泥莲花记》卷九《苏小小》，《剪灯丛话》卷四、《绿窗女史》卷六冥感部梦寐门，题宋王宇，《绿窗女史》名《司马才仲》，与《艳异编》此篇文字皆同《春渚纪闻》。田汝成《西湖游览志余》卷十六《香奁艳语》，其它与此篇中苏小小事相关者还见于《才鬼记》卷八。（宋）吴曾《能改斋漫录》卷一事始《钱塘苏小小》。《绿窗女史》卷一二青楼部上才名门《苏小小传》。《亘史》外纪卷十一吴艳《苏小小》。冯本《燕居笔记》下之十三卷《新编南窗笔记补遗》一卷《苏小小》。《古今图书集成·闺媛典》等。

《渭塘奇遇》

《剪灯新话》卷二《渭塘奇遇记》。《情史》卷九情幻类《王生》。《稗家粹编》卷三梦游部《王生渭塘奇遇记》。《一见赏心编》卷四奇逢类《渭塘女》。《稗史汇编》卷四十九《王生得女》。《绣谷春容》杂录卷四《王生渭塘得奇遇》。林本、何本、冯本《燕居笔记》卷五等均收。《孤本元明杂剧》有《王文秀渭塘奇遇》。

卷之二十三义侠部一
《乐昌公主》

（唐）孟棨《本事诗》情感第一。《太平广记》卷一百六十六《杨素》，注出《本事诗》。《醉翁谈录》辛集卷一《乐昌公主破镜重圆》。《岁时广记》卷十二《尚公主》，注出《本事诗》。《一见赏心编》卷四奇逢类《德言妻》。《情史》情侠类《杨素》。《稗家粹编》卷二重逢部《分镜记》。《稗史汇编》卷四十三《破镜再合》。林本、冯本《燕居笔记》卷一诗话《乐昌合镜》。《锦绣万花谷》后集卷十五《夫妇》，注出《古今诗话》。

《虬髯客传》

《太平广记》卷一百九十三《虬髯客》，注出《虬髯传》。《太平广记钞》卷二十九《虬髯客》。《说郛》卷三四录《豪异秘纂》首篇题张说《扶余国主》。《顾氏文房小说》中《虬髯客传》、《剑侠传》卷一《扶余国主》与此文字稍异。《虞初志》卷一《虬髯客传》、《删补文苑楂橘》卷一《虬髯客》文字同《艳异编》。重编《说郛》卷一二、《亘史》外纪女侠卷一《红拂》，《智囊》卷二十六闺智部雄略《红拂》，《过厅录》中《黄髯传》等。

《柳氏传》

出《本事诗》卷一，陈翰《异闻集》辑录，曾慥《类说》收《异闻集》节选，题《柳氏述》。晁瑮《宝文堂书目》子杂类《柳氏传》，高儒《百川书志》传记类《柳氏传》一卷。《太平广记》卷四百八十五《柳氏传》，内容同《艳异编》。《虞初志》卷五、林本《燕居笔记》卷九、余公仁《燕居笔记》卷九、《一见赏心编》卷十一豪侠类《柳氏传》、《绿窗女史》、《五朝小说》、《唐人说荟》、《唐代丛书》、《龙威秘书》、《艺苑捃华》、《晋唐小说六十种》、《旧小说》、《丛书集成初编》均收。《唐宋传奇集》卷二、《唐人小说》卷上。《醉翁谈录》癸集卷二《重圆故事》节录。《绿窗新话》卷上注出《异志》，节录。吴大震《练囊记》取资于此。

《无双传》

《太平广记》卷四百八十六《无双传》，注出薛调撰《无双传》。《太平广记钞》卷二十九《古押衙》。《丽情集》名《无双仙客》。《分门古今类事》卷十六《仙客遭变》，注出《秘闻闲谈》。《绿窗新话》卷上《王仙客得到无双》，注出《丽情集》。《虞初志》卷五《无双传》，《一见赏心编》卷十一豪侠类《无双女》。《情史》卷四情侠类《古押衙》。《删补文苑楂橘》卷一《古押衙》与《艳异编》文字全同，出《太平广记》。《绣谷春容》杂录卷四《王仙客得刘无双》。《亘史》内纪女侠卷二《无双》等。"二刻"卷九《莽儿郎惊散新莺燕》本事。

卷之二十四义侠部二

《红线传》

《太平广记》卷一百九十五《红线》，注出《甘泽谣》。《剑侠传》卷二。《虞初志》卷二。《稗家粹编》卷一《红线传》。《一见赏心编》卷十一豪侠类《红线女》。《奇女子传》卷三《红线》。《绿窗女史》节侠部剑侠门。《五朝小说·唐人小说百家》传奇家。《宝文堂书目》、《百川书志》均著录《红线传》。

《昆仑奴传》

《太平广记》卷一百九十四《昆仑奴》，注出《传奇》。《太平广记钞》卷二十九《昆仑奴》。《类说》节载，题《崔生》。《绀珠集》节手语、红绡两节。《古今说海》说渊部别传家《昆仑奴传》。《绿窗女史》节侠部剑侠门，题唐杨巨源。《剑侠传》卷三《昆仑奴》。《情史》卷四情侠类《昆仑奴》。《文苑楂橘》卷一《昆仑奴》。《稗家粹编》卷一《昆仑奴传》。《一见赏心编》卷十一豪侠类《红绡妓》。《绣谷春容》杂录卷四《崔生踰垣会红绡》。《逸史搜奇》丁集十《昆仑奴》等。

《车中女子》

出唐皇甫氏《元化记》。《太平广记》卷一百九十三《车中女子》，注出《原化记》，文字同。《剑侠传》卷一《车中女子》。《奇女子传》卷二《车中女子》。

《聂隐娘》

《太平广记》卷一百九十四《聂隐娘》，注出《传奇》。《夷坚续志》前集卷二记载聂隐娘学剑术事，题《斩人魂魄》。《剑侠传》卷二《聂隐娘》。

《花月新闻》

《夷坚支庚》卷四《花月新闻》。（元）林坤《诚斋杂记》卷下节载。《玉照新志》卷一《西宁中》大同小异。《情史》卷十九情疑类《剑仙》。《剑侠传》卷四《花月新闻》。

卷之二十五徂异部

《却要》

出皇甫枚《三水小牍》，《太平广记》卷二百七十五仅仆《却要》，注出《三水小牍》。《绿窗新话》卷下《却要燃烛照四子》。《合刻三志》志奇类讹为《俊婢传》。

《河间传》

（唐）柳宗元《柳河东外集》卷上《河间传》。本事来自《汉书·原涉传》。《百川书志》著录《河间传》一卷。《一见赏心编》卷十一淫冶类《河间传》。《情史》卷十七情秽类《河间妇》。《绿窗女史》妾婢部徂异门。《绣谷春容》话本《河间传》。《旧小说》乙集收入。

《章子厚》

出《投辖录》《章丞相》。方回《虚谷闲抄》亦名《章子厚》。陶宗仪《说郛》卷三九。宛委山堂本《说郛》卷三十三。《古今说海》说纂部杂录家《虚谷闲抄》，注云《投辖录》。《虚谷闲抄》略有改动，本篇文字全同《说海》中《虚谷闲抄》本。《稗家粹编》卷二徂异部《章子厚》。《汴京鸠异记》卷七《章子厚》，注云《投辖录》。《情史》卷十八情累类《章子厚》。《宋人小说类编》卷四之九《街禁遇丽》。

《蔡太师园》

（宋）庞元英《谈薮》，《西湖游览志余》卷四《佞幸盘荒》，文字略异。《汴京鸠异记》卷七，自出《谈薮》。《情史》卷十八情累类《蔡太师园》。"二刻"卷三十四《任君用恣乐深闺》的入话本事。

《狄氏》

（南宋）廉布《清尊录》之《狄氏者》。百卷本《说郛》卷十一。《一见赏心编》卷十一淫冶类《狄氏传》。《情史》卷三情私类《狄氏》，与本篇文字同。《绣谷春容》话本《狄氏传》。《稗家粹编》卷二徂异部《狄氏》。《绿窗女史》卷一一妾婢部徂异门、十二卷本

《剪灯丛话》卷二并题宋康誉之，皆误。《古今说海》卷一百一，《古今说海》本后又被入《广百川学海》、重编《说郛》卷三四、《五朝小说·宋人百家小说》、《香艳丛书》、《楚州丛书》等。《初刻》卷六《酒下酒赵尼媪迷花机中机贾秀才报冤》之入话。

《王生》

（宋）廉布《清尊录》有《崇宁中有王生者》。宛委山堂本《说郛》卷十一、《古今说海》卷一百一。《情史》卷三情私类《王生》。《稗家粹编》卷二俎异部《王生》。《初刻》卷十二《陶家翁大雨留宾蒋震卿片言得妇》以此篇为入话。

《汤赛师》

田汝成《西湖游览志余》卷十六《香奁艳语》。《绿窗女史》卷一一妾婢部俎异门，题（宋）王挥。《稗家粹编》卷三妓女部《汤赛师》。

《楼叔韶》

（宋）庞元英《谈薮》。潘永因《宋稗类太平广记钞》卷之二子部。

《李将仕》

《夷坚志》补志卷八《李将仕》。《情史》卷十八情累类《李将仕》。《稗家粹编》卷二俎异部《李将仕》，"二刻"卷十四《赵县官乔送黄杆》即本此。

幻异部

《阳羡书生》

出《续齐谐记》。《太平广记》卷二八四幻术《阳羡书生》，注出《续齐谐记》。《虞初志》卷一《阳羡书生》。《稗家粹编》卷六幻术部《阳羡书生》。《绣谷春容》、《逸史搜奇》癸集七题《许彦相》。《类说》卷六节选，题《书生吐女子》。《顾氏文房小说》亦收入。

《梵僧难陀》

出唐段成式《酉阳杂俎》怪术《梵僧难陀》。《太平广记》卷二八五幻术二《梵僧难陀》，注出《酉阳杂俎》。《稗家粹编》卷六幻术部《梵僧难陀》。

《张和》

出唐段成式《酉阳杂俎》卷三支诺皋下《大侠张和》。《太平广记》卷二百八十六《张和》，注出《酉阳杂俎》。《太平广记钞》卷十一《张和》。《情史》卷九情幻类《张和》。

《画工》

《太平广记》卷二百八十二《画工》，注出《闻奇录》。《太平广记钞》卷八《真真》。《情史》卷九情幻类《真真》。《稗家粹编》卷六幻术部《画工》。

卷之二十六妓女部一

《天水仙哥》

《北里志·天水仙哥》。

《楚儿》

孙棨《北里志·楚儿》，宛委山堂本《说郛》卷七十八。《绿窗新话》卷下《楚儿遭郭锻鞭打》。《青泥莲花记》卷十《楚儿》，未注出处，与《艳异编》文字相同。《情史》卷十八情累类《楚儿》，与《艳异编》文字相同。《绣谷春容》卷四《楚儿遭郭锻鞭打》。

《郑举举》

《北里志》中《郑举举》。《青泥莲花记》卷十三记豪《郑举举》，注出《北里志》。《北里志》、《艳异编》记载二事，《青泥莲花记》篇章减半，只记载郑举举一事，即在席间当面指责翰林先生。

《颜令宾》

孙棨《北里志·颜令宾》。宛委山堂本《说郛》卷七十八。《青泥莲花记》卷十《颜令宾》，文字相同。《情史》卷十三情憾类《颜令宾》，以"馺馺哂曰：'大有宋玉在'"结尾。

《杨妙儿》

《北里志·杨妙儿》。

《王团儿》

《北里志·王团儿》。《北里志》此篇后有作者对王团儿的身世介绍，《艳异编》删去，至"怅然驰回，且不复及其门"。见之宛委山堂本《说郛》卷七十八。《青泥莲花记》卷十《王团儿》。《情史》卷十三情憾类《王福娘》。

《王苏苏》

《北里志·王苏苏》，内容只字不差。

《王莲莲》

《北里志·王莲莲》，原书有目无文。

《刘泰娘》

《北里志·刘泰娘》。内容全同。

《张住住》

《北里志·张住住》。（宋）周密《鸡冠血》、《癸辛杂识》别集卷下，注出《北里志》。《绿窗新话》卷下《张住住不负正婚》。《青泥莲花记》卷七《张住住》，注出《北里志》，文字同。《情史》情私类《张住住》文字同。《绣谷春容》杂录卷五《张住住不负正婚》。

《胡证尚书》

《太平广记》卷一百九十五《胡证》，注出《摭言》。《北里志》附录狎游妓馆五事同名。

《裴思让状元》

《北里志》附录狎游妓馆五事同名。《艳异编》卷二十六是《裴思谦状元》，目录是《裴思让状元》，《北里志》目录是《裴思谦状元》。

《杨汝士尚书》

（五代）王定保《摭言》卷三。《情史》卷五情豪类附于《寇莱公》后。

《郑合敬先辈》

《北里志》附录狎游妓馆五事同名。内容同。

《北里不测二事》

令狐博士、王金吾《北里志》有《北里不测勘戒二事》。令狐博士、王金吾二则之外，前后有孙内翰的写作说明。

卷之二十七妓女部二
《王之涣》

出薛用若《集异记》。《类说》题《伶伎诵诗》。《说郛》题《妓伶谌诗》。《虞初志》卷一《王之涣》，与《艳异编》文字相同。《唐人小说》选录。《国秀集》卷下、《唐诗纪事》卷二六、《唐才子传》卷三等皆作王之涣。王灼《碧鸡漫志》、胡应麟《少室山房笔丛》卷三六《二酉缀遗中》、卷四一《庄岳委谈下》讨论其失实处。

《洛中举人》

《太平广记》卷二百七十三《洛中举人》，注出《卢氏杂说》。《太平广记钞》卷二十八《洛中举子》。《情史》情侠类《洛中节使》。《一见赏心编》卷四名姝类《茂英妓》。《绿窗新话》卷下《茂英几年少风流》。《青泥莲花记》卷七《茂英》。《稗史汇编》卷四十九《洛中茂英》，均注出《卢氏杂说》。

《凤窠群女》

（唐）冯贽《云仙杂记》卷一。《情史》卷五情豪类《张宪》，与《艳异编》结尾文字有差异。《稗史汇编》卷四十九《凤窠群女》，注出《姑臧前后记》。《奁史》二十一，注云《姑臧前后记》。

《郑中丞》

出（唐）段安节《乐府杂录》，名《琵琶》。《太平广记》收入。又见于《太平御览》卷五八三《琵琶录》，《古今说海》说纂十三杂纂一《乐府杂录》本未见此篇。《情史》卷二情缘类《郑中丞》，与《艳异编》文字相同。《香艳丛书》亦收入。

《李季兰》

《太平广记》卷二百七十三《李秀兰》，注出《中兴闲气集》。《永乐大典》卷五八三九题《幼女咏花》。《类说》节载，题《蔷薇诗》。

《李逢吉》

《太平广记》卷二百七十三《李逢吉》，注出《本事诗》。《情史》卷十四《刘禹锡》。

《薛涛》

（唐）李玭《薛涛传》。

《张建封妓》

本《白氏长庆集》卷十五《燕子楼诗并序》。《丽情集》之《燕子楼》，见之《类说》卷二十九节载。《绿窗新话》卷下《张建封家姬吟诗》，注出《丽情集》。《青泥莲花记》卷四《张建封妾盼盼》注出《白氏长庆集》和《丽情集》。《一见赏心编》卷十一贤节类《盼盼妓》。《情史》卷一情贞类《关盼盼》。《奇女子传》卷三《张建封妓》。《稗家粹编》卷三《盼盼守节》。《绣谷春容》杂录卷一《盼盼燕子楼述怀》。林本、冯本《燕居笔记》卷一《燕楼守节》。何本《燕居笔记》卷一《盼盼守节》。

《欧阳詹》

《太平广记》卷二百七十四《欧赐詹》，注出《闽川名士传》。《太平广记钞》卷四十四《欧阳詹》，《太平广记钞》删削"孟简赋诗序"之后文字。《丽情集》《赠妓诗》，见之《类说》卷二十九。《青泥莲花记》卷四《太原伎》，注出《闽川名士传》。《一见赏心编》卷四名姝类《铮铮妓》。《情史》卷十三情憾类《欧阳詹》。《稗史汇编》卷四十九《欧阳詹》。《绿窗女史》卷一二青楼部上才名门，题宋秦玉撰。

《武昌妓》（无目有文）

注云"出《抒情持》"。《太平广记》卷二百七十三《武昌妓》，注出《抒情诗》。《太平广记钞》卷四十四《武昌妓》。《青泥莲花记》卷七《武昌妓》，注出《雅言杂载》。《情史》卷十二情媒类《武昌妓》

《薛宜寮》

卢瑰《抒情录》之《薛宜寮》，见之《说郛》卷二十三。《太平广记》卷二百七十四《薛宜寮》，注出《抒情集》。《太平广记钞》卷四十四《薛宜寮》。（宋）钱易《南部新书》有《薛宜寮》。《诗话总龟》卷二十三寓情门《薛宜寮》，注出《唐贤抒情》。《青泥莲花记》卷四《段东美》，注出《唐贤抒情集》。《情史》卷十三《薛宜寮》。《亘史》内纪烈余卷十《段东美》。《奁史》二十一，注出《清溪暇肇》。

《戎昱》

（唐）孟棨《本事诗》情感第一。《太平广记》卷二百七十四《戎昱》，注出《本事诗》。《情史》情侠类《戎昱》。《稗史汇编》卷四十九《戎昱》。

《刘禹锡》

（唐）孟棨《本事诗》情感第一。《太平广记》卷一百七十七《李绅》，注出《本事诗》。《情史》情侠类《刘禹锡》。《奁史》卷二十一，注云《本事诗》。

《杜牧》

《太平广记》卷二百七十三《杜牧》，注出《唐阙史》。《太平广记钞》卷四十四《杜牧》，二者文字相同。张君房《丽情集》，《类说》卷二十九，何良俊《语林》卷二十五，《一见赏心编》卷四名姝类《紫云妓》。《情史》分见于卷五情豪类《杜牧》、卷十三情憾类《杜牧》。又见于《丽情集》《湖州鬌髻女》，收入《类说》卷二十九。《续虞初志》卷一《杜牧传》，文字全同《艳异编》。《绣谷春容》杂录卷一《杜牧之湖州失约》。林本、何本、冯本《燕居笔记》卷一诗话《湖州期约》。

《张又新》

（唐）孟棨《本事诗》情感第一。《太平广记》卷一百七十七《李绅》，注出《本事诗》。《一见赏心编》卷四名姝类《芊芊妓》。《情史》情侠类《李绅》。

《周韶》

（宋）周密原本、（明）朱廷焕补《增铺武林旧事》卷八。田汝成《西湖游览志余》卷十六《香奁艳语》。《青泥莲花记》卷七记从一《周韶、胡楚、龙靓》，未注出处。虫天子《香艳丛书》收入。

《秀兰》

（宋）周密原本、（明）朱廷焕补《增铺武林旧事》卷八《苏子瞻倅杭日》。《西湖游览志余》卷十六《香奁艳语》、《苏子瞻倅杭日》。另外，《诗话总龟》后集卷二十二《苏子瞻守钱塘》。《渔隐丛话》后集卷三十九，自出《古今词话》。《情史》卷十五情芽类《欧阳文忠》，附《苏子瞻倅杭日》故事，（明）蒋一葵《尧山堂外纪》卷五十二。

《琴操》

（宋）周密原本、（明）朱廷焕补《增铺武林旧事》卷八。《西湖游览志余》卷十六《香奁艳语》。《青泥莲花记》卷一《秦操》，注出《事文类聚》引《泊宅编》、《诗话备要》。（明）蒋一葵《尧山堂外纪》卷五十二。

《西阁寄梅记》（无目有文）

原名《西阁寄梅记》，载于《剪灯新话》附录《寄梅记》。《青泥莲花记》卷八《西阁寄梅记》。《一见赏心编》卷四名姝类《琼琼妓》。《情史》卷六情爱类，无目有文。明末周清原《西湖二集》卷十一《寄梅花鬼闹西阁》，即据本篇敷衍而成。《词苑丛谈》有其本事。

卷之二十八妓女部三

《张怡云》

出《青楼集》同名，内容一字不差。《青泥莲花记》卷十二《张怡云》，注出《青楼集》，内容全同。《日下旧闻钞》卷十五城市六北城条节录至《史中丞事》。《青楼小名录》卷五《张怡云》条。《宸垣识略》卷十六识余删去史中丞一节。

《曹娥秀》

出《青楼集》同名，内容同。《青楼小名录》卷五。

《解语花》

出《青楼集》，内容只差一字"举"与"持"，意同。亦见《辍耕录》卷九。《一见赏心编》卷四名姝类《解语花》。

《珠帘秀》

出《青楼集》，内容一字不差。《青泥莲花记》卷十二《珠帘秀》，注出《青楼集》，前有《太平乐府》里卢疏斋与珠帘秀的唱和。《辍耕录》卷二十，《绿窗纪事》亦载。《一见赏心编》卷四名姝类《珠帘秀》。

《赵真真》

《青楼集》题赵真真杨玉娥，内容同。一作赵真卿，袁世硕《元曲百科辞典》解释其概与杨玉娥同时。《青楼小名录》卷五。

《刘燕哥》

出《青楼集》之《刘燕哥》。又见《词品拾遗》之《刘燕歌》条，《青楼韵语》题作《饯齐参议还山东》。《青泥莲花记》卷十二记藻类《词苑丛谈》卷八纪事三。《词林纪事》卷二十二引《青泥莲花记》。《词苑萃编》卷十五纪事六引《留青日札》。《本事词》卷下。《青楼小名录》卷五刘燕歌条。《情史》卷二十四情迹类《刘燕哥》。《绣谷春容》杂录卷二《刘燕哥词笺可人》等收。

《顺时秀》

《青楼集·顺时秀》。《南村辍耕录》卷十九《妓聪敏》亦载此事，文字稍异，《青泥莲花记》卷十三外边五记豪类《顺时秀》，注云《青楼集》。《情史》卷六情爱类《顺时秀》与本篇文字全同。冯本《燕居笔记》下之十三卷《新编南窗笔记补遗》一卷《妓聪敏》。

《杜妙隆》

出《青楼集·杜妙隆》。《一见赏心编》卷四名姝类《杜妙隆》。《情史》卷二十四情迹类《卢疏斋》。《绣谷春容》杂录卷二《卢疏斋寄杜妙隆词》。亦载于《词品拾遗》、《尧山堂外纪》卷六九、《青楼小名录》卷五。

《宋六嫂》

出《青楼集·宋六嫂》。《青楼小名录》卷五《同寿》。《词品拾遗》《宋六嫂》。《词苑丛谈》卷八纪事三《尧山堂外纪》卷七十。《词林纪事》卷二十二。《古今词话》词话类卷下《元词话》。《词苑粹编》卷十五纪事六。《顾曲麈谈》第四章卷下谈曲。《一见赏心编》卷四名姝类《宋春奴》。

《王巧儿》

出《青楼集》。见之宛委山堂本《说郛》卷七十八《王巧儿》。《辍耕录》卷一五，《青楼小名录》卷五，《元书》卷九四，《青泥莲花记》卷六《王巧儿》。《情史》卷六情爱类《王巧儿》。

《连枝秀》

《青楼集·连枝秀》，内容一字不差。《辍耕录》卷十二《连枝秀》，《绿窗纪事》亦载。《青泥莲花记》卷八记从二《连枝秀》、《青楼小名录》卷五。《连枝秀化缘疏》又载《说集》丛书。

《张玉莲》

《青楼集·张玉莲》，《青泥莲花记》卷十二记藻类《张玉莲》。

《金莺儿》

出《青楼集·金莺儿》。《情史》卷十八情累类《贾伯坚》。《青楼小名录》卷五。《绣谷春容》杂录卷二《贾伯坚〈红绣鞋〉曲》。《亘史》外纪卷二十齐艳《金莺儿》。

《一分儿》

出《青楼集·一分儿》，一字不差。又见《词品拾遗·一分儿》。《青泥莲花记》卷十二记藻类《一分儿》。《青楼小名录》卷五《一分儿》。

《般般丑》

出《青楼集·般般丑》，内容同。亦见于《青楼小名录》卷五。《情史》卷六情爱类《般般丑》。

《刘婆惜》

《青楼集·黄雪蓑》。瞿佑《香台集》卷下《婆惜续韵》。《青泥莲花记》卷八记从类《刘婆惜》，注出《青楼集》。《一见赏心编》卷四名妹类《刘景娘》。《情史》卷十二《清江引》。《绣谷春容》杂录卷五《刘婆惜巧合坚郡》。《坚瓠甲集》卷四《刘婆惜》。《青楼小名录》卷五《刘婆惜》。

卷之二十九妓女部四

《霍小玉传》

《太平广记》卷四百八十七《霍小玉传》，题下注蒋防撰。《太平广记钞》卷八十《霍小玉传》。《姬侍类偶》卷十《樱桃执烛》，注出《霍小玉传》。《虞初志》卷六《霍小玉传》。《青泥莲花记》卷四《霍小玉传》，注出《虞初志》。《情史》卷十六《李益》。《奇女子传》卷三《霍小玉》。

《李娃传》

白行简《李娃传》。《太平广记》卷四百八十四《李娃传》，注出《异闻集》。《太平广记钞》卷八十《李娃传》。此外见于《绿窗新话》卷下《李娃使郑子登科》，（不注出处，李剑国考乃删节《类说》本《异闻集》之《汧国夫人传》而成）。《虞初志》卷五《李娃传》，《青泥莲花记》卷四《李娃传》，注出《虞初志》。《一见赏心编》卷十一贤节类《李娃传》，《情史》卷十六情报类《荥阳郑生》。《文苑楂橘》卷一《汧国夫人》。《绣谷春容》杂录卷五《李娃使郑子登科》。《亘史》外纪荣宠宠幸卷三《汧国夫人》。《稗史汇编》卷四十九《汧国夫人》等。《唐人小说》上卷，《唐宋传奇集》卷三卷末有一段"叛臣辱妇"的议论，本来不是《李娃传》的原文，而是见于《汤显祖点评》的《虞初志》。晁瑮《宝文堂书目》、高儒《百川书志》著录《李娃传》一卷。《绿窗女史》青楼部志节、重编《说郛》卷一一三、《无一是斋丛书》、《唐人说荟》（一一集）、《唐代丛书》（卷一四）、《龙威秘书》四集、《艺苑捃华》、《晋唐小说六十种》四册、《旧小说》乙集均收。

《杨娼传》

《太平广记》卷四百九十一《杨娼传》,题下注房千里撰。《太平广记钞》卷四十四《杨娼》。《情史》卷一情贞类《杨娼》。《青泥莲花记》卷四《杨娼传》、《绿窗女史》青楼部志节、《唐人说荟》一一集、《唐代丛书》卷一七、《龙威秘书》四集、《晋唐小说六十种》八册。《虞初志》卷四《杨娼传》,《稗家粹编》卷三妓女部《杨娼传》等。撰人作唐李群玉。《百川书志》著录《杨娼传》一卷,《宝文堂书目》著录《杨娼传》,《唐宋传奇集》卷四、《唐人小说》上卷辑入。

卷之三十妓女部五

《义倡传》

《夷坚志补》卷二《义倡传》。《新编分类夷坚志》甲集卷四,云钟明将之作。《容斋四笔·辨秦少游义倡》亦言钟作。《青泥莲花记》卷五《义倡传》,注出《夷坚志》。《一见赏心编》卷十一贤节类《义娼传》。《情史》卷六情爱类《长沙义妓》。《删补文苑楂橘》卷一《义娼》。《亘史》内纪烈余卷十《义妓》。《奇女子传》卷四《长沙妓》。

《吴女盈盈》

出北宋王山撰《笔奁录》,已佚。文载李献民《云斋广录》卷九,题《盈盈传》,原《笔奁录》。《夷坚三志》己卷一《吴女盈盈》注云"山有《笔奁录》,详记所遇。"《艳异编》文字同《夷坚三志》,当出此。《青泥莲花记》卷二《吴女盈盈》,注出王山《笔奁录》、《夷坚支志》。《情史》卷九情幻类《吴女盈盈》。

《稗史汇编》卷四十九《吴女盈盈》注云"山有《笔奁录》,详记所遇"。《亘史》外纪卷二十齐艳《吴盈盈》。清徐士鸾《宋艳》卷十一傅会。

《吴淑姬、严蕊》(目录列为《吴姬》书中列为《吴淑姬、严蕊》)

《夷坚支庚》卷十《吴淑姬严蕊》。

《吴淑姬》

《青泥莲花记》卷十二《吴淑姬》，注出《夷坚支志》。《情史》卷十五情芽类《湖州郡僚》。《稗史汇编》卷四十八《吴淑姬能诗》。《广艳异编》卷十《吴淑姬》只是名字相同，内容无涉。清徐士銮《宋艳》卷四纰缪。清潘永因《宋稗类太平广记钞》卷四闲情。

《严蕊》

宋周密《齐东野语》卷二十《台妓严蕊》。《情史》卷四情侠类《严蕊薛希涛》，第一则与此篇相类，然言语多不同，显然不出一书。重编《说郛》卷五十七《雪舟脞语》。《青泥莲花记》卷三《台妓严蕊》，注出《齐东野语》、《雪舟臆说》。《绣谷春容》杂录卷二《严蕊赋红白桃花》。《稗史汇编》卷四十九《严蕊》。林本、冯本《燕居笔记》卷二《红白桃花词》。"二刻"卷十二《硬勘案大儒争闲气甘受刑侠女著芳名》本事。清徐士銮《宋艳》卷四纰缪。清潘永因《宋稗类太平广记钞》卷四闲情。

《徐兰》

周密《癸辛杂识续集》下《吴妓徐兰》。

《谢希孟》

宋庞元英《谈薮》。《历代笔记小说集成》本文字与《艳异编》有出入。田汝成《西湖游览志余》卷十六《香奁艳语》、有《谢希孟者》。《情史》卷五情豪类《谢希孟》，此外见于瞿佑《香台集》卷下《陆姬楼记》，《稗史汇编》卷四十九《谢希孟善戏》，《古今谭概》卷三十《鸳鸯楼》等。

《苏小娟》

宋周密原本、明朱廷焕补《增补武林旧事》卷八《苏小娟》。田汝成《西湖游览志余》卷十六《香奁艳语》"苏小娟钱唐名娼也"，文字全同于《艳异编》。《青泥莲花记》卷八《苏小娟》，注云《武林旧事》。郎瑛《七修类稿》亦收。《一见赏心编》卷四名姝类《苏小娟》。《情史》情缘类《赵判院》。《亘史》外纪妓品卷十一《二苏附》。《初刻》卷二十五《赵司户千里遗言》本事。《绿窗女史》卷一二青楼部上志节门,题宋王涣。

《陶师儿》

(宋)周密《癸辛杂识》别集卷上《陶裴双缢》,有情节梗概但非本篇出处。田汝成《西湖游览志余》卷十六《香奁艳语》有《淳熙初行都角妓陶师儿》,与本篇文字全同,当为其最早出处。《青泥莲花记》卷五《陶师儿》,注云《西湖志》。《情史》卷七情痴类《陶师儿》,注出《名姬传》。

《陈诜》

元蒋正子《山房随笔》,见于百卷本《说郛》卷二十七、《古今说海》卷九十二。《青泥莲花记》卷八《江柳》,注云《山房随笔》。《情史》卷三十《陈诜》。《奁史》二十六,注云《诗话类编》。

《符郎》

宋王明清《摭青杂说》,见之宛委山堂本《说郛》卷三八。《青泥莲花记》卷七《杨玉》,注云《摭青杂说》。《情史》卷二情缘类《单飞英》。《五朝小说·宋人百家小说》亦收入。《古今小说》卷十七《单符郎全州佳偶》本事。

《王魁》

(北宋)夏噩撰《王魁传》。原不存。刘斧《摭遗》收载,但《摭遗》原书亦亡,《类说》卷三十四节本所载及《侍儿小名录拾遗》、《永乐大典》所引均系节文。《艳异编》当录自《类说》本。《醉翁谈录》辛集卷二《王魁负心桂英死报》。《云斋广录》卷六《王魁歌》。瞿佑《香台集》卷下《桂英负屈》"桂英山东娼也"。《青泥莲花记》卷五《桂英》,注云《异闻集》和《摭遗》。《情史》卷十六情报类《王魁》。《稗家粹编》妓女部《王魁负约》。《绿窗女史》缘偶部尤悔门《王魁传》。林本、何本、冯本《燕居笔记》卷一《王魁负约》。《剪灯丛话》卷二,《绿窗女史》卷五缘偶部下幽期门,另外,《永乐大典》卷一三一三九《梦人跨龙》条引《摭遗新说》有桂英梦人跨龙情节,为《类说》本所无。《齐东野语》卷六《王魁》人物考证,与此篇无关,陈振孙《直斋书录解题》辨明。

《詹天游》

（元）俞悼《诗词余话》，见于宛委山堂本《说郛》卷四十三。《情史》情侠类《杨震》。

卷三十一男宠部

《宋朝》

《春秋左传》卷五十六。《情史》卷二十二情外类《宋朝》。

《向魋》

唐欧阳询《艺文类聚》卷三十三引《左传》。《情史》卷二十二情外类《向魋》。

《祢子瑕》

《韩非子·说难》。《情史》卷二十二情外类《祢子瑕》。《萍州可谈》卷三《男倡》条。

《龙阳君》

《战国策》卷二十五。《情史》卷二十二情外类《龙阳君》。

《安陵君》

《战国策》卷十四。《情史》卷二十二情外类《安陵君》。

《邓通》

《汉书》卷九十三佞幸传第六十三。《情史》卷二十二情外类《邓通》。《稗家粹编》卷二男宠部《邓通》，各本文字同《汉书》。

《韩嫣》

《汉书》卷九十三佞幸传第六十三。《情史》卷二十二情外类《韩嫣》，各本文字同《汉书》所记。

《金丸》

《西京杂记》卷四《韩嫣好弹》。百卷本《说郛》卷二十收《西京杂记》，然未见此篇。《情史》卷二十二情外类《韩嫣》附录。

《李延年》

《汉书》卷九十三佞幸传第六十三。《情史》卷二十二情外类《李延年》。

《冯子都》

《乐府诗集》卷六十三、陈徐陵《玉台新咏》卷一、《后村诗话》卷一等记载有关诗作，文字与《情史》相同。《情史》卷二十二情外类《冯子都》。《五杂俎》卷八亦论及。

《张放》

《汉书》卷五十九。《情史》卷二十二情外类《张放》。

《董贤》

《汉书》卷九十三佞幸传第六十三。《情史》卷二十二情外类《董贤》。

《断袖》

王嘉《拾遗记》卷六前汉下

《董贤第》

《西京杂记》卷四。百卷本《说郛》卷二十收《西京杂记》，然未见此篇。

《秦宫》

唐李贺《昌谷集》卷三。《情史》卷二十二情外类《秦宫》。此外，见于《姬侍类偶》卷上《通期梁献》。

《曹肇》

唐欧阳询《艺文类聚》卷三十三《五官将》。《情史》卷二十二情外类《曹肇》。

《丁期》

唐欧阳询《艺文类聚》卷三十三人部十七，引《俗说》。《诚斋杂记》卷上。《情史》卷二十二情外类《丁期》。

《郑樱桃》

《晋书》卷一百六。洪遂《侍儿小名录》《郑樱桃》。《情史》卷二十二情外类《郑樱桃》，《情史》不记载诗作。

《慕容冲》

《晋书》卷一百十四。《情史》卷二十二情外类《慕容冲》、《稗史汇编》卷四十五《姊弟专宠》均出《晋书》。

《王确》

《宋书》卷七十五列传《王僧达》。《情史》卷二十二情外类《王确》。

《陈子高》

《陈书》卷二十《韩子高》。《南史》卷六十八《韩子高》。《太平御览》卷三四五、三七九均载。陆龟蒙《小名录》首次将韩子高改名陈子高。《绿窗女史》卷五尤悔《陈子高传》,题作者为江阴李诩,然查李诩现存作品未见此篇。《情史》卷二十二情外类《陈子高》文字全同。《稗家粹编》卷二男宠部《陈子高》与之文字全同。王骥德《男王后》杂剧。《曲海总目提要》卷十二《男王后》杂剧称作者为明中叶人,自称秦台外史,不详姓名。《南北史通俗演义》亦载有此事。

《王韶》

《南史》卷五十一。《天中记》卷二十一,注云《南史》。《情史》卷二十二情外类《王韶》。

卷之三十二 妖怪部一 《白猿传》

《太平广记》卷四百四十四《欧阳纥》,注出《续江氏传》。《虞初志》卷七《白猿传》署唐江总撰,与《艳异编》文字全同。《情史》卷二十一情妖类《猿精》。《稗家粹编》卷七妖怪部《白猿传》。《一见赏心编》卷十三妖魔类《欧阳纥》。《逸史搜奇》丁集四均题《欧阳纥》。顾元庆《顾氏文房小说》题《白猿传》(顾据家藏宋本校行。二本只十数字不同)。《绿窗女史》妖艳部猿装类。《合刻三志》志妖类署梁《江总传》、重编《说郛》卷一一三、《唐人说荟》一六集、《唐代丛书》卷二十、《龙威秘书》四集、《旧小说》乙集、《晋唐小说六十种》五册皆收入顾本。《百川书志》传记类、《宝文堂书目》子杂类、《世善堂书目》史类、《述古堂书目》传记类并有《白猿传》一卷,当亦为顾本。《唐人小说》上卷、《唐宋传奇集》卷一均据顾本收录此传,改题《补江总白猿传》。

《袁氏传》

《太平广记》卷四百四十五《孙恪》，注出《传奇》。《稗家粹编》卷七妖怪部《袁氏传》。《一见赏心编》卷十三妖魔类《袁氏传》。《逸史搜奇》乙集十。《古今事文类聚》后集卷三七节载，题《孙恪娶猿》，注见《续世说》及《传奇》。《群书类编故事》卷二四引同《事文类聚》。《类说》卷三二《传奇》节载，题《孙恪》。《古今说海》说渊部十三别传家。《绿窗女史》妖艳部猿装门。《合刻三志》志妖类。《古今清谈万选》卷三《洛中袁氏》据以改编《唐人说荟》十六集、《唐代丛书》卷二十、《龙威秘书》四集、《晋唐小说六十种》五册均收。

《石六山美人》

《夷坚三志》己卷第一百一十《石六山美人》。《一见赏心编》卷十三妖魔类《石六山女》。

《焦封》

《太平广记》卷四百四十六《焦封》，注出《潇湘录》。《说郛》卷三节载，无题。《一见赏心编》卷十三妖魔类《长史女》。

《乌将军》

《玄怪录》卷一，题《郭代公》。《说郛》卷十五《幽怪录》，题《郭代公》，与《艳异编》文字大致相同。《古今说海》说渊部四九《乌将军记》。《类说》卷十一节本《幽明录》，题《乌将军娶妇》。《古今事文类聚》后集卷四十、《群书类编故事》卷二四节引，题《乌将军娶妇》。《逸史搜奇》戊集六《郭元振》。《稗家粹编》卷七妖怪部《郭代公》。《一见赏心编》卷十三妖魔类《乌将军》。

卷之三十三妖怪部二

《任氏传》

《太平广记》卷四百五十二《任氏》。《类说》卷二八节本《异闻集》收《任氏传》。《虞初志》卷七《任氏传》。《绿窗女史》妖艳部狐粉门《任氏传》。《太平广记钞》卷七十七《任氏》，删削"其后郑子为"之后句子。《情史》卷二十一情妖类《狐精》。《旧小说》乙集从《太平广记》收入《任氏传》。《合刻三志》志异类、《唐人说荟》一六集、《唐代丛书》卷二十、《龙威秘书》四集、《晋唐小说六十种》五册、《唐宋传奇集》、《唐人小说》亦收。《百川书志》卷五传记、《宝文堂书目》卷中子杂类著《任氏传》。

《李参军》

《太平广记》卷四百四十八《李参军》，注出《广异记》。《太平广记钞》卷七十七《李参军》。《情史》卷三十三《狐精》。

《姚坤》

《太平广记》卷四百五十四《姚坤》，注出《传记》。

《许贞》

《太平广记》卷四百五十四《计贞》，注出《宣室志》，字句略有差异。《西湖二集》卷二十一《假邻女诞生真子》入话演此。

卷之三十四妖怪部三

《乌君山》

《太平广记》卷四百六十二禽鸟三，注出《建安记》。《太平广记钞》卷七十五《乌君山》。《情史》卷二十一情妖类《乌君》。清·葆光子《物妖志》中名《乌》，《香艳丛书》亦收该书。

《白蛇记》

出《博异志》题《李黄》，《太平广记》卷四百五十八《李黄》，注出《博异志》。《古今说海》说渊部别传家题《白蛇记》。《五朝小说·唐人百家小说》纪载家、《旧小说》乙集均收。

《钱炎》

《夷坚志》补卷二十二《钱炎书生》。

《长须国》

唐段成式《酉阳杂俎》卷十四诺皋纪上。《太平广记》卷四百六十九《长须国》，注出《酉阳杂俎》。《太平广记钞》卷七十八《长须国》。《情史》卷二十一情妖类《虾怪》。《逸史搜奇》癸集六《虾王》。

《舒信道》

《夷坚志》补卷二十二《懒堂女子》。《情史》卷二十一情妖类《龟精》。《稗家粹编》卷七妖怪部《懒堂女子》。施显卿《新编古今奇闻类记》卷八《朱法师除鳖妖》。冯本《燕居笔记》卷八《舒信道白鳖记》。

《太湖金鲤》

侯甸《西樵野记》卷五，与《艳异编》文字稍有字句差异。《一见赏心编》卷十三妖魔类《太湖女》与《艳异编》相比，只少结尾"悠然而逝"四字。

卷之三十五妖怪部四

《崔玄微》

《太平广记》卷四百一十六草木一《崔玄微》，注出《酉阳杂俎》及《博异记》。《一见赏心编》卷八花精类《玄微传》。

《桂花著异》

侯甸《西樵野记》卷五《桂花著异》。《祝子志怪语录》中《柏妖》亦为类似情节，以柏妖替桂妖。《古今清谈万选》卷四《绥德梅华》，又以梅妖替桂妖。《一见赏心编》卷八花精类《桂花传》。《稗家粹编》卷七妖怪部《梅妖》，柏妖柏永华改为梅妖梅芳华。《百家公案》第四回《止狄青家之花妖》。《幽怪诗谭》卷六《媚戏介胄》亦本之。谈迁《枣林杂俎》义集《天台山仙女》谓梅妖所惑者为宋王介甫。

《桃花仕女》

见于祝允明《志怪录》卷二。侯甸《西樵野记》卷三《桃花仕女》，增加诗作。《一见赏心编》卷八花精类《桃花传》。《情史》卷九情幻类《薛雍妻》第二条亦收此篇。《剪灯丛话》卷六《桃花侍女传》假托青门沈仕撰。《列朝诗集小传》闰集《桃花仕女》。

《刘改之》

《夷坚支丁》卷六《刘改之教授》。《情史》卷二十一情妖类

《琴精》。

《张不疑》

《太平广记》卷三七二引，注出《博异记》，《补侍儿小名录》节引。

《金友章》

《太平广记》卷三百六十四《金友章》，注出《集异记》。

《谢翱》

《太平广记》卷三六四《谢翱》，注出《宣室志》。《稗家粹编》卷七妖怪部《谢翱》。《一见赏心编》卷八花精类《牡丹女》。《类说》中《谢翱诗》、《绀珠集》中《谢翱遇鬼诗》节载。《古今清谈万选》卷四《西顾金车》据此改编。

《生王二》

《夷坚支甲》卷一《生王二》。《情史》卷二十一情妖类《生王二》。

卷之三十六 鬼部一

《韩重》

《太平广记》卷三百一十六《韩重》，注出《录异传》。《太平广记钞》卷五十九《韩重》。此外见于明梅鼎祚《才鬼记》卷一《吴王女紫玉》。《情史》卷十《吴王女玉》。《绣谷春容》杂录卷二《紫玉歌》等。

《卢充》

《太平广记》卷三百一十六《卢充》，注出《搜神记》。《太平广记钞》卷五十九《卢充》，二书与《情史》文字相同。唐道世《法苑珠林》卷九十二，注出《续搜神记》。《岁时广记》卷一九《索幽婚》，注出《搜神记》。明梅鼎祚《才鬼记》卷一《崔少府君女》。《情史》卷二十情鬼类《崔少府女》。《亘史》补篇鬼子录卷一《卢温休》，注出《孔氏志怪》。《夽史》卷五，注出《正思斋杂记》。

《王敬伯》

《太平广记》卷三百一十八鬼三《王恭伯》，注出《邢子才山河别记》，故事相类而文字多异。梅鼎祚《才鬼记》卷一《刘妙容》，记载《异苑》《续齐谐记》《邢子才山河别记》三部书中的《刘妙容》故事，其中出自《异苑》的一篇在文字上最接近《艳异编》。此外见于《姬侍类偶》卷下《桃枝为怪》。《永乐大典》卷七三二八亦引，注出《续齐谐记》。《情史》卷八情感类《王敬伯》。《绣谷春容》杂录卷五《刘丽华善弹箜篌》等。宋周守忠《姬侍类偶》卷下、《永乐大典》卷七三二八也都收有此篇。

《长孙绍祖》

《太平广记》卷三百二十六《长孙绍祖》，注出《志怪录》。明梅鼎祚《才鬼记》卷二《箜篌少女》。《情史》卷二十情鬼类《长孙绍祖》与《艳异编》文字同。

《刘导》

《太平广记》卷三百二十六《刘导》，注出《穷怪录》。《情史》卷二十情鬼类《西施》。

《崔罗什》

唐段成式《酉阳杂俎》卷十二。《太平广记》卷三百二十六鬼十一《崔罗什》，注出《酉阳杂俎》。《情史》卷二十情鬼类《刘府君妻》。《逸史搜奇》癸集七《刘府君妻》。

《刘讽》

《太平广记》卷三二九《刘讽》，注出《玄怪录》，《艳异编》与之文字同。《类说》本《幽怪录》节载《女郎传鸾脑令》。《逸史搜奇》壬集卷二、《古今事文类聚》续集卷六亦收。《群书类编故事》卷一九节引《幽怪录》，题《空馆女歌》。

《李陶》

《太平广记》卷三百三十三鬼十八《李陶》，注出《广异记》。（按：樊绰《蛮书》提到唐王通明撰有《广异记》，李剑国《唐五代志怪传奇叙录》页183辑佚《广异记》另两则佚文，笔者认为此篇也当是《广异记》佚文。)《广艳异编》卷三十二《李陶》。《情史》卷二十情鬼类《李陶》。各本文字全同《太平广记》。

《王玄之》

《太平广记》卷三百三十四《王玄之》，注出《广异记》。《情史》卷二十情鬼类《任氏妻》。

《郑德楙》

唐张读《宣室志》卷十。《太平广记》卷三百三十四《郑德琳》，注出《宣室志》。《情史》卷二十情鬼类《崔女郎》。《亘史》卷五，注出《宣室志》。

《柳参军传》

《太平广记》卷三百四十二《华州参军》，注出《乾䐶子》。《太平广记钞》卷五十八《柳参军》。《绿窗新话》卷上《崔女至死为柳妻》。《情史》卷十情灵类《长安崔女》。《逸史搜奇》庚集四《柳参军》。《古今说海》说渊部别传家《柳参军传》。《绿窗女史》妖艳部鬼灵门《柳参军传》。

《崔书生》

《太平广记》卷三百三十九《崔书生》，注出《博物志》。《岁时广记》卷一七《掩旧墓》。《一见赏心编》卷十宜缘类《玉姨传》。《情史》卷二十情鬼类《玉姨女甥》。《绿窗女史》卷八妖艳部灵鬼门《崔书生传》。《稗家粹编》仙部《崔书生》，与本篇同名然内容无涉，向志柱点校本误为同源（页一八一）。

卷之三十七鬼部二

《独孤穆传》

《太平广记》卷三百四十二《独孤穆》，注出《异闻录》。《太平广记钞》卷五十九《独孤穆》。《古今说海》说渊部别传家。《情史》卷二十情鬼类《隋县主》。

《崔炜传》

《太平广记》卷三十四《崔炜》，注出《传奇》。《太平广记钞》

卷九《鲍姑》。《岁时广记》卷二十九《遇神姬》,注出《传奇》。《逸史搜奇》甲十《崔炜》。《古今说海》说渊部别传家《崔炜传》。梅鼎祚《才鬼记》卷四《赵佗》。《一见赏心编》卷十宜缘类《田夫人》。《情史》卷二十情鬼类《田夫人》。《奁史》卷九十三,注出《传奇》。

《郑绍》

《太平广记》卷三百四十五《郑绍》,注出《潇湘录》。《情史》卷二十情鬼类《皇尚书女》。

《孟氏》

《太平广记》卷三百四十五《孟氏》,注出《潇湘录》。《太平广记钞》卷七十三《孟氏》。明梅鼎祚《才鬼记》卷五《孟氏园少年》。《情史》卷二十一情妖类《孟氏》。冯本《燕居笔记》卷八记类《孟氏思忆遇精记》。

《李章武》

《太平广记》卷三百四十《李章武》,注出《李景亮为作传》。《太平广记钞》卷五十八《李章武》。宛委山堂本《说郛》卷一百十六,记载宋张君房《才鬼记》有《李章武》。明梅鼎祚《才鬼记》卷四《王氏子妇》。《青泥莲花记》卷九《华州王氏》,注出《李章武传》。《一见赏心编》卷十一魂交类《王子妇》。《情史》卷七情痴类《李章武》。《绣谷春养容》杂录卷四《李章武会王子妇》。《逸史搜奇》丙一《李章武》。《类说》及《钳珠集》有《异闻集》节本,收此篇。《古今说海》说渊部别传家《李章武传》,不著撰人。《旧小说》乙集《李章武传》,题李景亮撰,概自《太平广记》收入。《唐人小说》上卷、《唐宋传奇集》卷三亦选入,题《李章武传》,署李景亮。

卷之三十八鬼部三

《窦玉传》

《玄怪录》题《李卫公靖》。《太平广记》卷三百四十三《窦玉》,

注出《玄怪录》。《太平广记钞》卷五十四《崔司禹》。《古今说海》说渊部别传家不著撰人。《逸史搜奇》戊集三《窦玉》。《一见赏心编》卷十宜缘类《玉郎传》。《情史》卷二十情鬼类《窦玉》。

《曾季衡》

《太平广记》卷三百四十七《曾季衡》，注出《传奇》。《类说》节载，题《曾季衡》。明梅鼎祚《才鬼记》卷五《王丽真》。《情史》卷八情感类《曾季衡》。《逸史搜奇》辛一《曾季衡》。

《颜濬》

《太平广记》卷三百五十，谈本有目无文，明太平广记钞本有文，题《颜濬》，注出《传奇》。《类说》节载，题《颜濬》。《岁时广记》卷三十，题《会鬼妃》。《分门古今类事》卷一八节载，题《颜濬废阁》。《古今说海》卷三十九，题《颜浚传》。明梅鼎祚《才鬼记》卷六《张贵妃》，注出《颜濬传》。《情史》卷二十情鬼类《张贵妃、孔贵嫔》。《逸史搜奇》戊集是《颜濬》。《衾史》卷九十九，注出《烟粉灵怪》。

《韦氏子》

唐高彦休《唐阙史》卷下《韦进士见亡妓》。《太平广记》卷三一百五十一《韦氏子》，注出《唐阙史》。《太平广记钞》卷五十八《韦氏子》。《情史》卷九情幻类《韦氏妓》。

《韩宗武》

《情史》卷二十情鬼类《韩宗武》，不注出处。

《金彦》

《绿窗新话》卷上《金彦游春遇会娘》，注出《剡玉小说》。《一见赏心编》卷十一魂交类《李会娘》。《情史》卷十情灵类《李会娘》。

《吕使君》

《夷坚支甲》卷三《吕使君宅》。《情史》卷二十情鬼类《吕使君娘子》。

《西湖女子》

《夷坚支甲》卷六《西湖女子》。《情史》卷十《西湖女子》。

"二刻"卷二十九《赠芝麻勘破假行》本事。

《宁行者》

《夷坚支甲》卷八《宁行者》。《情史》卷二十情鬼类《赵通判女》。

《解俊》

《夷坚支戊》卷八《解俊保义》。《情史》卷二十情鬼类《邵太尉女》。

《江渭逢二仙》

出《夷坚支庚》卷八《江渭逢二仙》，注云出吴良史《时轩居士笔记》。《情史》卷二十情鬼类《张贵妃、孔贵嫔》。

卷之三十九鬼部四

《莲塘二姬》

见于元高德基《平江记事》《致和改元》条。《情史》卷二十情鬼类《西施》附录此篇。

《钱履道》

《夷坚支甲》卷一《张相公夫人》。《情史》卷二十情鬼类《钱履道》。《剪灯丛话》卷十二《钱履道》，题睦州陈旺。

《绿衣人传》

瞿佑《剪灯新话》卷四《绿衣人传》。《西湖游览志余》卷二十六《幽怪传疑》记原文梗概。《情史》卷十情灵类《绿衣人》。《稗家粹编》卷六鬼部《绿衣人传》。冯本《燕居笔记》卷八记类《绿衣人记》。

《滕穆醉游聚景园记》

《剪灯新话》卷二《滕穆醉游聚景园记》。梅鼎祚《才鬼记》卷十《滕穆醉游聚景园记》，注出《剪灯新话》。《一见赏心编》卷十宜缘类《芳华传》。《情史》卷二十情鬼类《卫芳华》。《万锦情林》卷一、林本、冯本《燕居笔记》卷七记类《腾滕穆醉游聚景园记》。何本《燕居笔记》卷五纪类《滕穆醉游聚景园记》。《绿窗女史》卷八

《聚景园记》。

《金凤钗记》

《剪灯新话》卷一《金凤钗记》。《情史》卷九情幻类《吴兴娘》。《稗家粹编》卷六鬼部《金凤钗记》。何本《燕居笔记》卷五记类《金凤钗记》。《初刻》卷二十三《大姐魂游完宿愿，小妹病起续前缘》本事。

卷之四十鬼部五

《双头牡丹灯记》

《剪灯新话》卷二《牡丹灯记》。梅鼎祚《才鬼记》卷十《双头牡丹灯记》，注出《剪灯新话》。《情史》卷二十情鬼类《符丽卿》。《稗家粹编》卷六鬼部《牡丹灯记》。何本《燕居笔记》卷五记类《牡丹灯记》。《绿窗女史》卷七。《香艳丛书》八集，题《双头牡丹灯记》。

《南楼美人》

侯甸《西樵野纪》卷七，与本篇文字略有差异。《情史》卷二十情鬼类《南楼美人》，文字与《艳异编》完全相同。《剪灯丛话》卷六误题杨维桢撰。

《法僧遗祟》

祝允明《志怪录》卷二《法僧遗祟》。文中诗作出明童轩《清风亭稿》卷六中《次韵李商隐无题四首》中前二首。《幽怪诗谭》卷四《雨后佳期》。侯甸《西樵野纪》卷三。《情史》卷二十情鬼类《某枢密使女》，文字同《艳异编》，注出《志怪录》。《才鬼记》卷十三《法僧遗祟》，注出《西樵野记》，以上几种文字相同，唯《艳异编》结尾多"升疾始愈"四字。《古今清谈万选》卷二《配合倪升》，亦铺陈此故事。《夜史》卷九十九，注出《摭遗新说》。

《吴小员外》

《夷坚支甲》卷四《吴小员外》。此外见于《汴京鸠异记》卷三《鬼怪门引》，《情史》卷十情灵类《金明池当垆女》。《警世通言》

卷三十《金明池吴清逢爱爱》本事。

《田洙遇薛涛联句记》

《剪灯余话》卷二《田洙遇薛涛联句记》。《万锦情林》卷之二上层《田洙遇薛涛联句记》。

附录二

《广艳异编》故事源流

卷之一 神部一

《巫山神女》

《太平广记》卷二百九十六《萧总》,注出《八朝穷怪录》。《太平广记钞》卷五十四《巫峡神女》。《情史》卷十九情疑类《巫山神女》条"《八朝穷怪录》云"。

《北海神女》

《太平广记》卷三百《三卫》,注出《广异记》。

《螺女》

《太平广记》卷八十三《吴堪》,注出《原化记》。《太平广记钞》卷八《白螺女子》。《情史》卷十九情疑类《白螺天女》。《奁史》卷九十六,注出《原化记》。

《胡母班》

出自晋干宝《搜神记》。《太平广记》卷一百九十三《胡母班》,注出《搜神记》。

《擒恶将军》

《太平广记》卷三百六神十六《冉遂》,注出《奇事记》。与《广艳异编》中本篇文字完全相同,只是题目作了改换。

《社公》

《太平广记》卷三百一十八鬼三《甄冲》,注出《幽明录》。与《广艳异编》中本篇文字完全相同,只是题目作了改换。

《未央老翁》

《太平广记》卷一百一十八报应十七异类《东方朔》，注出《幽明录》。《续艳异编》卷一。

《泰山四郎》

《太平广记》卷二百九十七神七《兖州人》，注出《冥报录》。与《广艳异编》文字相同。陈梦雷《明伦汇编》人事典耳部亦收。

《泰山君》

牛僧孺《玄怪录》卷二，《太平广记》卷二百九十六神六《董慎》，注出《玄怪录》。与《广艳异编》文字相同。

《泰山三郎》

《太平广记》卷二百九十八神八《赵州参军妻》，注出《广异记》。

《花蕊夫人》

《续艳异编》卷一《花蕊夫人》。《稗家粹编》卷四星部《舒大才奇遇》。《情史》卷十四情仇类《花蕊夫人》，附录《续艳异编》事。《香艳丛书》题《志舒生遇异》，署作者为唐佚名，与《广艳异编》有字句上的差异。

《黄苗》

《太平广记》卷二百九十六神六《黄苗》，注出《述异记》。与《广艳异编》文字相同。

《瀚海神》

《太平广记》卷二百九十七神七《瀚海神》，注出《潇湘录》。

《仇嘉福》

《太平广记》卷三百一神十一《仇嘉福》，注出《广异记》。

《戚彦广女》

《夷坚支丁》卷第九《戚彦广女》。

《天上贵神》

待考。

《巫娥志》

《剪灯余话》卷四《江庙泥神记》。

卷之二神部二

《张仲殷》

《太平广记》卷三零七神十七《张仲殷》，注出《原化记》。文字与《广艳异编》基本相同。

《蔡霞传》

《太平广记》卷四百二十一龙四《刘贯词》，注出《续玄怪录》，程毅中点校本《玄怪录续玄怪录》未见此篇。此处与《广艳异编》文字相同，而更换题目。

《朱敖》

《太平广记》卷三百三十四鬼十九《朱敖》，注出《广异记》。与《广艳异编》文字相同。

《吴延瑫》

《太平广记》卷三百一十五神二十五《吴延瑫》，注出《稽神录》。与《广艳异编》文字相同。

《李靖》

出《续玄怪录》，目录作《李卫公靖行雨》。《太平广记》卷四百一十八龙一《李靖》，注出《续玄怪录》。与《广艳异编》文字相同。《古今说海》说渊三三，题作《李卫公别传》。《逸史搜奇》壬集卷八《李卫公》。

《震泽龙女》

《太平广记》卷四百一十八龙一《震泽洞》，注出《梁四公记》。文字与《广艳异编》基本相同。《古今说海》说渊部别传家《震泽龙女传》。《古艳异编》亦有《龙女传》。

《金山妇人》

《夷坚志》支庚卷九《金山妇人》。《新编分类夷坚志》壬集卷三。《古今奇闻类纪》卷六。《情史》卷九情幻类《金山妇人》。

《唐四娘侍女》

《夷坚志》支甲卷五《唐四娘侍女》，结尾少"营道尉使何信，九疑道士李道登皆见其事。"《新编分类夷坚志》壬集卷四。《情史》卷十九情疑类《唐四娘庙》。

《苦竹郎君》

《夷坚志》补志卷九《苦竹郎君》。《新编分类夷坚志》丁集卷三。《情史》卷十九情疑类《苦竹郎君》。

《李女》

《夷坚志》补志卷十五《嵊县神》，少结尾"女竟嫁元夫。章騆仲骏言，李氏居邑中僧寺，乃文定公家，女之夫为杨推官，女之兄名宋大，所见略同，其所约则言正月十六日云"。《新编分类夷坚志》庚集卷一。

《雍氏女》

《夷坚志》补志卷十五《雍氏女》，少结尾"建康南门外十里有阴山，其下乃北阴天王庙，盖其神"。《情史》卷十九情疑类《北阴天王子》。

《五郎君》

《夷坚志》支甲卷一《五郎君》。《情史》卷十九情疑类《五郎君》。

《崔汾》

《酉阳杂俎》续集卷一支诺皋上。《太平广记》卷三百五神十五《崔汾》，注出《酉阳杂俎》，文字相同。文字与《广艳异编》基本相同。《续夷坚志》或收此篇：《少室山房笔丛》中有"按，此事《续志》所载，余尝疑其文不类宋末而酷类《酉阳杂俎》，及近读《太平广记》，乃知即《杂俎》事，《夷坚》掇之耳。"然中华书局本《续夷坚志》未见。

《沧州神女》

待考。

《孙娘娘》

待考。

《黄寅》

《夷坚支丁》卷二《小陈留旅舍女》，此处故事未完。《情史》卷十九情疑类《柳林子庙》。

卷之三仙部一

《蓬莱宫娥》

《续艳异编》卷二《蓬莱宫娥》。《情史》卷十九情疑类《蓬莱宫娥》，文字相同。《稗家粹编》卷五仙部《朱氏遇仙传》，文字相同。《鸳渚志余雪窗谈异》帙下《朱氏遇仙传》，文字相同。林本、冯本《燕居笔记》卷九《朱氏遇仙传》。本书卷二三、《续艳异编》卷十九有《海月楼记》，与本篇基本相同，

《麒麟客传》

出《续玄怪录》卷一。太平广记卷五三《麒麟客》，注出《续玄怪录》。《稗家粹编》卷五仙部《麒麟客》。《一见赏心编》卷五。

《玉壶记》

《太平广记》卷二十五神仙二十五《元柳二公》，注出《续仙传》，文字同。

《李清传》

《太平广记》卷三六的《李清》，注出《集异记》，文字相同。

《玉华侍郎传》

《夷坚志》乙志卷十一《玉华侍郎》。《新编分类夷坚志》戊集卷四。

《抱龙道士》

《太平广记》卷八十六异人六《抱龙道士》，注出《野人闲话》，文字同。

《姚鸾》

待考。

《游三蓬》

《榕阴新检》卷八《仙舟架壑》，注出《晋安逸志》。文字多有不同，似不同版本的脱衍之差。《闽书·方外志·仙道》福州志——秦有游三蓬事，所述文字与《广艳异编》全部相同，只是《广艳异编》将其作为头尾，中间加了一段游三蓬兄弟遇仙故事，可能为吴大震增写。

《张五郎》

待考。

《陶尹二君传》

《太平广记》卷四十神仙四十《陶尹二君》，注出《传奇》。文字相同。

《黑叟》

《太平广记》卷四十一神仙四十一《黑叟》，注出《会昌解颐》及《河东记》。《情史》卷十九情疑类《九子魔母》附《会昌解颐》及《河东记》载。

《张卓》

《太平广记》卷五十二神仙五十二《张卓》，注出《会昌解颐录》，文字相同。

《维杨十友》

《太平广记》卷五十三神仙五十三《维扬十友》，注出《神仙感遇传》，文字相同。

卷之四仙部二

《主父》

元伊世珍《琅嬛记》卷上，注出《玄关手钞》，文字相同。

《东方朔杂录》

《太平广记》卷六神仙六《东方朔》，注出《洞冥记》及《朔别传》，文字多有差异结尾处多出一句"久之"二字，少了"其余事迹，多散在别卷，此不备载。"《太平御览》卷953引《洞冥记》。

《柳归舜传》

《太平广记》卷十八《柳归舜》，注出《续玄怪录》。《逸史搜奇》庚集卷二。《古今说海》说渊部五七。《类说》卷十一《幽怪录》节载，题《君山鹦鹉》。

《文广通》

《太平广记》卷十八神仙十八《文广通》，注出《神仙感遇传》，文字相同。

《陆生》

《太平广记》卷七十二神仙十二《陆生》，注出《原化记》，文字同。

《天柱山宫志》

出《博异志》，《太平广记》卷二十《阴隐客》，注出《博异志》。《稗家粹编》卷五仙部《工人遇仙》。《一见赏心编》卷五。《顾氏文房小说》本《博异志》收。《逸史搜奇》辛集七，题《阴隐客》。《类说》卷二四《博异志》节载，题《天柱山梯仙国》。

《王可交传》

《太平广记》卷二十神仙二十《王可交》，注出《续神仙传》。文字同。

《陈生》

《太平广记》卷三十六神仙三十六《魏方进弟》，注出《逸史》，开头少"唐御史大夫魏方进，有弟年十五余，不能言，涕沫满身。兄"其余文字相同。视原文及选文皆与陈生无关，不知因何名之。且《广艳异编》以"弟亲戚皆目为痴人"开头，显然不是完整的语句。《刘氏鸿书》卷三十录其后半部分，注出《广艳异编》。

《王四郎》

《太平广记》卷三十五神仙三十五《王四郎》，注出《集异记》，文字同。

《樊夫人》

《太平广记》卷六十女仙五《樊夫人》，注出《女仙传》，比《太平广记》少"樊夫人者，刘纲妻也。纲仕为上虞令，有道术，能檄召鬼神，禁制变化之事。亦潜修密证，人莫能知。为理尚清静简易，而政令宣行，民受其惠，无水旱疫毒鸷暴之伤，岁岁大丰。暇日，常与夫人较其术用。俱坐堂上，纲作火烧客碓屋，从东起，夫人禁之即灭。庭中两株桃，夫妻各咒一株，使相斗击。良久，纲所咒者不如，数走出篱外。纲唾盘中，即成鲤鱼。夫人唾盘中成獭，食鱼。纲与夫人入四明山，路阻虎，纲禁之，虎伏不敢动，适欲往，虎即灭之。夫人径前，虎即面向地，不敢仰视，夫人以绳系虎于床脚下。纲每共试术，事事不胜。将升天，县厅侧先有大皂荚树，纲升树数丈，方能飞举。夫人平坐，冉冉如云气之升，同升天而去。后至"一段，这段文字写刘刚与妻较术，相较而下，后文更与主题联系紧密，其后文字全同。

《玉女》

《太平广记》卷六十三女仙八《玉女》，注出《集异记》。文字相同。

《杨真伯》

《太平广记》卷五十三神仙五十三《杨真伯》，注出《博异志》。文字相同。

《张镐妻》

《太平广记》卷六十四女仙九《张镐妻》，注出《神仙感遇传》，文字相同。

《谷神女》

《太平广记》卷六十九《马士良》，注出《逸史》。《情史》卷十九情疑类《谷神女》。

《太阴夫人》

《太平广记》卷六十四女仙九《太阴夫人》，注出《逸史》。《初刻》卷二十八《金光洞主谈旧迹玉虚尊者悟前身》入话叙卢杞遇仙女事。

《蓬球》

《太平广记》卷六十二女仙七《蓬球》，注出《酉阳杂俎》，《广

《艳异编》较《太平广记》开头少"贝丘西有玉女山,传云"一句,其余文字相同。

卷之五仙部三
《罗公远传》

《太平广记》卷二十二神仙二十二《罗公远》,注出《神仙感遇传》、《仙传拾遗》及《逸史》等,文字前面相同,结尾处一则少了中史辅仙玉山中遇罗公远的情节。《初刻》卷七《唐明皇好道集奇人武惠妃崇禅斗异法》正话叙罗公远与武惠妃事。

《崔生》

《太平广记》卷二十三神仙二十三《崔生》,注出《逸史》,文字相同。

《卢延贵》

《太平广记》卷八十六异人六《卢延贵》,注出《稽神录》,文字相同。

《元藏几》

《太平广记》卷十八神仙十八《元藏几》,注出《杜阳编》,文字相同。《醉翁谈录》卷五《元藏几沧州遇仙》,文字较《太平广记》简略。《续艳异编》卷二《元藏几》。

《李林甫外传》

《太平广记》卷十九神仙十九《李林甫》,注出《逸史》,文字相同。《初刻》卷二十八《金光洞主谈旧迹玉虚尊者悟前身》入话叙李林甫遇道士事。

《九室洞天志》

《太平广记》卷二十五神仙二十五《采药民》,注出《原仙记》(明抄本作《原化记》),文字相同。

《司命君传》

《太平广记》卷二十七神仙二十七《司命君》,注出《仙传拾遗》。文字相同。

《萧洞玄传》

《太平广记》卷四十四神仙四十四《萧洞玄》，注出《河东记》，文字相同。

《游春台记》

《太平广记》卷四十六神仙四十六《刘幽求》，注出《博异志》。文字相同。

《唐宪宗》

《太平广记》卷四十七神仙四十七《唐宪宗皇帝》，不注出处，文字相同。《续艳异编》卷二仙部《唐宪宗》。

《吴长君》

《琅嬛记》卷中，注出《续列仙传》，文字相同。

卷之六鸿象部

《蟾宫》

《夷坚志》支庚卷九《扬州茅舍女子》。

《结璘》

（元）伊世珍《琅嬛记》，注出《三余帖》。《山海经》结尾多外史氏的一段议论，大意为看了《三余》之后才知道的。

《金匙志》

《夷坚志》丙志卷十八《星宫金钥》。

《魏耽女》

《太平广记》卷三百六神十六《魏耽》，注出《闻奇录》。文字相同。

《灵光夜游录》

《剪灯新话》卷四题《鉴湖夜泛记》。《续艳异编》卷三鸿象部《灵光夜游录》。《稗家粹编》卷四星部《成令言遇织女星记》。《万锦情林》卷一《成令言遇仙记》。林本、冯本《燕居笔记》卷七都题《成令言遇仙记》。

《徐智通》

《太平广记》卷三百九十四雷二《徐智通》，注出《集异记》，《太平广记》结尾处有"及开霁，寺前槐林，劈柝分散，布之于地，皆如算子。大小洪纤，无不相肖。而寺前负贩戏弄观看人数万众，发悉解散，每缕皆为七结"。《广艳异编》无此交代，却多了一段"太守下阶礼接之，请为致雨。信宿大注田原（《云笈七签》作渗雨泽）遂足，因为远近所传。游滑州时，方久雨，黄河泛，官吏被水为劳，忘其寝食。迁韶以铁札长二尺，作一符，立于河岸之上，水涌溢堆阜之形，而蔘河流下，不敢出其符外，人免垫溺，于今传之。人有疾请符，不择笔墨，书而授之，皆得其效。多在江浙间周游，好啖荤腥，不修道行，后不知所之。"此段出自宋人张君房《云笈七签》卷一百一十二纪传部传十《叶迁韶》，除所标明三字，其余文字全同。而《叶迁韶》编选自唐人杜光庭《神仙感遇传》。涵芬楼影印明正统道藏本《神仙感遇传》卷一收《叶迁韶》，杜光庭又编选自卢肇《逸史》。

《雷郎》

《太平广记》卷三百九十五雷三《番禺村女》，注出《稽神录》，文字相同。

《沟上老翁》

清张霞房《红兰逸乘》卷四琐载，注出《鸡笼山避暑录》，文字略有差异。其出处未详。

《欧阳忽雷》

《太平广记》卷三百九十三雷一《欧阳忽雷》，注出《广异记》，文字相同。

《萧氏子》

《太平广记》卷三百九十四雷二《萧氏子》，注出《宣室志》，文字相同。

《雷神》

待考。

《陈济妻》

《太平广记》卷三百九十六虹《陈济妻》,注出《神异录》,文字相同。

《夏世隆》

《太平广记》卷三百九十六虹《夏世隆》,注出《神异录》,文字相同。

《西明夫人》

《太平广记》卷三百七十三《杨稹》,注出《纂异记》。《太平广记钞》卷七十四《西明夫人》。《续艳异编》卷三《西明夫人》。《情史》卷二十一情妖类《火怪》。

卷之七宫掖部

《周成王》

出《拾遗记·周》,《太平广记》卷二百二十五伎巧一《因祇国》,注出《拾遗录》,文字相同。《太平御览》第二十人事部节录。此篇故事编选自单行本《拾遗记》,而非《太平广记》。《太平广记》只编选了其中的成王五年事,六年、七年事没有编选。

《周灵王》

出《拾遗记》卷三《周灵王》,录其中"灵王二十三年"及"浮提之国"两事。此篇故事编选自单行本《拾遗记》,而非《太平广记》。《太平广记》卷二百二十九器玩一只编选了其中的《周灵王》,而《广艳异编》则选择了"灵王二十三年"和"浮提之国献神通善书二人"两则。

《汉武帝拾遗记》

《西京杂记》卷二;第二则故事(明)徐应秋《玉芝堂谈荟·却火锥》引用,并注出《拾遗记》,查《拾遗记》未见。

《汉昭帝》

《拾遗记》卷六前汉下,文字相同。

《汉宣帝》

《西京杂记》卷一，文字相同。

《隋炀帝逸事》

最后一则《太平广记》卷二百三十六奢侈一《隋炀帝》第二则故事，注出《纪闻》，字句多出差异，然看似同一底本。

《唐睿宗》

《太平广记》卷二百三十六奢侈一《唐睿宗》，注出《朝野佥载》，文字相同。

《明皇杂录》

第一则：明周嘉胄《香乘》卷七《碧芬香裘》，注出《明皇杂录》，文字相同。《唐人说荟》收入而文字略简，查今传《明皇杂录》皆失载。

第二则：《太平广记》卷二百二十六伎巧二《马待封》，注出《纪闻》，本则似摘编自《太平广记》，文中所有文字皆见于《太平广记》，然进行了删削。

第三则王敬美《学圃杂疏》，字句略有差异。《花史》《广群芳谱》都收录此事。

第四则：出冯贽《云仙杂记》卷二《临光宴》，注出《影灯记》，文字相同。

第五则：出冯贽《云仙杂记》卷二《范春渠》，注出《醉仙图记》；卷五《三臣酒》，注出《史讳录》。并用语句将两则故事连接为一则。

第六则：出冯贽《云仙杂记》卷五《风月常新印宫人臂》，注出《史讳录》。张泌《妆楼记·印臂》："以绸缪记印于臂上，文曰：'风月常新。'印毕，渍以桂红膏，则水洗色不退。"清代朱象贤《印典》卷五引《妆楼记》称："开元初，宫人被进御者曰，印选以绸缪记印于臂上，文曰；'风月常新。'印毕渍以桂红膏，则水洗不褪。"《广艳异编》缺少原书及后来引文中都有的"印选"二字，其余相同。

第七则节选自《明皇杂录》卷下"玄宗幸华清宫"一句改为

"帝于华清宫"。《太平广记》卷二百三十六奢侈一《玄宗》,注出《明皇杂录》,文字与《明皇杂录》相同,而多于《广艳异编》。《太平广记》卷二百七十三伎巧三《华清池》对其也有所节载,注出《谭宾录》。

第八则见于《丛书集成初编》本《潇湘录》,文字相同。

第九则:《古今图书集成》明伦汇编宫闱典妃嫔部,注出《客退纪谈》,陶本《说郛》三一引《客退纪谈》。

《说郛》收《明皇杂录》,内容完全相异。

《唐穆宗》

《太平广记》卷二百七十三伎巧三《韩志和》,节选后半部分,注出《杜阳编》。

《唐宪宗》

《太平广记》卷二百七十三伎巧三《重明枕》,注出《杜阳编》。

《金凤外传》

《榕阴新检》卷十五幽期部《金凤外传》正文相同,多一段跋语,言是王宇、徐𤏳所得。

《华阳宫记》

张淏《艮岳记》引祖秀《华阳宫记》。王偁《东都事略》引至"上名之曰华阳宫。"王明清《挥麈录》载。

《宋真宗》

出宋人赵葵《行营杂录》,文字相同。《古今说海》卷一百二十四《行营杂录》,注出《投辖录》。《宋稗类钞》卷七。

卷之八幽期部

《晁采外传》

旧题(元)伊世珍辑《琅嬛记》卷中,注出《本传》。《续艳异编》卷四《晁采外传》。《情史》卷三情私类《晁采》,以采归茂结尾,较《广艳异编》少结尾"本篇仿《贾子说林》中陈丰故事的猜测"。《全唐诗》卷八百收晁采诗出于此。

《紫竹小传》

《续艳异编》卷四《紫竹小传》。《情史》卷三情私类《紫竹》，较本文少一首末尾诗词。旧题（元）伊世珍辑《琅嬛记》分散载录，注云本传，与本篇文字基本相同。

《姚月华小传》

佚名《姚月华小传》，宋以前未见著录。《续艳异编》卷四《姚月华小传》。《情史》卷三情私类《姚月华》。旧题（元）伊世珍辑《琅嬛记》卷上，注出《本传》，将全文拆散于各处。辛文房《唐才子传》以姚月华为唐人，当据韦縠《才调集》。《稗史汇编》卷四十七《月华诗》，注云《本传》。

《投桃录》

（宋）郭彖《睽车志》卷一《龙舒人刘观》，《夷坚丁志》卷十七《刘尧举》，《新编分类夷坚志》丁集卷三。《嘉兴府图经》卷二十中有《天符殿举录》，情节相同，而文字多异。《鸳渚志余雪窗谈异》目录中也列有此篇，惜正文已佚，中华书局 2011 年点校本据《广艳异编》中《刘尧举》内容附录于书末。《续艳异编》卷四幽期部《投桃录》。《情史》卷三情私类《刘尧举》。《初刻》卷三十二《乔兑换胡子宣淫显报施卧师入定》入话叙宋舒州秀才刘尧举，就试嘉禾时，与船东之女情爱事据此篇铺演。《宋稗类钞》报应类、《古今闺媛逸事》卷八、《聊斋志异·王桂庵》篇，《红楼梦》第六十四回《浪荡子情遗九龙飒》，都化用了这一情节模式。明传奇《金兰记》中也敷演此故事。

《金钏记》

《续艳异编》卷四《金钏记》。《情史》卷三情私类《章文焕》。《稗家粹编》卷二幽期部《金钏记》。

《蒋生》

见于陆粲《庚巳编》卷三《蒋生》。前面文字相同，只是少了最后一句的来源交代"予姊之夫于生有亲，能道其事"。

《宝环记》

《夷坚支景志》卷三《西湖庵尼》条。《新编分类夷坚志》丁集卷三。《清平山堂话本》将此故事改写成《戒指儿记》，冯梦龙又改编而成《闲云庵阮三偿冤债》。《西湖二集》卷二十八《天台匠误招乐趣》入话三故事中的一个。《金瓶梅词话》第三十四回、第五十一回先后两次引入这个故事。《说圃识余》卷下《订讹传》，有订正此则。《情史》卷三情私类《阮华》。这篇故事的原文出处未见早于《广艳异编》者。

《彩舟记》

《续艳异编》卷四幽期部《彩舟记》。《情史》卷三情私类《江情》，结尾注"小说曰《缘舟记》"。《名媛诗归》、《古今闺媛逸事》、《词苑丛谈》卷十二亦载。汪廷讷《彩舟记》据此事敷衍。《醒世恒言》卷二八《吴衙内邻舟赴约》本事。这篇故事的原文出处未见早于《广艳异编》者。

卷之九 感情部一

《并蒂莲花记》

《续艳异编》卷五《并蒂莲花记》。《情史》卷十一情化类《并蒂莲》。《稗家粹编》卷二《并蒂莲花记》，从文字上看三者互有异同，《广艳异编》本"张不之许尝曰相女配夫古之道也，吾惟得佳婿贫富不较焉"，稗本同，《情史》本则"张翁志在择婿，不许"一句带过。还有一处相异：《稗家粹编》本作"以薛涛笺，染蒙恬笔，书怀素字"，这十二字《广艳异编》《情史》俱作"持彩笺"。

《齐推女传》

出自牛僧孺《玄怪录》卷九《齐饶洲》。《太平广记》卷三百五十八《齐推女》，注出《玄怪录》。《逸史搜奇》乙集卷二《齐推女》。《异闻总录》卷三不注出处。《古今说海》说渊部三四。

《秋千会记》

出自李昌祺《剪灯余话》卷四《秋千会记》。《续艳异编》卷五

《秋千会记》。《稗家粹编》卷二重逢部《秋千会记》。《情史》卷十情灵类《速哥失里》。《香艳丛书》十七集。《初刻》卷九《宣徽院仕女秋千会清安寺夫妇笑啼缘》本事。

《李疆名妻》
《太平广记》卷三百八十六《李疆名妻》，注出《记闻》。《太平广记钞》卷六十一《李疆名妻》。《情史》卷九情灵类《李疆名妻》。

《胡氏子》
《夷坚志》乙志卷九《胡氏子》，少结尾"今尚存。女姓赵氏。李德远说，忘其州名及胡氏子名"。

《鄂州南市女》
《夷坚志》支庚卷一《鄂州南市女》，少最后一句"《清尊录》所书《大桶张家女》，微相类云"。《情史》卷十情灵类《草市吴女》。《醒世恒言》卷十四《闹樊楼多情周胜仙》似本此。（明）范文若《闹樊楼》传奇亦情节相似。

《周瑞娘》
《夷坚志》补志卷十《周瑞娘》，文字相同。《新编分类夷坚志》戊集卷四。《情史》卷十情灵类《周瑞娘》。

《张红桥传》
陈鸣鹤《晋安逸志》。《榕阴新检》卷十五幽期《红桥唱和》。陈鸣鹤《东越文苑》卷六有《林鸿》条。《续艳异编》卷五《张红桥传》。情史卷十三情憾类《张红桥》。《奁史》三十九，注出《暇老斋杂记》。《列朝诗集小传》闰集《张红桥》。郑方坤《全闽诗话》。林鸿《鸣盛集》中有二人唱和的诗歌。《福州府志》外纪二注出《列朝诗集》。本篇与卷十《娟娟传》错杂相间。

卷之十感情部二
《翠翠传》
《剪灯新话》卷三《翠翠传》。《情史》卷十四情仇类《刘翠翠》注云"事载瞿宗吉《剪灯新话》"。梅鼎祚《才鬼记》卷十《翠翠传》，注出《剪灯新话》。《续艳异编》卷五《翠翠传》。"二刻"卷六《李将军错认舅刘氏女诡从夫》本事。

《唐晅手记》

《太平广记》卷三百三十二《唐晅》，注出《通幽记》。《太平广记钞》卷五十八《唐晅》。《情史》卷八情感类《唐晅》。梅鼎祚《才鬼记》卷三《唐晅妻》。《逸史搜奇》戊集十《唐晅》。

《刘立》

《太平广记》卷三百八十八悟前生二《刘立》，注出《会昌解颐录》，文字相同。

《李元平》

《太平广记》卷一百十二《李元平》，注出《异物志》。《太平广记》卷三百三十九《李元平》，注出《广异记》，事同而文有差异。《太平广记钞》卷五十八《李元平》。《情史》卷十情灵类《李元平》。各篇文字相同。

《氤氲大使》

（宋）陶榖《清异录》卷上仙宗《氤氲大使》。《情史》卷十二情媒类《氤氲大使》。

《庞阿》

出自刘义庆《幽明录》。《太平广记》卷三百五十八《庞阿》，注出《幽明记》。《太平广记钞》卷六十《庞阿》。《情史》卷九情幻类《石氏女》。

《南徐士人》

（宋）《嘉定镇江志》卷十一《宋神士墓》。《太平广记》卷三百六十一感应一《南徐士人》，注出《系蒙》，结尾处"因合葬，呼曰神士冢"。《广艳异编》多一句"人咸异之"，其余文字相同。《古今乐录》收《华山畿》，结尾处"神女冢"，《广艳异编》结尾为"神士冢"。

《河间男子》

出《搜神记》。《太平御览》卷八百八十七妖异部三，注出《搜神记》。《太平广记》卷一百六十一感应一《河间男子》，注出《法苑珠林》。与《广艳异编》一字之差，。"男子相悦"应为"男女相悦"，《广艳异编》明显有误。

《吴淑姬》

（元）伊世珍《琅嬛记》卷上，注出《诚斋杂记》，文字同。

《太曼生传》

陈鸣鹤《晋安逸志》。见于《榕阴新检》卷十五幽期《花楼吟咏》，注出《晋安逸志》。《情史》卷十三情憾类《太曼生》，文中诗作见于徐熥《幔亭集》卷八。《续艳异编》卷五《太曼生传》。

《乌山幽会记》

《榕阴新检》卷十五《乌山幽会》，注出《竹窗杂录》。《续艳异编》卷五《乌山幽会记》。《情史》卷十三情憾类《张璧娘》。

《双鸳塚志》

《榕阴新检》卷十五幽期部《西山密约》，注出自《戴林记》。《续艳异编》卷五《双鸳塚记》。《情史》卷十八情累类《林澄》。《全闽诗话》收录，名《林澄》，注出《情史》。《列朝诗集·闰四·香奁中》收其诗。《载花船》卷二入话引此故事。

《娟娟传》

杨仪《高坡异纂》卷中。《续艳异编》卷五《娟娟传》。《情史》卷九情幻类《娟娟》。《列朝诗集小传》闰集《田娟娟》。无名氏的传奇《因缘梦》敷衍此事。

卷之十一 妓女部

《杨玉香》

陈鸣鹤《晋安逸志》。《榕阴新检》卷十五幽期《玉香清妓》。梅鼎祚《才鬼记》卷十三《杨玉香》，注出《晋安逸志》。《续艳异编》卷六《杨玉香》。《亘史》外纪卷一金陵《杨玉香》。《列朝诗集小传》闰集《杨玉香》。《静志居诗话》卷二十四《杨玉香》。《全闽诗话》亦录，名《林景清》，注出《情史》。

《书仙传》

张君房《丽情集》已收，今只存佚文。《青琐高议》前集卷二《书仙传》存全文，不著撰人。《古今事文类聚》后集卷十七《书仙》，注出《丽情集》。《绿窗新话》卷上《任生娶天上书仙》，注出《丽情集》。《锦绣万花谷》前集卷十七《妓妾》，亦注出《丽情集》。《施注苏诗》卷十五《百步洪》注自《异闻集书仙歌》。《青泥莲花记》卷二《曹文姬》，注出《青琐高议》，题目标为宋代故事。《续艳异编》卷六《书仙传》。《情史》卷十九情疑类《书仙》。《绣谷春容》杂录卷四《任生娶上界书仙》，文字较简略。《古今闺媛逸事》卷七《书仙》。《初刻》卷二十五《赵司户千里遗音苏小娟一诗正果》入话叙曹文姬事。

《方响女》

出《疑仙传》卷上。《青泥莲花记》卷二记玄《方响女记》，注出《疑仙传》，文字相同。陈继儒《宝颜堂秘笈》续集收入《疑仙传》一卷。《旧小说》题《郑文家女》。

《瑞卿》

（宋）陶岳《五代史补》卷三。《情史》卷四情侠类《瑞卿》。《青泥莲花记》卷三《瑞卿》，注云"五代史补"。《续艳异编》卷六《瑞卿》。

《冯蝶翠》

《说听》卷三《洞庭叶某》。《情史》卷四情侠类《冯蝶翠》。《青泥莲花记》卷三《冯蝶翠》，注出《说听》。

《王翘儿》

徐学谟《徐氏海隅集》是其最早来源。《续艳异编》卷六《王翘儿》。《戒庵老人漫笔》卷五《蒋陈二生》附王直徐海妓，字句与《广艳异编》略有差异，且没有文后"外史氏曰"一段话，并且注明徐海妓事来源于冯文所时可撰述中。吴震元《奇女子传》收《王翘儿》，前面文字相同，最后收有几个人的评论而不及《广艳异编》中的"外史氏曰"。《青泥莲花记》卷三记义《王翘儿》，篇首注徐学谟撰，篇末注出《海禺集》，与《广艳异编》文字相同，正文之后多了"女史氏曰"一段梅鼎祚自己的议论。《刘氏鸿书》卷三十六注出《广艳异编》。《亘史钞》卷一外篇女侠《王翠翘》篇末有"外史氏曰"，和"亘史曰"两段议论。

《王幼玉记》

（北宋）柳师尹撰。原载《青琐高议》前集卷十《王幼玉记》。《情史》删削末尾书信和篇末议论。《绿窗新话》卷上节载，题《王幼玉慕恋柳富》，注出《青琐高议》。《青泥莲花记》卷五《王幼玉》，注出《青琐高议》。《情史》卷十《王幼玉》。《续艳异编》卷六《王幼玉记》。《绣谷春容》杂录卷四《王幼玉慕恋柳富》。《绿窗女史》卷一二。

《长安李姝》

《夷坚三志》己卷第一《长安李姝》，注"亦见《笔奁录》"，与《广艳异编》文字相同。《青泥莲花记》卷五《长安李姝》，注出《笔奁录》。《情史》卷一情贞类《李姝》。《续艳异编》卷六《长安李姝》。

《铁氏二女》

《琅嬛漫抄》有《铁布政女诗》，故事相同而文字多异。《型世言》第一回《烈士不背君贞女不辱父》本事。（明）处囊斋主人《诗女史纂》卷十三，与《广艳异编》文字相同。《续艳异编》卷六《铁氏二女》。

《蜀客妓》

出周密《齐东野语》卷十一。《续艳异编》卷六《蜀客妓》。

《灵犀小传》

《情史》卷一情贞类朱葵。《续艳异编》卷六《灵犀小传》。《静志居诗话》卷二十四《西宁侯邸花神》。《全闽诗话》名《郑琰》，注出《情史》。《古今图书集成》闺节部艺文三《寒雪里梅》。

《义倡传》

《稗史汇编》卷四十九《义倡传》，比《广艳异编》文后多一段议论。《情史》卷一情贞类《张小三》，比《广艳异编》文后多一段"外史氏曰"的议论，此议论同于《稗史汇编》本。《古今谭概》卷九《雏妓》，只是原文的一个开头。《续艳异编》第六卷《义倡传》。

《哑倡志》

《情史》卷七情痴类《哑倡》，注见《杨铁崖集》，结尾议论托之杨维桢，实出于抱疑子所论。《青泥莲花记》卷十三《哑娟志》，题（元）杨维桢撰，注出《铁崖文集》，文后多一段"抱疑子曰"的议论。

《薛姬传》

待考。

卷之十二梦游部

《瑶华洞天记》

林鸿《盛鸣集》中的《梦游仙记》。《榕阴新检》卷八《仙女怜才》，注出《鸣盛集》，全文只有一字之差。

《玉虚洞记》

孙升《孙公谈圃》卷中。罗大经《鹤林玉露》有冯京事，与本篇不同。金盈之《新编醉翁谈录》卷六《禅林丛录·冯相坐禅》，文字简略。卷五《黄金虫也》写开成出宫中有黄蛇夜自宝库中出游。此篇直接来源待考。《初刻》卷二十八《金光洞主谈旧迹玉虚尊者悟前身》正话叙宋丞相冯京魂游五台山、悟其生前为玉虚尊者本事。

《玄妙洞天记》

出处待考。《香艳丛书》收入，注为明佚名传。

《荔枝梦》

陈耀文《天中记》卷五二《入梦》有节略。《续艳异编》卷七《荔枝梦》。《古今清谈万选》卷四《荔枝入梦》。《稗家粹编》卷三梦游部《荔枝入梦》。《幽怪诗谭》卷二改编为《荔枝分爱》。文渊阁四库本明《渊鉴类函》卷四零三果部节载。《佩文齐广群芳谱》卷六十果谱荔枝一、清郑方坤《全闽诗话》卷十二《荔枝神》都注出

《广异记》，不知所自。

《卫师回》

《夷坚志》支甲卷二《卫师回》，文字相同。

《玄驹》

《琅嬛记》卷下，注出《贾子说林》，文字相同。《情史》卷十二情媒类《玄驹》，注云见《贾子说林》。宛委山堂本《说郛》卷三十一，《奁史》卷九十六都载此篇。

《浣衣》

伊世珍《琅嬛记》卷下，注出《虚楼续本事诗》，文字相同。《续艳异编》卷七。清人李良年《词坛纪事》亦载有此事。

《蔡少霞》

出《集异记》。《太平广记》卷五十五神仙五十五《蔡少霞》，注出《集异记》，文字相同。《续艳异编》卷七。

《范微》

《续艳异编》卷七。《香艳丛书》之《百花园梦记》。

《扶离佳会录》

（明）徐熥《十八娘外传》。《榕阴新检》卷十五《荔枝假梦》，注出《幔亭集》。查今四库全书本《幔亭集》不载此传及诗。清人曾衍东《小豆棚》亦载，注明作者为幔亭羽客。

《郑翰卿》

《榕阴新检》卷十，注出《竹窗杂录》，《续艳异编》卷七《郑翰卿》。

卷之十三义侠部

《香丸志》

《女红余志》中的《香丸夫人》。《奇女子传》卷二《香丸妇人》。亦见于周诗雅《续剑侠传》。

《飞飞传》

《太平广记》卷一百九十四《僧侠》，注出《唐语林》，明钞本

《太平广记》注出《酉阳杂俎》。《剑侠传》卷一《僧侠》，文字同。

《箍桶老人》

《太平广记》卷一百九十五豪侠三《京西店老人》，注出《酉阳杂俎》。《剑侠传》卷一《京西店老人》，文字同。

《王小仆记》

《太平广记》卷一百九十六《田膨郎》，注出《剧谈录》。《剑侠传》卷二《田膨郎》，文字同。《刘氏鸿书》卷六十注出《太平广记》。

《王仲通》

待考。

《三鬟女子》

《太平广记》卷一百九十六《潘将军》，注出《剧谈录》。《剑侠传》卷三《潘将军》，文字全同《太平广记》，《广艳异编》文末省去"冯缄给事尝闻"一段。《奇女子传》卷二《双鬟女子》。

《贾人妻》

《太平广记》卷一百九十六《贾人妻》，注出《集异记》。《剑侠传》卷三同题，文字有个别差异。《奇女子传》卷三《贾人妻》，事类《原化记崔慎思》、《国史补》卷下及《全唐文》卷七百一十八崔蠡《义激》载长安里人妇事。《初刻》卷四《程元玉店肆代偿钱十一娘云岗纵谭侠》入话本事。《刘氏鸿书》卷五十七，注出《广艳异编》。

《双侠传》

《夷坚乙志》卷一《侠妇人》，《广艳异编》较之少最后"秦丞相与董有同陷虏之旧，为追叙向来岁月，改京秩干办诸军审计，才数月卒，秦令其母汪氏哀诉于朝，自宣教郎特赠朝奉郎，而官其子仲堪者，时绍兴十年三月云，范至能说"。明刊《新编分类夷坚志》己集卷四。《剑侠传》卷四《侠妇人》，与《广艳异编》文字相同。《情史》卷四《董国度妾》。《奇女子传》卷四。《稗家粹编》卷一《侠妇人传》，与《广艳异编》文字相同。《国色天香》卷九《侠妇人传》。

《绣谷春容》话本《侠妇人传》。《逸史搜奇》庚集五《侠妇人》，《亘史》外篇女侠卷一《双侠传》。《刘氏鸿书》卷五十七，注出《广艳异编》。郑之文的传奇《旗亭记》

《侠妪》

出《女红余志》，亦见周诗雅《续剑侠传》。

《许寂》

《剑侠传》卷三《许寂》，《广艳异编》文字略有增饰。

《嘉兴绳技》

出自唐皇甫湜《原化记》。《太平广记》卷九十三《嘉兴绳技》，注出《原化记》。《剑侠传》卷一同名，有部分字句的差异。《香祖笔记》载此篇"《剑侠传》云"。

《卢生》

《太平广记》卷一百九十五《卢生》，注出《酉阳杂俎》。《剑侠传》卷二《卢生》有差异，与《太平广记》文字全同。而《剑侠传》皆出《太平广记》豪侠部，可见其所依版本与此处不是一个版本。

《剑客》

《太平广记》卷一百九十五《义侠》，注出《原化记》。《剑侠传》卷四《义侠》，文字基本相同。

《崔素娥》

《剑侠传》卷三题《韦洵美》，此处开头结尾简化，中间同，当删节自《剑侠传》。

《虬髯叟传》

《续艳异编》卷七《虬髯叟传》。《国色天香》卷九《虬髯叟传》。《剑侠传》卷三文字同，题《虬髯叟》。《情史》卷四情侠类《虬须叟》，简略记载。《说郛》卷十一《灯下闲谈》卷上《神仙雪冤》。杨慎《升庵诗话》卷四《吕用之》，记其梗概。

《申屠氏》

出明陈鸣鹤《晋安逸志》。徐𤊹《榕阴新检》卷三贞烈《女侠报仇》。《情史》卷一情贞类《申屠氏》。《续艳异编》卷七义侠部《申屠氏》。《稗史汇编》卷四十六《申屠氏》。《奇女子传》卷四《申屠氏》。《智囊》卷二十六《申屠希光》。《奁史》卷一。清潘永因编《宋稗类钞》误以此为宋人作品，收入卷十三贞烈。《石点头》卷十二《侯官拜烈女歼仇》本事。

《解洵》

《夷坚志补》卷一四《解洵娶妇》，少最后"事甚与董国度相类"。明刊《新编分类夷坚志》己集卷四。《剑侠传》卷四《解询娶妇》。《奇女子传》卷四《解询娶妇》。

《郭伦》

《夷坚志补》卷一四《郭伦观灯》，文字相同。明刊《新编分类夷坚志》己集卷四《剑侠传》卷四《郭伦观灯》。（明）李濂《汴京鸠异志》卷一异人《异僧》。

《碧线传》

出《剪灯余话》之《青城舞剑录》，结尾删去"洪武二十年，君美有婿单公铉为库官，间为人道妇翁事，亦与此吻合焉"。《续艳异编》卷七义侠部《碧线传》。《香艳丛书》本题佚名撰。

《李十一娘》

《榕阴新检》卷一孝行《孝女复仇》，注出《逸志》。结尾部分未见。《刘氏鸿书》卷五十七，注出《古今逸史》。

卷之十四 幻术部一

《申毒国道人》

出自晋王嘉《拾遗记》。《太平广记》卷二百八十四幻术一《天毒国道人》，注出《王子年拾遗记》，文字相同。

《襄阳老叟》

《太平广记》卷二百八十七幻术四《襄阳老叟》，注出《潇湘记》，文字相同。《情史》卷十八情累类《并华》。《太平广记钞》卷十一《襄阳老叟》。

《猪嘴道人》

《夷坚志》补志卷十九《猪嘴道人》，文字相同。《新编分类夷坚志》辛集卷三。（宋）王明清《投辖录》之《猪嘴道人》。《续艳异编》卷七《猪嘴道人》。《情史》卷九《猪嘴道人》。《逸史搜奇》庚集五《猪嘴道人》。

《北山道者》

《太平广记》卷二百八十五《北山道者》，注出《纪闻》。《太平广记钞》卷十《北山道者》。《情史》卷十八情累类《北山道者》。

《杨抽马》

《夷坚志》丙志卷三《杨抽马》，文字相差较多，只保留杨抽马数则灵异故事中之一则。《新编分类夷坚志》辛集卷三。"二刻"卷三十三《杨抽马甘请杖富家郎浪受惊》正话"杨望才擅法术事"本事。

《王道士》

《琅嬛记》卷下，《广艳异编》较之少最后一句"此说又与《长恨歌》异，存之备考"，注出《玄虚子仙志》。

《赵十四》

《太平广记》卷一百八十三《许至雍》，注出《灵异记》。《太平广记钞》卷五十八《许至雍》。《情史》卷九情幻类《许至雍妻》。

《周生》

《太平广记》卷七十五道术五《周生》，注出《宣室志》，文字相同。

《潘老人》

《太平广记》卷七十五道术五《潘老人》，注出《原化记》，文字相同。

《胡媚儿》

出《河东记》之《胡媚儿》，文字相同。《太平广记》卷二百八十六幻术三《胡媚儿》，注出《河东记》，文字相同。

《俞叟》

《太平广记》卷八十四异人四《俞叟》，注出《补录记传》，文字相同。

《柳秀才》

《太平广记》卷八十三异人三《柳成》，注出《酉阳杂俎》，文字相同。

《东流道人》

《夷坚志》支癸卷第九《东流道人》。文字相同。《新编分类夷坚志》辛集卷三。

《张山人》

《太平广记》卷七十二道术二《张山人》，注出《原化记》，文字相同。

《中部民》

《太平广记》卷二百八十六幻术三《中部民》，注出《独异志》，文字相同。

《青城道士》

《太平广记》卷二百八十七幻术四《青城道士》，注出《王氏见闻》，文字相同。

《李处士》

《太平广记》卷七十三道术三《李处士》，注出《唐阙史》，文字相同。

《鼎州汲妇》

《夷坚志》丁志卷八《鼎州汲妇》，文字相同。

《梁仆毛公》

《夷坚志》补志卷二十《梁仆毛公》，少结尾交代"绳乃吾族外孙婿，为大儿说"。

《潘成》

《夷坚志》补志卷二十《潘成击鸟》，文字相同。

卷之十五幻术部二

《窦致远》

《夷坚》支丁卷第九《窦致远》，文字相同。

《板桥店记》

《太平广记》卷二百八十六幻术三《板桥三娘子》，注出《河东记》，文字相同。

《李秀才》

《太平广记》卷七十八方士三《李秀才》，注出《酉阳杂俎》，文字相同。

《韩生》

陆游《铁围山丛谈》卷五，此处脱去成相如这个讲述者。《古今说海》卷九十六杂记十二《铁围山丛谈》收有此则，文字全同。《古今谭概》言出《三水小牍》灵迹部第三十二。《宋稗类钞》卷七，文字全同《广艳异编》。

《紫金梁》

《刘氏鸿书》卷七十八，注出《广艳异编》。

《陈季卿》

《太平广记》卷七十四道术四《陈季卿》，注出《慕异记》，文字相同。

《张真人》

出陆采《冶城客论》。

俶鬼部（此处没写卷数，亦在页中，不像其他卷在页端）

《吴约》

《夷坚志》补志卷八《吴约知县》，文字相同。《新编分类夷坚志》丁集卷二。"二刻"卷十四《赵县君乔送黄柑吴宣教干偿白锣》正话叙宣教郎吴约中美人计事本事。

《杨戬馆客》

《夷坚志》支乙卷五《杨戬馆客》，文字相同。《新编分类夷坚志》丁集卷三。"二刻"卷三十四《任君用恣乐深闺杨太尉戏宫馆客》正话"叙宋太尉杨戬馆客任君用，与杨家姬恣意欢昵，而被杨戬施以宫刑事"本事。

《王朝议》

《夷坚志》补志卷八《王朝议》，文字相同。《新编分类夷坚志》丁集卷二。"二刻"卷八《沈将仕三千买笑钱王朝议一夜迷魂阵》正话"叙沈将仕赴京听调堕奸徒骗局事"本事。

《薛氏子》

《太平广记》卷二百三十八诡诈《薛氏子》，注出《唐国史》，明抄本作《唐史外补》，按出《唐阙史》卷下。文字相同。

《真珠姬》

《夷坚志》补志卷八《真珠族姬》，文字相同。《新编分类夷坚志》丁集卷二。《情史》卷二情缘类《王从事妻》，附录"《夷坚志》云"，"二刻"卷五《襄敏公元宵失子十三郎五岁朝天》正话"叙真珠姬元宵之夜为剧盗所拐事"本事。

《张佑》

《太平广记》卷二三八的《张祐》，注出《桂苑丛谈》，文字相同。

《临安武将》

《夷坚志》补志卷八《临安武将》，文字相同。《新编分类夷坚志》丁集卷二。"二刻"卷十四《赵县君乔送黄柑吴宣教干偿白镪》入话"叙夫妇设圈套骗钱财事"本事。

《宁王》

《太平广记》卷二百三十八诡诈《宁王》，注出《酉阳杂俎》，文字相同。

卷之十六诅异部

《兜玄国记》

出《玄怪录》卷七，题《张左》。《太平广记》卷八十三《张佐》，注出《玄怪录》。《类说》卷十一《幽怪录》，题《兜玄国》。

《钮婆》

《太平广记》卷二百八十六幻术三《关司法》，注出《灵怪集》，文字相同。

《大历士人》

宛委山堂本《说郛》（卷三十一）。《诚斋杂记》收入。《琅嬛记》卷上，注出《诚斋杂记》，最后一句"三十二字"，《广艳异编》作"二十二字"。

《刘氏子妻》

《太平广记》卷三百八十六《刘氏子妻》，注出《原化记》。《太平广记钞》卷六十一《刘氏子妻》。《情史》卷五情豪类《刘氏子妻》。《续艳异编》卷十五《刘氏子妻》。《稗史汇编》卷四十三《刘氏娶尸》。《初刻》卷九《宣徽院仕女秋千会清安寺夫妇笑啼缘》入话"叙刘氏子背女尸终成夫妇事"本事。

《杨知春》

《太平广记》卷三百八十九冢墓一《杨知春》，注出《博异志》，文字相同。

《王守一》

《太平广记》卷八十二异人二《王守一》，注出《大唐奇事》，文字相同。

《庐山渔者》

《太平广记》卷三百七十四灵异《庐山渔者》，注出《玉堂闲话》，文字相同。

《张茂先》

《琅嬛记》卷上，注出《玄观手抄》，文字相同。

《蒯武安》

《太平广记》卷一百二报应一《蒯武安》，注出《报应记》，文字相同。

《程颜》

《太平广记》卷三百七十四灵异《程颜》，注出《闻奇录》，文字相同。

《活玉巢》

《清异录》卷下妖门《活玉巢》。《古今谭概》妖异部第三十四《活玉窠》，注出《清异录》，文字相同。古今图书集成明伦汇编人事典齿部引《清异录》此则。

《王布女》

《太平广记》卷二百二十医三《王布》，注出《酉阳杂俎》，文字相同。

《海王三》

《夷坚志》支甲卷十《海王三》，文字相同。《新编分类夷坚志》壬集卷一。《情史》卷二十一情妖类《海王三》。

《利路知县女》

《夷坚志》补志卷二十一《利路知县女》，文字相同。

《王仁裕》

（宋）王陶《谈渊》，《古今说海》卷一百二十六《养疴漫笔》，注出《谈渊》，文字相同。《古今笑》闺戒有其缩写。

《侯遹》

出《玄怪录》卷八，题《侯遹》。《太平广记》卷四百《侯遹》，注出《玄怪录》。《类说》卷十一《幽怪录》节载，题《黄石化金》。

《村正妻》

《太平广记》卷三百六十四妖怪六《河北村正》，注出《酉阳杂俎》，开头"处士郑宾于言，尝客"《广艳异编》本删去，从而改变了叙述人称。

《臂龙》

出《庚巳编》卷十。

《海贾》

《夷坚志》补志卷二十一《海外怪洋》，文字相同。

《王氏蚕》

《夷坚志》支甲卷八《符离王氏蚕》。《夷坚志》开头先引一则故事，之后才是正文。所引故事为"《酉阳杂俎·支诺皋》篇载：新罗国人旁馋求蚕种于弟，弟蒸而与之，馋不知也。至蚕时，有一生焉，日长寸馀，居旬大如牛，食数树叶不足。弟伺间杀之，百里内蚕飞集其家，意其王也。是说殊怪诞。"（注：此见于《太平广记》卷四百八十一蛮夷二）《新编分类夷坚志》乙集卷五《符离王氏》。《广艳异编》只有正文。且结尾最后一句"等丝百斤"，《广艳异编》本为"得丝百斛"。《徐副使》

《古今谭概》荒唐部第三十三《五寸舟》。

《李婆墓》

《夷坚志》支甲卷第二《李婆墓》，文字相同。

《大业开河记》

与《海山记》、《迷楼记》并载于吴《古今逸史》逸记。《艳异编》收入前两篇，《广艳异编》收入后一篇。《遂初堂书目》杂史类《炀帝开河记》。《宋志》入地理类，题《大业开河记》，注不知作者。《古今说海》说纂部逸事家、《历代小史》收《炀帝开河记》，皆不著撰人；《说郛》卷四十四《炀帝开河记》，重编《说郛》卷一一零、《五朝小说·唐人百家小说》纪载家、《唐人说荟》六集、《唐代丛书》卷八；《无一是斋丛钞》、《旧小说》乙集亦收，诸本俱同《说郛》。

《刘录士》

《太平广记》卷二百二十医三《刘录事》，注出《酉阳杂俎》，文字相同。

《刁俊朝》

出《玄怪录》卷八，题《刁俊朝》。《太平广记》卷二百二十《刁俊朝》，注出《续玄怪录》。《逸史搜奇》壬集卷十。《类说》卷十一《幽怪录》节载，题《瘿中猱》。《刘氏鸿书》卷九十一注出《广艳异编》。

卷之十七定数部

《李揆》

《太平广记》卷一百五十定数五《李揆》，注出《前定录》，文字相同。

《张去逸》

《太平广记》卷一百五十定数五《李揆》，注出《纪闻》，文字相同。

《琴台子》

《太平广记》卷一百五十九，注出《续玄怪录》。亦见《分门古今类事》卷十六，题《闲仪继室》。程毅中点校本《续玄怪录》收于补遗。

《卢生》

《太平广记》卷一百五十九《卢生》，注出《续玄怪录》。《太平广记钞》卷二十一《卢生》，删削末尾"乃知结褵之亲命，固前定不可苟而求也"。《情史》卷二《郑任》。《初刻》卷五《感神媒张德容遇虎凑吉日裴越客乘龙》入话"叙弘农令之女与卢生婚姻事"本事。

《李君》

《太平广记》卷一百五十七定数十二《李君》，注出《逸史》。《刘氏鸿书》卷八十六注出《广异编》，当是《广艳异编》的误写。《初刻》卷四十《华阴道独逢异客江陵郡三拆仙书》正话"叙唐江陵副使李君，未仕时华阴道上遇白衣人，秘授谜诀后皆应验事"本事。

《李行修》

《太平广记》卷一百六十《李行修》，注出《续定命录》，文字相同。《太平广记钞》卷二十一《李行修》。《续艳异编》卷十六《李行修》。《情史》卷十情灵类《李行修》。《奁史》卷五，注出《合璧事类》。初刻卷二十三《大姊魂游完宿愿小姨病起续前缘》本事。《剪灯新话·金凤钗记》故事相类。

《卢求》

《太平广记》卷一百八十一贡举四《卢求》，注出《摭言》，文字相同。

《秀师言记》

《太平广记》卷一百六十《秀师言记》，注出《异闻录》。汪辟疆

《唐人小说》收。

《尉迟敬德》

《太平广记》卷一百四十六定数一《尉迟敬德》，注出《逸史》，文字相同。

《李公》

《太平广记》卷一百五十三定数八《李公》，注出《逸史》，文字相同。

《崔洁》

《太平广记》卷一百五十六定数十一《崔洁》，注出《逸史》，文字相同。

《吴四娘》

《夷坚志》补志卷十《崇仁吴四娘》，文字相同。《新编分类夷坚志》戊集卷二。《情史》卷九情幻类《吴四娘》。

《汪玉山》

《鹤林玉露》丙篇卷二，原书中有文后的一段议论，后来选编者都未选入。（宋）赵潜《养疴漫笔》收入，注出《鹤林玉露》。《古今说海》卷一百二十六《养疴漫笔》，注出《鹤林玉露》。

《张太》

出《说圃识余》卷上《张太得银》，删去末尾的议论，其余文字全同。其议论曰："夫世之小人曰夜揆谋攘夺，至忘寝食不已，而所得有限，祸患随之，觑太之事亦可以深长思矣，故不惜词繁用警昧者。"

《灌园女》

《太平广记》卷一百六十《灌园婴女》，注出《玉堂闲话》，文末删去出处"襄州从事陆宪尝话此事"。

《阚喜》

《夷坚志》乙志卷十一《米张家》，文字相同。

《西蜀举人》

《古今说海》卷一百二十八《蓼花洲闲录》，注出《隽永录》。

《宋稗类钞》卷二。

卷之十八冥迹部
《刘长史女》

《太平广记》卷三百八十六《刘长史女》，注出《广异记》。《太平广记钞》卷六十一《刘长史女》。《续艳异编》卷十七《刘长史女》。《情史》卷十情灵类《刘长史女》。

《丽春》

《太平广记》卷三百七十五《韦讽女奴》，注出《通幽记》。《太平广记钞》卷六十一《韦讽女奴》。《续艳异编》卷十七《丽春》。《情史》卷十情灵类《丽春》。王铚《补侍儿小名录》亦题《丽春》。

《徐太守女》

《太平广记》卷三百七十五《徐玄方女》，注出《法苑珠林》。《太平广记钞》卷六十一《徐玄方女》。《情史》卷十《马子》。

《魏叔介》

《夷坚志》丙志卷十《黄法师醮》，文字相同。

《汤氏子》

《太平广记》卷三百七十六再生二《汤氏子》，注出《广异记》，文字相同。

《秋英》

（宋）刘敬叔《异苑》卷八。《太平广记》卷三百八十六《章汎》，注出《异苑》。《太平广记钞》卷六十一《章汎》。《情史》卷二情缘类《章泛》。

《龙阳王丞》

《夷坚志》补志卷二十四《龙阳王丞》，文字相同。

《赵泰》

《太平广记》卷三百七十七再生三《赵泰》，注出《冥祥记》，文字相同。《古小说钩沉》收入。

《陆四娘》

《太平广记》卷一百一十五报应十四《钳耳含光》，注出《广异记》，文字相同。

《卫仲达》

《夷坚志》甲志卷十六《卫达可再生》，文字相同。

《郄惠连》

《太平广记》卷三百七十七再生三《郄惠连》，注出《宣室志》，文字相同。

《郑生》

《太平广记》卷三百五十八《郑生》，注出《灵怪录》。《太平广记钞》卷六十《郑生》。《情史》卷九情幻类《柳氏女》。

《苍壁》

《太平广记》卷三百三神十三《奴苍壁》，注出《潇湘录》，文字相同。

《朱客》

待考。

《花子》

《太平广记》卷三八六《卢顼表姨》，注出《玄怪录》，程毅中点校本收入"补遗"。

《庚甲》

《太平广记》卷三八三的《庚申》。

《冥音录》

《太平广记》卷四百八十九杂传记六《冥音录》，文字相同。

卷之十九冤报部

《东洛客》

《太平广记》卷三百五十七夜叉二《东洛张生》，注出《逸史》，文字相同。《初刻》卷三十六《东廊僧怠招魔黑衣盗奸生杀》：入话"叙牛僧孺任闻县尉时，有冤魂幻化怪物，假手东洛客张生擒盗事"

本事。

《鄂州小将》

《太平广记》卷一百三十报应二十九《鄂州小将》，不注出处，文字相同。《白孔六帖》卷九十报应《卖花娘子》，注出《稽神录》。

《卢氏》

《太平广记》卷二百八十一梦六《侯生》，注出《宣室志》，文字相同。

《绿翘》

《情史》卷十八情累类《鱼玄机》，注云"出《三水小牍》"。《太平广记》卷一百三十《绿翘》，注出《三水小牍》。《太平广记钞》卷十八《绿翘》。《姬侍类偶》卷下《绿翘明慧》，注出《三水小牍》。《亘史》外纪《雪涛小书》"闺秀诗评"。《剡溪漫笔》卷二《鱼玄机》。《续艳异编》卷十八《绿翘》。《稗史汇编》卷四十九《鱼徐二娼》。

《卢从事》

《太平广记》卷四百三十六畜兽三《卢从事》，注出《河东记》，文字相同。

《王士真》

《太平广记》卷一百二十五报应二十四《李生》，注出《宣室志》，文字相同。《初刻》卷三十《王大使威行部下李将军冤报生前》正话"叙唐贞元间河朔李生事"本事。

《军使女》

《太平广记》卷一百三十《严武盗妾》，注出《逸史》。《太平广记钞》卷十八《严武》。《乐善录》卷三，注出《成都记》。《续艳异编》卷十八《军使女》。《刘氏鸿书》卷三十三注出《广艳异》。《情史》卷十六情报类《严武》，文字简洁。

《桃英》

《太平广记》卷一百二十九报应二十八《王范妾》，注出《冥报志》，明抄本作《还冤记》，文字相同。《刘氏鸿书》卷三十三收录，注出《广艳异》。

《唐绍》

《太平广记》卷一百二十五报应二十四《唐绍》，注出《异杂篇》，省去原文后一句交待："唐书说明皇寻悔恨杀绍，以李邈行戮太疾，终身不更录用。"

《刘正彦》

《夷坚志》乙志卷九《刘正彦》，文字相同。《新编分类夷坚志》甲集卷一。

《华阳李尉》

《太平广记》卷一百二十二报应二十一《华阳李尉》，注出《逸史》，文字相同。

《满少卿》

《夷坚志》补志卷十一。《新编分类夷坚志》戊集卷五。《广艳异编》少最后议论"此事略类王魁，至今百余年，人罕有知者"。《续艳异编》卷十八《满少卿》。《情史》卷十六情报类《满少卿》。《逸史搜奇》癸集四《满少卿》。"二刻"卷十一《满少卿饥附饱扬焦文姬生仇死报》本事。

《李氏妇》

《太平广记》卷第三百一十八鬼三《张禹》，注出《志怪》，文字相同。

《张客》

《夷坚丁志》卷十五《张客奇遇》。字词略有不同，并少最后一句"临川吴彦周就馆于张乡里，皆谈其异云。"《新编分类夷坚志》庚集卷四。《耳谈》卷十《穆小琼》故事类似。《青泥莲花记》卷十三《念二娘》，注出《夷坚志》。《广艳异编》文字全同于《青泥莲花记》，而少最后一句"临川吴彦周就馆于张乡里，皆谈其异云"。《情史》卷十六情报类《廿二娘》。《秋泾笔乘》卷一亦收。《醉醒石》第十三回、《警世通言》卷三十四入话。

《赵馨奴》

《夷坚志》三志己卷六《赵氏馨奴》，文字相同。

《桶张氏》

宋廉布《清尊录》。百卷本《说郛》卷十一。《古今说海》卷一百一。宋王明清《投辖录》"玉条脱"。二本文字大致相同，但此本较繁，多二百余字，且又附蔡襌事。《湖海新闻夷坚续志》卷二《负约求娶》。《汴京鸠异记》卷八"大桶张氏者"。《情史》卷十六情报类《孙助教女》。

《吴云郎》

《夷坚志》支戊卷第四《吴云郎》，删去结尾"魏南夫丞相之子羔如表弟李生，吴氏婿也，为魏说此"。《初刻》卷三十《王大使威行部下李将军冤报生前》入话"叙吴将仕之子吴云郎为冤魂托生事"本事。

卷之二十珍奇部

《张班》（王延）

《太平广记》卷四百一宝二金下《张班》，注出《潇湘录》，文字相同。

《苏遏》

《太平广记》卷四百宝一金《苏遏》，注出《博异志》，文字相同。

《宜春郡民》

《太平广记》卷四百一，注出《玉堂闲话》。

《康氏》

《太平广记》卷四百一，注出《稽神录》。

《青泥珠》

《太平广记》卷四百二宝三《青泥珠》，注出《广异记》，文字相同。

《宝珠》

《太平广记》卷四百二宝三《宝珠》，注出《广异记》，文字相同。

《水珠》

《太平广记》卷四百二宝三《水珠》，注出《纪闻》，文字相同。《刘氏鸿书》卷七十八注出《广艳异编》。

《真如八宝记》

《太平广记》卷四百四宝五《肃宗八宝记》，注出《杜阳杂编》，文字相同。

《玉清二宝记》

《太平广记》卷四百四宝三《玉清三宝》，注出《宣室志》，文中明言三宝，标题明显错误。

《宝母》

《太平广记》卷四百三，注出《原化记》。《刘氏鸿书》卷七十九注出《广艳异编》。

《张牧》

《琅嬛记》卷下，注出《采兰杂志》，文字相同。

《凤翔石》

《夷坚志》补卷第二十一，文字相同。

《龙枕石》

出明人宋凤翔《秋泾笔剩》。文字相同。

《上清童子》

《太平广记》卷四百五宝六《岑文本》，注出《传异志》，文字大致相同。

《聚宝竹》

《夷坚志》支丁卷第三《海山异竹》。

《龟宝》

出《金华子杂编》，《虚谷闲抄》引，文字与《广艳异编》相同。《续艳异编》卷十《龟宝》。《永乐大典》收入，文字有差异。《古今说海》卷一百二十七，文字相同。《香祖笔记》卷五亦云出《虚谷闲抄》。

《波斯人》

出宋濂《潜溪文集》。《榕阴新检》卷九《古墓宝气》，注出《宋濂文集》，文字相同。（明）梅纯《埙斋备忘录》引"潜溪文集内一事"。（明）胡我琨《钱通》卷三十，注出《潜溪文集》。《古今说海》卷一百三十六引《埙斋备忘录》，文后还有一段解释，《广艳异编》没有。《刘氏鸿书》卷五，注出《潜溪文集》。《殊域周咨录》卷九苏门答腊"别志载"也收有此篇。清人赵吉士《寄园寄所寄》亦引。

《陆颙传》

《太平广记》卷四百七十六昆虫四《陆颙》，注出《宣室志》。文字相同。

《奇宝》

原文见于《说圃识余》卷之上《奇宝》，文字略有差异，结尾处《广艳异编》多了一句"服王之神观也"，当是编者增饰而为之。第一则：明周嘉胄《香乘》龙脑香事实二十二则《遇险得脑》，注出《广艳异编》。第二则：《香乘》卷一《云林远事》，"沈番烟结七鹭鸶"。

《吕生》

《太平广记》卷四百一宝二《吕生》，注出《宣室志》，文字相同。

卷之二十一器具部一

《紫珍记》

《太平广记》卷二百三十《王度》，注出《异闻集》。《太平广记钞》卷六十三《王度》，二书文字相同。《情史》删削，只录"张琦家女"和"李敬慎女"故事。《续艳异编》卷九与《广艳异编》同，均载《太平广记》原文。

《敬元颖传》

《太平广记》卷二百三十一器玩三《陈仲躬》，注出《博异志》，文字相同。

《渔人》

《太平广记》卷二百三十一器玩三《渔人》，注出《原化记》，文字相同。

《符载》

《太平广记》卷二百三十二器玩四《符载》，注出《芝田录》，文字相同。

《省名部落主》

出《玄怪录》卷五《周静帝》。《太平广记》卷三百六十八《居延部落主》，注出《玄怪录》。

《虢国夫人》

《太平广记》卷三百六十八《虢国夫人》，注出《大唐奇事》。《续艳异编》卷九《虢国夫人》。《情史》卷二十一情妖类《猿精》附录"猿化小儿"事。

《金象将军》

《太平广记》卷三百六十九《岑顺》，注出《玄怪录》。程毅中点校《玄怪录》收入"补遗"。

《张秀才》

《太平广记》卷三百七十精怪三《张秀才》，注出《宣室志补遗》，文字相同。

《轻素轻红》

《太平广记》卷三七一《曹惠》，注出《玄怪录》。《类说》卷十一《幽怪录》节载、题《轻素轻红二冥器》。《绀珠集》本节载，题《轻红轻素二冥器》及《轻红轻素》。《孔帖》卷六六题《轻红轻素》、《补侍儿小名录》节引《幽怪录》。《姬侍类偶》卷下节引《玄怪录》，题《轻素粉黛》。《旧小说》、《世界文库》亦收入。

《阮文雄》

《续艳异编》卷九《阮文雄》。《情史》卷二十一《琴瑟琵琶》。《幽怪诗谭》卷二《遗音动听》。《古今清谈万选》卷三《古冢奇珍》，文中诗作出于（明）童轩《清风亭稿》卷七。

《卢郁》

《太平广记》卷三百七十三精怪六《卢郁》，注出《宣室异录记》，结尾比《广艳异编》多"果所谓姓石氏，居于华山者也。郁因质问吕御史，有郡中老吏，谓郁曰：'吕御史，魏之从事也。居此宅，迨今四十年矣。'咸如老姥言也。又青州济南平陵城北石虎，一夜自移城东南善石沟上，有狼狐千余迹随之，迹皆成路"。

卷之二十二器具部二

《搴绒志》

《鸳渚志余雪窗谈异》帙上《敝帚惑僧传》。《续艳异编》卷九《搴绒志》。《情史》卷二十一情妖类《筈帚精》。《稗家粹编》卷七妖怪部《弊帚惑僧传》。《国色天香》卷七《竹帚精记》。《绣谷春容》话本《帚精记》。冯本《燕居笔记》卷九传类《敝帚惑僧传》。《古今清谈万选》卷三《邪动少僧》据以改编。

《卢涵》

《太平广记》卷三百七十二精怪五《卢涵》，注出《传奇》，文字相同。

《招提嘉遇记》

据元郭霄凤《江湖纪闻》卷一《琴声哀怨》改写。《稗家粹编》卷七妖怪部《招提琴精记》。《国色天香》卷七《琴精记》。《绣谷春容》话本《琴精记》，文字基本相同。冯本《燕居笔记》卷八记类《招提琴精记》。钓鸳湖客《鸳渚志余雪窗谈异》帙上《招提琴精记》，后被收入《情史》卷二十一情妖类《琴精》，删削末尾"人有定数"云云等评论性文字。《续艳异编》卷九《招提嘉遇记》。《古今清谈万选》卷三《招窗前琴怪》据以改编。《嘉兴府图经》卷二十从纪亦载此事。

《苏还妻》

《说听》卷二。《续艳异编》卷九《苏还妻》。《情史》卷二十一情妖类《箸斛概》。

《王华》

出《晋安逸志》。《榕阴新检》卷九《宝剑成精》，注出《晋安逸志》，文字相同。

《卢秀才》

陆粲《说听》卷下，文字相同。

《金银部落》

《太平广记》卷三百七二精怪五凶器下《商乡人》，注出《广异记》，文字相同。

《崔毂》

《太平广记》卷三百七十精怪三《崔珏》，注出《宣室志》，文字相同。

《卢赞善》

太平广记卷三百六十八精怪一《卢赞善》，注出《广异记》，文字相同。

《负局》

待考。

《幼卿》

《女红余志》卷上《鼠》。

《傀儡子》

陆粲《冶城客论》中《戏偶怪》。

《薛雍》

陆采《冶城客论》中《薛氏画女妖》。《情史》卷九情幻类《薛雍妻》。

《司花女》

待考。

《牛邦本》

《情史》卷二十一情妖类《牛骨等物》。《香艳丛书》杂类《牛骨等物》，清代葆光子《物妖志·牛骨等物》。

《李约》

《太平广记》卷三百六十六妖怪八《李约》，注出《三水小牍》；卷三百六十九精怪二《岑顺》，注出《玄怪录》。此则是两处的合编。

《张秀才》

《太平广记》卷三百七十精怪三《张秀才》，注出《宣室志补遗》，文字相同。

《轻素轻红》（此两篇与器具部一重复、春条故事类似）

《石占娘》

《续艳异编》卷九《石占娘》，《情史》卷二十一《石砧杵》。《幽怪诗谭》卷二《砧杵惑客》。《古今清谈万选》卷三《怪侵儒士》，文中诗作出于明童轩《清风亭稿》卷七和卷三。

《鄂州官舍女子》

《夷坚志》支癸卷六《鄂干官舍女子》，结尾少"是时淳熙中秉义郎贾博洪驻恶，见其异"一句交代。

卷之二十三草木部

《妖柳传》

本篇据秦观《录龙井辩才事》改写。《夷坚丙志》卷十六《陶象子》。钓鸳湖客《鸳渚志余雪窗谈异》帙上《妖柳传》。《续艳异编》卷十九《妖柳传》。《古今清谈万选》卷四物汇精凝《会稽妖柳》。《情史》卷二十一情妖类《柳妖》。《嘉兴府图经》卷二十从纪、孙一观《志林》、钟惺《志薮》亦收入。

《周江二生》

出处待考。清褚人获《坚瓠集》卷四《渭塘芦蓼》。

《薛僚》

《续艳异编》卷十九《薛僚》。《情史》卷二十三情通类《夫妇花》。《奁史》卷九十二，注出《山樵暇语》。《广群芳谱》收入此篇，注出《集异记》。《太平广记》未见，此篇未见早先出处或是明人伪造。

《邓珪》

《太平广记》卷四百十七草木十二《邓珪》，注出《宣室志》，文字相同。《续艳异编》卷十九《邓珪》。

《狄明善》

《续艳异编》卷十九《狄明善》。《情史》卷二十一情妖类《桂妖》。《幽怪诗谭》卷一《桂花传馥》。《古今清谈万选》卷四《老桂成形》。《奁史》卷九十二，注出《北墅抱瓮录》。诗作源于明童轩《清风亭稿》卷二乐府歌行《断肠曲》效元体二首。葆光子《妖物志》桂条。《香艳丛书》桂条。

《周少夫》

《琅嬛记》卷上《曹昊》，注出《玄虚子仙志》，文字相同。《续艳异编》卷十九《周少夫》。

《僧智通》

《太平广记》卷四百一十五草木十《僧智通》，注出《酉阳杂俎》，文字相同。《续艳异编》卷十九《僧智通》。

《翻经台记》

《续艳异编》卷十九《翻经台记》。

《杨二姐》

待考。

《光化寺客》

《太平广记》卷四百十七草木十二花卉怪下《光化寺客》，注出《集异记》，文字相同。

《海月楼记》

《续艳异编》卷十九《海月楼记》。与卷三《蓬莱宫娥》多所重复。

《苏昌远》

孙光宪《北梦琐言》卷九《白莲女惑苏昌远》。《太平广记》卷四百十七《苏昌远》，注出《北梦琐言》。《太平广记钞》卷七十五《苏昌远》。《续艳异编》卷十九《苏昌远》。《情史》卷二十一情妖类《白莲花》。

《老树悬针记》

《稗家粹编》卷七妖怪部《老树悬针记》。

《臧颐正》

《幽怪诗谭》卷一《木叟怜才》。《古今清谈万选》卷四《滁阳木叟》。《西游记》中《清风岭唐僧遇怪木棉庵三藏谈诗》情节类似。

《钱氏》

陆粲《庚巳编》卷五《芭蕉女子》。施显卿《古今奇闻类记》。清赵吉士《寄园寄所寄》卷五。

《焦氏》

出《庚巳编》卷五说妖《芭蕉女子》。施显卿《古今奇闻类记》卷四《冯汉除芭蕉怪》，注出《庚巳编》。《续艳异编》卷十九《焦氏》。

《野庙花神记》

《续艳异编》卷十九《野庙花神记》。《稗家粹编》卷四星部《野庙花神》。《古今清谈万选》卷四《野庙花神》。《幽怪诗谭》卷三《野庙花精》据以改编。

《菊异》

《续艳异编》卷十九《菊异》。《情史》卷二十一情妖类《菊异》，有删节。《幽怪诗谭》卷二《菊瓣争秋》，与《广艳异编》文字稍异，戴君恩改作戴君赐。《古今清谈万选》卷四《和州异菊》。葆光子《妖物志》花类《菊》。

卷之二十四鳞介部

《陶岘》

《太平广记》卷四百二十龙三《陶岘》，注出《甘泽谣》，文字相同。

《王知事子》

待考。

《宗立本》

《夷坚志》甲志卷二《宗立本小儿》。少最后"立本夫妇思念，久而不忘。淮东钤辖王易东亲睹厥异"。

《龙妇》

待考。

《水仙子》

《琅嬛记》卷下，注出《修真录》，文字相同。《香艳丛书》之《龟台琬琰》收《水仙子》，不注出处。

《昭潭三姝》

《太平广记》卷四百七十族七《高昱》，注出《传奇》，文字相同。

《历阳丽人》

《夷坚志》三志辛卷五《历阳丽人》，少最后"徐圣俞妇弟自淮上至，谈其详"。《情史》卷二十一情妖类《蟒精》。

《张虚静》

《夷坚志》支戊卷第九《同州白蛇》，文字相同。

《赵进奴》

《夷坚志》补志卷二十二《姜五郎二女子》，文字相同。《情史》卷二十一情妖类《狐精》。

《程氏妇》

待考。

《程山人女》

《夷坚志》三志辛卷五《程山人女》。《情史》卷二十一情妖类《长蛇》。

《孙知县妻》

《夷坚志》支戊卷二《孙知县妻》。

《朱觐》

《太平广记》卷四百五十六蛇一《朱觐》，注出《集异记》，文字相同。

《蛇妖》

《夷坚志》丁志卷二十《蛇妖》。《新编分类夷坚志》壬集卷四。

《太元士》

《太平广记》卷四百五十六蛇一《朱觐》，注出《续搜神记》，文字相同。

《江郎》

《太平广记》卷四百六十八《王素》，注出《三吴记》。《太平广记钞》卷七十八《王素》。《情史》卷二十一情妖类《白鱼怪》。《三吴记》，原书已失传，大抵记后汉至刘宋间事。

《微生谅》

《太平广记》卷四百六十九《微生谅》，注出《三峡记》。《情史》卷十九情疑类《巫山神女》条"《三峡记》云"。

《彭城男子》

《太平广记》卷四百六十九水族六《彭城男子》，注出《列异传》，文字相同。

《金陵人》

《古今谭概》妖异部第三十四《鬼畏面具》。褚人获《坚瓠集》《面具治怪》，注出《湖海搜奇》。

《樊氏女》

待考。

《谢非》

《太平广记》卷四百六十八水族五《谢非》，注出《搜神记》，文字相同。

《谢宗》

《太平广记》卷四百六十八水族五《谢非》，注出《志怪》，文字相同。

《朱法公》

《太平广记》卷四百六十九水族六《朱法公》，注出《续异记》，文字相同。

《王氽》

《太平广记》卷四百六十九水族六《九江记》，注出《续异记》，文字相同。

《岛胡》

《太平广记》卷四百六十四水族一《南海大蟹》，注出《广异记》，文字相同。

《邓元佐》

《太平广记》卷四百七十一水族八《邓元佐》，注出《集异记》，文字相同。

卷之二十五禽部

《令史妻》

《太平广记》卷四百六十禽鸟一《户部令史妻》，注出《广异记》，文字相同。

《徐奭》

《太平广记》卷四百六十禽鸟一《徐奭》，注出《异苑》，文字相同。

《鸣鹤山志》

《夷坚志》补志卷二十二《鸣鹤山》。《新编分类夷坚志》壬集卷四。

《魏沂》

《幽怪诗谭》卷三《绛帻老人》。《古今清谈万选》卷一《魏沂遇道》。

《陈元善》

《庚巳编》卷四《鸡精》。《续艳异编》卷十一《陈元善》。《情史》卷二十一情妖类《鸡精》。《妖物志》兽类《鸡精》。

《陶必行》

《续艳异编》卷十一《陶必行》。《艳异编》卷三十四《太湖金鲤》主人公名不同，内容与诗歌相同。《情史》卷二十一情妖类《鸳鸯白鸥》。《幽怪诗谭》卷五《洞庭三娘》。冯本《燕居笔记》卷九传类《洞庭三娘传》。《妖物志》兽类《鸳鸯白鸥》。

《京师女》

《续艳异编》卷十一《京师女》。情史卷二十一情妖类《鸡精》。《妖物志》兽类《鸡》。

《刘潜女》

《太平广记》卷四百六十禽鸟一《刘潜女》，注出《大唐奇事》，文字相同。

《木师古》

《太平广记》卷四百七十四昆虫二《木师古》，注出《博异志》，文字相同。

昆虫部（此处未分卷。此处是本书分卷的明显疏漏，上一篇应属昆虫。却归入禽类）

《蚍蜉王传》

《太平广记》卷四百七十八昆虫六《徐玄之》，注出《纂异记》，文字相同。

《科斗郎君》

《太平广记》卷四百七十四昆虫二，注出《玄怪录》。《幽怪诗谭》卷一《科斗郎君》。

《石宪》

《太平广记》卷四百七十六昆虫四《徐玄之》，注出《宣室志》，文字相同。

《太和士人》

《太平广记》卷四百七十六昆虫四《守宫》，注出《酉阳杂俎》，文字相同。

《蝎魔》

出《庚巳编》卷九《蝎魔》。《古今奇闻类记》卷四物精记《布政夫人见蝎形》。

《王双》

《太平广记》卷第四百七十三，昆虫一注出《异苑》。

《朱诞给使》

《太平广记》卷四百七十三昆虫一《朱诞给使》，注出《搜神记》，文字相同。

《瘦腰郎君》

《诚斋杂记》（一作《诚斋杂志》）卷上。《琅嬛记》卷下，注云《诚斋杂志》。《续艳异编》卷十一《瘦腰郎君》。《情史》卷二十一情妖类《蜂异》。《奁史》卷九十六，注云《诚斋杂志》。

《徐邈》

《太平广记》卷四百七十三《蚱蜢》，注出《续异记》。《太平广记钞》卷七十五《蚱蜢》。《情史》卷二十一情妖类《蚱蜢》。

《审雨堂志》

《太平广记》卷四百七十四昆虫二，注出《穷神秘苑》，卷首有"《妖异记》曰"，文字相同。

《张景》

《太平广记》卷四百七十七昆虫五《张景》，注出《宣室志》，文字相同。

《和且耶》

出《玄怪录》卷五《滕庭俊》，《太平广记》卷四百七十四《滕庭俊》，注出《玄怪录》。

《薛嵩》

《琅嬛记》卷上，注出《魏生禁杀录》。文字相同

《鞠通》

《琅嬛记》卷中，注出《贾子说林》。文字相同。

卷之二十六兽部一

《张全》

《太平广记》卷四百三十六《张全》，注出《潇湘记》。《太平广记钞》卷七十二《张全》。《情史》卷二十一情妖类《猿精》附录"马化女子事"。

《连少连》

《夷坚志》支癸卷五《连少连书生》。

《山庄夜怪录》

《太平广记》卷四百三十四《宁茵》，注出《传奇》，《广艳异编》中主人公名字改为宁菌。《古今说海》说渊部别传六十《山庄夜怪录》，主人公名字也为宁菌。《续艳异编》卷十二兽部《山庄夜怪录》主人公名字也改。

《韩生》

《太平广记》卷四百三十八畜兽五《韩生》，注出《宣室志》，文字相同。

《天元邓将军》

《夷坚志》补志卷二十三《天元邓将军》，《新编分类夷坚志》壬集卷四。

《白将军》

《太平广记》卷四百三十八畜兽五《杜修己》，注出《潇湘录》，文字相同。

《黄撅神》

《狐媚丛谈》卷二《狐与黄撅为妖》。《太平广记》卷四四九，原题《郑宏之》，注出《纪闻》。

《胡志忠》

《太平广记》卷四百三十八畜兽五《胡志忠》，注出《集异记》，文字相同。

《尹纵之》

出牛僧孺《玄怪录》。《稗家粹编》卷七妖怪部《尹纵之》。《逸史搜奇》庚集四。《类说》卷十一节载《幽怪录》，题《女留青花毡履》。

《蓬瀛真人》

《夷坚志》支庚卷二《蓬瀛真人》。《续艳异编》第十二卷，少了后面的结尾部分群猪就屠。《情史》卷二十一《猪精》。清葆光子《妖物志》收入《猪》，结尾同《续艳异编》。《香艳全书》又将《妖物志》全部收入。《夷坚支庚》卷第一一十同名而叙述有差异，当不是出自一个底本，尤其结尾部分"明日，群猪皆不见，祝遂免祸"与前面提到各本均不同，应最合理。

《杨氏》

《太平广记》卷四百三十九兽畜六《杨氏》，注出《广异记》，文字相同。

《周氏女》

《夷坚志》支丁卷八《周氏买花》

《尹氏子》

待考。

《李鳌》

待考。

《朱仁》

《太平广记》卷四百四十畜兽七《朱仁》，注出《潇湘录》，文字相同。

《李知微》

《太平广记》卷四百四十畜兽七《李知微》，注出《河东记》，文字相同。《初刻》卷五《感神媒张德容遇虎凑吉日裴越客乘龙》算命老人的名字可能自此篇。

《陈二翁》

待考。

《张四妻》

《夷坚志》支乙卷第十《张四妻》。

《陈丰》

《榕阴新检》卷九妖怪《妖鼠咏诗》，注出《晋安逸志》，文字略有差异。《全闽诗话》卷十二《妖鼠》，注出《静志居诗话》。文字相同。（清）徐景熹《福州府志》乾隆本卷七十六外纪二，注出《晋安逸志》。

卷之二十七兽部二

《淮南猎者》

《太平广记》卷四百八十一畜兽八《淮南猎者》，注出《纪闻》，文字相同。《续艳异编》卷十二兽部《淮南猎者》。

《嵩山老僧》

《太平广记》卷四百四十三畜兽十《嵩山老僧》，注出《潇湘录》，文字相同。

《冀州刺史子》

《太平广记》卷四百四十二畜兽九《冀州刺史子》，注出《广异记》，文字相同。

《郑氏子》

《太平广记》卷四百四十二畜兽九《郑氏子》，注出《广异记》，文字相同。

《薛二娘》

《太平广记》卷四百七十族七《薛二娘》，注出《通幽记》，文字相同。

《钟道》

《太平广记》卷四百六十九《钟道》，注出《幽明录》。《太平广记钞》卷七十八《钟道》。《情史》卷二十一情妖类《獭妖》。

《巴西侯传》

《太平广记》卷四百四十五畜兽十二《张鋋》，注出《宣室志》，文字相同。《古今说海》说渊五十六别传五十六《巴西侯传》，文字相同。《广异记》亦收有此篇，文字相同。

《陈严》

《太平广记》卷四百四十四畜兽十一，注出《宣室志》，少了结尾处故事来源的交代"终于秦州上邽尉。客有游于太原者，偶于铜锅店精舍，解鞍憩焉。于精舍佛书中，得刘君所传之事，而文甚鄙。后亡其本，客为余道之如是"。《稗家粹编》卷七妖怪部《陈严》。

《汪凤》

《太平广记》卷一百四十征应六《汪凤》，注出《集异记》，文字相同。

《大士诛邪记》

出《鸳渚志余雪窗谈异》帙下《大士诛邪记》，《广艳异编》少了原文后的议论。《初刻》卷二十四《盐官邑老魔魅色会骸山大士诛邪》正话"叙会骸山老猿霸占妇女，终被观音大士诛灭事"本事。

《张氏妇》

待考。

《薛刺史》

《太平广记》卷四百四十六畜兽十三《薛放曾祖》，注出《灵宝集》，文字相同。

《侯将军》

《夷坚志》补卷第二十二《侯将军》。《新编分类夷坚志》壬集卷四。《情史》卷二十一情妖类《猴精》。《逸史搜奇》癸集八《吴氏女》。

《蔡京孙妇》

《夷坚志》支戊卷九《蔡京孙妇》。

《璩小十》

《夷坚志》三志己卷二《璩小十家怪》。

《猩猩八郎》

《夷坚志》补志卷二十一《猩猩八郎》。《新编分类夷坚志》壬集卷一。《情史》卷二十一情妖类《猩猩》。

《曹倡》

待考。

卷之二十八兽部三

《南阳士人》

《太平广记》卷四百三十二虎七《南阳士人》，注出《原化记》，文字相同。

《王太》

《太平广记》卷四百三十一虎六《王太》，注出《广异记》，文字相同。

《柳并》

《太平广记》卷四百三十三虎八《柳并》，注出《原化记》，文字相同。

《峡口道士传》

《太平广记》卷四百二十六虎一《峡口道士》，注出《解颐录》，文字相同。

《金陵人》

待考。

《申屠澄传》

《太平广记》卷四百二十九《申屠澄》，注出《河东记》。《续艳异编》卷十二《申屠澄传》。《情史》卷二十一情妖类《虎精》。《虎荟》卷四。

《费老人》

《太平广记》卷四百二十七虎二《费忠》，注出《广异记》，文字相同。

《笛师》

《太平广记》卷四百二十八虎三《笛师》，注出《广异记》，文字相同。《刘氏鸿书》卷九十，注出《广艳异编》。

《香屯女子》

《夷坚志》三志辛卷九《香屯女子》。

《稽胡》

《太平广记》卷四百二十七虎二《稽胡》，注出《广异记》，文字相同。

《丹飞先生传》

出《玄怪录》，《太平广记》卷四四一。《稗家粹编》卷四星部《萧至忠》。《一见赏心编》卷十三《晋州猎记》。《逸史搜奇》庚集六。《类说》卷十一节载题《滕六降雪巽二起风》。《狐媚丛谈》名《狐负美女》。

《虎媒志》

《太平广记》卷四百二十八虎三《裴越客》，注出《集异记》。《情史》卷十二情媒类《裴越客》，文字基本相同，注出《杂异记》，误。《奁史》《续虞初志》亦收。（清）顾景星传奇《虎媒记》。《初刻》卷五《感神媒张德容遇虎凑吉日裴越客乘龙》正话"叙张德容与裴越客事"本事。

《崔韬》

《太平广记》卷四百三十三虎八《崔韬》，注出《集异记》，文字相同。

《马拯》

《太平广记》卷四百三十虎五《马拯》，注出《传奇》，文字相同。

《勤自励》

《太平广记》卷四百二十八《勤自励》，注出《广异记》。《太平广记钞》卷六十六《勤自励》。《虎荟》卷一。《情史》卷十二情媒类《勤自励》。《醒世恒言》卷五《木树坡义虎送亲》本事。

《张逢》

《太平广记》第四百二十九虎四，注出《续玄怪录》。与南阳士人故事情节类似，人化虎，虎化为人。《榕阴新检》卷十《变虎食人》注出《续玄怪录》，文字相同。

《赵乳医》

《夷坚志》补志卷四《赵乳医》，《新编分类夷坚志》乙集卷五。

卷之二十九兽部四

《吴南鹤》

《太平广记》卷四百四十八狐二《杨伯成》，注出《广异记》，文字相同。《狐媚丛谈》名《道士收狐》。

《破婚狐》

《狐媚丛谈》卷二《小狐破大狐婚》。《太平广记》卷四百四十九，题《李氏》，注出《广异记》。

《狐仙》

出牛僧孺《玄怪录》。《狐媚丛谈》卷三《狐仙》，出《幽怪录》卷四，题《华山客》。《稗家粹编》卷八禽兽部，题《华山客》。《逸史搜奇》壬集七亦收。《类说》卷十一节选《幽怪录》，题《塚狐学道成仙》。

《赵注》

待考。

《王生》

《太平广记》卷四百五十三狐七《王生》，注出《灵怪录》，文字相同。《狐媚丛谈》题《狐戏王生》。

《谭法师》

《夷坚支庚》卷第六，文中题目《谭法师》，目录题为《海口谭法师》少了最后一句交代"予记唐小说所书黎丘人张简等事，皆此类云"。

《李令绪》

《太平广记》卷四百五十三狐七《李令绪》，注出《腾听异志录》，文字相同。《狐媚丛谈》题《狐为李令绪阿姑》。

《张千户》

待考。

《周成》

待考。

《僧园女》

《夷坚三志》己卷第二《东乡僧园女》，题目稍有异，内容同。

《阇子》

待考。

《裴氏狐》

《太平广记》卷四百五十三狐七《裴少尹》，注出《宣室志》，文字相同。《狐媚丛谈》题《三狐相殴》。

《谷亭狐》

《庚巳编》卷八，文字相同。《狐媚丛谈》亦收《谷亭狐》。

《王知古》

《太平广记》卷四百五十九狐五《张直方》，注出《三水小牍》，文字相同。《狐媚丛谈》名《王知古赘狐被逐》。

《郑四娘》

《太平广记》卷四百五十一《李麐》，注出《广异记》。《太平广记钞》卷七十七《李麐》。《情史》卷二十一情妖类《狐精》。《狐媚丛谈》名《狐死见形》。

卷之三十兽部五

《高邮州同》

陆采《冶城客论》中的《二狐魅》。

《蒋生》

《刘氏鸿书》卷九十一收录此篇故事，篇末明确注明出自《广艳异编》，文字较为简略。《耳谈》卷七《大别狐妖》。《狐媚丛谈》亦名《大别山狐》。《情史》卷十二情媒类《大别狐》，与此篇文字略异。"二刻"卷二九《赠芝麻识破假形》正话本事。《型世言》第三十八回《妖狐巧合良缘》亦演此事，而细节稍异。《幽怪诗谭》卷五《狐惑书生》，结构与此类似。《聊斋志异》卷七《阿秀》又采此构思而加以增饰。

《徐安》

《太平广记》卷四百五十狐四《徐安》，注出《集异记》，文字相同。《狐媚丛谈》题《徐安妻骑故笼而飞》。

《何让之》

《太平广记》卷四百四十八狐二《何让之》，注出《干䐈子》，文字相同。《狐媚丛谈》题《何让之得狐碌字文书》。

《王生》

《胡媚丛谈》题《狐死塔下》。

《费翁》

待考。

《衢州少妇》

《夷坚志》支乙卷四《衢州少妇》。

《陈崇古》

陆粲《庚巳编》名《临江狐》。《狐媚丛谈》亦名《临江狐》。

胡老官

待考。

《韦明府》

《太平广记》卷四百四十九狐三《韦明府》，注出《广异记》，文字相同。《狐媚丛谈》名《焚鹊巢断狐》。

《狸丹》

出王兆云《漱石闲谈》卷纸上《狸丹》，《广艳异编》开头多"正统间"三字，其余文字相同。

《崔三》

《夷坚志》支乙卷二《茶仆崔三》。《情史》卷二十一情妖类《精狸》。

《谢混之》

《太平广记》卷四百四十九狐三《谢混之》，注出《广异记》，文字相同。《狐媚丛谈》名《狐向台告县令》。

《李自良》

《太平广记》卷四百五十三狐七《李自良》，注出《河东记》，文字相同。《狐媚丛谈》名《李自良夺狐天符》。

《婆罗门》

《狐媚丛谈》卷一《狐化婆罗门》。《太平广记》卷四四八，原题《叶法善》。

《上官翼》

《太平广记》卷四百四十七狐一《上官翼》，注出《广异记》，文字相同。《狐媚丛谈》题《上官翼毒狐》。

《崔昌》

《太平广记》卷四百五十一狐五《崔昌》，注出《广异记》，文字相同。《狐媚丛谈》题《狐变小儿》。

卷之三十一妖怪部

《花红》

《太平广记》卷三百六十六妖怪八《曹朗》，注出《乾䑽子》，文字相同。

《许敬》

《太平广记》卷三百六十五妖怪七《许敬张闲》，注出《传信志》，文字相同。

《李黄》

《太平广记》卷三百六十六妖怪八《李黄》，注出《奇闻录》，《太平广记》结尾"黄十余年方卒"，《广艳异编》改为"黄十余年亦卒"。

《窦不疑》

《太平广记》卷三百七十一精怪四《窦不疑》，注出《纪闻》，文字相同。

《青州都监》

《夷坚志》补志卷十七《青州都监》。

《刘崇班》

《夷坚志》补志卷十七《刘崇班》。

《王住》

待考。

《夏秀妻》

待考。

《于凝》

《太平广记》卷三百六十四妖怪六《于凝》，注出《集异记》，文字相同。

《唐氏女》

待考。

《高郎中》

待考。

《曹世荣》

《情史》卷二十一情妖类《曹世荣》。

《张益》

待考。

《宫山僧》

《太平广记》卷三百六十五妖怪七《宫山僧》，注出《集异记》，文字相同。《初刻》卷三十六《东廊僧怠招魔黑衣盗奸生杀》正话"叙东廊僧因一时俗念，引起魔障而遭遇许多恶境事"本事。

《广陵士人》

《太平广记》卷三百七十六妖怪九《广陵士人》，注出《稽神录》，文字相同。

《元自虚》

《太平广记》卷三百六十一妖怪三《元自虚》，注出《会昌解颐录》，文字相同。不过此篇后半在页1330《白骨小儿》后，不知是装订错误还是影印原书的问题。

《铁小儿》

《太平广记》卷三百六十二妖怪四《长孙绎》，注出《纪闻》，文字相同。

《瓮中小儿》

《太平广记》卷三百四十六妖怪三十一《送书使者》，注出《河东集》，文字相同。

《白骨小儿》

《太平广记》卷三百四十二鬼二十七《周济川》，注出《祥异记》明抄本作《广异记》，后半部分在页1327，少了《太平广记》最后一句"时贞元十七年"的交代。

《庐江民》

《太平广记》卷三百六十三妖怪五《庐江民》，注出《宣室志》，文字相同。不过又出现装订错误，后半部分在页1329.

《树头小儿》

《太平广记》卷三百六十妖怪二《田骚》，注出《五行记》，文字相同。

《富阳王氏》

《太平广记》卷三百二十三鬼八《富阳人》，注出《述异记》，文字相同。

《虞定国》

《太平广记》卷三百六十妖怪二《虞定国》，注出《搜神记》，文字相同。

《王宗信》

《太平广记》卷三百六十六妖怪八《王宗信》，注出《王氏见闻》，文字相同。

《顿丘人》

《太平广记》卷三百五十九妖怪一《顿丘人》，注出《搜神记》，文字基本相同。

卷之三十二鬼部一

《王秋英传》

《榕阴新检》卷十五幽期《秋英冥孕》篇，注出《万鸟啼春集》，与《广艳异编》文字相同。《续艳异编》卷十三鬼部一《王秋英传》。王同轨《耳谈》卷三名《王玉英》。《耳谈类增》卷二十三名《王玉英》。梅鼎祚《才鬼记》卷十三《王秋英》，条末云《万鸟啼春录》。《情史》卷十六情报类《王玉英》，注云"事见《耳谈》"，两者文字有差异，与《广艳异编》文字也多有差异，属同一题材的不同叙写。《亘史》杂编"鬼子录"之一《韩鹤箨》。谈迁《枣林杂俎》义集《幽冥王秋英》，文字简洁。《列朝诗集小传》闰集《王秋英》。《静志居诗话》卷二十四《王秋英》注云"事载《万鸟啼春集》"。"二刻"卷三十《瘞遗骸王玉英配夫》本事。《词苑丛谈》、《明诗纪事》都载此事。《福州府志》卷七十六外纪二、清郑方坤《全闽诗话》均载，均注出《词苑丛谈》。

《游会稽山记》

《续艳异编》卷十三《游会稽山记》。《情史》卷二十情鬼类《花丽春》，与《广艳异编》文字多有不同。《稗家粹编》卷六鬼部《邹宗鲁游会稽山记》，与本篇文字相同。何本《燕居笔记》卷五记类《游会稽山记》。《夵史》卷九十九，注出《东齐纪事》。与《剪灯新话》之《滕穆醉游聚景园记》相似。《西湖二集》卷二十二《宿官嫔情殢新人》本事。

《赵合》

《太平广记》卷三百四十七鬼三十二《赵合》，注出《传奇》，文字相同。

《张氏子》

《说听》卷三。《情史》卷二十情鬼类《张氏子遇女》。

《虞秀才》

《说听》卷四。《续艳异编》卷十三《虞秀才》。《情史》卷八情感类《胡氏子》附"陆次孙"故事。

《任迥》

《夷坚志》补志卷十六《任迥春游》。《新编分类夷坚志》庚集卷二。

《鬼小娘》

《夷坚志》补志卷十六《鬼小娘》。《新编分类夷坚志》庚集卷三，文字相同。《榕阴新检》卷九"妖怪"《郑鬼小娘》，注出《夷坚志》。"二刻"卷十三《鹿胎庵客人作寺主剡溪里旧鬼借新尸》入话"叙刘监税子四九秀才之妻郑氏，死后魂魄附身养娘事"本事。

《程喜真》

《夷坚志》三志己卷二《程喜真非人》。

《睢右卿》

《夷坚志》三志己卷二《睢右卿妻》。

《崔咸》

《太平广记》卷三百三十三鬼十八《崔咸》，注出《通幽记》，少了文末的时间交代"时天宝元年六月"。

《严尚书》

待考。

《李陶》

见本文 225 页。

《京娘》

《夷坚志》三志己卷四《暨彦颖女子》。

《裴徽》

《太平广记》卷三百三十三鬼十八《裴徽》，注出《广异记》，文字相同。

《新繁县令》

《太平广记》卷三百三十五《新繁县令》，注出《广异记》。《情史》卷二十情鬼类《县尉妻》。

《颜鬼子》

出陆采《冶城客论》。

《七五姐》

《夷坚志》三志壬卷十《解七五姐》。《情史》情灵类卷十《解七五姐》。

卷之三十三鬼部二

《王煌》

出《玄怪录》卷十一《王煌》。《类说》卷十一节载，题《娶耐重鬼》。《稗家粹编》卷六鬼部《王煌》。

《褚必明》

《续艳异编》卷十四《褚必明》。《古今清谈万选》卷二《野婚医士》。《稗家粹编》卷六鬼部《褚必明野婚》。《幽怪诗谭》卷五《假宿医缘》据此改编。

《三赵失舟》

《夷坚志》支丁卷一《三赵失舟》。

《仙隐客》

《夷坚志》支丁卷六《南陵仙隐客》。

《白鸡求载》（有篇无目）

待考。

《张生》

《续艳异编》卷十四《张生》。《情史》卷十六情报类《张余庆》。

《书廿七》

《夷坚志》三志辛卷八《书廿七》。

《来仪》

《续艳异编》卷十四《来仪》。《情史》卷十九情疑类《织女》，附"《续艳异编》载、《耳谈》载"。《耳谈》卷十三《孙昌裔梦感》与第一则故事类似。

《鬼国母》

《夷坚志》补志卷二十一《鬼国母》。《续艳异编》卷十四《鬼国母》。《情史》卷九《鬼国母》。《异闻总录》卷一亦收。

《陈秀才》

《夷坚志》支癸卷七《陈秀才游学》。

《孙大小娘子》

《夷坚志》支戊卷二《孙大小娘子》。

《高氏妇》

《夷坚志》三志辛卷九《高氏影堂》。《情史》卷八情感类《僧安净》。

《阎庚》

《太平广记》卷三百二十八鬼十三《阎庚》，注出《广异记》，文字相同。

《卖鱼吴翁》

《夷坚志》补志卷十六《卖鱼吴翁》。《新编分类夷坚志》庚集卷二。

《南陵美妇》

《夷坚志》支乙卷八《南陵美妇人》。

《周氏子》

《夷坚志》支庚卷七《周氏子》。

《张京安》

待考。

《王上舍》

《夷坚志》支庚卷八《王上舍》。《情史》卷二十一情妖类《王上舍》。

《张守一》

《太平广记》卷三百三十六鬼二十一，注出《广异记》，此处与《太平广记》文字相差甚多，只取其中鬼致美女一节，且文字多有不同。

《王乙》

《太平广记》卷三百三十四鬼十九《王乙》，注出《广异记》，文字相同。

卷三十四鬼部三

《僧智圆》

出段成式《酉阳杂俎》前集卷十四《诺皋记》上。《太平广记》卷三百六十四妖怪六《僧智圆》，注出《酉阳杂俎》。《续艳异编》卷十四鬼部二《僧智圆》。

《赤丁子》

《类说》卷十三引《潇湘录》。《太平广记》卷第三百五十二鬼部三十七《牟颖》，注出《潇湘录》。《太平广记钞》卷五十八《牟颖》。《鬼董》卷一《洛阳人》。《情史》卷九情幻类《赤丁子》。陆游《醉吟》："驱使难凭赤丁子，传呼底用苍头儿。"

《萧思遇》

《太平广记》卷三百二十七鬼十二《肖思遇》，注出《博物志》，陈校本作《续博物志》，文字相同。《永乐大典》卷二千九百四十九记载有此条，注出《太平广记》。

《张子长》

《太平广记》卷三百一十九鬼四《张子长》，注出《法苑珠林》，文字相同。陶潜《搜神后记》卷四。《情史》卷十三情憾类《李仲文女》，文字相同。

《唐俭》

《太平广记》卷三百二十七鬼十二《唐俭》，注出《续玄怪录》，文字相同。

《密陀僧》

《太平广记》卷三百四十八鬼三十三《沈恭礼》，注出《博异志》文字相同。

《鬼媒》

《太平广记》卷三百四十九鬼三十四《段何》，注出《河东记》，文字相同。

《李俊》

出《续玄怪录》卷二。《太平广记》卷三百四十一《李俊》，注出《续玄怪录》。《稗家粹编》卷八报应部《李岳州》。《逸史搜奇》庚集卷九。

《张庚》

《太平广记》卷三百四十五鬼三十《张庚》，注出《续玄怪录》，文字略有差异。

《薛矜》

《太平广记》卷三百六十一鬼十六《薛矜》，注出《广异记》，文字相同。

《王暹女》

《太平广记》卷三四四"张宏让"，注出《乾䞋子》。《太平广记钞》卷五十八《张弘让》。《情史》卷八情感类《王暹女》。

《秦树》

《太平广记》卷三百二十四鬼九《秦树》，注出《甄异录》，文字相同。

《王鲔》

《太平广记》卷三百五十二鬼三十七《王鲔》，注出《剧谈录》，文字相同。

《郑奇》

《搜神记》卷十六。《太平广记》卷三百一十七鬼二《郑奇》，注出《风俗通》，

从文字差异比对上看，当出《太平广记》。

《田达诚》

《太平广记》卷三百五十四鬼三十九《田达诚》，注出《稽神录》，文字相同。

《赵庆云》

《续艳异编》卷一四《赵庆云》。《古今清谈万选》卷二《留情庆

云》。《稗家粹编》卷六鬼部《庆云留情》。《幽怪诗谭》卷三《室女牵情》，据此改编。

《黎阳客》

《太平广记》卷三百三十三鬼十八《黎阳客》，注出《广异记》，文字相同。

《季攸》

《太平广记》卷三百三十三《季攸》，注出《纪闻》。《太平广记钞》卷五十九《季攸甥》。《情史》卷十情灵类《季攸甥女》。

《李林甫》

《太平广记》卷三百三十五鬼二十《李林甫》，注出《宣室志》，文字相同。

卷之三十五鬼部四

《郑婉娥传》

《剪灯余话》卷二《秋夕访琵琶亭记》。《古今清谈万选》卷二《婕妤呈象》。梅鼎祚《才鬼记》卷十《秋夕访琵琶亭记》。《续艳异编》卷十四《郑婉娥传》。《情史》卷二十情鬼类《郑婉娥》。《列朝诗集小传》闰集《郑婉娥》。

《李源会》

《夷坚支庚》卷第七《李源会》，文字相同。

《乌头》

《太平广记》卷三百五十五鬼四十《刘鹭》，注出《稽神录》，文字相同。

《仇铎》

《夷坚志》乙志卷十七《女鬼惑仇铎》。明刊《新编分类夷坚志》己集卷三。

《王立》

《夷坚志》丁志卷四《王立熔鸭》。

《马仲叔》

《太平广记》卷三百二十二《王志都》，注出《幽明录》。《太平广记钞》卷五十八《王志都》。《诚斋杂记》卷上。《续艳异编》卷十四《马仲叔》。《情史》卷十二情媒类《马仲叔》。《稗史汇编》卷四十三《王志都得妇》。

《蔡五十三姐》

《夷坚志》补志卷十六《蔡五十三姐》。《新编分类夷坚志》庚集卷二。

《卖花妇》

《太平广记》卷三百五十五鬼四十《僧珉楚》，注出《稽神录》，文字相同。《类说》亦选。

《崔氏女》

《太平广记》卷三百二十四鬼九《崔茂伯》，不注出处，文字相同。

《余杭广》

《太平广记》卷三百八十三再生九《余杭广》，注出《幽明录》，文字相同。

夜叉部（未分卷）

《洪昉禅师》

《太平广记》卷九十五异僧九《洪昉禅师》，注出《纪闻》，三则故事中《广艳异编》只截取其中鬼王一则，截取部分文字相同。

《莲花娘子》

《太平广记》卷三百五十七夜叉二《蕴都师》，注出《河东记》，文字相同。

《马超》

《夷坚志》补志卷九《宜州溪洞长人》。《新编分类夷坚志》卷四。

《刘绩中》

《太平广记》卷三百六十三妖怪五《刘绩中》，注出《酉阳杂俎》，文字顺序略有差异"刘与杜省躬同年及第，友善，其婢举止笑语，无不肖也"放于文末。

《薛淙》

《太平广记》卷三百五十七夜叉二《薛淙》，注出《博异传》，陈校本作《博异志》，文字相同。《刘氏鸿书》卷三十二收录，注出《广艳异编》。

《杜万妻》

《太平广记》卷三百五十六夜叉一《杜万》，注出《广异记》，文字相同。

《陈越石》

《太平广记》卷三百五十七夜叉二《陈越石》，注出《宣室志》，结尾处《广艳异编》少了对陈越石以后行踪的交代"元和十五年，登第进士，至会昌二年，卒于蓝田令"。

《裴六娘》

《太平广记》卷三百五十六夜叉一《哥舒翰》，注出《通幽录》，前面文字相同，原文明显未完，"更有三鬼相继进，乃拽……"后面部分在卷十三《李十一娘》后，古本小说集成本页557。

后　　记

  书虽浅陋，但作为一段学术成长经历的印记，我还是无比珍爱这些曾经写出的文字，它浸透了一段时间的思考。写作是一个拉伸、丈量韧性的痛苦过程，同时也是一个抛却凡尘，静心读书的过程，冥思苦想后终于从一堆材料中冲出来的成就感，又让它成为充满趣味的事。在终于要将书稿付梓时再次回味，这种趣味依旧充满了魅力，重回世事纷杂，那时的静心笃志更是令人心向往之。

  我的母校是河北师范大学，从2001年读研，霍现俊先生就指点我从小说原著读起，再渐次进入思考和研究。先生治学严谨，学识渊博，家中藏书颇富，尤其是小说戏曲类的专业书，几乎无所不备。那个时候最幸福的事就是去先生家里上课，讨论这一周的读书所得，聆听先生的讲解，然后捧抱着先生给的一大摞书回来准备一周读完，还记得当时就经常招来室友的艳羡。2004年硕士毕业后，我进入河北经贸大学教书，书到用时颇恨少，2009年再次忝列师门，继续研读稗家，在先生的精心指导和鼓励下，决定将小说选本作为研读重点，时至今日我依旧流连于小说选本这一领域。一路走来，每当遇到困难、解不开谜团的时候，先生的分析总能带我找到前行的钥匙。没有先生的引领提点、开示蕴奥，就没有本书的写作，值此书付梓之际，谨向霍现俊先生致以深深的敬意与谢意。

  感谢王长华先生、杨栋先生，从读研到读博，再到文章的写作，先生们广博的学识、明晰的思路都使我受益无穷。感谢时俊静师姐，

后　记

师姐的时时关怀问候，给了我很多温暖。

李剑国先生所著《唐前志怪小说史》是我步入小说研究的启蒙书，感谢李先生及前辈学者在文言小说研究中所做的诸多垦荒辟地的工作，更感谢李先生对本文写作与修改阶段切中肯綮的指点。作为后生晚辈，能聆听先生教诲，实在是人生之大幸！

感谢我的亲人们，没有他们的支持也不会有本书的面世，他们的爱是我前行的动力！

感谢中国社会科学出版社张潜编辑为编校拙作所付出的辛勤劳动，在张老师的热心鼓励支持下，本书将要公开出版，作为学界碌碌庸才，甚为惶愧，书中不当之处，还请方家不吝赐教！

赵素忍

2019 年 3 月